CHRISTIANE SADLO

Hundeherz

Buch

Leo würde einfach alles für sein Frauchen Dora tun. Als sie sich im Streit von ihrem Freund trennt, hat der kleine Terrier nur ein Ziel: sie wieder mit Jochen zusammenzubringen, denn der charmante Blumenhändler ist einfach perfekt für sie – findet zumindest Leo. Zu dumm, dass Doras Mutter sie mit ihrem gut aussehenden Hausarzt Marc verkuppeln will. Doch Leo wäre kein Held, wenn er sich so schnell geschlagen geben würde... Gewitzt und mit den Waffen eines Vierbeiners tut Leo alles, um Marc loszuwerden – Flohattacken inklusive. Niemand kann ihn aufhalten, denn die Liebe ist auf seiner Seite… oder hat er da etwas falsch verstanden?

Autorin

Christiane Sadlo arbeitete als Dramaturgin und Journalistin. Seit 1991 schreibt sie äußerst erfolgreich für Film und Fernsehen. Aus ihrer Feder stammen unter anderem viele Drehbücher für Fernsehserien und Reihenformate wie die Inga-Lindström-Verfilmungen im ZDF. Seit neun Jahren wird sie auf ihren Wegen von der gewitzten Terrierhündin Dora begleitet, die das Vorbild für Leo, den Helden ihres neuen Romans *Hundeherz*, ist.

Außerdem von Christiane Sadlo bei Blanvalet lieferbar:

Das Jahr der Kraniche (38122)
Wilde Wellen (37780)

Christiane Sadlo

HUNDEHERZ

Roman

blanvalet

Die Handlung und alle handelnden Personen sind frei erfunden.
Jegliche Ähnlichkeit mit lebenden oder realen Personen wäre rein zufällig.

MIX
Papier aus verantwortungsvollen Quellen
FSC® C014496

Verlagsgruppe Random House FSC® N001967
Das für dieses Buch verwendete FSC®-zertifizierte Papier
Holmen Book Cream liefert Holmen Paper, Hallstavik, Schweden.

2. Auflage
Taschenbuchausgabe Juli 2015 bei Blanvalet,
einem Unternehmen der Verlagsgruppe Random House GmbH, München.

Umschlaggestaltung und -motiv: www.buerosued.de
Redaktion: Angela Troni
ES · Herstellung: sam
Satz: Uhl + Massopust, Aalen
Druck und Einband: GGP Media GmbH, Pößneck
Printed in Germany
ISBN: 978-3-7341-0066-6

www.blanvalet.de

TEIL I

Ein Held auf vier Pfoten

1

Es gibt schlechte Tage. Und gute Tage. Und es gibt diese Tage, die einfach nur perfekt sind. Tage, die so anfangen wie dieser.

Aufwachen, ausgiebiges Dehnen und Strecken, Sprung ins Bett meines herzgeliebten Frauchens Dora, verträumtes Kuscheln mit ihr. Danach Frühstück und Spaziergang. Die Nase voll mit auf- und anregenden Gerüchen. Jede Menge Gepinkel, bei dem ich nicht nur meine Blase entleere, sondern vor allem meinen Artgenossen signalisiere, dass es mich noch gibt und dass sie mit mir zu rechnen haben. Schließlich großes Geschäft, so tief versteckt unter einem blühenden Fliederbusch, dass Dora es nicht entsorgen muss. Stopp im Lieblingscafé, wo Frauchen einen Cappuccino und ein Croissant bekommt und ich die Krümel – samt jeder Menge Streicheleinheiten der mich liebenden Nachbarn. Danach Rückzug in unsere Wohnung. Und da es in diesem Moment an der Tür klingelt, unbeobachteter Rückzug auf das weiche, eigentlich sehr verbotene rote Sofa. Wo ich sofort in meinen üblichen Vormittagstiefschlaf falle. Und in meinen Lieblingstraum.

Ich jage eine Rotte Schwarzwild durch einen finsteren Wald, furchtlos und heldenhaft, vollkommen unbeeindruckt von den lebensgefährlichen Hauern des riesigen Ebers, der jetzt stehen bleibt, um seine Sippschaft zu verteidigen. Weiß er denn nicht, mit wem er es zu tun hat? Meine Nackenhaare stellen sich auf, ein tiefes Grollen rollt aus meiner Kehle. Ganz dicht stehe ich vor meinem Widersacher. Sehe das gefährliche Weiß in seinen kleinen, boshaften Augen.

Nicht, dass mir das auch nur im Geringsten imponieren würde. Es gibt nur einen Herrn des Waldes. Mich, Leo den Unerschrockenen. Gleich werde ich ihm mit einem Satz an die Kehle springen …

»So kann das nicht weitergehen. Tut mir leid.« Jochens Stimme ist ganz leise. »Du wirst dich nie für mich entscheiden. Also beenden wir es!«

Dora Liebig kann nicht fassen, was sie soeben aus dem Mund ihres Liebsten gehört hat. Der hellblaue Korb, in dem sie ihre Einkäufe nach Hause transportiert hat, rutscht ihr aus der Hand. Ihre Knie fangen an zu zittern. Es ist ihr, als bohre sich eine riesige Faust in ihren Magen. Während die Orangen wie in Zeitlupe aus dem Korb über den Boden kullern, versucht sie zu verstehen, was da gerade geschieht.

»Du willst dich von mir trennen? Nur weil ich nicht mit dir nach Italien reisen kann?«, sagt sie und versucht vergeblich, das Beben in ihrer Stimme zu unterdrücken. »Das kannst du nicht ernst meinen.«

Dora schüttelt fassungslos den Kopf. Das ist doch alles vollkommen absurd. Man trennt sich nicht, nur weil eine Reise verschoben werden muss. Noch dazu aus gutem Grund. Wieso versteht Jochen das denn nicht? Sie kann jetzt nun mal nicht weg. Nicht, wenn ihre Mutter mit einem Bandscheibenvorfall darniederliegt. Das muss er doch einsehen. Dass sie Helena in dieser Situation nicht allein lassen kann.

»Wie soll sie sich denn alleine versorgen? Sie kann ja nicht mal ohne Hilfe aufs Klo, geschweige denn sich was kochen. Ich bin der einzige Mensch, den sie hat«, sagt Dora, während sie das Zittern in ihren Beinen zu ignorieren versucht.

»Natürlich. Die berühmte Schauspielerin Helena Liebig kennt keinen einzigen Menschen auf der Welt, der ihr helfen könnte.« Der Hohn in Jochens Stimme ist unüberhörbar.

»Aber sie ist keine Schauspielerin mehr. Sie hat seit Jahren keine Rollen mehr, sie …«

Jochen unterbricht sie rüde. »Verzeihung, dass ich das vergessen habe. Ist doch egal. Ob Schauspielerin oder Schriftstellerin oder wie man das nennt, was sie da gerade treibt, sie hat anscheinend nur ihre Tochter, die sie herumkommandieren kann.«

Doras Blick folgt den Staubkörnchen, die in dem Sonnenstrahl tanzen, der durch das große Küchenfenster bis tief in die Wohnung fällt, ehe sie sich auf dem Türrahmen niederlassen. Sie hat ihn erst vor ein paar Monaten zusammen mit Jochen dunkelblau gestrichen. Unbewusst wischt sie über die glatte Fläche.

»Aber sie braucht mich wirklich. Bitte, Jochen! Wir können doch im September fahren, da ist es in Florenz sowieso viel schöner als jetzt.«

Trotz der Hitze, die die Wohnung bereits um diese Tageszeit erfüllt, ist ihr plötzlich kalt. Als wüsste sie schon, was Jochen als Nächstes sagen wird.

»Im September? Wie letztes und vorletztes Jahr? Falls es dir noch nicht aufgefallen sein sollte, wir planen diese Reise, seit wir uns kennen. Und? Sind wir jemals auch nur dazu gekommen, die Koffer zu packen? Geschweige denn in einen Flieger zu steigen?«

Sie kann in seinen Augen eine Mischung aus Ärger und Enttäuschung erkennen. Und tiefe Resignation.

Er hat ja recht. Seit sie und Jochen sich kennen, haben sie vor, zusammen zu verreisen. Er will ihr die Stadt zeigen, in der er nach dem Abitur ein halbes Jahr gelebt hat. In der er gelernt hat, seine unvergleichlichen Spaghetti Carbonara zu kochen und unter hunderten von Kaffeesorten die einzig richtige für den Cappuccino auszusuchen, den er ihr immer serviert, wenn sie bei ihm übernachtet. Dora freut sich schon so lange auf diese Reise. Malt sich aus, wie es wäre, mit ihm durch die engen Gassen zu wandeln. Ihn unter dem italienischen Sternenhimmel zu küssen. Ihn in den heißen Nächten zu lieben. In diesem kleinen Hotel, das in einer ehemaligen *abbazia* liegt. In das sie sich auf Anhieb verliebt hat, als er ihr damals, in ihrer zweiten Nacht, die Fotos auf seinem Tablet gezeigt hat.

Es ist wahrlich nicht ihre Schuld, dass es nun wieder nicht klappt. Er kann ihr nicht im Ernst vorwerfen, dass ihre Mutter ausgerechnet jetzt krank geworden ist.

»Ist dir schon mal aufgefallen, dass immer irgendwas mit Helena ist, sobald wir etwas allein unternehmen wollen? Mal ist sie krank, mal hat sie vergessen, dass sie dringend ihre Steuererklärung abgeben muss. Sag nicht, dass dir das nicht aufgefallen ist. Deine Mutter will einfach nicht, dass wir Spaß miteinander haben. Noch weniger will sie alleine hierbleiben. Weißt du, was das Schlimmste daran ist? Dass du jedes Mal aufs Neue auf sie reinfällst.«

Jochen greift in seine Hosentasche und legt Doras Wohnungsschlüssel auf die himmelblaue Kommode, auf der sich bunte Schals, Taschen, Zeitschriften und die Post türmen. Er öffnet die Tür.

»Mach's gut, Dora.«

Ihr Herz setzt für einen Moment aus. Alles dreht sich um sie herum. Er meint es wirklich ernst. Er verlässt sie. Der Mann, von dem sie bis vor wenigen Minuten gedacht hat, dass sie mit ihm alt werden würde, geht einfach so aus ihrem Leben.

Die Tür fällt mit einem trockene Endgültigkeit signalisierenden Klacken ins Schloss. Das war's also. Das Ende einer großen Liebe. Aber so geht das doch nicht. Das kann er nicht machen. Nicht mit ihr. Dora reißt die Tür auf. Rennt barfuß die Treppe hinunter.

»Jochen, bleib hier! Bitte! Lass uns reden! Wir sind doch erwachsene Leute. Wir werden schon eine Lösung finden.«

Sie läuft ihm durch den Vorgarten nach. Mit nackten Füßen über die spitzen Steinchen des Gartenwegs. Gerade als er auf die Straße treten will, bekommt sie ihn am Ärmel zu fassen.

»Bitte, Jochen! Mach das nicht. Wirf nicht alles weg.«

Frau Oswald, die frisch blondierte Nachbarin, die gerade ihren Müll zur Tonne bringt, linst neugierig über die Buchenhecke. Aber das ist Dora egal. Wenn es um dein Leben geht, spielt es keine Rolle, was die Nachbarn denken. Und hier geht es um nichts anderes als um ihr Leben.

»Kannst du nicht noch ein bisschen Geduld haben? Ich verspreche dir, dass ich es hinkriege. Ich verspreche dir, dass alles gut wird«, fleht sie Jochen an.

»Der Flieger hebt um achtzehn Uhr vierzig ab. Tegel, Gate D 8. Ich werde da sein.«

Er löst ihre Hand vom Ärmel seines dunkelgrünen Pullovers und geht zu seinem schwarzen Kastenwagen, auf dem das orangefarbene Logo seines Blumenladens prangt. Steigt ein, ohne Dora noch einmal anzusehen.

»Gut. Wie du willst, dann hau ab! Ich hätte nicht gedacht, dass du so ein Egoist bist.«

Ihre Stimme, die sich vor Wut und Enttäuschung überschlägt, geht im Motorenlärm unter. Ohne Frau Oswald, die inzwischen halb über der Hecke hängt, um ja nichts von dem Drama zu verpassen, auch nur eines Blickes zu würdigen, rennt Dora ins Haus zurück. Und schlägt die Tür mit aller Kraft hinter sich zu.

Eine Explosion! Ach du liebe Katzenkacke, das muss eine Explosion sein, die mich da aus meinem Traum reißt. Ausgerechnet jetzt, wo der Eber mein furchterregendes Knurren nicht länger aushält und zögernd zurückweicht, wird mein triumphaler Traum durch diesen Knall beendet.

Aber was war das? Eine Bombe? Eine Gasleitung, die in die Luft geflogen ist? Ich muss raus hier, raus aus dem Zimmer oder besser gleich aus dem Haus. Nur schnell weg hier, bevor alles über mir zusammenstürzt und mich begräbt. Ich rase los. Wieso ist das Parkett denn schon wieder so glatt? Wenn dieses Putzmädel das noch mal macht, werde ich sie höchstpersönlich …

Hör auf, Leo, es wird kein nächstes Mal geben, wenn du nicht schnell hier rauskommst. Also mit Fullspeed durchs Wohnzimmer, dann die Kurve in den Gang … Oh, Mist! Blöder, verdammter Mist! Ich verliere die Kontrolle über meine Beine, das Spiegelparkett übernimmt die Regie. Da, der Türpfosten, ich muss ihm ausweichen, ich muss versuchen … Mir wird schwarz vor Augen, meine Sinne schwinden. Das kann doch nicht wahr sein. Das Haus wird zusammenbrechen und mich unter sich begraben.

Adieu, schöne Welt. Adieu, meine über alles geliebte Dora. In Zukunft wirst du ohne mich leben müssen. Adieu, Hundewiese und Grunewaldsee. Adieu, mein Berlin, du Stadt der unvergleichlichen Düfte. Komm her, du wabernder Nebel, umhülle mich, nimm mich mit in die Totenwelt.

Ob sie mich wenigstens unter den Trümmern finden werden? Mich in ein hübsches Grab auf dem Hundefriedhof betten werden? Ob Dora an diesem Grab literweise Tränen vergießen wird, in Erinnerung an die schönen Zeiten mit mir? Meine süße, wohlriechende Dora. Wirst du deine Schönheit einbüßen in den Jahren der tiefen Trauer um mich? Werden sich Falten der Gram und des Schmerzes in dein hübsches Gesicht graben? Wird dein beschwingter Gang seine Leichtigkeit verlieren? Deine warme Stimme ihr heiteres Timbre?

Ach, meine Dora, wie wunderbar waren die Jahre an deiner Seite. Hat dich je jemand so geliebt wie ich? So bewundert? War dir jemals jemand so treu ergeben wie ich mit meinem großen Hundeherz? Meine arme, wundervolle Dora, das Schicksal meint es nicht gut mit dir. In diesem Moment, in dem ich mein Leben aushauche, verliert auch das deine jeglichen Sinn.

»Leo? Um Gottes willen, was machst du denn da? Wie oft hab ich dir schon gesagt, dass du aufpassen sollst, wenn du um die Kurve willst.«

Doras Herz schlägt wild, als sie ihren Hund gegen den blauen Türrahmen krachen sieht. Bitte, bitte nicht das auch noch. Reicht es nicht, dass ihr Leben gerade in tausend Scherben zersprungen ist, weil der Mann ihres Lebens sie verlassen hat? Soll sie jetzt auch noch ihren Hund verlieren? Hat nicht Radio 1 heute Morgen angekündigt, dass dies ein perfekter Tag würde? Ein Tag mit traumhaften Ereignissen, entzückenden Liebesbezeugungen und unerwarteten Begegnungen, die, von Jupiter beschienen, die Türen zu wunderbaren Gärten aufmachen würden. Perfekt ist nun wirklich was anderes. Was hier gerade geschieht, ist nichts anderes als eine große Katastrophe.

Als Dora das Häufchen Strubbelfell am Türrahmen kleben sieht, schwappt die Angst wie eine schwarze Woge über sie hinweg.

»Leo, wach auf! Jetzt komm schon. Leo! Sieh mich an.« Vorsichtig tastet Dora den Hund ab, den sie vor ein paar Jahren aus einem mallorquinischen Müllcontainer gezogen hat und der ihr seitdem auf Schritt und Tritt durchs Leben folgt.

»Lieber Gott, nicht Leo. Bitte lass ihm nichts passiert sein. Bitte, lieber Gott, lass ihn wieder aufwachen.«

Sie betet für mich. Ist das nun ein gutes Zeichen? Oder ein schlechtes? Menschen beten doch nur, wenn es keine Hoffnung mehr gibt. Wahrscheinlich habe ich schwerste innere Verletzungen, die sie mit ihren warmen Händen erspürt. Milzriss, Lungenriss, Nierenriss. Was gibt es noch an Fürchterlichem, das in meinem Inneren geschehen sein könnte?

Wieso hab ich mich bloß mal wieder hinreißen lassen? Als würde ich die Tücken des glatten Parketts nicht zur Genüge kennen. Habe ich mir nach der Bandscheibensache von damals, als Dora von ihrer Dienstreise zurückgekehrt ist und ich wie ein Verrückter durch die Wohnung gerast bin, um schließlich durch die Spülmaschine gebremst zu werden, nicht geschworen, endlich vernünftig zu werden? Langsam und gemächlich durch die Wohnung zu spazieren. Zu trödeln und zu tändeln. Aber wer kann schon vernünftig sein, wenn über ihm das Haus zusammenstürzt?

Das Haus? Zusammenstürzt? Wieso ist Dora eigentlich so ruhig? Wieso ist sie überhaupt noch hier?

Natürlich, sie will ihr Leben gemeinsam mit mir beenden. Ohne mich hat es ja doch keinen Sinn. Wie gut ich sie verstehe. Ich würde ohne mich auch nicht leben wollen. Man stelle sich das mal vor, ein Leben ohne mich. Kein atmendes Fellknäuel in den Kniekehlen, egal ob im Bett oder auf dem Sofa? Kein begeistertes Abschlecken nach stundenlanger Trennung? Kein aufgeregtes Gehechele, wenn ein Spaziergang ansteht? Kein Gefiepe und Gesinge, wenn sich der Deckel von der wundersamen Schachtel, in der die Leckerlis wohnen, hebt?

Ich spüre, wie mein Atem ganz ruhig wird. Das ist also das Ende einer großen, wunderbaren Liebe. Das gemeinsame Ende. Hund und geliebtes Frauchen im Tode vereint. Später, wenn uns die Bergungsmannschaften gefunden haben werden, werden Zeitungsartikel über uns erscheinen. Im Fernsehen werden sie über dieses berührende Ende zweier Liebenden berichten. Viel-

leicht wird ein Bildhauer eine Statue schaffen, die Dora und mich im Tode vereint zeigt. Und ein Dichter wird das hohe Lied unserer Liebe singen.

Wie, Sie halten mich für überspannt? Gar für selbstverliebt?

Hallo! Wissen Sie denn nicht, dass es keinen treueren Gefährten für den Menschen gibt als den Hund? Dass Sie jede Menschenliebe wegwerfen können für die Zuneigung, die Ihnen ein Hund schenkt? Haben Sie je von einem Hund gehört, der seinen Menschen für einen anderen verlassen hat? Nur weil ihm dessen Nase besser gefallen hat? Oder dessen Geruch? Dessen Vorlieben für Musik oder Kinofilme? Na also! Jeder Mensch kann froh sein, wenn er von einem Hund geliebt wird. Denn das ist etwas ganz Großes. Etwas Ewiges. Unzerstörbares. Nur der Tod kann einen Hund von seinem Menschen trennen. Genau so ist das.

Und jetzt hören Sie bitte auf zu grinsen. Das ist nämlich die Wahrheit.

Doras Finger zittern, als sie die eingespeicherte Nummer des Tiernotrufs wählt. Besetzt! Bitte, lieber Gott, das kann nicht sein. Ihre rechte Hand liegt auf dem runden Bauch des Hundes. Immerhin, Leo atmet noch.

»Du gibst jetzt nicht auf, Kleiner! Hörst du? Halt durch. Gleich kommt der Arzt, und dann wird alles gut.«

Immer noch besetzt. Also dann Tierklinik. Jacke, Tasche, Autoschlüssel, in weniger als einer Minute hat sie alles gefunden. Die Leine, wo steckt bloß die Leine? Dass ich sie nie an denselben Platz lege. Aber wozu brauche ich das Ding jetzt eigentlich?

Ganz vorsichtig nimmt sie Leo auf den Arm. Sie spürt sein kleines Herz unter ihren Händen pochen. Ein Gefühl der Rührung übermannt sie. Dieser Hund ist ihr Ein und Alles. Von der ersten Sekunde an hat sie sich für ihn verantwortlich gefühlt. Und er hat sich voller Vertrauen in ihre Hände begeben.

»Ich bringe dich in die Klinik. Du musst nur zehn Minuten durchhalten. Hörst du? Dann werden sie dir helfen.«

Was ist das denn? Der schlaffe Körper, der gerade noch wie ein Spielzeugtier über ihrem Unterarm hing, spannt sich just in dem Moment an, als sie das Wort »Klinik« ausspricht. Leo windet sich wie eine Schlange, strampelt so wild mit den Füßen, dass Dora ihn kaum noch halten kann.

Nicht in die Klinik! Bloß das nicht. Klinik, das bedeutet ekelhafte Gerüche, gemeine Untersuchungen, Spritzen, Tabletten, vielleicht sogar diese fiesen Dinger, die sie Infusionen nennen. Oder, noch schlimmer, eine Operation. Nach der ich mich wieder so fühlen werde, wie betrunkene Menschen aussehen.

Nein, auf gar keinen Fall lasse ich mich in die Klinik bringen. Eigentlich fühle mich schon wieder ganz gut. Lass mich runter, Dora. Mir geht es gut. Ist das nicht sogar bohrender Hunger, was sich da gerade in meinem Magen ausbreitet? Wer Hunger hat, der stirbt nicht! Und Durst habe ich auch.

Wenn sie mich doch nur endlich runterlassen würde.

»Leo, oh Gott, wie kannst du mir bloß so einen Schrecken einjagen!« Doras Stimme schwankt zwischen Lachen und Weinen, als sie den Hund vorsichtig auf die Füße stellt.

Siehe da, er knickt nicht weg, wie sie befürchtet hat. Im Gegenteil, er steht schon wieder aufrecht vor ihr, den Schwanz in die Höhe gereckt, die braunen Augen glänzend, der Blick klar. Kein Zweifel, er ist völlig okay. Wie um das zu bestätigen, reißt er die Schnauze zu einem ausgiebigen Gähnen auf. Stupst mit seiner lackschwarzen Gumminase gegen ihr Knie. Die unmissverständliche Aufforderung, dass etwas zu essen her muss, und zwar sofort. Der Felsbrocken, der in diesem Moment von Doras Herz fällt, müsste eigentlich durch den Parkettboden bis in den Keller krachen.

»Du bist so ein Schauspieler! Mich erst zu Tode erschrecken und dann so tun, als wäre nichts. Und eine Belohnung willst du dafür auch noch.«

Dora lacht unwillkürlich auf, als sie den Hund Richtung Küche traben sieht, den Schwanz hoch aufgereckt. Mit seinen niedlichen, entschlossenen Trippelschritten, wobei er hin und wieder stehen bleibt und sich auffordernd nach ihr umsieht. Leo ist einfach das Beste, das es in ihrem Leben gibt.

In diesem Moment geben Doras Beine nach. Sie sinkt auf den Boden und fängt an zu weinen. Wie Sturzbäche fließen die Tränen aus ihren Augen. Heiße Schluchzer dringen aus ihrer Kehle. Das Beste in meinem Leben ist mein Hund? Wie armselig ist das denn?

Sie ist eine einunddreißigjährige Frau, die nach ihrem abgeschlossenen Literaturstudium gemerkt hat, dass sie ihr Leben doch nicht hinter Büchern, sondern viel lieber hinter Kochtöpfen verbringen will, und deswegen in den besten Restaurants Frankreichs und Italiens eine Ausbildung zur Köchin gemacht hat. Sie kann sich mühelos in vier Sprachen verständigen. Hat auf dem Gardasee segeln gelernt, damals, als sie in Verona bei dem Sternekoch Sergio Primo ihre letzte Ausbildungsstation machte. Außerdem sieht sie einigermaßen gut aus. Na ja, wenn man mal davon absieht, dass ihre Beine ein bisschen zu kurz und zu stämmig sind und ihr Busen ein wenig zu klein ist. Aber insgesamt kann sie sich schon sehen lassen mit ihren blonden Haaren und den haselnussbraunen Augen. Und für so eine Frau ist das Beste im Leben ihr Hund?

Sie wirft sich heulend auf das rote Samtsofa, das ihr mit bunten Flohmarktmöbeln eingerichtetes Arbeitszimmer dominiert. Was ist das nur für ein Leben? Nicht nur der Mann, den sie liebt, ist ihr weggelaufen. Auch den Spitzenjob als Köchin, den Sergio Primo ihr nach der Lehre angeboten hat, hat sie abgelehnt. Und der Mensch, der ihr Leben dominiert, ist ihre Mutter! Ihre schöne, berühmte Mutter, mit der sie in einem Haus wohnt, deren Privat- und Arbeitsleben sie Vollzeit managt, nach deren Launen und Wehwehchen sie sich zu jeder Tages- und Nachtzeit richtet. Dora versinkt in einer Welle aus Wut und Selbstmitleid.

Ist dies das Leben, das sie sich vorgestellt hat? Sie ist sich doch mal so sicher gewesen, dass sie nach dem Abi die Welt erobern würde. Sie hat im Ausland arbeiten wollen. New York. Oder Sidney. Oder wenigstens Paris hätte es sein sollen. Tango hat sie tanzen wollen, mit den aufregendsten Männern. Jeden Arthouse-Film im Kino ansehen, jedes neu erschienene Buch lesen. Sie hat sich die Nächte in verruchten Bars um die Ohren schlagen, auf Open-Air-Konzerten im Matsch herumstehen und ihren Lieblingsbands lauschen wollen. Und jetzt?

Jetzt hat sie nicht mal mehr eine Lieblingsband. Die einzigen Filme, die sie sich ansieht, sind die alten Schinken, die in der Glotze kommen. Neue Bücher bestellt sie sich zwar immer noch, aber hat sie je auch nur die Plastikschutzhülle von einem einzigen Band aufgerissen? Und von tanzen kann schon lange keine Rede mehr sein. Nicht nur deswegen, weil sich Jochen, ihr Lebensmann, leider als überzeugter Nichttänzer erwiesen hat.

Jochen, ihr Lebensmann! Der gerade dabei ist, sie zu verlassen. Mit einem Mal weiß Dora, was sie zu tun hat.

Sie muss hier raus. Sie muss das alles hinter sich lassen.

Endlich ihr eigenes Leben beginnen. Mit Jochen. Er hat ja so recht. Sie muss sich entscheiden. Und zwar jetzt. In dieser Minute. Sie muss sich für sich selbst entscheiden. Und für ihn. Vielleicht kann sie ihre Träume ja noch einfangen. Und sie verwirklichen.

Sie springt auf, voller Elan und Entschlossenheit. Dies ist der Tag der Entscheidung. Wo ist der Koffer? Ein Blick auf ihre bunte Swatch. Noch vier Stunden bis zum Abflug. Das ist zu schaffen. Sie muss nur ihre Klamotten in den Koffer werfen, den Hundeflugkorb aus der Abstellkammer holen und Futter für Leo einpacken. Wie leicht ihr auf einmal ums Herz ist. Noch heute Abend wird sie mit ihrem Liebsten in Florenz auf der Piazza einen Sundowner trinken. Bellini oder Aperol Spritz oder … Champagner. Ja!

Sie werden sich verliebt in die Augen sehen. Sie werden sich unter dem tiefblauen Toskana-Himmel küssen. Sie werden sich ihre Zukunft ausmalen. Jochen wird ihr versprechen, dass er sie dabei unterstützt, ein eigenes kleines Restaurant zu eröffnen. Dafür wird sie ihm garantieren, dass sie ihr Lokal ausschließlich mit Blumen aus seinem Laden dekoriert. Sie werden Reisen planen. Ihre gemeinsame Wohnung einrichten. In der sie als Familie wohnen werden. Der Champagner wird in den Gläsern perlen. Am Ende des Abends werden sie sich selig und leicht beschwipst in den Armen liegen. Und sich nie mehr loslassen.

»Dora!«

Doras Herz setzt einen Schlag lang aus, als sie die Stimme ihrer Mutter aus der oberen Wohnung hört. Nicht beirren lassen. Fertig packen. Und dann nach oben gehen und sich verabschieden. Oder besser, gar nicht verabschieden.

Sie wird ihre Mutter vom Taxi aus anrufen und ihr sagen, dass sie mit Jochen nach Florenz fliegt. Wenn Helena dann jammert, dass sie eine hilflose Frau nicht alleine lassen könne, wird sie ihr sagen, dass sie Anita Bescheid gesagt habe. Die nette Studentin putzt bei ihnen zweimal die Woche und hat schon öfter angeboten, sich um Helena zu kümmern, wenn mal Bedarf sein sollte.

Wo ist denn bloß der Hundepass? Der liegt doch sonst immer im Küchenschrank, gleich neben den Leckerlis. Verdammt, das Ganze kann doch nicht daran scheitern, dass sie den Hundepass nicht findet. Sie schwört sich, in ihrem neuen Leben mehr Ordnung zu halten. Geradezu lachhaft, dass sie alles, was Helena betrifft, Verträge, Steuerunterlagen, Rechnungen, fein säuberlich ablegt, während in ihren eigenen Sachen das Chaos herrscht.

Da ist er ja, der Pass. Hinter den Eierbechern, diesen krachbunten Keramikmonstern, die ihr Helena vor vielen Jahren von einem Dreh mitgebracht hat und die sie von Anfang an absolut scheußlich gefunden hat. Wieso hat sie die Dinger überhaupt noch?

»Ihr fliegt als Erstes raus, wenn ich zurück bin. Und die apricotfarbenen Teller gleich hinterher.«

Sie stolpert über den Hund, der sich ihr in den Weg stellt. Er ist vollkommen verwirrt ob der Hektik, die irgendwie nichts mit seinem gerade noch lebensbedrohenden Zustand zu tun zu haben scheint.

»Florenz, Leolieb, wir fliegen nach Florenz. Sonne, Pasta, Rotwein.«

Dora nimmt den Hund auf den Arm, drückt ihr Gesicht in sein struppiges Fell.

Was hat sie da gerade gesagt? Wir verreisen? Hab ich da was nicht mitgekriegt? Natürlich, ich hab ja gehört, wie sie und

Jochen von Florenz gesprochen haben. Was sie da alles unternehmen wollten. Richtig geglüht hat Dora. Aber das hätte ich niemals ernst genommen. Sie ist noch nie mit Jochen weggefahren. Will sie das wirklich machen? Ob ich mich schon mal freuen soll?

Aber wieso zögert sie denn schon wieder? Verflixt, sie wird doch nicht auf Helena hören. Tu's nicht, Dora! Pack unsere Sachen und lass uns abhauen.

Florenz, liegt das nicht in Italien? Super. Das wird echt klasse. Wenn da alles so riecht wie bei »Sette Stelle«, unserem Lieblingsitaliener, wird der Trip grandios. Die italienischen Hunde, die manchmal von Touristen durch Berlin geführt werden, riechen auch immer so aufregend. Wild und ungebärdig.

Also, Dora, nur nicht beirren lassen. Los, wir hauen einfach ab, bevor deine Mutter dich wieder am Wickel hat.

Menno, was macht sie denn jetzt? Wieso steht sie so starr da? Nicht! Hör ja nicht auf sie. Das ist doch bloß wieder Theater. Wenn ich diese wehleidige Stimme nur höre. So dünn und ärmlich. Alles bloß Theater.

Was machst du da?

Dora! Nicht! Geh nicht zu ihr. Geh ni…

»Dora, Liebes! Hast du mal kurz Zeit? Ich habe solche Schmerzen und komm nicht an meine Tabletten ran.«

Wie kläglich sie klingt, denkt Dora auf dem Weg in die obere Wohnung. Ich gebe ihr nur schnell ihre Medizin und verabschiede mich. Wär echt zu kindisch, wenn ich abreisen würde, ohne mich von ihr zu verabschieden. Dora nimmt die Stufen etwas schneller als sonst.

Sie sieht nicht, dass Leo sich auf sein Hundekissen verkriecht und die Nase in seinen Flanken vergräbt. Der schwere Seufzer, der ihm entfährt, klingt nach tiefschwarzer Hoffnungslosigkeit.

Als Jochen Blume seine gepackte Reisetasche hinter dem Tresen hervorzieht, den er vor Jahren aus einer alten Apotheke aus- und in sein Blumenlädchen eingebaut hat, wird ihm ganz wehmütig ums Herz. Er händigt seiner Mitarbeiterin Sandra Henning den Schlüssel für den Laden aus und betet noch einmal hastig alle wichtigen Verhaltensregeln herunter, die schon auf dem Zettel stehen, den er zur Sicherheit für sie geschrieben hat.

Kann es sein, dass er wirklich ohne Dora nach Florenz fliegt? Obwohl sie sich lieben? Immerhin haben sie damals, als sie sich das erste Mal begegneten, beide auf der Stelle gewusst, dass es was werden könnte mit ihnen. Sie ließen sogar das Rockkonzert sausen, für das sie seit Stunden anstanden. Wanderten durch die Berliner Nacht, bis am Horizont eine glutrote Sonne aufgegangen war und die Stadt in verheißungsvolles Pink getaucht hatte. Das so gut zu der verliebten Stimmung, in der sie sich von der ersten Minute an befunden haben, gepasst hat.

Von diesem Tag an sind sie zusammen gewesen. Sie haben nicht wie andere Paare Tage und Wochen der Annäherung gebraucht. Es ist ihnen auch nicht alles viel zu schnell gegangen. Sie haben sich schlicht auf den ersten Blick ineinander verliebt. So als hätten sie ein Leben lang aufeinander gewartet. Dora ist… war seine Traumfrau. Eine Frau, die zur gleichen Zeit romantisch und pragmatisch sein kann. Die süßen Hefezopf mit Leberwurst isst. Die pinkfarbene Stiefel zu knallgrünen Strumpfhosen trägt. Die ein riesengroßes Herz hat, in dem nicht nur ihr Hund Leo seinen Platz hat, sondern auch ihre Mutter Helena, egal wie selbstverliebt und egozentrisch sie ist.

Ein Grinsen breitet sich auf Jochens Gesicht aus, als er sich an seine erste Begegnung mit Helena Liebig erinnert. Nicht einmal der prachtvolle Blumenstrauß, den er extra für sie gebunden hat, konnte davon ablenken, dass er noch nie einen Film gesehen hatte, in dem sie mitgespielt hatte. Wie blöd man auch sein kann. Zu einer Schauspielerin zu gehen und sich nicht vorher wenigstens einen ihrer Filme anzusehen. Wozu gibt's denn DVDs, Mediatheken, iTunes etc.? Er hat sich stammelnd damit herauszureden versucht, dass er sehr selten Filme gucke. Weil sein Laden ihn so viel Zeit koste. Und er sowieso lieber in der Natur sei, als vor der Glotze oder in einem stickigen Kino.

Ehe er sich's versehen hatte, hat er knietief im Sumpf der Peinlichkeit gestanden. Super Position, wenn man zum ersten Mal die Mutter der Frau trifft, die man über alles liebt. Natürlich hat Helena sich total im Griff gehabt. Sie hat lächelnd seine Blumen in eine Vase gestopft – allerdings ohne Wasser hineinzufüllen. Hat ihm ein Glas Champagner gereicht und geflötet, dass sich ja nicht jeder für Film interessieren müsse. Allerdings, ihre Tochter Dora, die könne sich ein Leben ohne Film gar nicht vorstellen. Dass sie sich gefragt hat, wie sich ihre Tochter in einen Mann wie Jochen verlieben konnte, musste sie gar nicht sagen, es war ihr auf hundert Meter Entfernung anzumerken.

Die Fronten waren vom ersten Abend an geklärt. Hier Helena. Da Jochen. Und dazwischen Dora. Wenigstens hat sich Leo vom ersten Moment an auf seine Seite geschlagen. Was ihm bei Dora einen weiteren Stein im Brett beschert hat. Dass er mit Helena wahrscheinlich nie warm werden würde, ist ihm zu diesem Zeitpunkt noch ziemlich egal gewesen. Schließlich wollte er nicht mit der Mutter, sondern mit der Tochter zusammen sein. Und weil er diese so heftig liebt, hat er lange Zeit die Augen davor verschlossen, dass er bei ihr, wenn es darauf ankommt, immer hinter Helena zurückstecken muss. Wie oft hat Doras Handy just in dem Moment geklingelt, wenn sie zusammen im Kino waren. Oder beim Baden im Wannsee. Oder wenn sie gerade anfingen, eins ihrer opulenten Essen zuzubereiten. Oder sich unter der Dusche liebten.

Die Male, in denen Dora ihre Mutter abgewimmelt hat, kann er an einer Hand abzählen. Im Allgemeinen hat sie alles stehen und liegen lassen und ist nach Hause gerast, um ihrer Mutter zur Verfügung zu stehen. Und wie oft hat sich im Nachhinein herausgestellt, dass Helena Dora nur nach Hause zitiert hat, weil sie eine Telefonnummer nicht fand oder ihre verhasste Lesebrille, die sie angeblich so alt macht, mal wieder verlegt hat. Wie oft hat er Dora gebeten, das Handy auszuschalten, wenn sie zusammen waren. Und immer akzeptieren müssen, dass Dora es nicht über sich brachte. Er hat gehofft, dass es mit der Zeit besser werden würde. Dass er Dora davon überzeugen konnte, dass sie sich nicht in jeder Minute ihres Lebens für ihre Mutter verantwortlich fühlen muss. Zumal Helena Liebig keine alte, gebrechliche Frau war, sondern eine fitte um die fünfzig.

Hat Dora ihm nicht versprochen, sich von ihrer Mutter zu lösen? Natürlich nicht abrupt, von heute auf morgen. Das würde sie nicht übers Herz bringen und das würde er auch nicht verlangen. Also hat er gewartet. Und gehofft. Hat Dora auch angeboten, ihr bei der Suche nach einem Ersatz für sie zu helfen. Sie haben sich sogar schon ein paar Frauen angesehen, die von der Qualifikation her für den Job bei Helena infrage gekommen wären. Aber im letzten Moment ist Dora bei jeder der Kandidatinnen ein Manko aufgefallen, das sie disqualifizierte.

Nein, es ist schon richtig gewesen, das Ganze zu beenden. Es ist auch eine Frage der Selbstachtung. Und des Selbstschutzes. Niemand kann schließlich von einem

Mann verlangen, dass er auf Dauer wie ein Trottel dasteht. Er hat diesen Schlussstrich endlich ziehen müssen. Auch wenn ihm plötzlich die Lust, nach Florenz zu fliegen, vergangen ist.

2

Wie immer, wenn Dora die puristische Wohnung ihrer Mutter betritt – sie bewohnt den zweiten Stock des im Hinterhof eines Jahrhundertwende-Mietshauses gelegenen, mit Efeu und Rosen bewachsenen Gartenhauses in der Ackerstraße, das sie vor Jahren von der Gage ihres ersten Kinofilms gekauft hatte –, schlingt sie die Arme um sich, als würde sie frösteln. Sie weiß, dass ihre Mutter diese Haltung hasst.

»Steh nicht herum wie ein verlorenes Fragezeichen«, herrscht Helena sie das eine über das andere Mal an. »Haltung, Kind! Steh aufrecht, lass die Arme locker hängen, sieh deinem Gegenüber in die Augen. Nur so kann man dich ernst nehmen.«

Helena Liebig liegt in einem schillernd grünen Kaftan, der perfekt zu ihren grünen Katzenaugen und dem rötlichen Haarschwall passt, den sie lässig elegant um ihren Kopf drapiert hat, auf dem eleganten Eileen-Grey-Daybed. Mit zart gekrauster Stirn und deutlicher Ungeduld im Blick betrachtet sie ihre Tochter und setzt zu einer Litanei über Selbstbewusstsein, Eigen- und Fremdwahrnehmung an, die Dora im Schlaf nachbeten kann. Und auf die sie schon lange nicht mehr reagiert. Und heute schon gar nicht. Soll sie einfach reden.

Dora stellt die Ohren auf Durchzug und denkt nur daran, dass sie heute Abend in Florenz sein wird. Sie zieht die oberste Schublade der hellgrauen Kommode auf, die an der Wand gegenüber dem Daybed steht, nimmt die

Packung Muskelrelaxantien heraus und drückt eine Tablette aus dem Blister. Sie schenkt Wasser aus der Karaffe, die sie heute Morgen noch vor dem Spaziergang mit Leo gefüllt hat, in ein Glas und reicht beides ihrer Mutter.

»Du weißt ganz genau, dass mir die Dinger nicht helfen. Muskelentspannung. Ich bin so was von entspannt. Schmerzen habe ich trotzdem und leide wie ein Hund. Ruf Doktor Bergmann an. Er soll kommen. Er muss mir eine Spritze geben. Oder am besten bring mich gleich zum Abdecker.«

»Die Tabletten wirken auf Muskelgruppen, auf die du keinen Einfluss hast. Also nimm sie endlich. Ich muss noch fertig packen und mir dann ein Taxi rufen.«

Hat sie das wirklich gerade gesagt? Hat sie ihrer Mutter wie nebenbei mitgeteilt, dass sie wegfährt? Dora hält unwillkürlich die Luft an. Wappnet sich innerlich gegen den Orkan, der gleich über sie wegbrausen wird.

»Du fährst mit dem Taxi zum Einkaufen? Was ist das? Eine neue Marotte? Hast du jetzt vielleicht Angst, Auto zu fahren? Oder fürchtest du dich vor den Bakterien in den öffentlichen Verkehrsmitteln? Aber wie auch immer, tu, was du nicht lassen kannst. Nur denk wenigstens daran, die Quittung für die Steuer aufzuheben. Und wenn du schon mal unterwegs bist, dann bring mir bitte meine Bodylotion mit. Du kriegst sie im KdW. Und ein paar von den Trüffelpralinen von Meyers. Aber nicht die hellen. Du weißt, dass ich nur die dunklen mag. Und keinesfalls die mit der Himbeerfüllung, die …«

Okay. Kein Orkan. Helena hat offensichtlich nicht verstanden, was Dora ihr da gerade mitgeteilt hat. Also dann noch einmal. Und deutlich.

»Ich fahre nicht zum Einkaufen, Mutter. Sondern zum Flughafen.«

Helena greift hastig nach ihrem Handy. Es ist natürlich das neueste iPhone, das erst seit ein paar Tagen auf dem Markt ist. Sie hat immer das neueste Modell, egal von was. Sieht auf das Display.

»Sam Schneider kommt erst morgen, um mit mir über meine zukünftigen Bücher zu reden. Und so wichtig ist ein Lektor nun wirklich nicht, dass du ihn persönlich abholen musst. Wenn es Lisa Tidjen wäre, von mir aus. Einer Verlagschefin kann man auch mal den roten Teppich ausrollen. Aber Sam kann sich ein Taxi nehmen. Das ist nun wirklich nicht zu viel verlangt. Auch wenn er immer noch rumposaunt, dass er mich entdeckt hat.«

»Ich fahre nicht zum Flughafen, um deinen Lektor abzuholen. Sondern … weil ich nach Florenz fliege. Um achtzehn Uhr vierzig geht mein Flieger. Und jetzt nimm bitte die Tablette, du wirst sehen, dass es dir dann gleich besser geht.« Stoisch hält sie ihrer Mutter Tablette und Glas hin. Und wappnet sich innerlich gegen den Ausbruch, der nun doch folgen muss.

»Du fliegst nach Florenz? Zum Mondadori-Verlag? Das heißt, dass sie meine Bücher jetzt doch in Italien rausbringen wollen? Das ist ja absolut wunderbar, Liebes. Aber bleib hart bei den Verhandlungen. Wenn sie auf meine Forderung nicht eingehen, dann mach ihnen klar, dass ich nicht auf sie angewiesen bin.«

»Mondadori sitzt in Mailand.« Dora kann es nicht fassen, dass ihre Mutter nicht begreifen will, dass es nicht um sie geht.

»Das musst du mir nicht sagen. Wieso wollen sie dich dann in Florenz treffen? Wahrscheinlich wollen sie dich mit der Schönheit der Stadt einlullen. Mailand ist ja auch wirklich grässlich. Außer dem Dom und ein paar leidlich interessanten Einkaufsgalerien haben sie nicht viel zu bieten.«

Plötzlich leuchten ihre Augen auf. Sie setzt sich aufrecht hin. Nimmt ohne weiteres Nachdenken die Tablette, die Dora ihr immer noch hinhält. Und spült sie mit einem Schluck Wasser hinunter.

»Ich hab dir doch gesagt, dass sie letzten Endes auf meine Forderungen eingehen werden. Mein Gott, denk nur mal, wir hätten nicht darauf bestanden, wie du es vorgeschlagen hast. Sie wollen mich einfach. Und anscheinend sind sie bereit, jeden Preis zu zahlen.«

»Hör zu, Mutter, ich fliege nicht nach Florenz, um …«

»Ach, Florenz! Was für eine herrliche Stadt. Der Dom mit seiner riesigen Kuppel von Michelangelo …

»Die Kuppel hat Filippo Brunelleschi gebaut.«

»Der Ponte Vecchio mit all den wunderbaren Schmuckgeschäften. Der David auf der Piazza della Signoria.« Helenas Stimme wird immer schwärmerischer.

»Der ist tatsächlich von Michelangelo. Und auf der Piazza steht nur eine Kopie. Das Original steht seit achtzehnhundertdreiundsiebzig in der Accademia«, gibt Dora genervt zurück.

»Wie auch immer. Der junge Mann hat auf jeden Fall den schönsten Hintern der Welt. Eine Augenweide, sag ich dir. Ob Kopie oder Original.« Helenas Blick bekommt in diesem Moment etwas Entschlossenes. Und tatsächlich, sie erhebt sich von ihrem Lager. Durchquert mit ihrem eleganten Katzengang, bei dem aber auch gar nichts darauf hindeutet, dass heftige Rückenschmerzen sie plagen, das Zimmer, wedelt dabei mit den Armen, sodass die Ärmel des Kaftans hochrutschen und ihre gut trainierten Armmuskeln, auf die sie so stolz ist, zu sehen sind.

»Wann geht der Flieger, sagst du? Um achtzehn Uhr vierzig? Das schaffen wir locker. Los, Kleine, hol mir den grünen Koffer. Ich muss packen.«

Bevor Dora richtig begreifen kann, was hier vor sich geht, hat ihre Mutter schon die Türen ihres sieben Meter breiten Einbauschranks aufgeschoben.

»In Florenz ist es um diese Jahreszeit viel zu heiß. Aber was soll's, wir werden uns tagsüber im Hotel-Spa aufhalten und erst gegen Abend die Stadt erobern. Weißt du, wie wunderbar der Blick von der Piazzale Michelangelo bei Sonnenuntergang ist? Wir werden einen *aperitivo* nehmen und ... Was macht der Hund hier?«

Wie immer, wenn sie das Wort »Hund« ausspricht, klingt Helenas Stimme spitz und schrill in Doras Ohren. Natürlich nur im Zusammenhang mit diesem speziellen, mit ihrem Hund, den Helena von Anfang an nicht im Haus haben wollte. Wie Dora es wagen könne, diese verdreckte, verflohte kleine Töle auch nur in ihre Nähe zu lassen? So ein Vieh aus einem Müllcontainer. Von dem man nie wissen könne, was es an Bakterien und Ungeziefer mit sich herumschleppe. Mal ganz zu schweigen von dem Dreck der Stadt, in dem es sich mit Wonnen wälzt.

Schrei nur rum, du alte Hexe. Du hast ja keine Ahnung, was ich hier in deinen heiligen Hallen alles mache, wenn du nicht da bist. Hast du wirklich nie die Dellen auf deinem seidenen Bettüberwurf bemerkt, die nur von meinem zarten Körper kommen können? Nie die weißen Haare auf deinem teuren Designteppich, auf dem es sich so schön rumwälzen lässt? Und dass ich in deinem Bad mit größtem Vergnügen deine offene Bodylotion-Flasche abschlecke – das Zeug schmeckt wirklich traumhaft gut –, ist dir auch noch nie aufgefallen.

Als Dora nach fünf Minuten nicht wieder in ihrer Wohnung erschienen ist, hat sich Leo auf den Weg nach oben gemacht. Wie Türen durch einen gezielten Sprung auf die

Klinke zu öffnen sind, hat er längst raus. Auch wenn er diese Technik nur im Notfall benutzt. Normalerweise zieht er es vor, dass ihm die Türen geöffnet werden. Weit aufgehalten von seiner verständnisvollen Dora. Die nicht vergessen hat, wie er sich einmal die Pfote unter einer zufallenden Tür eingequetscht hat. Würdevoll und ohne jede Hast schreitet er durch die Tür. Jeder Filmstar verblasst da neben ihm.

»Du verwöhnter Prinz! Denk nicht, dass ich nicht ganz genau weiß, dass du mich für nichts anderes als deinen Türöffner hältst«, sagt sie lachend, wenn er hocherhobenen Hauptes und mit zitterndem Schwanz an ihr vorbeimarschiert.

Aber sie täuscht sich. Leo hält Dora ganz sicher nicht für seinen Türöffner. Sie wird auf immer und ewig das Beste bleiben, was ihm in seinem Leben widerfahren ist. Dass man als Hund seinem Menschen nicht unbedingt stündlich auf die Nase binden muss, wie sehr man ihn liebt, um ihn vor einer gewissen Eitelkeit zu bewahren, lernen Fellnasen schon mit dem kleinen Hunde-Einmaleins. In dem unter Paragraph eins steht, dass der Hund sich immer klarmachen müsse, dass er von seinem Menschen abhängig ist. Unter Paragraph zwei allerdings zu lesen ist, dass für den Menschen ein Leben ohne Hund zwar möglich, aber absolut sinnlos sei. Und in Paragraph drei, dass daraus folgt, dass der Hund den Menschen in der Hand habe. Es ihm aber tunlichst nicht zeigen dürfe.

»Was machst du denn hier? Ich hab doch gesagt, dass ich gleich zurück bin.«

Dora klemmt sich Leo unter den Arm. Und dankt ihm innerlich für sein taktgenaues Auftauchen, das Helena für eine Sekunde aus dem Gleichgewicht gebracht hat.

»Ich habe keinen Termin mit Mondadori, Mutter.«

»Aha. Und wieso fliegen wir dann nach Florenz?«

»*Wir* fliegen überhaupt nicht nach Florenz. *Ich* fliege, und zwar mit Jochen. Wie wir es seit Jahren geplant haben.«

So, jetzt ist es endgültig raus. Doras Herz klopft ihr bis zum Hals.

»Wir bleiben ja nur eine Woche. Ich sag gleich noch Anita Bescheid, dass sie sich um dich kümmern soll. Und wenn du willst, ruf ich auch noch schnell Doktor Bergmann an, damit er heute oder morgen mal nach dir sieht.«

»Natürlich. Dein Urlaub mit Jochen. Tut mir leid, dass mir das entfallen war.« Helena sinkt erschlaffend in den mit blaugrünem Leinen bezogenen Designsessel, der deutlich bequemer aussieht, als er ist. Wedelt mit der rechten Hand. »Ich wünsche dir wunderschöne Tage in Florenz, meine Kleine.

Wie gesagt, die Piazza Michelangelo bei Sonnenuntergang. Unvergleichlich. Vielleicht denkst du ja mal an mich, wenn du auf die Stadt siehst.«

Was ist denn das? Dora starrt ihre Mutter ungläubig an. Sie wünscht mir doch nicht wirklich eine gute Zeit? Mit Jochen?

»Soll ich dir noch schnell was zu essen machen, Mutter? Oder brauchst du sonst was? Wenn ich mich beeile, kann ich dir bei Murat noch ein paar Trauben holen. Oder eine Ananas.«

»Das ist sehr lieb von dir, Kind. Aber ich will nicht, dass du deinen Flieger verpasst. Außerdem, ich kann vor Schmerzen ja kaum eine Gabel halten. Wie soll ich denn da eine Ananas schälen? Aber lass nur, ich komme schon zurecht. Mach du dir ruhig ein paar schöne Tage. Du hast es dir verdient.«

Leo fängt an, sich in Doras Armen zu winden.

»Jetzt geh schon, Kind. Kümmere dich nicht um deine alte Mutter.«

Ha! Das ist ja mal wieder ganz großes Theater. Die *Selbstlose. Aufopfernde. Bilderbuchmutter.* Die *ihrem Kind nur das Beste gönnt. Sie macht das gut. Kann man nicht anders sagen. Dieser Hauch von Leiden in ihrer Stimme. Der Doras Herz mit absoluter Sicherheit ins Stolpern bringt. Da,* jetzt *erscheint sie wieder, die kleine Falte zwischen Doras Augen. Natürlich, sie ist verunsichert. Überlegt, was hier Wahrheit ist und was Schein.*

Mann, Dora, das ist alles nur Show! Du kennst sie doch! Lass dich von ihr nicht ins Bockshorn jagen.

Dora zögert. Könnte dieses Zittern in der Stimme nicht doch von Helenas Rückenschmerzen herrühren? Diese verkrampfte Haltung, die sie jetzt einnimmt, nicht davon, dass sie eine Stellung sucht, die ihr das Sitzen erleichtert? Ein Bandscheibenvorfall, hat Dora im Internet gelesen, kann ungeheuer schmerzhaft sein. Manchmal kommt es sogar zu Lähmungserscheinungen. Dann muss sofort operiert werden. Wenn es nicht zu bleibenden Schäden kommen soll.

»Weißt du was«, sagt sie spontan, »ich kann genauso gut erst morgen früh fliegen. Dann muss ich nicht so hetzen. Ich bringe dich noch schnell zu Doktor Bergmann. Und fahre dann bei Anita vorbei und sag ihr ganz genau, was zu tun ist.«

Leo springt von Doras Arm.

Und Helenas Augen füllen sich mit Tränen. »Das würdest du wirklich für mich tun? Deine Reise verschieben? Auf die du dich so gefreut hast?« Ihre Stimme zittert.

Und schon macht sich Dora Vorwürfe. Das kann nicht alles nur Show sein. Egal was für eine gute Schauspielerin ihre Mutter ist, diese Tränen sind echt. Vielleicht sollte sie die Reise besser vergessen. Dora ist gerade dabei, sich mit dem Unabänderlichen abzufinden, da sagt Helena mit erstaunlich kräftiger Stimme, dass sie es sehr lieb finde, dass ihre Tochter dieses Opfer für sie bringen wolle. Dass sie das aber nicht annehmen könne.

»Hallo! Ich bin hier die Mutter und du das Kind. Wenn sich einer Sorgen um den anderen machen sollte, dann bin das ja wohl ich. Du, mein liebes Herz, fliegst noch heute mit deinem Jochen nach Florenz. Und du versprichst mir, dass du in der ganzen Woche keinen Gedanken an mich verschwendest.« Mühsam stemmt sie sich aus dem Sessel hoch, geht schwerfällig auf Dora zu. Küsst sie auf die Wange. »Sag mal, hast du überhaupt genügend Geld für die Reise? Du wirst sie dir ja wohl hoffentlich nicht von Jochen bezahlen lassen?«

Bevor Dora, die noch ein wenig benommen von der Wendung des Gesprächs ist, sie abwehren kann, drückt Helena ihr ein Bündel Fünfzigeuroscheine in die Hand.

»Wir Liebig-Frauen haben uns noch nie von einem Mann aushalten lassen.«

»Ich lasse mich nicht aushalten, Mutter. Für einen Trip nach Florenz hab ich wirklich Geld genug.«

»Obwohl ich dich so mager bezahle, willst du damit sagen? Du hast recht, Liebes. Wenn du zurück bist, werden wir uns über deinen Lohn unterhalten.«

Leo wird es in diesem Moment schauerlich übel. Er rennt in die hinterste Ecke des Zimmers und würgt alles, was er heute zum Frühstück bekommen und was er unter den Büschen gefunden und hastig, bevor Dora es ihm wegnehmen konnte, verschlungen hat, auf die geölten Eichendielen. Helena schreit auf.

Dora reagiert sofort. »Tut mir leid, Mutter. Irgendwas ist ihm wohl nicht bekommen. Ich mach es sofort weg.«

Sie trägt den Hund aus dem Zimmer. Himmel, er ist ein genauso guter Schauspieler wie ihre Mutter.

Mit Küchenpapier, Eimer, Desinfektionsmittel und Lappen bewaffnet, rennt sie zurück in Helenas Zimmer.

»Ach, lass das doch, Liebes. Ich rufe gleich Anita an, dass sie vorbeikommen und das wegmachen soll. Jetzt geh endlich, sonst verpasst du noch deinen Flieger.«

Leos Kotze einfach liegen lassen. Das kommt überhaupt nicht infrage. Schon kniet Dora in der Ecke, nimmt das halb Verdaute ihres besten Freundes leicht angeekelt mit dem Küchenpapier auf. So lieb sie ihn hat, seine Kotze wegzumachen ist eine ganz andere Sache. Diese weiche, warme, übel riechende Masse, nur durch das dünne Papier getrennt, in ihren Fingern zu spüren, reizt jedes Mal ihren Magen. Doch wie immer reißt sie sich zusammen, unterdrückt den Würgereflex, der sie befällt. Und putzt die Schweinerei schweigend weg. Mit Wasser nachgewischt, ein paar Spritzer Desinfektionsmittel drüber, mit dem Lappen trocken gerieben – in kaum zwei Minuten ist diese kleinere aller Hundekatastrophen schon Vergangenheit. Aufatmend richtet sie sich auf. Das Geld, das ihr Helena zugesteckt hat, raschelt in ihrer Hosentasche.

»Alles weg. Tut mir wirklich leid! Wahrscheinlich hat er Reisefieber.« Sie wendet sich zu Helena um, um sich endgültig zu verabschieden. »Also Mutter, dann packe ich jetzt fertig und …« Sie erstarrt.

Helena liegt leichenblass auf ihrem Daybed. Die Augen geschlossen, bewegt sie nur ganz leicht ihre Hand. »Viel Spaß, meine Kleine. Pass auf dich auf.« Ihre Stimme ist zu einem heiseren Flüstern geschrumpft.

»Mutter? Was ist los? Geht's dir nicht gut?«

Helenas Puls fühlen und nach dem Telefonhörer greifen sind eins.

»Dora Liebig hier. Geben Sie mir Doktor Bergmann bitte… Nein, nicht in einer halben Stunde, meine Mutter ist gerade zusammengebrochen. Er muss sofort kommen.«

3

War ja klar, dass der Arzt sagt, dass Helena auf sich aufpassen muss. Wenn er die Wahrheit sagen würde, nämlich dass sie kerngesund ist, dann würde ihm ja eine zahlungskräftige Privatpatientin abhandenkommen. Sie darf einfach nicht gesund sein. Also diagnostiziert er wie immer einen sensiblen Kreislauf. Der absolut keinen Stress verträgt. Der schon durch die Schmerzen, die ihr die eingequetschte Bandscheibe bereitet, stark belastet ist.

Und meine Dora steht da wie ein begossener Pudel und schwört, ihre geliebte Mama, die so viel aushalten muss, auf gar keinen Fall aus den Augen zu lassen.

Manchmal glaube ich ja, dass sich Helena mit diesem Dr. Bergmann abgesprochen hat. Dass er ihr immer, wenn's nötig ist, irgendeine Krankheit attestiert. Und dann Dora beschwört, ja gut auf ihre Mutter zu achten. Vielleicht ist er gar kein richtiger Arzt, sondern nur so ein Fernsehdoktor. In seinen feinen Schuhen und mit dem neckischen Halstuch.

Und wie er Dora immer ansieht. Wahrscheinlich malt er sich aus, wie toll es wäre, Helenas Schwiegersohn zu sein. Falls er doch ein richtiger Arzt ist, würde er dann raketenschnell in die Kategorie »Promi-Arzt« aufsteigen. Er würde nur noch Privatpatienten behandeln. Seinen Porsche gegen einen Lamborghini austauschen und sich eine Protzvilla auf Sardinien zulegen. Gleich neben der von Silvio Berlusconi. Dem er mit den Jahren immer ähnlicher werden würde.

Eigentlich habe ich ja ein sehr sanftes Gemüt. Bin den Men-

schen, die mir freundlich gesonnen sind, zugetan. Denke nur das Beste von Mensch und Tier.

Da, diese »zufällige« Berührung von Doras Arm, als er sein Stethoskop in seine Tasche packt. Irgendwie aufdringlich. Und was macht meine Dora? Sie lächelt ihn dankbar an. Es kann doch nicht sein, dass ihr dieser gelackte Kerl gefällt.

Dora, wo bleibt deine Menschenkenntnis? Merkst du denn nicht, dass dich mit dem Herrn Doktor rein gar nichts verbindet?

Wenn sie ihre Mutter in dieser Situation allein gelassen hätte und es wäre ihr etwas passiert, das hätte Dora sich nie verziehen. Ihr Herz zieht sich zusammen, als sie sie so blass und hinfällig auf dem Daybed liegen sieht. Sie ist nun mal ein sensibles Menschenwesen, auf das man aufpassen muss. Vor allem, seit sie die Schauspielerei aufgegeben hat.

»Man soll aufhören, wenn es am schönsten ist«, hat Helena damals in einem Interview der *BILD* gesagt. Sie habe nun so lange im Licht der Öffentlichkeit gestanden. Habe die wunderbarsten Rollen gespielt, die man sich als Schauspielerin nur wünschen könne. Aber jetzt sei es an der Zeit, etwas anderes auszuprobieren. Sie habe so viele Ideen, die sie noch verwirklichen wolle. Vor allem sei in ihr in den letzten Jahren nur ein Wunsch größer und größer geworden. Der zu schreiben. Sie habe so viel erlebt, so viele Menschen getroffen. Nein, nicht nur die Schauspielerkollegen und alle, die mit Film zu tun hätten. Sie habe ja schon immer ein sehr intensives, geradezu herzliches Verhältnis zu ihrem Publikum gehabt. Und haben ihre Fans sie nicht so oft um Rat gebeten, in den unterschiedlichsten Lebenssituationen? Haben sie sich ihr nicht mit ihren kleinen und großen Problemen anvertraut? Haben sie sie nicht geradezu angefleht, ihnen zu helfen? Das sei es, wozu sie sich wahrhaftig berufen fühle. Bücher zu schreiben, die den Menschen Hilfe sein können in ihrem kleinen Leben.

Der ungeheure Erfolg ihres ersten Buchs, *Trennung – wie man nach einem Tiefschlag sein Selbstbewusstsein wiedererlangt*, ist dann auch die Bestätigung für Helena gewesen. Fast fünfhunderttausend Mal hat sich ihr »Mutmacher«, wie sie ihr Werk nennt, verkauft. Die Dankesbriefe ihrer Leserinnen sind ihr körbeweise ins Haus gebracht worden. Vor allem die Tatsache, dass Helena so offen über ihren eigenen Schmerz nach der Trennung von ihrem langjährigen Lebensgefährten Hubertus Von dem Busche, der sie damals fast zu Boden gedrückt hatte, geschrieben hat, hat ihre Fans bewegt und berührt. Ihr Lektor Sam Schneider ist vom Verlag ob seines Spürsinns in die Cheflektorenposition gehievt worden. Was nicht nur dazu geführt hat, dass Sam nun vollends davon überzeugt ist, dass Helenas Erfolg ausschließlich ihm zu verdanken sei, da er Helena schließlich ermutigt hatte, dieses Buch zu schreiben, sondern auch dazu, dass er von ihr weitere Bücher erwartet, am liebsten im Halbjahresrhythmus. Zu den Buchmessen in Leipzig und Frankfurt will der Verlag in schöner Regelmäßigkeit einen neuen Lebensratgeber von Helena Liebig vorstellen. Und natürlich hat Helena den entsprechenden Vertrag unterschrieben. Ohne zu bedenken, welchem Druck sie sich damit aussetzt.

»Ich weiß gar nicht, wie ich dir danken soll, Liebes. Dass du dieses Opfer für mich bringst, werde ich dir für den Rest meines Lebens nicht vergessen.«

Helena greift nach ihrer riesigen Gucci-Sonnenbrille, die immer auf dem kleinen Tisch neben dem Daybed liegt, und setzt sie sich mit einem leisen Seufzer auf.

Wer so sensibel ist wie sie, der ist auch schrecklich lichtempfindlich.

»Ich verspreche dir, sobald ich gesund bin, werde ich es wiedergutmachen. Ich werde dir eine tolle Reise spendieren. Florenz. Rom. Paris. Egal. Du musst nur sagen, wo wir hinfahren sollen, und schon sind wir dort.«

Sie greift nach der Hand von Dora, die gerade die leichte flaschengrüne Seidendecke zurechtziehen will.

»Du bist mir doch nicht böse? Bitte sag es. Ich wollte wirklich, dass du mit Jochen nach Florenz fliegst.«

»Nein. Ich bin dir nicht böse, Mutter. Mach dir keine Gedanken. Sieh einfach nur zu, dass du dich schnell erholst«, sagt Dora mit sanfter Stimme.

»Ich weiß es ja nicht, aber wenn Jochen das nicht erträgt, dass du dich um deine kranke Mutter kümmerst, könnte es sein, dass er sowieso nicht der Richtige ist. Ich meine, ein Mann, der so egoistisch ist... der hat dich wahrhaftig nicht verdient.«

Doch, verdammte Katzenkacke. Jochen ist *der Richtige. Er ist lustig. Er hat Fantasie. Er sieht gut aus. Und er bringt mir immer meine Lieblingsleckerlis mit, die er in dem sündteuren Hundeladen in der Sophienstraße extra für mich kauft. Hühnerleberpralinen. Absolut das Höchste!*

Dora, lass dir das von deiner Mutter nicht einreden. Hörst du! Dora!

Dora streicht ihrer Mutter sanft über die Wange. Wie so oft bewundert sie die glatte Haut, die auch mit zweiundfünfzig noch keine Falte aufweist. Und sie hofft, dass Helena, wenn sie ihr schon nicht ihre Gazellenbeine vererbt hat, ihr doch wenigstens das Faltenfreiheitsgen mitgegeben hat.

Kann es sein, dass Helena, was Jochen angeht, doch

recht hat? So lange hat Dora sich geweigert, diesen Gedanken zuzulassen. Hat irgendwann in den letzten vier Jahren einfach nicht mehr zugehört, wenn Helena wieder eine Spitze gegen ihren Liebsten losgelassen hat. Sie ist sich so sicher gewesen, dass es mit Jochen klappen würde. Und es hat ja auch geklappt. Meistens jedenfalls. Solange Helena sich zurückgehalten hat.

Okay, manchmal war sie wirklich kaum zum Aushalten mit ihren Ansprüchen. Es hat durchaus Situationen gegeben, in denen Dora ihrer Mutter am liebsten den Hals umgedreht hätte. Ist schließlich nicht jedermanns Sache, jedes dritte Mal beim Sex mit dem Liebsten gestört zu werden. Aber sie haben sich mit der Situation arrangiert. Haben sogar manchmal gekichert, wenn sie ohne Helena-Störung miteinander geschlafen haben. Wieso also dieser abrupte Bruch heute Morgen? Der wie ein Blitz aus heiterem Himmel über sie gekommen war?

Während Dora ihren halb gepackten Koffer wieder auspackt und sich mit ihrem nackten Unterarm mehrfach die Tränen wegwischt, die über ihre Wangen rinnen, kommt sie zu dem Schluss, dass sie einfach mal wieder danebengegriffen hat. Sie hat sich blenden lassen von Jochens herzhaftem Lachen. Von seinen Verrücktheiten, mit denen er sie von Anfang an immer wieder überrascht hat. Dieses Picknick damals bei strömendem Regen unter einem knallroten Sonnenschirm, wie ausgelassen waren sie da gewesen, wie froh. Auch wenn es eine ziemlich feuchte Angelegenheit gewesen war .... Die schließlich in einer heißen Liebesnacht auf Jochens Matratzenlager geendet hat.

Ach, Jochens Matratzenlager. Dora seufzt wehmütig bei dem Gedanken daran, wie wenig Gespür dieser Mensch, der mit Leib und Seele seinen exquisiten, so romantisch angehauchten Blumenladen in der Auguststraße betreibt, für Stil und Trends hat. Diese Dusche in der Küche. Das auf Flohmärkten zusammengesammelte Geschirr, von dem man, angesichts der Tatsache, dass es keinen Tisch in der Wohnung gibt, die Mahlzeiten im Schneidersitz auf der Matratze sitzend einnehmen muss. Die merkwürdigen Funzeln, die irgendwo an der Decke baumeln und entweder, weil sie nur aus einer Glühbirne bestehen, ein brutal blendendes Licht geben, oder, weil sie aus alten Küchensieben und anderen Flohmarktutensilien zusammengeschustert sind, gerade mal ihre nächste Umgebung, will heißen circa zwanzig Zentimeter, ausleuchteten.

Nach der Wohnung ihres letzten Freundes Philip, dem Juristen mit dem Hang zum IKEA-Style, die allenfalls den Charme eines Katalogbildes ausgestrahlt hat, ist sie von Jochens individuellem Chaos geradezu begeistert gewesen. Es hat ihr einfach gefallen, dass er so gar keinen Wert auf Statussymbole legt. Marken sind ihm vollkommen egal. Die Dinge haben zu funktionieren und müssen ihm gefallen. In erster Linie ihm. Ob etwas in ist oder nicht, interessiert Jochen nicht. Das hat ihr imponiert. Und wohlgefühlt hat sie sich damit auch. Oder etwa nicht?

Ihr Blick wandert durch ihre Wohnung. Über das rote Sofa, das sie so liebt. Die hübsche Biedermeierkommode, die sie von ihrer Großmutter geerbt hat, über den Thonet-Schaukelstuhl, den sie auf eBay ersteigert hat, zu dem alten Apothekenschrank, den sie knallgelb lackiert hat und in dem sie das Geschirr aufbewahrt, das sie sich nach dem Ende ihrer Kochlehre geleistet hat. Zwar nicht gerade Meissner Porzellan, das ist ihr dann doch zu teuer, aber immerhin ein schönes, schlichtes weißes Geschirr von einem dänischen Designer, an dem sie sich täglich erfreut.

Gutes Essen, wie sie es mit Leidenschaft kocht, verdient einen schönen Rahmen, davon ist Dora überzeugt. Und nein, es ist nicht egal, ob man einen großen Bordeaux aus einem Wasserglas trinkt oder aus einem schönen Rotweinglas. Jochen ist das egal. Er würde Wein auch aus einem Zahnputzbecher trinken. Und sie hat sich daran gefreut, wie unkompliziert er ist. Aber hat es ihr wirklich gefallen? Vielleicht hat sie sich ja etwas vorgemacht?

Macht man, wenn man verliebt ist, nicht immer Zugeständnisse? Vielleicht muss sie endlich mal ehrlich zu sich sein. Sich eingestehen, dass sie und Jochen ja doch nicht so ein Traumpaar waren, wie sie sich das eingebildet hat. Vielleicht ist ein unbekümmerter Daseinskünstler wie Jochen wirklich kein Partner für sie?

»Wir finden schon noch einen Mann für dich, Liebes. Mach dir da mal keine Sorgen.«

Helenas Stimme reißt Dora aus ihren schmerzhaften Überlegungen. Leo, der zusammengerollt auf seinem Kissen liegt, als wolle er von der Welt nichts mehr wissen, knurrt leise.

»Was machst du denn hier unten, Mutter?«, fragt Dora. »Doktor Bergmann hat doch gesagt, dass du liegen bleiben sollst.«

»Ich wollte nur sehen, wie es dir geht, Liebes. Hoffentlich bist du nicht zu bedrückt, weil du jetzt nicht im Flieger nach Florenz sitzt.« Helenas Stimme ist warm und besorgt, ihr Blick in Doras Augen forschend.

»Es ist alles gut. Mach dir keine Gedanken. Leg dich nur wieder hin. Ich gehe gleich mit Leo raus. Und nachher mache ich uns was zu essen. Worauf hast du denn Lust?«

»Wie wär's, wenn du uns zwei schöne Steaks holst, die wir uns auf den Grill legen? *Bistecca fiorentina* sozusagen. Rosmarin haben wir ja im Garten. Ach, wenn ich daran denke, wie dieses Fleisch bei Mario geschmeckt hat. Du weißt schon, in der kleinen Trattoria gleich neben dem Ponte Vecchio, in die ich damals mit Hubertus – der Teufel soll ihn holen – gegangen bin. Die Kellner haben immer lauthals gesungen, wenn sie den Salat gemischt haben. Und die alte *mamma* hat mit ihrem Stühlchen fast in dem riesigen Grill gesessen, wo sie das Fleisch gebraten hat.«

Bevor Helena noch mehr Salz in Doras Wunden streuen kann, unterbricht sie ihre Mutter. Immerhin wird sie heute auf dieses florentinische Vergnügen verzichten müssen.

»Ehrlich gesagt, ausgerechnet *bistecca fiorentina* muss es heute nicht sein.«

»Oh mein Gott, wie furchtbar unsensibel von mir. Das hättest du heute Abend sicher mit Jochen gegessen. Der ist doch so ein großer Fleischesser. Tut mir leid, Liebes. Natürlich essen wir etwas anderes. Lamm vielleicht? Oder nein, da musst du sicher an Philip denken. An eure verunglückte Irlandreise.«

»Die Reise war nicht verunglückt«, faucht Dora. »Mir hat Irland gut gefallen.«

»Natürlich. Das hast du mir damals erzählt. Ich dachte nur, weil Philip direkt danach mit dir Schluss gemacht hat«, erwidert Helena unbeirrt.

»*Ich* habe mit Philip Schluss gemacht, Mutter. Weil ich seine ständigen Juristenwitze nicht mehr hören konnte.«

»Und weil er in Dublin in diesem In-Pub mit der Kellnerin geflirtet hat. Sei froh, dass du ihn los bist.«

Nie mehr wird sie ihrer Mutter etwas von ihren Freunden erzählen. Dora spürt, wie langsam die Wut in ihr hochkocht.

Sehr komisch. Es wird überhaupt nichts mehr zu erzählen geben. Weil sie nie mehr einen Freund haben wird. Ganz einfach! Sie schnappt sich Leos Leine. Jacke, Geld, Handy.

Wenn sie *bistecca fiorentina* haben will, von mir aus. Ich wette, ich kann es tausendmal besser als jede steinalte *mamma* in einer blöden Kneipe in Florenz. Sind ja doch nur alles Tourist-Traps.

Dora pfeift leise nach dem Hund. Und ist froh, dass es genau in dem Moment, als sie das Haus verlassen, zu regnen anfängt. Was heißt hier regnen? Es gießt wie aus Kübeln. In weniger als einer Minute ist sie klatschnass. Was ihr total egal ist. Wenigstens fallen dann die Tränen, die ihr über das Gesicht laufen, niemandem auf.

Der Flieger erhebt sich Punkt 18:40 Uhr in den regengrauen Berliner Himmel. Jochen starrt trübsinnig auf den leeren Platz neben sich. Hat er wirklich gehofft, dass Dora doch noch kommt? Als wäre nichts geschehen? Träumer!

Er bestellt sich ein Fläschchen Rotwein. Und während er den ersten Schluck herunterkippt, verflucht er seine Naivität. Er starrt in den Himmel. Und fasst einen Entschluss: Keine Träne wird er Dora nachweinen. Er wird sie aus seinem Leben streichen. Sie. Und ihre Mutter. Und … er seufzt leise in sich hinein … ja, auch den kleinen Leo. Dem er eigentlich heute Abend den riesigen Knochen seiner noch riesigeren *bistecca fiorentina* hat abgeben wollen. Der Kleine hätte sich mit Begeisterung auf diese Gabe gestürzt und wäre ihm für den Rest seines Hundelebens dankbar gewesen.

»Ach, Leo. Schade, dass du kein anderes Frauchen hast. Du wirst mir fehlen.«

4

Dass der Mensch aber auch nie begreift, dass sich die Blase eines Hundes, wenn es draußen regnet, auf ihr mindestens doppeltes Fassungsvermögen ausdehnt. Ein Hund muss nicht raus, wenn der Himmel seine Schleusen öffnet. Aber Dora versteht das einfach nicht. Obwohl ich ihr mit allen Mitteln signalisiere, wie wenig ich es schätze, dass mir dicke Tropfen in die Augen fallen und mich blind machen. Und mein Fell, das in Nullkommanichts durchnässt ist, wie eine tote Katze stinkt. Und mich mein eigenes Spiegelbild, wenn ich mich in einem Schaufenster sehe, jedes Mal zu Tode erschreckt.

Dieses durchnässte Bündel, dessen Beine, da das Fell an ihnen festklebt, wie Streichhölzer aussehen, ist ein Bild des Grauens. Nichts, aber auch gar nichts bleibt da übrig von meiner sonst so auffallenden Schönheit. Es ist mir geradezu peinlich, mich der Welt in diesem Zustand zu präsentieren.

Aber klar, Dora meint es nicht böse. Sie ist davon überzeugt, dass ein Hund fünfmal am Tag Gassi gehen muss, um seine Blase und seinen Darm zu entleeren. Und irgendwie ist das ja ziemlich süß und heldenhaft von ihr, weil sie es – das weiß ich ganz genau – mindestens genauso hasst wie ich, bei diesem Wetter um die Häuser zu gehen.

»Jetzt komm schon, Leo, auf geht's. Lass dich nicht so bitten.«

Dora zieht Leo an der langen Flexileine hinter sich her. Sosehr sie ihren Hund liebt, aber dass er beim kleinsten

Regentropfen zur Zuckerpuppe wird, findet sie ziemlich zickig von ihm. Schleicht wie der sprichwörtliche begossene Pudel mit hängenden Ohren und eingeklemmtem Schwanz dicht an den Häuserwänden entlang. Setzt sich in jedem Hauseingang auf seinen kleinen Hintern, als wolle er dort Stunden verbringen, um besseres Wetter abzuwarten. Zieht, kaum dass er ein Tröpfchen Pipi abgesetzt hat, wobei er sie mit einem waidwunden Blick fixiert, zurück nach Hause.

Normalerweise lässt sie sich in solchen Momenten auf Leos Drängen ein. Aber heute will sie nur gehen. Je schneller, desto besser. Als könnte sie mit jedem Atemstoß ein Stück ihrer Enttäuschung loswerden.

»Mist, Mist, Mist.«

Im Rhythmus ihrer immer schneller werdenden Schritte hüpft dieses eine Wort in ihrem Gehirn auf und ab. Und als wenn irgendwer da oben ihre Situation noch verdeutlichen wollte, tritt sie jetzt auch noch in einen riesigen Hundehaufen, den sie vor lauter Regen nicht gesehen hat.

»Himmelherrgott noch mal!«

Die orangebraune Masse quatscht unter den Sohlen ihrer Ballerinas, drängt an den Seiten hoch. Wie widerlich ist das denn? Sie flucht auf alle verdammten Hundebesitzer, die sich zu fein sind, die Hinterlassenschaften ihrer Lieblinge wegzumachen. Wie so oft fragt sie sich, wieso sie in jeder ihrer Mantel-, Jacken- und Hosentaschen Massen von Hundetüten mit sich herumschleppt und selbst das winzigste Häufchen, das ihr kleiner Hund auf den Gehweg setzt, akribisch aufsammelt und in einem Kilometer entfernten Abfalleimer entsorgt, wenn vor allem die Besitzer großer Hunde sich einen Teufel um den Dreck scheren, den ihr Köter hinterlässt. Und natürlich hat sie heute kein Tempo dabei!

Während sie versucht, die stinkende Kacke am Bordstein abzustreifen, sitzt Leo am anderen Ende der voll ausgefahrenen Flexileine, die sich quer über den Bürgersteig spannt, unter dem Vordach ihres Lieblingsfriseurs und schleckt sich angelegentlich die Pfoten. Man könnte meinen, der Hund tue alles dafür, um nicht mit dieser wütenden Person, die sein Frauchen ist, in Zusammenhang gebracht zu werden.

»He, Leo. Ach, du Ärmster. Bei diesem Wetter spazieren gehen zu müssen.«

Hinter dem Hund hat sich die Tür des schicken Friseurladens geöffnet, in dem sich Dora allmonatlich den Goldton ihrer Haare auffrischen lässt. Es ist Helena gewesen, die sie vor Jahren zu ihrem Leib-und-Seele-Friseur Moritz Müller geschleppt hat. Und Moritz hatte sich flugs daran gemacht, Doras mausgraues Nichts, wie er es nannte, in eine prächtig glänzende Frisur zu verwandeln, die Doras Typ, wie er ihr sagte, doch so viel besser zum Ausdruck bringt. Und tatsächlich, Dora weiß bis heute allerdings immer noch nicht, ob es an der neuen Haarfarbe gelegen hat oder an der Tatsache, dass sie damals gerade ihren Master in Literaturwissenschaften gemacht hat, oder daran, dass sie ein nahezu unwirklich glückliches Intermezzo mit dem Juristen Philip durchlebt hat, sie hat sich jedenfalls zum ersten Mal gerne im Spiegel angesehen. Hat sogar an ihrer etwas zu großen, leicht gekrümmten Nase etwas finden können. Zumal ihre braunen Augen durch die neue Haarfarbe oder durch ihre damalige Zufriedenheit plötzlich dunkler gewirkt und in einem ihr bislang verborgenen Glanz gefunkelt haben. Was dazu geführt hat, dass sie Moritz bis zum heutigen Tag treu geblieben ist.

»Komm, Leo. Hol dir deine Leckerlis«, lacht Moritz und öffnet die Tür für Leo.

Das lässt sich der Hund nicht zweimal sagen. Kaum von der Leine gelöst, ist er auch schon im Hinterzimmer des Salons verschwunden, von wo jetzt die entzückten Schreie von Manuela und Tanja zu hören sind, die ebenso wie Moritz Leos Charme seit dem Tag verfallen sind, als Dora ihn als winziges Fellbündel mit in den Salon gebracht hat. Seit diesen Tagen existiert im Salon eine Box, die immer mit den exklusivsten Hundebonbons gefüllt ist. Was nicht nur Leo zum ständigen Besucher des Salons macht, sondern auch sämtliche anderen Hunde der Gegend. Was Leo allerdings nur deswegen hinnimmt, weil ihm Moritz und seine Mädels jedes Mal mit lieblichsten Flötenstimmen versichern, dass er der süßeste und schönste und lustigste aller Hunde sei. Der von ihnen am allermeisten geliebte.

»Hundescheiße am Schuh bringt Glück.« Moritz grinst sie an, als er Dora eine Handvoll Küchentücher und ein Desinfektionsspray reicht.

»Dann sollte ich am besten mit dem anderen Schuh auch noch reintreten.«

Während Dora nun endgültig die Bescherung von ihrem Ballerina wischt, beschirmt von Moritz, der einen großen schwarzen Schirm mit dem Logo seines Salons über sie hält, fragt er sie: »Wolltest du nicht heute eigentlich nach Florenz geflogen sein?

Sie hat ihm gestern, als sie sich noch schnell die Spitzen ihrer Kurzhaarfrisur hat nachschneiden lassen, gesagt, wie sehr sie sich auf diesen kurzen Italientrip freue. Und da Moritz Jochen Blume nicht nur zu seinen Kunden zählt, sondern fest davon überzeugt ist, Dora und Jochen, die seiner Meinung nach zueinander passen wie Topf auf Deckel, einander zugeführt zu haben, ist er höchst begeistert gewesen über deren Plan.

»Ach, vergiss doch Florenz. Viel zu heiß um diese Jahreszeit. Total überlaufen«, sagt Dora und wirft die Putztücher in den Mülleimer. »Leo!«

Wie immer weiß sie genau, dass alles Rufen nichts hilft, wenn Leo bereits im Inneren des Salons verschwunden ist. Entschlossen, Moritz nichts von ihrer heutigen Katastrophe zu erzählen, geht sie an ihm vorbei in den Salon.

»Ihr verwöhnt ihn einfach zu sehr.«

»Ach komm, die paar Leckerlis. Du ziehst sie dem Armen ja sowieso vom Abendessen ab.«

Moritz ist nicht gewillt, Dora so leicht davonkommen zu lassen. Er folgt ihr durch den Laden, in dem die beiden letzten Kunden für heute noch geföhnt werden, bis ins Hinterzimmer, in dem leise säuselnd eine Waschmaschine läuft und Leo gerade, wahrscheinlich zum zehnten Mal, das einzige Kunststück, das er kann, vorführt.

»Mach Rolle, Leo.« Manuela kann sich vor Entzücken nicht halten, als der Hund sich um sich selbst rollt und sie dann mit einem Stups ans Knie daran erinnert, dass für dieses beeindruckende Kunststück selbstverständlich eine Belohnung her muss.

»Ihr habt doch keinen Stress, du und Jochen?«, fragt Moritz Dora und scheucht seine Mädels mit einem Blick aus dem Raum. Setzt sich auf den Tisch und sieht Dora auffordernd an. Während Leo, da er sich der Aufmerksamkeit eines neuen Bewunderers sicher ist, eine Rolle nach der anderen auf dem lackierten Holzboden hinlegt.

»Nein. Alles okay. Ich kann halt bloß nicht weg. Helena hat einen Bandscheibenvorfall, weißt du.«

Moritz ist augenblicklich zwischen seiner Bewunderung für seine Stammkundin Helena und dem Mitgefühl für Helenas Tochter hin- und hergerissen.

»Ach, ihr zwei Armen. Sag Helena bitte, dass ich ihr gute Besserung wünsche. Und falls sie einen Arzt braucht …«

»Das ist nett, danke. Sie ist bei Doktor Bergmann in den besten Händen.«

»Ach komm, Marc Bergmann. Der ist ja ein guter Hausarzt. Aber Helena braucht jetzt einen Spezialisten. Mit Bandscheibensachen ist echt nicht zu spaßen. Und sie soll ja keinen Orthopäden ranlassen. Das sind alles Metzger. Denk bloß mal an Janna Bennert.«

Während er eine Telefonnummer auf seinem Handy heraussucht, um sie Dora zu schicken, und gleichzeitig Leo noch zwei Leckerlis verabreicht, überlegt Dora, wer Janna Bennert ist und was mit ihr passiert sein mag.

»So, jetzt hast du die Nummer auf deinem Handy. Carlo Manzun, der ist wirklich großartig. Unter seinen Händen wird Helena in ein paar Tagen wie neu sein. Sie soll ihn noch heute anrufen. Und ihm einen schönen Gruß von mir bestellen. Falls sie mit dem nicht kann … ich meine, er ist schon ein bisschen speziell, weil er immer tausend Geschichten erzählt, wie er damals im Fernsehen als Pferdeflüsterer groß rausgekommen ist, soll sie mich bitte anrufen. Sag ihr das. Ich kann ihr dann einen Kontakt zu …«

»Moment mal, du willst meine Mutter zu einem Pferdedoktor schicken? Hast du sie nicht mehr alle, Moritz?«

»Mein Gott, Dora, jetzt sei doch nicht so engstirnig. Carlo hat sowohl Human- als auch Tiermedizin studiert. Und er hat magische Hände. Wenn er so sensible Tiere wie Pferde heilen kann, ist er allemal gut für uns Menschen. Als ich mir damals die Wirbelsäule im Nacken verdreht habe und nur noch geradeaus schauen konnte, hat er mir geholfen. Du weißt doch noch, wie ich von Pontius zu Pilatus gelaufen bin und keiner mir helfen konnte?«

Mensch Moritz, merkst du denn nicht, dass Dora gerade ganz andere Probleme hat? Hör endlich auf, sie mit deinen Geschich-

ten zuzuschwallen. Frag sie lieber, was wirklich mit Jochen und ihr los ist.

»Du, ich muss jetzt wirklich los.« Dora hat wirklich keinen Nerv mehr für Moritz' Geschichten. Sonst hört sie ihm gerne stundenlang zu, wenn er Storys aus seinem Leben und dem seiner Kunden erzählt, doch heute muss sie das echt nicht haben. »Auf geht's, Leo.«

»Schade«, sagt er nur.

Sie küsst Moritz auf die Wangen. Einmal rechts, einmal links. Und dann, weil sie weiß, dass er mehr auf die französische Variante steht, auch noch ein letztes Mal rechts. »Dank dir, mein Lieber.«

»Nichts zu danken, meine Schöne. Deine Haare sind wirklich perfekt heute. Schade, dass du nicht nach Florenz geflogen bist. Hättest du nicht jemanden anheuern können, der sich um Helena kümmert? Ich meine, du weißt doch, dass du nur ein Wort zu sagen brauchst und ich …«

»Danke, aber das ist wirklich nicht nötig.«

Sie will nur schnell raus aus dem Salon. Bevor es Moritz einfällt, nachzufragen, ob bei ihr und Jochen wirklich alles in Ordnung ist.

»Aber bei dir und Jochen ist alles in Ordnung?«

Leo rollt sich vor Moritz' Füßen zusammen. Jetzt bloß keinen Fehler machen. Nicht fiepen, nicht um ein weiteres Leckerli betteln. Einfach nur ganz brav sein.

»Klar ist bei uns alles in Ordnung.« Um Moritz' forschendem Blick zu entkommen, legt sie eilig Leo die Leine wieder an.

»Du, Leo muss dringend. Ciao, mein Lieber.«

»Ich kann mir auch echt nicht vorstellen, wieso es bei euch Probleme geben sollte. Jochen und du, ihr seid so ein schönes Paar. Seine Mahagonilocken und dein Goldton.

Einfach perfekt. Ich meine, ich hab euch ja nicht zusammengebracht, weil eure Haarfarben so gut harmonieren. Es war mir einfach von Anfang an klar, dass ihr wie füreinander geschaffen seid. Er mit seinem süßen Schlendrian und du mit deiner …«

»Was? Sag es nicht, Moritz, ich warne dich.«

»Ich wollte sagen, du mit deinem … Perfektionismus. Ihr ergänzt euch wirklich großartig. Ich war mir schon sicher, dass das was für die Ewigkeit ist, da habt ihr euch noch gar nicht gekannt.« Bevor er zu weiteren Elogen über ihre großartige Beziehung mit Jochen anheben kann, küsst Dora Moritz erneut dreimal und sieht zu, dass sie aus dem Salon kommt.

Kann aber nicht verhindern, dass Moritz ihr in seiner großen Fürsorge, da der Regen nicht weniger geworden ist, sondern sich inzwischen in eine sintflutartige Hölle verwandelt hat, einen der Salonschirme aufdrängt. Und, obwohl sie kaum etwas mehr hasst, als einen Regenschirm zu benutzen, nimmt sie ihn und sieht zu, dass sie Boden gewinnt.

Ha! Wie füreinander geschaffen! Was für die Ewigkeit! Moritz ist so ein Romantiker. Der glaubt tatsächlich noch an die ganz große Liebe. Wenn sie ihm gesagt hätte, dass Jochen ihr praktisch die Pistole auf die Brust gesetzt hat, damit sie sich zwischen ihm und ihrer Mutter entscheidet, hätte er ihr das nicht abgenommen. Verdrossen stapft Dora hinter Leo her, der es nun, Regen hin oder her, tatsächlich eilig hat, zu den Büschen des nahegelegenen Pappelplatzes zu kommen.

Während Dora unter dem riesigen Schirm darauf wartet, dass der Hund wieder aus den Büschen herauskommt, piepst ihr Handy in ihrer Tasche. Ob das Jochen ist? Der doch nicht nach Florenz geflogen ist? Wahrscheinlich bereut er den Streit von vorher längst. Und will sie fragen, ob sie bei ihm vorbeikommen wolle, damit sie sich versöhnen können.

Das Schönste an einem Streit ist die Versöhnung?

Dora zögert. Nein, so leicht wird sie es ihm nicht machen. Schließlich ist er im Unrecht. Er hat gesagt, dass es so keinen Wert mehr hat, und sie an der Gartentür stehen lassen. Vor den Augen von Frau Oswald. Er hat sie in eine unmögliche Lage gebracht. So schnell wird sie ihm das nicht verzeihen. Jedenfalls nicht vor morgen.

Sie sieht auf das Display. Und erkennt enttäuscht, dass dort nicht Jochens Nummer erscheint. Sondern die von Helenas Fußpflegerin, die vermutlich einen Termin absagen oder bestätigen will. Mit der will sie aber jetzt sicher nicht reden. Sie drückt das Gespräch weg.

»Hey, können Sie nicht auf Ihren Köter aufpassen!«

Der wütende Kerl, den sie vor sich im Regen herumhüpfen sieht, reißt Dora aus ihren Gedanken. Er hat sich in der langen Schnur der Flexileine verfangen. Mist, sie hat tatsächlich nicht darauf geachtet, dass die Fünf-Meter-Schnur im Regen praktisch unsichtbar und damit eine Falle für Radfahrer und Fußgänger ist.

»Oh, tut mir leid. Ich hab nicht aufgepasst. Warten Sie, ich befreie Sie.«

Sie pfeift nach Leo, der sich gerade unter den Büschen mit einer verschlossenen Schachtel von McDonald's beschäftigt, aus der ein unwiderstehlicher Duft in seine Nase steigt. Klar, dass er jetzt nicht auf Dora achten kann. Die im Moment damit beschäftigt ist, um den Mann mit den feinen Wildlederschuhen herumzugehen und ihn aus der Fangleine auszuwickeln.

»Entschuldigung, Entschuldigung. Normalerweise passiert mir so was nicht. Ich war nur so in Gedanken.«

Sie kommt vor der Vorderansicht des befreiten Mannes zu stehen.

»Doktor Bergmann.«

»Ach, Sie sind das, Dora. Hätte ich mir eigentlich denken können.« Marc Bergmann lächelt sie strahlend an.

»Bitte?«, fragt sie verblüfft.

»Na ja, ich vermute mal, dass sich viele Hundebesitzer bei so einem Wetter vor dem Gassigehen drücken. Aber Sie … pflichtbewusst wie immer.«

Menno, das gibt's doch nicht. Kaum widmet man sich mal eine Sekunde seinem eigenen Vergnügen, da macht sich auch schon unser Möchtegern-Promi-Doktor an meine Dora ran. Hat er nicht genug damit gehabt, sie vorhin bei Helena zu betatschen? Ich fasse es nicht, wie er sie anglotzt. Und noch weniger fasse ich es, dass Dora auch noch rot wird.

Ja, ich sehe es ganz genau, ihre Wangen bekommen diese leicht rosa Färbung, die sie immer kriegen, wenn Dora verlegen wird.

Hallo! Dora! Das ist Doktor Schmierlappen. Wegen dem muss man nicht rot werden. Okay, dann muss ich jetzt eben mein Repertoire abspielen.

Wie ein Blitz kommt Leo plötzlich aus dem Regengrau geschossen und springt voller Begeisterung an dem Mann hoch, mit dem Dora sich unterhält. Ungeachtet der hellen Hose, die der Arzt trägt. Ungeachtet Doras empörter Rufe, er solle das auf der Stelle bleiben lassen.

»Leo, aus! Lass das! Du weißt genau, dass Anspringen total verboten ist.«

Da der Hund seine Ohren wiedermal dicht macht, greift Dora nach seinem Halsband und zieht ihn mit einem Ruck weg vom Objekt seiner Begierde, was Leo mit einem empörten Fiepen kommentiert.

»Sag mal, spinnst du? Sieh mal, wie Doktor Bergmanns Hose jetzt aussieht!«

»Das ist doch kein Problem. Nur ein bisschen Wasser und Straßendreck. Machen Sie sich um Gottes willen keine Gedanken«, sagt Marc Bergmann mit freundlicher Arztstimme.

Dora sieht ihr Gegenüber verblüfft an. Nicht immer sind Menschen aus der Gruppe der Hundelosen so verständnisvoll.

Sie entschuldigt sich bei Marc Bergmann wortreich für Leos Benehmen. »Ich weiß, das sagen alle Hundebesitzer, aber Leo hat so was wirklich noch nie gemacht«, fügt sie noch hinzu.

»Nun seien Sie mal nicht so streng mit dem Kleinen. Er hat sich eben gefreut, mich zu sehen.«

Gefreut? Was bildet dieser Kerl sich eigentlich ein? Ich wollte genau das, was ich getan habe: seine Hose einsauen. Ihn ärgern.

Er hätte mit mir rumschimpfen sollen. Oder Dora anbrüllen, was sie für eine blöde Töle hat. Dann hätte sie endlich begriffen, was er für ein Typ ist. Und dann nennt der Kerl mich auch noch »klein«. Was hat der denn für eine Ahnung von mir? Ist ihm nicht klar, was alles in mir steckt?

Ich bin ja viel. Aber klein? Klein bin ich absolut nicht. Jedenfalls nicht für jemanden wie den.

Dora lässt Leos Leine in der kürzest möglichen Stellung einrasten, damit der Hund keine Möglichkeit mehr hat, an Dr. Bergmann hochzuspringen. Manchmal wünscht sie sich, sie hätte sich für Leos Erziehung mehr Zeit genommen und wäre konsequenter gewesen. Wäre doch echt toll, wenn der Hund wenigstens in solchen prekären Situationen gehorchen würde. Wobei »Gehorchen« und »Leo« zwei

Dinge sind, die diametral auseinander stehen. Der Hund tut einfach immer, was er will. Nur hin und wieder, wenn sich das, was er will, mit dem trifft, was Dora gerade von ihm verlangt, überkommt sie ein leises Gefühl des Triumphes. Als hätte sie ihn tatsächlich im Griff.

»Wenn Sie die Hose in die Reinigung geben, schicken Sie mir bitte die Rechnung.«

»Jetzt hören Sie aber auf, Dora. Es ist doch nichts passiert. Sobald die Hose trocken ist, werde ich sie ausbürsten. Und gut ist.« Marc Bergmann fixiert Dora mit seinen wasserblauen Augen. Zwinkert mit dem linken. Und grinst dabei. »Allerdings … wenn ich's mir recht überlege, sind Sie mir doch etwas schuldig.«

Dora sieht ihn verblüfft an. Was kommt denn jetzt? »Wie gesagt, wenn Sie die Hose in die Reinigung …«

»Jetzt hören Sie doch mal auf, von meiner Hose zu reden. Als gäbe es keine interessanteren Themen, über die wir uns unterhalten können. Was ich sagen wollte … Wie wär's, wenn Sie mir ein bisschen Ihrer kostbaren Zeit schenken würden?«

»Ich weiß nicht, wie ich das verstehen soll«, rutscht es Dora verblüfft heraus. Meine Güte, ich klinge ja wie eine alte Jungfer. Was passiert hier eigentlich gerade? Kann es sein, dass Helenas Arzt mit mir flirtet?

»Ich wollte Sie schon lange mal fragen, ob Sie Lust hätten, mal mit mir zum Essen zu gehen. Natürlich ganz unverbindlich, ich weiß ja, dass Sie einen Freund haben.«

»Wir haben uns getrennt.« Der Satz entschlüpft ihr einfach und wenn sie könnte, würde sie ihn sofort zurücknehmen.

»Oh, das tut mir aber leid. Ihre Mutter hat mir erzählt, wie glücklich Sie mit Ihrem Blumenhändler sind. Ich hoffe, Sie kommen schnell darüber hinweg.«

»Danke. Ähm … na ja, wir … Wir haben halt nicht so richtig zusammengepasst.«

Eigentlich will sie nur schnell weg. Was soll das, hier im Regen herumzustehen und diesem Mann ihr Herz auszuschütten, der nicht nur Helenas Arzt, sondern auch ihr Vertrauter ist?

»Falls Sie jemandem zum Reden brauchen, ich bin ein guter Zuhörer. Schon von Berufs wegen. Oder, wenn Sie nicht reden wollen, sondern sich einfach nur ein bisschen ablenken, ich kenne einige hervorragende Restaurants, in denen es Gerichte gibt, bei denen Sie alles um sich herum vergessen. Oder wenn Sie lieber ins Kino wollen …«

Plötzlich zerrt Leo wie wild an der kurzen Leine.

»Tut mir leid, aber ich muss jetzt wirklich los. Ich wünsche Ihnen noch einen schönen Abend.« Dora nickt Marc Bergmann zu. Und lässt sich von Leo in Richtung Ackerstraße davonziehen.

»Warten Sie bitte, Dora. Nur einen Moment.«

Obwohl sich der Hund wie ein Zugpferd in die Leine legt, bleibt Dora stehen.

»Ich wollte nur sagen … Ich will Sie nicht drängen.« Er lächelt sie entschuldigend an. »Aber vielleicht wollen Sie es sich überlegen. Und wenn Sie Lust haben auf ein Essen mit mir, dann rufen Sie mich einfach an. Meine Nummer haben Sie ja.«

»Danke, Sie sind sehr freundlich. Aber im Moment …« Sie bricht ab. Und hofft, dass er versteht, was sie meint.

»Natürlich, natürlich, Sie müssen mich wirklich für einen unsensiblen Klotz halten. Sie sind noch nicht so weit. Ich verstehe das, machen Sie sich keine Gedanken. Und jetzt muss ich wirklich weiter. Eine Patientin braucht mich. Ebenfalls einen schönen Abend, meine Liebe. Ich werde morgen noch einmal nach Ihrer Mutter sehen. Sie sollte sich nicht gleich wieder übernehmen. Ich weiß ja, was für ein Energiebündel sie ist.«

Damit steigt er in seinen Porsche, winkt ihr noch einmal lässig zu und verschwindet im Regen. Dora sieht ihm nach.

Eigentlich ist dieser Marc Bergmann ein ganz netter Typ. Wie souverän er Leos Ungezogenheit übergangen hat. Ebenso wie die ruinierte Hose. Das war schon ziemlich gentlemanlike. Aber mit ihm ausgehen? Momentan kann sie sich überhaupt nicht vorstellen, jemals wieder mit einem Mann auszugehen. Am liebsten würde sie auf der Stelle nach Hause hasten, sich ins Bett legen und die Decke über den Kopf ziehen. Und erst wieder herauskommen, wenn sich herausstellt, dass dieser ganze blöde Tag nichts anderes als ein Albtraum gewesen ist.

Das ist doch nicht möglich, dass sie plötzlich wieder Single sein soll. Gestern um diese Zeit hatte sie noch eine Zukunft mit Jochen vor sich. Und wenn ihre Mutter nicht krank geworden wäre …

Tränen steigen ihr in die Augen. Dann würde sie jetzt neben Jochen im Flieger sitzen. Sie würden sich an den Händen halten. Und besprechen, was sie in den nächsten Tagen alles unternehmen wollten. Bei Sonnenuntergang würden sie durch Florenz schlendern. Und danach in einer kleinen Trattoria sitzen und über die unwahrscheinliche Größe der Steaks lachen, die vor ihnen auf den Tellern liegen würden.

Verdammt, das Steak!

Ein Blick auf die Uhr: kurz nach acht. Na super, der Bio-Metzger hat schon zu. Also keine *bistecca fiorentina* für Helena heute Abend. Großartig, Dora! Nicht mal zum Einkaufen bist du zu gebrauchen. Was für ein total vermasselter Tag. Sie hätte heute Morgen besser nicht aufstehen sollen.

Sie zieht Leo, der verdrossen hinter ihr hertrottet, an allen seinen Lieblingsschnüffelstellen vorbei zum nächsten Spätshop in der Torstraße. Kauft bei Aylin, Murats wunderschöner Tochter, von der Dora immer denkt, dass sie einem Märchen aus *Tausendundeiner Nacht* entsprungen sein muss, ein Kilo Orangen und frische Frühlingszwiebeln. Dann gibt es eben einen sizilianischen Orangensalat und danach Spaghetti *aglio olio*. Ist ja keiner mehr da, der sich an ihrer Knoblauchfahne stören könnte. Keiner da, der sie küssen könnte. Ach, ist auch schon alles egal.

Vielleicht war das ja von Anfang an der Plan der alten Hexe? Sie will Dora mit ihrem Quacksalber verkuppeln. Ist doch sehr praktisch, einen Arzt im Haus zu haben, wenn man aufs hohe Alter zugeht. Und Dora kriegt wie immer nichts mit.

Aber so einfach geht das nicht. Noch ist Jochen nicht Vergangenheit. In ein paar Tagen wird er zurück sein aus Florenz. Nur ein paar Straßen entfernt von Dora. Und er wird sie wiedersehen, das schwöre ich. Und sie wird erkennen, dass sie noch an ihm hängt. Und er wird ihr reumütig sagen, dass er übers Ziel hinausgeschossen ist.

So wird das sein, Helena. Die beiden werden sich versöhnen. Oder ich will nicht Leo der Große sein!

Der riesige Vollmond am Himmel von Florenz lässt sein magisches Licht über die Straßen und Plätze fließen. Michelangelos David – oder besser gesagt, die Kopie davon – wirft einen langen grauen Schatten auf das Pflaster der Piazza della Signoria, auf der verliebte Pärchen herumschlendern. Und ein einsamer Mann mit knurrendem Magen.

Jochen hat es nicht über sich gebracht, ohne Dora essen zu gehen. Er ist zwar schon die steile Treppe von »Da

Mario« hinunter in das Lokal gestiegen, das in einem beachtlichen Kellergewölbe liegt, um sich eine *bistecca* einzuverleiben, auf die er sich schon seit Wochen gefreut hat. Doch als ihm der Geruch des gegrillten Fleischs in die Nase gestiegen ist, war ihm auf einmal ganz flau im Magen. Er hat das Lokal eilig verlassen. Unschlüssig, ob er wirklich schon ins Hotel gehen soll. In das Zimmer, das er für Dora und sich reserviert hat.

»Oh, Sie sind alleine angereist?« Das Bedauern des schicken, schwarz gegelten Rezeptionisten hatte ehrlich geklungen, als Jochen vorhin eingecheckt hatte.

»Ja. Leider. Meiner Freundin ist … ähm, na ja … Ihr ist etwas dazwischengekommen. Hätten Sie vielleicht noch ein Einzelzimmer für mich?«

Natürlich war kein anderes Zimmer mehr frei. Er würde wohl oder übel auf dem breiten Bett unter dem mit Putten und Schäferszenen ausgemalten Zimmerhimmel schlafen müssen. Keine Dora neben sich.

Seinen Vorsatz wahr zu machen, die Tage in Florenz trotzdem zu genießen, wird immer aussichtsloser, je länger er durch die engen Gassen schlendert. Der Dom. Das Baptisterium. Der Ponte Vecchio. Die Uffizien. Irgendwie hat er an nichts Interesse. Nicht mal das lilafarbene Blaubeereis, das er sich unter siebenundvierzig verschiedenen Sorten ausgesucht hat, schmeckt ihm. Er wirft den Rest einem streunenden Hund zu, der die Waffel samt der drei Blaubeerkugeln mit einem Happs herunterschlingt und ihn sofort danach mit geübtem Bettelblick ansieht.

Und ihn, obwohl Jochen ihm klarzumachen versucht, dass er nichts mehr für ihn hat, bis zum Hotel verfolgt, wo er sich dann, wie Jochen aus seinem Fenster beobachtet, den Blick unverwandt auf den Hoteleingang gerichtet, neben einem Mülleimer niederlässt und zusammenrollt.

Und Jochen schmerzhaft an Leo erinnert. Und an dessen Frauchen. Ach, Dora! Wieso bist du jetzt nicht hier?

Wie wäre es, wenn er sie jetzt einfach anruft? Ihr sagt, dass er sie vermisst? Dass er sich total einsam fühlt ohne sie in Florenz?

Er nimmt das Telefon. Starrt auf Doras Nummer, die auf dem Display erscheint. Lässt es von einer Hand in die andere gleiten. Unentschlossen. Hätte nicht eigentlich *sie* ihn anrufen müssen? Sich dafür entschuldigen, dass sie nicht mitgekommen ist? Sie ist es doch, die an dieser Situation schuld ist. Er legt das Telefon wieder weg. Und sieht aus dem Fenster, wo in der Ferne die Kuppel des Doms im Mondlicht leuchtet. Am besten, er wäre auch nicht hergekommen.

Eigentlich gibt es kaum etwas Dümmeres, als eine Reise zu machen, wenn man eigentlich erst einmal die Trümmer einer Beziehung wegräumen sollte. Man kann gar nicht weit genug wegfahren, um dem Gefühlschaos zu entrinnen. Egal wo man landet, man hat den Koffer voll mit Enttäuschung und Bitternis, mit Kränkung und Hoffnungslosigkeit. Und mit dem nagenden Gefühl, gerade den größten Fehler seines Lebens gemacht zu haben.

5

Es gibt Hunde, deren Aufgabe ist es, Schafe zu hüten. Border Collies zum Beispiel sind den ganzen langen Tag auf den Beinen, um die ihnen anvertraute Schafherde zusammenzuhalten. Sie davor zu bewahren, in den Abgrund zu stürzen. Sie von einer duftenden Weide zur nächsten zu treiben. Sie des Nachts vor hungrigen Wölfen oder diebischen Menschen zu beschützen.

Andere Hunde sind wackere Helfer bei der Jagd. Sie stürzen sich in die Fluten, um angeschossene Enten zu bergen. Dackel wühlen sich schon mal in Fuchsbauten, um Meister Reineke den Garaus zu machen. In den Bergen spüren Bernhardiner nach einem Lawinenabgang unter meterhohem Schnee Verschüttete auf. Am Meer sind Neufundländer und Labradore zur Rettung von Ertrinkenden und Schiffbrüchigen im Einsatz. Mal ganz zu schweigen von jenen Artgenossen, die als Drogenhunde eingesetzt werden. Oder als Blindenhunde. Als Therapiehunde für Kranke und Behinderte. Sie alle führen ein zufriedenes Leben. Weil sie eine Aufgabe haben.

Die wichtigste Aufgabe aber, die ein Hund in seinem Leben haben kann, habe ich. Ich bin auf dieser Welt, um mich um einen Menschen zu kümmern. Ihn zu lieben. Zu beschützen. Zu verteidigen. Mit meinen ganzen sieben Kilo Kampfgewicht, mit meinen wirklich furchterregenden Zähnen. Mit dem Herzen eines Löwen.

Dieser Mensch ist meine Dora. Und so, wie ich das Beste bin, das ihr je widerfahren ist – und ich sage das ganz ohne Eitelkeit, weil es schlicht die Wahrheit ist –, so ist auch sie das Beste, das mir begegnet ist. Denn Dora Liebig ist meine Lebensretterin. Ihr allein habe ich es zu verdanken, dass ich noch auf dieser Erde weile.

Genau diese wundervolle, großherzige, blonde junge Frau, in deren Kniekehlen ich gerade döse, hat mich nämlich vor vier Jahren auf Mallorca aus diesem dunklen, stinkenden Kasten gezogen, in den mich unfreundliche Menschen geworfen hatten. Mein noch junges Hundeleben schien zwischen gärenden Essensresten, alten Schuhen und giftigem Elektroschrott besiegelt zu sein. Ich hatte schon mit meinem armseligen Dasein abgeschlossen. Der Welt, die mich sowieso nicht haben wollte, Adieu gesagt. Da wurde es plötzlich hell um mich. Einen Moment lang dachte ich, ich hätte die Pforte zum Hundehimmel schon überschritten. Da spürte ich, wie eine Hand nach mir griff.

»Ich hab doch gewusst, dass ich da drin was rascheln gehört habe. Oh mein Gott, das ist ja ein Hund.«

Die Frau, zu der diese engelsgleiche Stimme gehörte, hob mich ans Sonnenlicht, drückte mich an ihr Herz. Es war ihr egal, dass ich stank wie eine komplette Müllkippe. Sie störte sich nicht im Geringsten daran, dass mein Fell vor Dreck starrte.

»Hallo, du kleiner Wicht. Was haben sie denn mit dir gemacht? Einfach weggeworfen, wie ein Stück Abfall.«

Ich spürte ihr Herz an meinen unterernährten Bauch klopfen. Und ich begriff, dass das Schicksal es gut mit mir gemeint hatte. Ein Wunder war geschehen. Dora Liebig war in mein Leben getreten. Meine Lebensretterin.

Die mich in ihr Hotelzimmer mitnahm, mich in merkwürdig riechendem Schaum badete. Die mich mit Köstlichkeiten fütterte, von denen ich nie etwas geahnt hatte. Die mich schließlich mit nach Berlin – und in ihr Leben mitnahm. Zu dessen Mittelpunkt ich schnell wurde.

Sie hat mir meinen Namen gegeben. Leo. Der Löwe.

Und natürlich ist nicht nur der Umstand, dass ich Dora mein Leben verdanke, der Grund, warum ich sie bis zu meinem letzten Atemzug lieben werde, sondern auch dieser Name, den sie mir vielleicht unbewusst gegeben hat, der aber eine lebenslange Verpflichtung ist.

Ich werde sie gegen jede Unbill, die ihr widerfährt, beschützen, gegen jeden Feind, der ihr Böses will, verteidigen. Natürlich kann man sich nicht vorstellen, dass ein Mensch wie meine Dora überhaupt Feinde hat. Dass es irgendjemanden gibt, der sie nicht liebt und achtet.

Aber ich sage Ihnen, das Leben kann ganz schön grausam sein. Und ich rede jetzt nicht von Kriegen oder Terroranschlägen. Nein, ich rede von den Gemeinheiten, die auch einem Menschen wie Dora täglich begegnen können. Und von den Katastrophen, die jederzeit, selbst in Zeiten allerschönster Harmonie, wie aus heiterem Himmel über sie hereinbrechen können.

Aber wer auch immer meiner Dora etwas Böses will, der muss mit mir rechnen. Mit sieben Kilo absoluter Entschlossenheit. Mit furchterregenden Zähnen. Mit dem Herzen eines Löwen.

Dora lächelt, als sie das leise Knurren in ihren Kniekehlen vernimmt. Sie weiß, was gleich folgen wird. Und tatsächlich, Leos Beine fangen an, wie wild zu rudern. Das Knurren wird lauter. Und jetzt abgelöst von hohem, aufgeregtem Fiepen. Wie immer rührt es ihr Herz, wenn sie spürt, dass ihr Hund, der sich im Laufe der Nacht heimlich den Weg in ihr Bett und in ihre Kniekehlen gesucht hat, als gäbe es für ihn keinen selbstverständlicheren Platz auf der Welt zum Schlafen, anfängt zu träumen.

Wo er jetzt wohl ist in seinen Träumen? Ob er mallorquinische Kaninchen jagt? Oder die Rehe aus dem Tegeler Forst, denen sie bei ihren Spaziergängen hin und wieder begegnen und die Leo mit größter Lust verfolgen würde, wenn sie ihn nicht vorsorglich an die Leine nehmen würde. Ob er sie im Traum jemals erwischt?

Sie streichelt seinen festen kleinen Bauch, spürt das schnelle Pochen seines Herzens. Und ist ein klein wenig neidisch auf Leos Fähigkeit, wo auch immer er sich befindet, sich einzurollen und in Tiefschlaf zu verfallen. Aus dem er aber jederzeit durch ein Geräusch oder eine unerwartete Bewegung im Bruchteil einer Sekunde aufwachen kann, etwa um in die Küche zu rasen, wo jemand gerade den Kühlschrank oder eine Packung Nudeln geöffnet hat. Oder nach einer Fliege zu schnappen, die den Mut hatte, sich auf seinem Fell niederzulassen.

Hat man eigentlich je Hunde beobachtet, die vor lauter Sorgen nicht schlafen können? Ja, natürlich, Dora hat von Hunden gehört, die aus Trauer um ihr totes Herrchen nichts mehr gefressen haben. Die aus Eifersucht auf ein Baby oder ein anderes neues Familienmitglied in die Wohnung gepinkelt haben. Oder Schuhe zerfetzt oder Kopfkissen zerrissen, dass die Daunen nur so flogen. Aber von Schlaflosigkeit bei Hunden hat sie noch nie gehört.

»Na du, hast du was Schönes geträumt? Wem hast du denn diesmal den Garaus gemacht?«

Seit Leo bei Dora lebt, liebt er es, aufzuwachen und ihre leise Stimme zu hören. Noch bevor er die Augen öffnet, spürt er ihre Hand auf seinem Rücken. Ganz leicht. Ganz sanft. Und er kann das Bedürfnis, sie abzuschlecken, nicht unterdrücken.

Sie riecht nämlich nicht nur himmlisch, sie schmeckt auch so. Gerade als hätte sie ihr Schöpfer in diesem Moment aus seinem Himmelsbackofen genommen. Warm, süß, sahnig.

»Och komm, Leo, lass das.«

Er weiß genau, dass sie nicht sonderlich darauf steht, abgeschleckt zu werden. Die Erfahrung hat ihn gelehrt, dass das die wenigsten Menschen mögen. Einige wenige hat er kennengelernt, die geradezu darauf zu warten scheinen, dass er ihnen mit seiner feuchten Zunge seine Aufwartung macht, kaum hat er sie erspäht. Maik, der Zeitungshändler zum Beispiel, der sich immer zu ihm auf den Boden setzt und den Kopf so beugt, dass Leo seine Glatze problemlos erreichen kann. Oder Sanne, das Mädchen, das hin und wieder in Helenas Büro aushilft. Die lacht jedes Mal wie eine kleine Ziege, wenn Leo ihr die Zwischenräume zwischen den Zehen einzeln ausschleckt. Helena dagegen …

»Hörst du nicht, du Schlawiner? Du sollst das lassen.«

Dora dreht Leo auf den Rücken, wo er liegenbleibt wie ein Stofftier und ihr seinen gepunkteten, haarlosen Bauch präsentiert, den Kopf in den Nacken gelegt und alle vier Beine weit von sich gestreckt. In irgendeinem der klugen Hundebücher, die Dora damals, als sie Leo ganz frisch hatte, zu Dutzenden verschlungen hat – sie wollte mit ihm ja nichts falsch machen –, hat sie gelesen, dass diese Haltung eines Hundes ein absoluter Vertrauensbeweis sei. Wenn er seinen ungeschützten Bauch und seine Kehle seinem Menschen quasi hinhalte, bedeute das, dass er nicht ein Fünkchen Angst habe. Und jedes Mal, wenn Dora vorsichtig über die fast glatte rosa Haut an Leos Bauch streicht, steigt ihr ein Tränchen ins Auge, vor lauter Rührung darüber, dass dieses kleine Wesen ihr so sehr vertraut.

Was ist es nur für ein Glück, das Leben mit diesem Hund teilen zu dürfen. Dora hat sich in den letzten Wochen gefühlte tausend Mal bei ihrem Schöpfer oder jenem höheren Wesen, das dafür verantwortlich war, dass sich ihre und Leos Lebenswege gekreuzt haben, bedankt. Wie tröstlich es ist, den Hund in den einsamen Nächten ohne Jochen neben sich zu spüren. Er leckt ihr die Tränen vom

Gesicht, wenn sie sich wieder mal einsam und verlassen fühlt. Kuschelt sich eng an sie, wenn sie hoffnungslos aus dem Fenster starrt. Mit Herzschmerzen und Übelkeit im Magen.

Im Gegensatz zu Helena, die der Meinung ist, dass es nur ein Mittel gegen Liebeskummer gebe, nämlich Arbeit, und sich deswegen von morgens bis abends mit immer neuen Aufgaben beschäftigt hat, zeigt Leo sich sensibel für Doras Schmerz. Vielleicht weil es auch sein Schmerz ist. Weil er ganz genau weiß, wie weh es tut, Jochen verloren zu haben. Der Kummer der letzten Wochen hat Hund und Frauchen nur noch enger zusammengeschweißt.

Wie jeden Morgen findet sich Dora kurz nach halb neun bei Helena ein, um mit ihr zu besprechen, was an diesem Tag alles erledigt werden muss. Als Erstes drückt Helena, die noch immer an ihrer herausgesprungenen oder sonst wie verschobenen Bandscheibe herumlaboriert, Dora die von ihr in der Nacht verfassten Seiten ihres neuen Buches in die Hand, das den beziehungsreichen Titel »Der richtige Mann – wie man ihn vom falschen unterscheidet« tragen wird und schon jetzt vom Buchhandel in großen Stückzahlen vorbestellt ist.

Zu Doras unausgesprochenen Pflichten gehört es, neben ihren Aufgaben als Sekretärin, Managerin, Chauffeurin und Haushälterin ihrer Mutter, alles, was diese geschrieben hat, zu lektorieren. Wobei »lektorieren« zuallererst bedeutet, dass sie Struktur und Sinn in Helenas orthografisch und grammatikalisch allzu unbekümmerte Sätze zu bringen hat. Im Klartext gesprochen heißt das, dass eigentlich Dora die Autorin der Bücher ihrer Mutter ist. Was natürlich weder sie noch Helena jemals zugeben würde. Am liebsten ist es Dora allerdings, wenn ihre

Mutter gar nicht erst anfängt zu schreiben, sondern sie mit ihren kleinen Zetteln versorgt, auf denen sie Gedanken und Stichworte notiert hat. Links zu Internetseiten. Hinweise auf Zeitungsartikel, die sie irgendwann einmal gelesen hat.

»Lies mal, was die Meyer/Müller/Wagner zu diesem Thema geschrieben hat. Im Grunde hat sie keine Ahnung von der Sache, aber wer weiß, vielleicht können wir ja den einen oder anderen Gedanken übernehmen«, sagt sie dann immer.

Natürlich ist Helena der Meinung, dass es vor ihr noch nie einen Autor gegeben hat, der sich dermaßen umfassend und grundlegend mit ihrem jeweiligen Thema befasst hat wie sie. Dass es auf dem Markt Beziehungsbücher und andere Ratgeber zu welchem Problem auch immer in Massen gibt, interessiert sie nicht weiter. Sie ist fest davon überzeugt, dass die Welt auf ihr jeweils neuestes Werk wartet.

»Sam Schneider braucht am elften die ersten siebzig Seiten, damit er das Cover und den Klappentext entwerfen lassen kann. Und natürlich die PR-Maschine anwerfen. Ach ja, das ZDF hat gestern angerufen. Am siebzehnten September wollen sie mich im *Morgenmagazin*, am dritten Oktober bei *Lanz*. Und es kann sein, dass sie zu dem Thema ein Special machen, da wollen sie mich als Expertin. Überprüfst du bitte mal, ob ich da Zeit habe? Du weißt ja, dass wir jede Gelegenheit wahrnehmen müssen, um Werbung für mein neues Buch zu machen.«

Da bin ich ja mal echt gespannt, ob du das Buch bis dahin wenigstens einmal durchgelesen hast. Wieso laden sie immer Helena ein, wenn es doch Dora ist, die die Bücher schreibt? Und wieso steht Dora nicht wenigstens mit auf dem Titel?

Leo, der wie immer von der Türschwelle von Helenas Wohnzimmer aus beobachtet, wie Helena ihre Tochter behandelt, knurrt leise.

»Der Hund knurrt mich an.«

Helenas Stimme kriegt ihren üblichen hysterischen Oberton, als sie den Blick sieht, mit dem Leo sie unverwandt anstarrt.

»Und überhaupt, was macht er hier?«

»Leo ist nicht gerne allein. Ich hab dir doch erklärt, dass es an dem Trauma liegt, das er damals im Müllcontainer erlitten hat. Hunde, die von Menschen einfach wie Abfall entsorgt werden, haben ihr Leben lang Angst, verlassen zu werden«, erwidert Dora leicht genervt, weil sie diesen Satz schon gefühlte tausend Mal gesagt hat.

Ach, meine Dora, du liebes Menschenkind, was du dir da immer zusammenreimst. Wenn ich mir einer Sache in meinem Leben sicher bin, dann der, dass du mich nicht verlassen wirst. Niemals. Wieso kapierst du denn nicht, dass ich dir nicht deswegen auf Schritt und Tritt folge, weil ich nicht allein sein kann, sondern weil ich auf dich aufpassen muss?

»Der Hund kann mich einfach nicht leiden. Dabei hab ich ihm von Anfang an viel Sympathie entgegengebracht. Erinnere dich nur mal an die Lederleine, die ich ihm geschenkt habe. Ein ausgesprochen edles Teil war das. Und was hat dein Leo gemacht? Er hat sie innerhalb einer Nacht zerbissen.« Helenas Stimme nimmt wie immer, wenn sie das Gefühl hat, nicht genug wertgeschätzt zu werden, einen beleidigten Unterton an.

»Ich weiß nicht, wieso du erwartest, dass Leo dich mag, während du ihn nicht leiden kannst. Er hat damals ganz genau gespürt, dass du dich bloß bei ihm einschleimen wolltest. Mit dieser Luxusleine. Hunde spüren falsche Gefühle einfach. Außerdem, Leo gehört nun mal zu mir. Finde dich also bitte endlich damit ab.« Dora seufzt leise auf.

Wie satt sie diese ewigen Diskussionen mit ihrer Mutter hat. Diese ständigen Revierkämpfe. Wieso kann sie ihrer Mutter nicht klipp und klar sagen, wo ihre Grenzen sind? Wieso lässt sie es sich immer und immer wieder gefallen, dass Helena sich in ihr Leben einmischt?

Leo, der den Disput zwischen Mutter und Tochter aufmerksam verfolgt hat, setzt zu einem weiten Sprung an und springt auf Helenas Schoß. Ehe sie sich's versieht, ist er mit seiner Zunge über ihr Gesicht gefahren. Einmal, zweimal, dreimal, bevor sie ihn kreischend vor Ekel vom Sofa schiebt.

»Ich hab dir schon so oft gesagt, dass ich das nicht leiden kann, Hund. Dora, die Desinfektionstücher! Einfach ekelhaft.«

Den Schwanz hoch aufgerichtet, was ein deutliches Zeichen absoluter Zufriedenheit ist, folgt Leo seinem Frauchen in die Küche, wo sie die Tücher aus einem Regal nimmt.

»Du brauchst mich gar nicht so triumphierend anzusehen. Ich billige das in keiner Weise, dass du meine Mutter so überfällst.«

Doras Ton ist streng. Aber innerlich kann sie sich ein Grinsen nicht verkneifen. Eigentlich super, dass Leo immer weiß, was zu tun ist.

»Du bleibst hier und wartest auf mich. Verstanden?«, sagt sie noch und kehrt zurück ins Wohnzimmer.

Und ob ich das verstanden habe. Ich darf in Helenas Küche bleiben, bis Dora mich holt. Hurra! Diese Küche ist der Alb-

traum eines jeden Hundes. Immer so sauber gewischt, dass man den Geruch des Putzmittels noch in allen Ecken riechen kann. Nichts steht herum. Kein Keks, kein Obst. Nicht mal ein Krümelchen trockenen Brots liegt auf dem Boden. Könnte sich ja eine Fliege draufsetzen. Oder ein Stäubchen darauffliegen. Voller Millionen von Bakterien.

Wie gut, dass ich so klug bin. Und sowohl herausgefunden habe, wie sich der Deckel des Abfalleimers öffnen lässt, als auch wie die Schranktür aufgeht, hinter der Helena alles, was essbar ist, einschließt.

»Ich weiß ja, dass der Hund alles ist, was dir geblieben ist, nachdem Jochen dich verlassen hat. Ich weiß, dass du einsam bist und diese Töle brauchst, damit du, außer mir natürlich, wenigstens irgendjemanden hast, mit dem du reden kannst. Aber findest du das nicht selbst ein bisschen armselig? Du bist noch ziemlich jung. Du siehst einigermaßen hübsch aus. Du bist klug. Und kochen kannst du auch. Wieso findest du keinen Mann, der zu dir passt?«

»Vielleicht weil ich gar keinen Mann will. Vielleicht weil das Leben ohne Mann viel leichter ist«, antwortet Dora unwillig.

Dass Leo das Einzige ist, was ihr geblieben ist, liegt nicht nur daran, dass Helena immer wieder ihre Freunde wegbeißt, sondern auch daran, dass ihre Mutter sie zeitlich dermaßen einspannt, dass Dora ihre eh schon wenigen Freundinnen auch noch verloren hat.

Sie sieht, dass Helena eine Augenbraue hochzieht, ein sicheres Zeichen dafür, dass sie ihr nicht glaubt. Aber was soll's. Sie glaubt sich ja selbst nicht. Selbst wenn es sein kann, dass ein Leben ohne Mann unkomplizierter ist, ein Leben mit Mann kann durchaus seine schönen Seiten haben. Und sie denkt dabei nicht nur an Sex. Selbst vier Wochen nach der Trennung von Jochen vermisst sie es noch, morgens neben ihm aufzuwachen. Sie vermisst es, dass er ihr das Frühstücksmüsli macht. Und ihr die Füße massiert, wenn sie zusammen fernsehen. Es sind gar nicht die großen Dinge, denen sie nachtrauert, sondern die kleinen Selbstverständlichkeiten. Sonntagsfrühstück mit Leo im Bett. Bötchenfahren auf dem Wannsee. Currywurst essen bei Konopke unter der S-Bahn-Brücke.

Es zieht ihr jedes Mal das Herz zusammen, wenn sie bei einem Spaziergang mit Leo an den Orten vorbeikommt, wo sie und Jochen zusammen Spaß gehabt haben. Aber sie wird einen Teufel tun und mit Helena darüber reden. Denn auf deren Antwort, dass auch andere Mütter schöne Söhne hätten und dieser Blumenhändler sowieso der Falsche gewesen sei, kann sie gut verzichten.

Sie nimmt Helena schweigend das gebrauchte Tuch aus der Hand. »Ich mach mich jetzt mal an die Arbeit. Hast du dir schon überlegt, in welchen Städten du Lesungen machen willst? Ich muss dem Verlag noch Bescheid geben«, sagt sie in geschäftsmäßigem Ton.

»Ich denke drüber nach«, antwortet Helena großzügig. Und setzt zu einer Überraschung an. »Ich habe übrigens Doktor Bergmann für heute Abend zum Essen eingeladen. Wenn du bitte dein Ossobuco für uns kochen könntest. Ich hab ihm schon so oft davon vorgeschwärmt.«

»Heute Abend? Mama! Du sollst mir wenigstens zwei Tage vorher Bescheid sagen, wenn du Gäste einlädst.«

In Dora wütet es. Nicht, dass sie nicht gern kocht. Eigentlich sind die Gerichte, die sie täglich für ihre Mutter zubereitet, das Einzige, wofür diese sie lobt. Aber es ist was anderes, ob sie nur für Helena und sich kocht oder ob diese vorhat, vor einem Gast mit den Kochkünsten ihrer Tochter zu prahlen.

»Sorry, aber heute wird das nichts. Du kannst ja eine Pizza für dich und Doktor Bergmann kommen lassen.«

Genau das müsste sie jetzt sagen. Und sich dann auf dem Absatz umdrehen und weggehen. Soll Helena doch zusehen, wie sie zurechtkommt.

»Um welche Uhrzeit willst du essen?«, fragt sie stattdessen.

»Falsche Frage, Kind. Nicht *ich* will essen, sondern *wir* wollen essen. Du wirst natürlich dabei sein. Doktor Bergmann freut sich schon so lange darauf, einmal mit uns zu essen.«

Natürlich! Das ist mit Sicherheit wieder mal einer von Helenas Kuppelversuchen. Nachdem sie unglücklicherweise ihrer Mutter davon erzählt hat, dass Marc Bergmann sie um ein Date gebeten hat, sie das aber nicht wolle, hat Helena seit Wochen von den Qualitäten ihres Arztes geschwärmt. Nicht nur von den fachlichen, sondern vor allem von den menschlichen.

»Du wirst selten einen Mann finden, der dir so gut zuhören kann. Und die richtigen Fragen stellt. Der so gebildet ist. Und einen so feinen Humor hat. Mal ganz abgesehen davon, dass er nicht unvermögend ist. Seine Praxis ist erste Sahne und seine Wohnung soll der Knaller sein.«

Dass Dora noch nicht bereit ist, sich auf einen neuen Mann einzulassen, dass sie sich noch immer die Wunden der Trennung von Jochen leckt, interessiert Helena nicht im Geringsten. Für sie ist Jochen immer der Falsche gewesen.

Ein Blumenhändler! Als Mann für ihre so wunderbare, hochgebildete Tochter! Absolut undenkbar. Sie hat es schon gewusst, da hatte sie ihn noch gar nicht kennengelernt.

Aber was soll sie sich aufregen? Diese menschliche Fehleinschätzung, was Männer angeht, hat Dora nun mal von ihr. Mea culpa. Es war alles ihre Schuld.

Sowohl Doras Vater, ein Beleuchter mit dem schönen Namen Titus Herrlich, ist eine absolute Null gewesen, von der sie sich noch vor Doras Geburt getrennt hat, als auch Hubertus Von dem Busche, mit dem sie immerhin fast zwanzig Jahre Bett und Tisch geteilt hat. Auch er ist am Ende nichts anderes als ein Loser gewesen, der sich in ihrem Glanz gesonnt hat. Dass er neben der Aufgabe, sie zu managen, was er durchaus sehr kompetent getan hatte, eine florierende Anwaltskanzlei betreibt, die, wie vor Kurzem im Wirtschaftsteil der *FAZ* zu lesen war, gerade ihr drittes Büro in den USA eröffnet hat, ignoriert Helena großzügig. Der Mann war ein Fehlgriff und damit basta. Und da sie beschlossen hat, in Zukunft ohne einen Mann an ihrer Seite, und das auch noch besser denn je, zu leben, widmet sie sich nun mit aller Entschlossenheit dem Plan, wenigstens ihrer Tochter einen adäquaten Partner zuzuführen. Und Marc Bergmann steht auf ihrer Liste der für Dora infrage kommenden Männer auf Platz eins.

»Ach, Schätzchen, tu mir doch bitte den Gefallen. Ich habe so wenig Gesellschaft, seit ich hier darniederliege. Und Doktor Bergmann ist so ein reizender Gesprächspartner. Er wird mich auf andere Gedanken bringen.«

Und Dora hoffentlich auch, fügt sie in Gedanken hinzu. Helenas Plan steht praktisch seit dem Tag, als Jochen Blume allein nach Florenz geflogen ist, fest. Sofort hat sie versucht, Dora Marc Bergmann schmackhaft zu machen. Aber da Dora sich so sperrig anstellt, was einen neuen Partner angeht, muss sie dem Schicksal eben ein wenig nachhelfen. Männer wie Marc Bergmann sind schließlich begehrt. Attraktiv, wohlhabend, mit gutem Beruf. Da darf man nicht zu lange warten, sonst sind sie weg vom Markt. Also wird sie sich heute Abend nach dem Essen, da erschöpft, bald zurückziehen und Dora mit Dr. Bergmann allein lassen. Und dann wird er hoffentlich die Initiative ergreifen. Sie hat ihm bei seinen letzten Besuchen schließlich ziemlich deutlich zu verstehen gegeben, dass Dora sich nach einem passenden Partner sehnt, allerdings, da sie von Natur aus eher schüchtern sei, von sich aus keine Anstalten mache, ihre momentane Situation als Single zu verändern. Aber wenn man sie ein bisschen dränge ...

Sie ist sicher, dass Marc Bergmann ihren leisen Wink verstanden hat.

Leo überlegt gerade, ob er, nachdem er hingebungsvoll den Inhalt des Mülleimers in der Küche verteilt und alle Reis-, Zucker- und Mehlpäckchen aus dem Schrank geholt und dekorativ auf dem Küchenboden arrangiert hat, vielleicht zur Krönung noch einen kleinen Haufen in Helenas seidenen Pantoffel setzen soll, da hört er Doras kurzen Pfiff. Ein zufriedener Blick auf die neue Ordnung, die er in der Küche erstellt hat, und im Bruchteil einer Sekunde steht er mit bebendem Schwanz und erwartungsvollem Blick neben seinem Frauchen.

Sieht tatsächlich so aus, als würde heute nicht gearbeitet, sondern erst mal Gassi gegangen. Super Idee bei dem herrlichen Frühsommerwetter, das die unangenehme Regenperiode seit gestern abgelöst hat.

Hallo! Diesen Blick kennt Dora doch. Da liegt nicht nur die Freude über den bevorstehenden Spaziergang drin, da ist auch noch was anderes. Irgendwas hat der Bursche angestellt. Aber okay, für dieses Mal soll's mir egal sein. Dora muss jetzt vor allem hier raus. Weg aus dem Dunstkreis ihrer Kupplerinnenmutter. Wieso kann sie ihr nicht einfach sagen, dass sie das gefälligst bleiben lassen soll? Dass sie sich nicht ständig in ihr Leben einmischen soll. Wieso ist sie nur so ein fürchterlicher Feigling?

Tasche, Geld, Leine, Hundetüten, Handy, und los geht's.

Leo, begeistert über den unerwarteten Ausflug, trabt hochzufrieden vor Dora her. Die Ackerstraße runter bis zur Ampel an der Torstraße, an der er schon deswegen immer gerne stehen bleibt, weil die Kunden des nahen Coffeeshops hier oft ihre Brownies und Croissants zerbröseln, während sie nervös darauf warten, dass es endlich grün wird. Sein Ziel ist unverkennbar Jochens Blumenladen in der Auguststraße. Aber da für ihn der Weg immer auch das Ziel ist, steuert er geradewegs die Grundschule am Koppenplatz an, deren Umgebung mit wunderbarsten, von den Kindern aber anscheinend wenig geschätzten Pausenbroten gesäumt ist, die sich Leo regelmäßig blitzschnell, noch bevor Dora sie überhaupt erspäht hat, einverleibt.

An jenen Tagen, an denen Dora in Gedanken versunken hinter ihrem Hund hertrottet, kommt es nicht selten vor, dass sie plötzlich vor Jochens Blumenladen steht. Und sich unversehens vor Jochen wiederfindet, der den vor Freude tobenden Leo streichelt und herzt. In der Regel wünscht sie sich in dieser Situation, in der Erde zu versinken, und flucht innerlich, weil sie sich wieder einmal von Leo hat reinlegen lassen. Ihre Reaktionen auf die unerwartete Begegnung mit Jochen reichen von unbeholfenem Grüßen über verlegenes Rumgestottere bis hin zu kindischem Auf-dem-Absatz-Umdrehen-und-Weglaufen, kaum wird sie seiner ansichtig. Und Jochen erweist sich regelmäßig als nicht minder unbeholfen als Dora.

»Ähm … hallo, Dora. Wie geht's dir? Gut siehst du aus.«

Zu qualifizierteren Aussagen scheint auch er seit ihrer Trennung nicht fähig zu sein. Großartige Situation. Dabei hätte sie ihm so gern gesagt, dass sie ihn vermisst. Dass sie von ihm träumt. Ja, dass es ihr leidtut, wie alles gekommen ist. Und wenn er sich dann dazu durchringen könnte, ihr zu sagen, dass er auch einen Fehler gemacht hat, den er inzwischen bereut … Wenn sie sich also wie zwei vernunftbegabte erwachsene Wesen benehmen würden …

Ja, wenn! Doch dazu ist es bisher nie gekommen. Im Gegenteil, sie versichern sich stets gegenseitig, dass es ihnen gut gehe. Und scharren verlegen mit den Füßen. Wohl wissend, wie unglaublich kindisch sie sich benehmen.

Dora schwört sich nach diesen Begegnungen jedes Mal aufs Neue, dass sie sich nie mehr von Leo in die Auguststraße schleppen lassen wird. Und versucht, sich selbst glauben zu machen, dass sie irre froh sei, nichts mehr mit ihm zu tun zu haben.

Zumal sie bei ihrem letzten zufälligen Aufeinandertreffen mit Jochen diesen ausgerechnet dabei erwischt hat, wie er eine Kundin in einem eleganten schwarzen Etuikleid, zu dem sie auch noch die ultimativen roten High Heels trug, mit einer ziemlich heftigen Umarmung begrüßt hat. Gefolgt von einem fetten Kuss auf den Mund. Wenn sie ehrlich ist, ist dies der Augenblick gewesen, in dem sie endgültig begriffen hat, dass es mit Jochen vorbei ist. Nicht, dass sie geglaubt hat, dass es noch etwas werden könnte mit ihnen. Natürlich nicht. Aber da ist die ganze Zeit noch dieses glimmende Fünkchen Hoffnung im tiefsten Winkel ihres Herzens gewesen, das sie zwar selbst unter Folter geleugnet hätte, das sie aber trotzdem nicht imstande ist zu löschen. Bis zu diesem Moment, in dem sie begriffen hat, dass Jochen sie ersetzt hat. Durch Sabine, die High Heel-

Schnepfe in ihrem riesigen SUV. Zu der auch noch die spitznasige rotblonde Pudeldame Contessa gehörte.

»Hast du die Schuhe gesehen? Sie fährt einen SUV! In der Stadt! Und dann dieser unmögliche Hund. Hättest du gedacht, dass Jochen so wenig Geschmack hat?«

Leo hat sie mit schief gelegtem Kopf angesehen. Und sie war wie so oft überzeugt davon, dass ihr Hund ganz genau verstand, was sie sagte.

Aber egal, was Leo so versteht oder nicht. Auf jeden Fall scheint er wild entschlossen, Jochen noch nicht aus seinem Leben zu entlassen.

Weswegen er heute vollkommen unbeirrt in Richtung Auguststraße strebt. Die Tatsache, dass Dora beschlossen hat, sich diesen Begegnungen nicht mehr auszusetzen, geflissentlich ignorierend.

»Nein, mein Lieber! Nicht mit mir. Ich hab dir doch gesagt, dass diese Richtung für uns tabu ist. Die Auguststraße ist für dich und mich ein absolutes No-Go.« Dora dreht sich um und zieht Leo hinter sich her. In die entgegengesetzte Richtung. Und ehe sie sich's versieht, steht sie vor dem neuen Fleischerladen in der Linienstraße, in dem man, wenn auch für deutliche Apothekenpreise, das beste Fleisch von brandenburgischen Tieren bekommen kann. Ist das etwa ein Zeichen? Sie lacht auf. Wir sind hier doch nicht in einem amerikanischen Film. Es ist der pure Zufall, dass sie vor diesem Laden steht, der heute ausgerechnet Ossobuco bewirbt.

»Marc Bergmann wird sich alle zehn Finger nach meinem Essen abschlecken. Und Mutter wird sich vor Stolz nicht mehr einkriegen.«

Hat sie das jetzt nur gedacht oder sind ihr die Worte tatsächlich leise aus dem Mund geschlüpft? In jedem Fall ist Leo aufs Höchste alarmiert.

Du willst wirklich für einen anderen Mann kochen?

Menno, Dora, ist dir denn nicht klar, was die alte Hexe plant?

In Leos Hirn rasen die Gedanken. Das ist zwar nicht unbedingt ein Date zwischen den beiden. Aber wenn Doras Essen heute Abend auch nur im Ansatz so gut schmeckt wie jedes Gericht, das sie kocht, wird ihr Dr. Bergmann danach endgültig zu Füßen liegen. Und, wenn er nicht vollkommen ignorant ist, ihr vermutlich auf der Stelle einen Heiratsantrag machen.

Was unter allen Umständen zu verhindern ist!

Als Dora kurz darauf zufrieden mit ihrem Einkauf aus dem Fleischerladen kommt und in Vorfreude auf das Kochen, das ja nun ihr wirklich Allerliebstes ist, auch noch anfängt, vor sich hin zu summen, weiß der Hund, dass es allerhöchste Zeit für einen wirklich guten Plan ist.

Auf die Hundewiese! Wir müssen unbedingt in den Park hinter dem Nordbahnhof.

»Wo willst du denn hin?«

Dora ist erstaunt, dass es Leo zum Nordbahnhof-Park zieht. Normalerweise ist er überhaupt nicht scharf darauf, dort auf Hinz und Kunz zu treffen. Im Grunde gibt es außer dem schönen Dalmatiner Sandor und der winzigen Chihuahua-Hündin, deren Namen Dora nicht kennt, weil ihr Herrchen immerzu am Handy hängt, wenn er seine Kleine ausführt, keinen Artgenossen, der Leo wirklich zu interessieren scheint. Den lauten, angeberischen Hunden geht er aus dem Weg. Die unterwürfigen, die sich vor ihm auf dem Rücken werfen, ignoriert er mit hoch erhobener Nase.

Doch die Kraft, mit der er sie heute in diese Richtung zerrt, signalisiert ihr, dass sich Leo ganz offensichtlich mal wieder austoben will. Okay, soll er seinen Willen haben. Sie kann sich dort ja auf eine Bank in die Sonne setzen, während er mit seinen Freunden rumtobt, und ein paar Mails auf dem Handy checken oder sich Gedanken über den Schluss von Helenas neuestem Buch machen.

Verdammt, wo ist sie denn nur? Halla ist doch sonst immer um diese Zeit auf der Wiese. Sonst ist sie immer derart aufdringlich, dass es mir schwerfällt, sie nicht bloß kurz ins Bein zu zwicken, damit sie versteht, dass ich von ihren Annäherungsversuchen total genervt bin. Als ob einer wie ich etwas von einer wuscheligen Mischlingshündin mit ungepflegtem Fell wollen würde. Noch dazu, wo sie diesem furchtbar arroganten Kerl mit seinem Edel-Rennrad und der superteuren Rolex gehört. Einem Typ Mensch, auf den ich gar nicht stehe. Nicht nur, dass er sich nicht die Bohne um seinen Hund kümmert, er hat auch nie etwas dabei, was mich interessieren könnte.

Blöder Typ. Blöder Hund.

Aber jetzt, wenn ich sie einmal bräuchte … Ah, da ist sie ja, unter den dichten Büschen, wo die Junkies gern mal ihre Vorräte, die sie verkaufen wollen, zwischen den großen Steinen verstecken. Klar, blöd wie sie ist, wird sie gleich wieder eins von den Tütchen verschlingen und dann total high hinter ihrem Typen hertorkeln.

He, Halla! Hier bin ich!

Dora, die gerade eine Mail von Helenas Lektor Sam Schneider öffnet, in der er wieder mal betont, wie sehr er sich auf das neue Buch freue, und fragt, ob sie schon sagen könne, wann er endlich was zu lesen bekomme, sieht aus dem Augenwinkel, dass Leo in den Büschen verschwindet. Und kurz darauf Seite an Seite mit dieser Hündin Halla heraustobt.

Manchmal fragt sie sich, wie gut sie ihren Hund eigentlich kennt. Sonst kann ihm Halla gestohlen bleiben. Normalerweise gibt er sogar Fersengeld, wenn sie, die von der ersten Begegnung mit Leo an total in ihn verknallt ist, mit weiten Sprüngen auf ihn zugerast kommt. Aber heute sieht es so aus, als gäbe es für ihn nichts Schöneres, als mit Halla über die Wiesen zu rasen und sich mit ihr im Spiel zu wälzen. Geradezu verliebt sieht er aus.

Versteh ein Mensch diesen Hund. Aber was soll's, wenn er Spaß daran hat. Ihr soll es recht sein.

6

Jochen schüttet die neue Packung extrafeine Öko-Hundekekse, die ihm seine gute Kundin Sabine empfohlen hat, in ein großes Bonbonglas. Leo wird begeistert sein. Muss er ja wohl. Wenn schon Sabines mäkelige Pudeldame Contessa die Kekse so gern frisst.

Er sieht schon zum fünften Mal auf die Uhr. Komisch, dass Leo und Dora heute noch nicht da waren. Normalerweise kommen sie doch schon am Vormittag vorbei. Jochen hat die Gassigeh-Gewohnheiten der beiden nicht vergessen. Auch wenn er davon überzeugt ist, dass die Sache mit Dora endgültig aus und vorbei ist, freut er sich tief in seinem Inneren auf ihr tägliches Auftauchen. Wenn er es doch nur über sich brächte, endlich mal mehr als nur »Hallo« oder »Ciao« oder allenfalls mal »Wie geht's dir?« zu sagen.

Wie oft hat er schon dazu angesetzt, sie auf einen Tee in den Laden zu bitten. Oder ihr den tollen Strauß aus Pfingstrosen oder Hortensien in den Arm zu drücken, den er jeden Morgen als Erstes bindet und bis kurz vor Ladenschluss keinem Kunden verkauft, sosehr der ihn auch darum bitten möge. Er will nun mal für den Fall, dass er den Mut dazu haben sollte, präpariert sein, Dora nicht nur den Strauß zu übergeben, sondern ihr auch zu gestehen, wie sehr er sie vermisst.

Aber heute scheinen die beiden gar nicht vorbeikommen zu wollen. Ist das jetzt der Anfang vom endgültigen, unumkehrbaren Ende? Jochen seufzt in die Basilikumtöpfe, die er gerade auf die Etagere vor seinem Laden stellt. Wieso ist er nur so feige?

Ich bin überhaupt nicht feige. Nur realistisch. Schließlich hat sie mich allein nach Florenz fliegen lassen. Hat mich nicht mal angerufen. Keine SMS geschickt. Nichts! Sie hat mich einfach aus ihrem Leben gestrichen! Und sie will anscheinend nicht, dass wir es noch mal miteinander versuchen.

Er schilt sich einen Trottel, der sein Herz an eine Frau hängt, die nichts von ihm will. Und als in dieser Minute Sabine mit Contessa heranfährt, schenkt er ihr kurz entschlossen den Strauß, den er für Dora gebunden hat.

»Hallo! Womit hab ich das denn verdient?« Sabine lacht verblüfft und schnuppert an den Blüten.

»Schöne Blumen für eine schöne Frau.« Richtig originell findet Jochen seine Antwort nicht und fügt hinzu: »Eigentlich will ich nur meiner Freude Ausdruck verleihen, dich zu sehen.«

Oh Mann, wie gestelzt klingt das denn? Er muss zugeben, dass er in Sachen Frauen kennenlernen doch wohl ziemlich eingerostet ist. Klar, er hat ja auch vier Jahre lang keine Veranlassung gehabt, neue Frauen kennenzulernen. Da ist schließlich Dora gewesen.

»Ja«, säuselt Sabine. »Ich freue mich auch. Sehr sogar.« Ihr Blick senkt sich in seine Augen. Und ihre Stimme klingt ein wenig rau, als sie ihn am Hals zu sich herunterzieht und ihn nach einem ziemlich atemberaubenden Kuss leise fragt: »Hast du Lust, mit mir was trinken zu gehen? Wie wär's mit einem After-Work-Drink in der Luxusbar heute Abend?«

»Klar«, stößt er hervor. »Sehr gerne.« Und hat gleichzeitig das Gefühl, rot zu werden, da er seinen Blick nur mühsam von ihren Brüsten abwenden kann, die so verheißungsvoll im Dekolleté beben. Ob sie die Drinks nicht gleich in seiner Wohnung nehmen sollten? Wo sie ungestört …

Er kann den Gedanken nicht zu Ende denken. Weil er plötzlich in einem Sumpf aus schlechtem Gewissen versinkt. Ist er etwa gerade dabei, Dora zu betrügen?

Ha! Dora betrügen! Sehr witzig! Wie kann ich jemanden betrügen, der gar nichts mehr von mir will? Ich bin ein freier Mann. Und ich werde das tun, was freie Männer im Allgemeinen so zu tun pflegen. Ich werde auf alles eingehen, was Sabine vielleicht von mir wollen wird. Und ja, ich werde Sex haben. Hoffentlich schon heute Abend. Wilden, ungezügelten Sex. Und ich werde Spaß daran haben. Sehr großen Spaß.

Leo bleibt wie angenagelt an der Türschwelle stehen, als er und Dora nach Hause kommen und sein Frauchen sich sofort in Helenas Küche begibt, um das Ossobuco zuzubereiten. Wie das verkörperte schlechte Gewissen sieht er aus mit seinen hängenden Ohren und dem hängenden Schwanz. Aber das, was jetzt eigentlich passieren müsste, geschieht nicht. Dora kommt nicht in Sekundenschnelle wieder aus der Küche geschossen, um ihm die Leviten zu lesen wegen der Eat-Art, die er dort veranstaltet hat.

Kein Laut ist zu hören. Platt auf die Türschwelle gedrückt, den Kopf auf den Pfoten, starrt Leo unverwandt auf die Tür zur Küche, in der Dora anfängt, vergnügt vor sich hin zu singen.

Als er hinter sich Helenas eisige Stimme hört, zuckt er erschrocken zusammen.

»Du denkst wohl, du kannst mich provozieren, du kleine Ratte.« Helenas Stimme klirrt wie ein eisiger Wintersturm.

Sie fixiert ihn mit ihren grünen Augen. »Eins sag ich dir, du wirst meine Pläne nicht durchkreuzen. Und bei der nächsten Schweinerei, bei der ich dich erwische, pack ich dich in mein Auto und setze dich irgendwo in der Pampa aus.«

Helena wendet Leo den Rücken zu. Was redet sie denn da mit diesem Tier? Hat sie nicht erst neulich gelesen, dass Hunde menschliche Äußerungen nur als undefinierbares Blabla wahrnehmen? Ihr Erbsenhirn ist überhaupt nicht in der Lage, unterschiedliche Ausdrücke zu verstehen, wenn man mal von den Basisbegriffen »Sitz«, »Platz« und »Essen« absieht. Schon die Wörter »Nein« und »Komm« versteht zumindest dieses Exemplar hier nicht. Allerdings ist er absolut durchtrieben. Und vor allem darauf aus, sie in den Wahnsinn zu treiben.

Sie hat vorhin fast einen Herzinfarkt bekommen, als sie in die Küche gegangen ist, um sich einen Tee zu machen. Nach einem Bombenanschlag hätte es dort nicht schlimmer aussehen können. Im ersten Moment hat sie gedacht, dass sie am liebsten alles so lassen würde, wie sie es vorgefunden hat. Sollte Dora doch sehen, was ihr Hund da veranstaltet hat. Diese unerzogene Bestie! Doch dann ist Helena über sich selbst hinausgewachsen. Und hat die Küche wieder in ihren Ursprungszustand zurückversetzt. Hat gefegt und gesaugt. Gewischt und poliert. Und ist sich irre heldenhaft vorgekommen, weil sie das alles nicht für sich, sondern für ihre Tochter getan hat. Die sich nach ihrer Rückkehr vom Einkauf ganz entspannt ihrer Kocherei widmen können sollte. Auf dass sie ein phänomenales Abendessen zaubern würde.

Nach einem letzten warnenden Blick in Richtung Leo, der sie unverwandt anstarrt, verschwindet Helena in der Küche.

»Kommst du zurecht, Liebes? Soll ich dir was helfen?«

Ja. Hau nur ab in die Küche, du alte Hexe. Und lass mich in Ruhe. Aber ich sag dir jetzt auch mal was: Meine Stunde wird kommen. Und zwar heute noch.

Du glaubst doch nicht im Ernst, dass du es mit mir aufnehmen kannst? Ha!

Kaum ist Helena in der Küche verschwunden, robbt sich Leo vorsichtig in Richtung Esstisch, der auf einem herrlich flauschigen Teppich steht. Hier wird er der Dinge harren, die da kommen werden.

Das Großartige an meinem Plan ist nämlich, dass ich überhaupt nichts tun muss. Nur hier unter dem Tisch rumliegen wie der bravste aller Hunde. Ganz nah an den Beinen meines Rivalen. Und so wie ich den einschätze, wird er meine Nähe auch noch als Liebesbeweis werten.

»Unglaublich! Das ist das Beste, was ich je gegessen habe.«

Marc Bergmann tupft sich mit der Damastserviette die Mundwinkel ab und lehnt sich auf seinem Stuhl zurück. »Ihre Mutter hat mir ja immer vorgeschwärmt, was Sie für eine exzellente Köchin sind, aber das hier … Das war einfach göttlich.«

Helena sieht Dora zufrieden an. Die nicht verbergen kann, dass sie sich über Marc Bergmanns Begeisterung freut. Muss ja auch das Schönste für eine Köchin sein, wenn sie, nachdem sie stundenlang in der Küche geschuftet hat, in zufriedene Gesichter blicken kann. Wie niedlich Dora ist, wenn sie rot wird.

Helena hofft, dass auch Marc Bergmann bemerkt, wie hübsch ihre Tochter ist, mit diesem rosigen Schimmer auf den Wangen, der nicht nur daher kommt, dass sie sich von Marcs Kompliment geschmeichelt fühlt, sondern vor allem von der stundenlangen Kocherei ihres Paradegerichts. Wenn man drei Stunden in der Küche verbringt, immer wieder den Ofen aufmacht, in dem das Fleisch in einem herrlichen Gemüsebett schmort, daneben noch eine Polenta rührt und ein Tiramisu zaubert, das als Krönung des Essens gedacht ist, darf man schon ein wenig erhitzt sein. Zumal, wenn man mit einer derartigen Leidenschaft bei der Sache ist wie Dora.

»Ihre Mutter hat mir gesagt, dass Sie Ihre Ausbildung bei Winkler gemacht haben.«

»Und bei Sergio Primo im ›Leon d'Oro‹ in Verona«, ergänzt Dora.

»Holla, das sind ja super Referenzen. Schade, dass Sie sich nicht entschieden haben, als Köchin zu arbeiten.«

Bevor Dora Marc erklären kann, dass sie das keinesfalls aus freien Stücken getan hat, sondern weil Helena sie, nachdem Hubertus Von dem Busche sie verlassen hat und sie niemanden mehr hatte, der sich um sie kümmerte, einfach gebraucht hat und sie somit gar keine andere Wahl gehabt hat, fällt ihr Helena auch schon ins noch nicht ausgesprochene Wort.

»Meine Tochter hat noch unendlich viele andere Qualitäten. Sie wissen, dass Dora fließend Englisch, Französisch und Spanisch spricht. Und sie ist auch noch ein derartiges Organisationstalent, kann perfekt mit Menschen umgehen. Da wäre es doch eine Schande, wenn sie in irgendeiner Küche versauern würde. Sie ist wirklich zu Höherem bestimmt als zu einer einfachen Köchin.«

»Na ja, eigentlich habe ich die Kochausbildung schon gemacht, um auch als …«, versucht Dora zu erklären.

Doch Helena will das nicht zulassen. »Das Tiramisu, Kind. Du willst es unserem Gast doch nicht vorenthalten?«

Dora kann gar nicht anders. Sie kennt diesen Unterton in Helenas Stimme, der sagt, dass sie jetzt bloß nichts Falsches sagen soll. Hastig steht sie auf, räumt die blaugezwiebelten KPM-Teller ab, die laut Helena angeblich schon ihrer Urgroßmutter gehört haben, und flüchtet sich in die Küche, wo sie einen Moment lang versucht ist, die Teller einfach auf den Boden zu knallen.

Wieso lässt sie sich das immer und immer wieder gefallen? Dass ihre Mutter sie nicht zu Wort kommen lässt. Dass sie sie über ihren Kopf hinweg anpreist wie eine preisgekrönte Kuh auf dem Viehmarkt. Wieso schneidet sie Helena nicht einfach das Wort ab? Wieso lässt sie sich überhaupt auf solche Situationen ein, die sie als zutiefst demütigend empfindet?

»Kann ich etwas helfen?«

Marc Bergmann steht hinter ihr. Seine Stimme ist dicht an ihrem Ohr. »Ich meine … Nicht dass Sie wirken, als würden Sie Hilfe brauchen.« Er lacht leise.

Dora kann seinen Atem in ihrem Nacken spüren, so nah ist er ihr. »Nein danke. Ich komme schon klar«, stottert Dora überrumpelt. »Setzen Sie sich ruhig wieder zu meiner Mutter, in einer Minute bin ich bei Ihnen.«

»Ich bin Ihnen ehrlich gesagt nur deswegen gefolgt, weil ich eine Sekunde mit Ihnen allein sein wollte.« Er grinst sie verschwörerisch an. »Natürlich nur, um mich für das herrliche Essen zu bedanken. Und um Sie zu fragen … Bitte sagen Sie jetzt nicht, dass es dafür noch zu früh ist. Also, was ich Sie fragen wollte … Würden Sie mir die Ehre geben, mich für diesen Abend zu revanchieren?«

Dora steht nur stumm da, die Form mit dem Tiramisu in der Hand.

Marc Bergmann redet hastig weiter. »Da ich mir nach Ihren Kreationen sicher bin, dass es auf der ganzen Welt kein Lokal gibt, in dem der Koch Ihnen das Wasser reichen könnte, lassen Sie sich bitte von mir ins Theater einladen. In der Schaubühne geben sie gerade *Hedda Gabler*. Die Kritiker überschlagen sich förmlich vor Begeisterung. Und da ein paar der Schauspieler zu meinen Patienten gehören, komme ich immer mal wieder an Karten. Also? Haben Sie Lust?«

Dora will eigentlich gerade erwidern, dass sie wirklich noch nicht so weit sei, nach dem Desaster mit Jochen, da spürt sie Marcs Hand auf ihrem Oberarm. Wie warm sich sein Griff anfühlt. Und gleichermaßen stark. Fast automatisch dreht sie sich zu ihm um. Sieht in seine blauen Augen.

Plötzlich spürt sie seine Lippen auf den ihren. Und das fühlt sich gar nicht mal so falsch an. Der Kuss ist gleichzeitig vorsichtig und entschlossen. Ein bisschen schmeckt er nach dem schweren Rotwein, den sie zum Ossobuco kredenzt hat. Ach, verdammt, wieso eigentlich nicht? Sie ist Single. Und ja, sie fühlt sich manchmal einsam. Außerdem ist Marc Bergmann sehr attraktiv. Er hat gute Manieren, gepflegte Hände und trägt elegante Schuhe. Er ist freundlich. Und aufmerksam. Man kann mit ihm reden … Und außerdem: Seine Lippen sind fest. Ihr könnte wahrlich Schlimmeres passieren, als sich auf diesen Mann einzulassen.

Gerade öffnet sie die Lippen, spürt schon die fremde Zunge an ihren Zähnen. Forscht ihrerseits mit ihrer Zunge nach seiner. Er zieht sie enger an sich. Sie spürt, dass sein Atem heftiger wird. Und wischt entschlossen die Erinnerung an Jochens Küsse, die sich in ihr breitmachen will, weg. Jochen ist Vergangenheit. Und das hier, dieser wohlriechende Mann, in dessen Armen sie gerade ist, das ist Gegenwart. Eine durchaus erregende noch dazu. Dora schließt die Augen, entschlossen, sich dem Prickeln, das sich in ihr ausbreitet, einfach zu überlassen.

Und dann passiert es: Marc Bergmann lässt von Dora ab. Er schiebt sie geradezu panisch von sich. Um sich seinem Unterschenkel zu widmen. Er zerrt das Hosenbein nach oben.

»Was ist das?«, keucht er. Und schon fängt er an, sich wie besessen zu kratzen.

»Was ist denn los?« Dora, aufs Äußerste irritiert, bückt sich, um Marcs rechten Unterschenkel zu inspizieren.

Und da sieht sie es. Nicht nur die vielen in einer Reihe angeordneten roten Pünktchen, sondern auch die winzigen Verursacher dieser Pein.

»Kann es sein, dass dein Hund Flöhe hat?«

Marc kann gar nicht aufhören, sich unbeherrscht zu kratzen. Mindestens zwanzig Flöhe springen dabei auf den weißen Küchenboden. Dora bemüht sich, sie zu ignorieren.

»Leo? Niemals«, sagt sie. »Er hat noch nie Flöhe gehabt.«

Ihr Blick fällt auf Leo, der, nachdem er sich den ganzen Abend über wie ein Wunder an Anhänglichkeit dicht an Marc Bergmanns Bein gekuschelt hat, in der Küchentür erscheint und sich heftig kratzend auf seinen kleinen Hintern setzt.

Und in diesem Moment begreift Dora. Natürlich! Halla, die ungepflegte Hündin. Sie sieht doch schon so aus, als wäre sie ein wandelndes Flohnest. Leo hat sich am Mittag noch mit ihr gebalgt. Mit ihr gespielt. Und dabei muss er sich die Flöhe eingefangen haben, die sich jetzt an Marc Bergmanns Beinen ihre Abendmahlzeit abholen wollen.

Sorry, liebste Dora, aber das musste einfach sein. Gib's zu, ich bin ein Held, weil ich dir diesen Kerl vom Hals geschafft habe.

Den werden wir garantiert so schnell nicht wieder sehen. Klar, ich muss jetzt dieses ganze widerliche Entflohungsritual über mich ergehen lassen. Und du weißt, wie sehr ich das hasse.

Aber ich habe es für dich getan. Für dich und Jochen. Auch wenn du immer noch nicht begriffen hast, dass er der einzig Wahre, der Richtige für dich ist.

TEIL II

In geheimer Mission

7

Einen von Leo sicherlich nicht beabsichtigten, aber umso wundervolleren Nebeneffekt hat seine Flohaktion unerwarteterweise bewirkt. Nicht nur, dass sich Marc Bergmann hastig verabschiedet hat, ohne Küsschen, ohne Umarmung, ja sogar ohne nochmaligen Dank für das tolle Essen, als Leo am anderen Morgen in Doras Kniekehle aufwacht, hört er als Erstes, wie jemand die Treppe von der oberen Wohnung heruntergeht. Helena kann das ja wohl nicht sein. Seit sie vor Wochen von ihrer Bandscheibe niedergestreckt worden ist, hat sie das Haus nicht mehr verlassen. Und Dora liegt noch im Bett, das Gesicht vom Schlaf ein wenig gerötet, leise Schnorcheltöne von sich gebend, denen Leo einen Moment lauscht.

Vorsichtig steigt er über ihre Beine, springt mit einem Satz vom Bett und ist schon auf der Kommode, die unter dem Fenster steht und von der aus man so einen guten Ausblick auf den Garten und die davor vorbeiführende Straße hat. Die Vorderpfoten auf dem Fenstersims, beobachtet Leo aufgeregt hechelnd, was da gerade vor sich geht.

Wow! Das hätte ich mir ja in meinen kühnsten Träumen nicht vorzustellen gewagt. Da habe ich ja wohl tatsächlich zwei Fliegen mit einer Klappe geschlagen. Erstens diesen Doktor aus unserem Leben vertrieben. Und zweitens – hurra! – die unerträgliche Helena zum Auszug bewegt.

Denn etwas anderes kann das *wohl kaum bedeuten, dass Helena gerade hinter einem Taxifahrer aus dem Haus kommt, der zwei riesige Koffer und eine wuchtige Reisetasche zieht und schleppt.*

Hurra! Ich hab sie geschlagen! Ich habe die alte Hexe aus ihrem Haus vertrieben!

Leo fiept und juchzt.

»Was ist denn los, Purzel?«, fragt Dora verschlafen. Sie ist von Leos Gewimmer aufgewacht. Wie absolut niedlich er ist, wenn er da so am Fenster steht, der ganze Körper angespannt, der Schwanz vor Aufregung zitternd. Vermutlich beobachtet er die fette weiße Katze von Frau Oswald, die es liebt, provozierend vor Leo herumzustolzieren, wenn er im Haus eingesperrt ist und ihr nichts tun kann.

»Jetzt komm, bleib ruhig. Das hässliche Vieh ist es nun wirklich nicht wert, dass du dich so aufregst.«

Sie steht auf und geht zu ihm, um über Leos bebenden Körper zu streicheln. Und erstarrt.

Was macht ihre Mutter denn da?

T-Shirt und Jogginghose anziehen, rausstürzen, durch den Garten rennen – das alles schafft sie in rekordverdächtigen dreißig Sekunden. Sie erreicht das Taxi in dem Moment, als der Fahrer den Motor anlässt.

»Mutter! Wo fährst du hin?«

Helena mustert ihre atemlose Tochter aus kühlen grünen Augen. »Du findest mich im Hyatt. Oder glaubst du wirklich, dass ich auch nur eine Sekunde länger in dieser verseuchten Wohnung bleiben will?«

»Mein Gott, Mutter. Die paar Flöhe. Ich bringe deinen Teppich nachher in die Reinigung und putze alles gründlich durch, dann ist die Sache erledigt.«

Nein! Tu das nicht, Dora! Wir haben sie endlich so weit, dass sie auszieht. Sag ihr, dass man nie sicher sein kann, dass in irgendeiner Ritze ein Floh ein Versteck gefunden haben kann, in dem er sich in jeder Minute tausendfach vermehrt. Sag ihr, dass du ihr beim besten Willen nicht zumuten kannst, in der Wohnung zu bleiben. Lass sie ziehen.

Und dann komm zurück ins Bett, wo wir ganz entspannt in unser neues Helena-freies Leben entschlummern können.

»Was willst du denn im Hotel?«

Dora ist das schlechte Gewissen in Person, weil sie daran schuld ist, dass ihre Mutter ihre Wohnung verlassen muss. Okay, es war nicht direkt ihre Schuld, so ein Hund kann sich schon mal ein paar Flöhe einsammeln, wenn er unterwegs ist. Aber trotzdem. Leo ist ihr Hund. Sie ist für ihn verantwortlich. Und für seine Flöhe. Und außerdem, irgendwie hat sie ein leises Gefühl, dass der Schlawiner es darauf angelegt hat, sich die Flöhe einzusammeln und damit das vielversprechende Essen mit Marc Bergmann zu torpedieren. Und dass Leo Helena nicht leiden kann und sicherlich überglücklich ist, wenn sie sich eine andere Bleibe sucht, liegt auf der Hand.

Sie muss ihre Mutter daran hindern zu gehen. Und zwar nicht, weil sie es ohne sie nicht aushalten kann. Im Gegenteil, immer wenn Helena mal auf Lesereise oder unterwegs zu einer Talkshow ist, geht es Dora ganz wunderbar. Allerdings, sie weiß auch, wie derart überstürzte Aktionen wie diese weitergehen. Wochenlang wird Helena in ihrem Luxushotel schmollen und alle Bediensteten in den Wahnsinn treiben. Sie wird Dora fünfmal täglich zu sich zitieren. Entweder weil sie etwas zu Hause vergessen hat oder weil sie eine neue tolle Idee hat, die sie ihr nicht am Telefon mitteilen kann. Oder weil sie sie damit konfrontieren will, wie schlecht es ihr in diesem Exil geht, in das ihre undankbare Tochter sie getrieben hat. Nicht, dass sie auch nur ein Wort darüber verlieren würde. Sie ist Schauspielerin. Und weiß mit Gesten und Blicken und ach so vergeblich unterdrückten, ganz leisen Seufzern Dora in die dunkelsten Wogen ihres schlechten Gewissens zu treiben. Und egal wie oft Dora sich entschuldigt, egal wie groß die Blumensträuße sind, die sie anschleppt, und wie teuer die Pralinen, Helena wird sich in ihrem Elend suhlen.

Die Hotelrechnung wird in astronomische Höhen steigen. Und erst nach vielen Wochen, die durch nichts anderes geprägt sind als durch Doras vergebliche Versuche, ihrer Mutter klarzumachen, dass sie wieder nach Hause kommen soll, wird Helena sich gnädig dazu herablassen, Dora zu vergeben. Es wird zu einer tränenreichen, filmgleichen Versöhnung kommen. Und am Ende steht der feierliche Wiedereinzug der Diva in ihre inzwischen für viel Geld gestrichenen vier Wände, gegen den die Triumphzüge, mit denen römische Kaiser nach gewonnener Schlacht in ihre Stadt einzogen, banale Kinderfaschingsumzüge sind.

»Dieser Hund zerstört unser ganzes Leben«, sagt Helena mit leidender Stimme und reißt Dora aus ihren Gedanken.

Sie hofft, dass ihre Strategie aufgeht. Natürlich hat sie nicht die geringste Lust, ins Hotel zu ziehen. Aber sie muss diese Gelegenheit für sich nutzen. Vielleicht treibt Doras schlechtes Gewissen sie dieses Mal ja dazu, endlich das zu tun, was das einzig Richtige ist: den Hund endlich abzuschaffen.

»Ich weiß ja, wie sehr du an ihm hängst. Aber …«

»Tut mir leid, Mutter, aber Leo steht nicht zur Disposition.«

Dora wundert sich auf der Stelle über sich selbst. Das klingt ja ganz schön entschlossen.

»Das heißt also, lieber verlierst du deine Mutter, als dass du dich von einem Tier trennst?« Helenas Stimme bebt vorwurfsvoll.

»Sei bitte nicht albern. Es geht hier nicht um Leben oder Tod, sondern bloß um ein paar Flöhe. Absolute Peanuts, wie dein Freund der Banker sagen würde.« Dora grinst ihre Mutter an. Reicht ihr die Hand.

Leo, der das Ganze vom Hauseingang aus beobachtet hat, dreht sich weg und verschwindet in Doras Wohnung.

»Jetzt komm schon, lass dich nicht so lange bitten. Ich kümmere mich um deine Flöhe«, sagt Dora.

Helena ist empört. »Meine Flöhe? Kannst du das vielleicht noch lauter über die Straße schreien, damit gleich alle Welt Bescheid weiß? Ach, weißt du was, du hast recht. Ich werde mich doch nicht von so ein paar winzigen Tieren aus dem Haus treiben lassen. Und von deinem Köter im Übrigen auch nicht.«

Sie winkt den Taxifahrer heran, der die Szene höchst interessiert beobachtet und in den Tiefen seines Gehirns abgespeichert hat, um sie bei Bedarf rauszuholen und den einen oder anderen Fahrgast damit zu unterhalten, und sagt ihm, dass das Gepäck wieder ins Haus müsse.

»Aber um Gottes willen nicht in die obere Wohnung. Lassen Sie es einfach im Treppenhaus stehen.«

Und verschwindet hocherhobenen Hauptes und wehenden Haares in Doras Wohnung.

Nicht ohne ihrer Tochter die Bezahlung des wartenden Taxis zu überlassen. Und ihr noch über die Schulter hinzuwerfen, dass sie davon ausgehe, dass Leo der Zugang zu Doras Wohnzimmer verboten sei, solange sie, Helena, sich darin aufhalte. Und das werde sie so lange tun, bis ein Kammerjäger durch ihre verseuchte Wohnung gegangen sei.

Mist, Eigentor! Dümmer kann es ja wohl nicht laufen. Ich habe die Hexe zwar aus ihrer Wohnung vertrieben. Aber wo ist sie gelandet? In meinem eigenen Refugium.

Bravo, du Held. Besser kann's echt nicht laufen. Obwohl, das Eigentor hat Dora geschossen, nicht ich. Trotz meiner brillanten Steilvorlage war sie nicht in der Lage, das Richtige zu tun. Klar, sie hat den Ball volley ins Netz geknallt. Aber ins eigene.

Mensch, Dora!

Leo liegt auf seinem Kissen unter Doras Schreibtisch zusammengerollt da wie der leibhaftige Vorwurf. Nicht dass da irgendjemand wäre, der das wahrnehmen würde. Dora ist mit dem Kammerjäger in der oberen Wohnung. Helena hält sich im Wohnzimmer auf. Und vermutlich schmiedet sie schon den nächsten finsteren Plan.

Genau, Leo hört sie durch die angelehnte Tür flöten. Mit dieser bis ins Mark gehenden Säuselstimme.

»Aber nein, das ist doch wahrhaftig überhaupt kein Problem, dass mein Teppich voller Flöhe ist.«

Dieses falsche Lachen. Leo stellen sich die Nackenhaare auf.

»Das sind doch nur Peanuts. Kommt nun mal hin und wieder vor, wenn man ein Haustier hält. Mir geht es vielmehr darum, wie Sie den Schock verkraftet haben, mein lieber Herr Doktor.«

War ja klar. Sie gibt die Lässige, was ihre Probleme angeht. Und Marc Bergmann gegenüber die Sorgenvolle, Schuldbewusste.

Dieses durchtriebene Weib! Der wird doch wohl nicht auf sie reinfallen?«

»Natürlich wiederholen wir dieses Essen. Und beim nächsten Mal muss Leo einfach in seinem Körbchen bleiben … Wie? Ach, das ist wirklich zu großzügig von Ihnen. Natürlich kann so ein Hundchen …«

Hundchen!!!

»… nichts dafür, wenn es sich Flöhe einfängt. Ich dachte nur, falls Sie sich vor ihm ekeln … Ach so, das tun Sie nicht? Im Gegenteil, Sie finden ihn ganz reizend? Wissen Sie was, das finde wiederum ich ganz reizend, dass Sie so überhaupt nicht nachtragend sind.«

Nur halb zufrieden beendet Helena das Gespräch mit ihrem Hausarzt. Dass er Dora und ihr nichts nachträgt, ist das eine, dass er allerdings auch Leo verzeiht … Na ja, es wäre aber auch zu schön gewesen, wenn Dr. Bergmanns Einzug in Doras Leben mit dem Auszug dieses Hundes einhergegangen wäre. Aber okay, eins nach dem anderen.

Erst mal hängt Bergmann immer noch an der Angel. Und sie wird sich daran machen, sie einzuziehen. Ganz sachte. Ganz vorsichtig. Bis sie diesen kapitalen Burschen im Netz hat.

Helena ahnt nicht, wie sehr Marc an der Angel hängt. Und nicht an ihrer.

Noch am selben Tag steht Marc Bergmann wieder vor Dora. In der Hand einen riesigen Pfingstrosenstrauß.

Dora kann es nicht fassen, der Mann bittet sie um Verzeihung. Weil er so unbeherrscht gewesen sei. Einfach abzuhauen, nur wegen ein paar Flöhen, sei nun wirklich nicht seine Art. Noch dazu, ohne sich zu bedanken. Für das tolle Essen. Den anregenden Abend.

»Sie konnten ja noch nicht mal mein Tiramisu probieren«, erwidert Dora verlegen.

Sie ist ziemlich überwältigt von Marcs Großzügigkeit. Dazu gehört schon Charakter, sich nach so einem eher hysterischen Abgang wie gestern Abend wieder am Ort der Niederlage einzufinden. Und seine Fehler zuzugeben. Und sie einfach auf den Mund zu küssen. Was bei ihr zu einem klitzekleinen Anfall von Schnappatmung führt. Den sie aber schnell wieder im Griff hat.

»Waren wir nicht schon beim Du?«, murmelt Marc, während seine Lippen an ihrem Hals heruntertupfen.

»Ja. Natürlich. Ich meine, *du* konntest ja noch nicht mal mein Tiramisu probieren«, sagt sie leise lachend und hofft, dass er nicht mit dem Küssen aufhört.

Wie sehr hat sie all das vermisst. Einfach im Arm eines Mannes zu liegen. Sein Herzklopfen zu spüren. Lippen. Hände. Wie gut das tut.

Und dann hört sie ein leises Fiepen. Leo!

Sie macht sich los. Das war ja klar. Dass Leo das nicht zulassen würde, wenn sie einen anderen Mann als Jochen küsst. Sie versucht den Anflug von schlechtem Gewissen, der sie überkommt, zu ignorieren. Was gar nicht so einfach ist, da das Fiepen inzwischen zu einem schrillen Gewimmer anschwillt.

»Sorry, der Hund. Er ist eifersüchtig.«

Sie kann nicht anders. Geht zur Tür und lässt Leo herein. Der sofort mit einem Satz in ihre Arme springt. Und sich an ihrer Brust so lange dreht, bis er Marc Bergmann im Blick hat. Ein leises Grollen rollt aus den Tiefen seines Brustkorbs.

»He du, ich tu dir doch nichts.«

Als Marc die Hand ausstreckt, um Leo am Kopf zu streicheln, zuckt der Hund nach vorn. Mit deutlichem, lauterem Geknurre. Marc macht unwillkürlich einen Schritt nach hinten.

»Entschuldigung. Ich wollte dir nicht zu nahetreten.« Er sieht Dora an. »Ich muss sowieso los. Wie wär's, wenn du mir heute Abend eine Portion von deinem Tiramisu vorbeibringst? Ich mache uns einen Kaffee, und wir essen es zusammen. Natürlich können wir auch einen Wein dazu trinken. Oder einen Amaretto?«

Ich hasse Amaretto, schießt es Dora durch den Kopf. Aber das muss sie ihm jetzt nicht sagen. Nicht jetzt, da alles so verheißungsvoll anfängt.

Hastig stellt sie Leo auf den Boden und bringt ihn vor die Tür. Ignoriert den vorwurfsvollen Blick, den er ihr zuwirft. Und küsst Marc Bergmann auf die festen Lippen.

Wie gut sich das anfühlt! Wie superschweinemäßig gut!

8

Als Jochen die Augen aufschlägt, sieht er einen wohlfrisierten Kopf vor sich. Dunkelbraune Augen, die ihn unverwandt fixieren.

»Hallo, Contessa.«

Die Pudeldame wendet sich von ihm ab. Und legt sich mit geradezu majestätischer Anmut auf das blauweiß gestreifte Sofa, das neben der offenen Terrassentür von Sabines außerordentlicher Wohnung steht. Es ist deutlich, was die Hündin von diesem Mann, der heute Nacht hier geschlafen hat, hält.

Jochen sieht auf seine ausgeblichene Jeans und das T-Shirt mit dem grellbunten Comic-Aufdruck, die ordentlich gefaltet auf einem Stuhl liegen. Merkwürdig. Haben er und Sabine sich nicht die Klamotten vom Leib gerissen, als sie nach einigen Drinks und einem endlos teuren Essen im angesagtesten Grillroom der Stadt, in dem er sich verteufelt fehl am Platz gefühlt hat, endlich in ihrer Dachwohnung gelandet sind? Er blickt sich in dem vierzig Quadratmeter großen Schlafzimmer, das von einem überbreiten Boxspringbett dominiert wird, um.

Was macht er eigentlich hier? Er fragt sich, ob es nicht am besten wäre, in seine Klamotten zu springen und zu verduften. Oder doch noch schnell duschen? In diesem Riesenbad, das ungefähr so groß sein dürfte wie seine gesamte Wohnung? Oder wird von ihm erwartet, dass er Frühstück macht? Das würde allerdings bedeuten, dass er zuerst die Küche suchen muss. Und wer weiß, wem er dabei begegnet. Der Putzfrau? Der Sekretärin? Oder gar Sabines Ehemann?

Soweit er sich erinnern kann, hat sie irgendwann mal was davon gesagt, dass sie Blumen für das Büro ihres Mannes kaufen wolle. Hat er sie eigentlich noch alle? Sich auf diese Frau einzulassen? In deren Klasse er nie in seinem gesamten Leben spielen wird. Für die er im Zweifel nichts anderes als ein netter One-Night-Stand ist. Wahrscheinlich hat er mit dieser Nacht sogar eine seiner spendabelsten Kundinnen vergrault. Als ob er nicht darauf angewiesen wäre, dass er Stammkunden hat, die regelmäßig sehr viel Geld in seinem Laden lassen. Also los, nichts wie weg hier.

Er springt aus dem Bett. Und steht vor Sabine, die gerade nackt das Zimmer betritt, ein Tablett in den Händen, auf dem zwei perfekte Cappuccinos stehen und ein Korb mit Croissants, die duften, als hätte Sabine sie gerade in einer kleinen Bäckerei in Paris besorgt.

»Ähm, also … Hallo. Ich wollte eben unter die Dusche springen.«

Jochen weiß nicht, wo er hinsehen soll. Diese Frau ist die Verführung in Person. Perfekte kleine Brüste, schmale Hüften, lange Beine. Und eine Haut …

»Duschen kannst du, wenn ich weg bin. Ich hab gerade noch genug Zeit für ein schnelles Frühstück und dann muss ich leider los. Mein Flieger geht in zwei Stunden.«

Sie schiebt Jochen mit Hilfe des Tabletts, das sie gegen seine Brust drückt, zurück zum Bett. Setzt sich neben ihn. Schlägt wie selbstverständlich eines ihrer Claudia-Schiffer-Beine über seinen Schoß und taucht ein Croissant in den Milchschaum.

»Ich frage mich, wieso wir das nicht längst gemacht

haben.« Sie drückt ihm einen Kuss auf seine Brust. »Ach, verdammt, Frühstücken wird völlig überbewertet.«

Sie stellt das Tablett auf den Nachttisch. Und verführt Jochen zum fünften – Moment, war es nicht das sechste oder siebte? – Mal. Und er kann nicht anders, als ihre Lust mit seiner Gier zu beantworten. Ist doch egal, in welcher Liga er beruflich spielt. Hier, im Bett, sind sie sich ebenbürtig. Mehr Gedanken lässt sein Hirn, aus dem in diesem Moment alles Blut zu verschwinden scheint, nicht zu.

Als der Kammerjäger an die Küchentür klopft und vermeldet, dass seine Arbeit getan sei, muss sich Dora aus Marcs Armen losreißen.

»Wunderbar. Tausend Dank. Ich bin ja so froh, dass Sie gleich vorbeikommen konnten.«

Sie zwitschert ein wenig zu laut, ein wenig zu schnell, ein wenig zu freundlich auf den Mann im blauen Overall mit dem ekelhaft detailgetreuen Aufdruck einer Schabe und dem Satz »Ihr Problem, unsere Lösung« ein, während sie ihm das Geld für seine Arbeit aushändigt und ihn eigentlich zum Teufel wünscht. Hätte er nicht noch eine Stunde länger brauchen können?

»Na ja, im Grunde hätten Sie das auch allein erledigen können. Den Teppich in die Reinigung, ein paarmal mit Spezialseife durchgewischt. Wäre Sie auf alle Fälle billiger gekommen. So ein paar Flöhe sind nun wirklich keine Herausforderung. Sie sollten mal sehen, womit ich es sonst zu tun habe.«

Bevor der Kammerjäger zu ausführlicheren Beschreibungen jener Sauereien anheben kann, die er in seinem Berufsalltag für gewöhnlich vorfindet, bedankt sich Dora hastig noch einmal, schiebt ihn aus der Tür und saust in die Küche zurück. Um genau dort weiterzumachen, wo sie nun schon zum zweiten Mal unterbrochen worden ist. Merkwürdig, jede Unterbrechung scheint ihre Lust nur noch zu steigern. Wie wenn man ein Kind einmal an einem Eis schlecken lässt und es ihm dann wegnimmt, fühlt sie sich gerade. Ausgehungert und gierig.

Und sie ist total enttäuscht, als ihr Marc entgegenkommt.

»Tut mir leid, ich muss jetzt wirklich los. Meine Sprechstundenhilfe ruft wahrscheinlich gerade bei der Polizei an, um mich als vermisst zu melden. Ich bin, seit ich sie habe, noch niemals zu spät in die Praxis gekommen.« Er rückt seine Krawatte zurecht, fährt sich über das kurze, volle Haar.

»Und das Tiramisu?« Dora beißt sich wütend in das Innere ihrer Wangen. Wieso denkt sie eigentlich immer nur ans Essen?

Er zieht sie lächelnd an sich. »Wie gesagt, ich würde mich sehr freuen, wenn du heute Abend mit deinem Nachtisch bei mir vorbeikommen würdest.«

»Um wie viel Uhr?« Schluck! Herrgott, muss sie denn so gierig klingen? Der Mann muss ja denken, dass sie vollkommen ausgehungert ist.

»Um halb neun. Du weißt, wo ich wohne?«

»Torstraße hundertzwanzig.« Sie lacht verlegen auf. »Nein, ich habe dir nicht nachspioniert. Aber du hast meiner Mutter mal erzählt, dass du in dem Haus mit dem Dachpool wohnst.«

»Wir können gerne auch eine Runde schwimmen. Unter dem Sternenhimmel. Hast du Lust?«

Ob ich Lust habe, fragst du? Ich hab dir doch gerade fast die Kleider vom Leib gerissen. Als hätte ich seit fünf Jahren keinen Sex mehr gehabt. Sie reißt sich zusammen und sagt, dass sie gerne komme.

»Allerdings muss ich Leo mitbringen. Das Einzige, was es an ihm auszusetzen gibt, ist die Tatsache, dass er nicht alleine bleiben kann.«

»Ach so.« Marc wirkt ernüchtert. »Und was ist mit deiner Mutter? Nicht, dass ich etwas gegen Leo hätte. Im Gegenteil, ich finde ihn außerordentlich putzig. Allerdings … meinst du nicht, dass er … na ja, vielleicht eifersüchtig wird, wenn wir … schwimmen gehen?«

Leo, der immer noch vor der Küchentür liegt, aber jedes Wort mitkriegt, das gesprochen wird, und vor allem auch jedes, das nicht gesprochen wird, schnauft durch den Türspalt.

»Ach was, Leo ist zwar am Anfang ein bisschen eifersüchtig. Aber nur, weil er auf mich aufpasst. Eigentlich will er nur, dass es mir gut geht.«

»Also bleibt er bei deiner Mutter. Weil es dir dann mit mir gut gehen wird«, sagt er.

Er sieht sie mit einem unwiderstehlichen Blick an. Einer Mischung aus Lustigmachen und Leidenschaft und Vorfreude. Dora spürt, dass sie nickt.

»Okay, ich frag sie mal. Auch wenn sie Leo nicht leiden kann, für ein paar Stunden wird's ja wohl gehen.«

Du willst Helena fragen, ob sie auf mich aufpasst? Und mich fragst du nicht, ob ich das will? Du verrätst mich an die alte Hexe wegen dieses Schmierlappens?

Willst du mir das wirklich antun? Deinem allereinzigen Freund auf der ganzen Welt?

Stunden später liegt Leo auf seinem Kissen und beobachtet, was Dora an diesem Abend veranstaltet, bevor sie sich mit Marc Bergmann treffen will. Duschen, alle störenden Haare an Beinen, Achseln und in der Bikinizone entfernen, hat sie schon hinter sich. Man glaubt ja gar nicht, wie das da so urwaldmäßig wuchern kann, kaum ist man vier Wochen Single und jeder näheren Begegnung mit einem Mann total abgeneigt. Jetzt steht sie mit glatter, duftender Haut vor dem Schrank und Leo fliegt ein ums andere Kleidungsstück um die Ohren.

Das eine ist zu kurz, das andere zu brav, das dritte nicht gebügelt, das vierte total übertrieben. Wieso hat sie nichts anzuziehen?

Meine Güte, zieh halt die Jeans an und die blaue Bluse mit dem Stehkragen und gut ist. Was stellst du dich denn so an? Du siehst doch in allem gut aus. Nein! Um Gottes willen, nicht dieses schwarze T-Shirt! Viel zu tiefer Ausschnitt, viel zu eng anliegend, da kannst du auch gleich nackt gehen.

Wie? Das soll's wirklich sein? Und dazu dieser winzige Rock, der kaum deinen Hintern bedeckt?

»Jetzt hör endlich auf zu fiepen, Leo. Tut mir echt leid, dass ich dich nicht mitnehmen kann. Aber du weißt selbst, es gibt nun mal Lokale, in denen sie Hunde nicht dulden.«

Dora kniet sich neben Leo und will ihm die Stirn kraulen, was er im Prinzip unglaublich gern hat. Doch der Hund wendet den Kopf ab.

Er findet es seiner absolut unwürdig, dass sie ihn auch noch belügt. Von wegen Lokal! In den Pool will sie mit ihm. Wenn nicht sogar in was Schlimmeres.

»Komm schon, sei nicht beleidigt. Es geht halt nicht anders. Du bist doch schon ein großer Hund, da kannst du doch wirklich mal ein paar Stunden bei Helena bleiben. Kriegst auch einen dicken Rinderknochen.«

Was tut sie denn da? Entschuldigt sich bei ihrem Hund, nur weil sie mal wieder ein bisschen Spaß haben will?

Sie muss vollkommen bescheuert sein. Sie ist eine erwachsene Frau und Leo ist nichts anderes als ein Hund. Der ihr jetzt allerdings mit einem ganz kleinen, traurigen Fiepen ganz zart über den Fußrücken schleckt. Oh Gott, kann sie ihm das wirklich antun? Sie weiß genau, wie er leidet, wenn sie nicht bei ihm ist. Sie hat es nun wirklich oft genug ausprobiert: Jacke, Tasche, Schlüssel, Tür auf, kein Abschiedsgruß, aus dem Haus, warten und nach ein paar Minuten wieder zurück – genau wie in den Hundebüchern empfohlen.

»Machen Sie das einige Male am Tag und bald weiß ihr Hund, dass er keine Angst haben muss, dass Sie ihn verlassen. Weil er erkennt, dass Sie jedes Mal zurückkommen.«

Doch Leo hat die Hundebücher nicht gelesen. Sein Wimmern, sein Fiepen, sein Bellen sind nicht weniger geworden, egal wie oft Dora probehalber aus dem Haus gegangen ist. Im Gegenteil, das Fiepen ist zu wütendem Geschrei geworden, das zunächst nur leise Bellen zu tosendem Gekläffe, das man bei so einem kleinen Hund niemals vermutet hätte. Und Dora hat sich resigniert der Erkenntnis ergeben, dass Leo eben kein Hund wie jeder andere sei. Und hat ihn von Stund an nie mehr allein gelassen.

Oder doch, einen Ort gab es von Anfang an, wo der Hund sogar stundenlang allein blieb: in seinem Hundekorb im Auto. Nur da scheint er sich ohne sie sicher zu fühlen. Aber da das Auto gerade in der Werkstatt ist, muss jetzt eben die Hundesitterlösung her. Allerdings hat die wunderbare »Hundetante« Paula, die sich hin und wieder, wenn alle Stricke reißen, um Leo kümmert, ausgerechnet heute keine Zeit. Und da Jochen, bei dem Leo mit Freuden tagelang bleiben würde, aus bekannten Gründen ebenfalls ausfällt, bleibt nur die fünft- oder vielmehr zehntbeste Lösung: Helena. Die sich normalerweise weigert, auch nur eine halbe Stunde auf Leo aufzupassen. Doch heute ist das vollkommen anders.

»Natürlich passe ich auf Leo auf. Wir werden schon miteinander klarkommen. Nicht wahr, Purzel, wir machen es uns nett miteinander«, hat sie am Mittag gesagt, als Dora sie um den Gefallen gebeten hat, und sich zu dem Hund runtergebeugt, um ihm über den Rücken zu streichen. »Wir beide gönnen es Dora doch, dass sie einen schönen Abend haben wird.« Ihre Stimme war eine einzige Süßstoffattacke.

Das leise Knurren in Leos Bauch hat sie davon abgehalten, ihn weiter zu streicheln. Für das Glück ihrer Tochter ist sie offenbar bereit, auch diese Unfreundlichkeit des unmöglichen Köters auszuhalten.

»Wunderbar! Du siehst ganz großartig aus, Liebes«, sagt Helena begeistert.

Dora hält den Atem an, weil sie erwartet, dass wie immer noch eine Einschränkung des Lobes folgen wird. Normalerweise sind in Helenas Augen ihre Haare nicht perfekt. Oder sie hat die falschen Schuhe an. Oder der Lippenstift passt nun überhaupt nicht zu Doras Bluse. Oder zu ihren Schuhen.

»Du solltest öfter Schwarz tragen. Das steht dir hervorragend.«

Und es streckt und macht dich zwei Kilo schlanker. Helena beißt sich fast die Zunge ab, um sich diesen Kommentar zu verkneifen. Dora könnte diese zwei Kilo ruhig mal abnehmen. Dann würde sie wirklich sehr hübsch aussehen, auch ohne schwarze Klamotten. Aber das ist heute nicht das Thema.

Heute soll sie fröhlich und unbeschwert zu Marc Bergmann gehen und einen schönen Abend mit ihm verbringen. Und vielleicht auch eine aufregende Nacht.

Und sie wird sich an ihren Schreibtisch setzen und das letzte Kapitel ihres neuen Buches schreiben, in dem sie ihre Leserinnen dazu beglückwünschen will, nun, da sie all ihre Ratschläge befolgt haben, endlich mit dem »Richtigen« glücklich werden zu können.

9

Zum fünften Mal wählt Jochen Doras Nummer. Und zum fünften Mal legt er das Telefon weg, bevor es am anderen Ende der Leitung auch nur einmal geklingelt hat. Dabei will er eigentlich nur wissen, ob bei Dora und Leo alles in Ordnung ist. Sie sind nun schon drei Tage nicht bei ihm vorbeigekommen. Und da wird man sich ja wohl Sorgen machen dürfen.

»Mensch, Jochen, jetzt ruf sie endlich an.«

Sandra grinst ihn von der Seite an, während sie die welken Blätter von den erst gestern gelieferten Rosen zupft.

»Wie? Was meinst du? Ich wollte nur den Lieferanten anrufen. Diese Rosen sind absolute C-Qualität. Ich denke nicht daran, sie zu bezahlen.«

Sandra nimmt ihm das Telefon weg und drückt auf Wahlwiederholung.

»Seit wann ist Dora unsere Rosenlieferantin?«, fragt sie spöttisch.

»Dora? Na so was, das ist ja tatsächlich ihre Nummer. Muss ich aus Versehen angewählt haben.«

»Klar, aus Versehen. Hallo! Erzähl das wem anders.«

Jochen hasst es, dass er so durchschaubar ist. Wenn er schon der neunzehnjährigen Sandra nichts vormachen kann, wie soll das dann mit Sabine gehen oder jeder anderen Frau, die er eventuell ins Auge fasst? Er will wirklich nichts mehr von Dora. Die Nacht mit Sabine hat ihm gezeigt, dass ihn auch andere Frauen interessieren. Und dass beim Sex mit Sabine immer mal wieder Doras Gesicht vor seinem inneren Auge hochgeflasht ist, ist sicher ganz normal. Immerhin hat er in den letzten Jahren ausschließlich mit ihr geschlafen. Das hat absolut nichts zu bedeuten. Nur, dass sie sich mal nahegestanden haben. Auf keinen Fall aber, dass er sie zurückhaben will.

»Ihr müsst euch endlich mal treffen und aussprechen.« Sandra linst ihn unter ihrem dicken, dunklen Pony hervor an. Mit ihren Kirschaugen, die sie mit schwarzen Eyeliner-Balken dramatisch betont, sieht sie ihn streng an. »Okay, kann ja sein, dass es zwischen euch aus ist. Aber bevor ihr nicht ernsthaft darüber geredet habt, was da genau passiert ist und warum, seid ihr alle beide nicht für eine neue Liebe bereit.«

»Klingt gerade so, als hättest du ein Buch von Helena Liebig gelesen.«

Sandra grinst und holt tatsächlich Helenas erstes Werk aus ihrer Tasche, *Trennung*.

»Himmel, Sandra, spinnst du? Was glaubst du denn, was diese Frau dir zu sagen hat?«

»›Eine Trennung, so schmerzhaft sie auch sein möge, ist immer auch ein Wendepunkt im Leben. Aber damit auf den Ruinen Ihrer Beziehung etwas Neues entstehen kann, müssen Sie zuerst die Trümmer wegräumen. Damit sie sich Ihnen nicht in den Weg legen, wenn Sie eine neue Richtung einschlagen.‹«

Bevor Sandra noch weiter aus Helenas Buch vorlesen kann, nimmt Jochen es ihr aus der Hand und steckt es zurück in ihre Riesentasche, bei der er sich jedes Mal wundert, dass eine kleine, zarte Person wie Sandra sie überhaupt tragen kann.

»Ich werde mir auf keinen Fall von Helena Liebig sagen lassen, was ich zu tun habe.«

»Hast du nicht gesagt, dass das meiste in dem Buch sowieso nicht von Helena stammt, sondern von Dora?«

Treffer. Versenkt! Natürlich hat er das gesagt. Hat er ja damals mitgekriegt, wie Dora in etlichen durchgearbeiteten Nächten Helenas Gestammel immerhin so weit lektorierte, dass lesbare Sätze daraus wurden.

»Ist doch egal. Die Sache ist vorbei, da hilft alles Reden nicht.«

»Aber ihr habt euch nicht ausgesprochen. Ihr …«

Er unterbricht sie harsch, dass er jetzt nichts mehr zum Thema Dora hören wolle. Und beschließt, sich auf der Stelle wieder mit Sabine zu verabreden. Die wird ihm schon helfen, Dora zu vergessen.

Zwei Minuten vor halb neun steht Dora vor der Haustür von Marc Bergmann. Ist ja klar, dass sie zu früh ist. Zeit ihres Lebens ist sie überpünktlich. Noch nie hat sie irgendjemanden warten lassen. Vor allem deshalb, weil sie es für ein Gebot der Höflichkeit hält, pünktlich zu sein. Und weil sie schon als Kind mitgekriegt hat, wie verärgert und genervt all jene Menschen waren, die Helena regelmäßig warten ließ.

Helena wiederum ist das höchst egal gewesen. Im Gegenteil, Dora hat immer das Gefühl gehabt, dass sie es geradezu darauf anlegte, zu spät zu kommen. Um den Auftritt, der allen anderen peinlich gewesen wäre, aus vollem Herzen zu genießen. Zu spät kommend, hat sie jedes Mal die Aufmerksamkeit aller Wartenden ganz sicher auf sich gezogen. Und den ihr gebührenden großen Auftritt gehabt.

»Ihr Lieben, es tut mir unendlich leid, dass ich wieder mal zu spät bin. Aber dieser Taxifahrer ist dermaßen viele Umwege gefahren«, ist eine ihrer Lieblingsausreden.

Mal ist es der Taxifahrer, der schuld ist, mal sind es die

vielen Baustellen, mal ein gecancelter Flug und in letzter Zeit immer wieder Leo, der entweder ihren Schuh versteckt hat oder die Schlüssel oder gerade in der Sekunde, in der sie das Haus verlassen will, ihre Strümpfe mit seiner heftigen Art, seine Liebe zu beweisen, zerrissen hat.

Dora hatte es sich instinktiv angewöhnt, nie jemanden warten zu lassen.

Und ist deswegen auch jetzt zu früh. Sie schlingt fröstelnd die Arme um ihren Oberkörper. Wieso hat sie eigentlich gedacht, dass die Nächte schon warm genug seien, um ohne Strümpfe loszugehen? Sie geht ein paar Schritte auf und ab. Soll sie einfach jetzt schon klingeln? Aber vielleicht ist Marc ja noch gar nicht so weit? Womöglich bringt sie ihn in Verlegenheit, wenn sie überpünktlich auf der Matte steht? Und sich gleich mit. Sie spürt ihr Herz bis zum Hals klopfen, ihre Hände sind kalt und leicht verschwitzt. Himmel, wie kann eine Frau in ihrem Alter vor einem Date nur so aufgeregt sein? Sie versucht, sich warm zu rubbeln.

Und da fällt es ihr siedend heiß ein. Das Tiramisu! Sie hat es vergessen. Sie hat es extra auf den Hocker neben die Tür gestellt. Und dann doch nicht mitgenommen.

Mist, wie blöd ist sie eigentlich? Sie kann unmöglich ohne den Grund für dieses Date hier antanzen. Okay, dann also noch mal zurück.

Sie schwingt sich aufs Rad und rast nach Hause. Stürzt in die Küche, wo sie heute Nachmittag ein frisches Tiramisu zubereitet hat, weil sie es Marc nun wirklich nicht zumuten will, den Nachtisch von gestern zu essen. Und bricht auf der Stelle in Tränen aus.

Als Leo Dora in die Küche stürzen sieht, will er, aufs Höchste begeistert über ihre schnelle Wiederkehr, an ihr hochspringen. Was ist das denn?

Du weinst? Dörchen, mein Dörchen. Aber wieso denn? Was ist passiert? Was hat dir der Kerl getan? Los, mach die Tür auf und lass mich raus. Ich werde ihn zerfleischen.

Zuerst hat er es ja als eine von Helenas Gemeinheiten empfunden, dass sie ihn in Doras Küche gesperrt hat. Aber dann ist sein Blick auf die Schüssel mit dem Nachtisch gefallen, die auf einem Hocker stand. Nicht auf dem Tisch. Von dort würde sich Leo niemals etwas holen. Aber wenn etwas auf den Hocker neben der Tür steht... Das kann nur für ihn sein. Dora hat als Trost für ihn extra noch mal diese herrliche Speise zubereitet, die sonst für Leo absolut tabu ist.

Hin- und hergerissen zwischen der halb ausgeschleckten Schüssel und dem Bedürfnis, Dora zu trösten, steht Leo unschlüssig mitten in der Küche. Und springt dann mit einem Satz auf Doras Schoß. Schleckt ihr liebevoll die Tränen weg.

»Du bist schon wieder da? Was ist passiert?« Helena steht in der Tür.

»Ich hab das Tiramisu vergessen. Als ich vor Marcs Haus stand, ist es mir wieder eingefallen.«

Wie? Das Tiramisu? Vergessen?

Das *Tiramisu, das ich mir gerade einverleibt habe? Das kann doch nicht sein, dass sie das nicht für mich gemacht hat. Dann heult sie jetzt wegen mir?*

Leo drängt sich an die schluchzende Dora.

»Der Hund hat das Tiramisu aufgefressen?«

Helenas Stimme macht Leo schaudern.

Ehe er sich's versieht, schiebt ihn Helena mit einer ebenso entschlossenen wie angewiderten Handbewegung von Doras Schoß.

»Du gehst jetzt ins Bad und machst dich frisch, und dann radelst du wieder zu deinem Date. Das wäre ja noch schöner, wenn dir der Köter deine Chancen vermasseln würde«, kommandiert sie.

»Aber ich kann da unmöglich ohne mein Tiramisu auftauchen. Ich hab mich ja geradezu damit bei ihm aufgedrängt«, jammert Dora.

»Mein Gott, Kind! Du bist wirklich komplett aus der Übung. Hier geht's nicht um eine Kalorienbombe. Hier geht's um dich! Und jetzt sieh zu, dass du in die Puschen kommst. Um den Hund kümmere ich mich.«

Bevor Helena das letzte Wort ausgesprochen hat, ist Leo aus der Küche gewitscht. Von draußen hört er noch Doras verzagte Stimme.

»Er hat's doch nicht böse gemeint, Mutter.«

»Egal. Es geht jetzt nicht um den Hund.« Helena klingt unerbittlich.

Am liebsten würde Dora in diesem Moment ihrem Impuls folgen und sich zusammen mit Leo ins Bett kuscheln und die Welt da draußen ganz einfach vergessen. Doch das wird ihre Mutter niemals zulassen. Das wäre ja noch schöner, wenn diese Geschichte, die sie da geplant hat, zu Ende wäre, bevor sie überhaupt angefangen hat.

»Mach dich wieder hübsch. Und zu Marc sagst du, dass dein Herd kaputt ist.«

»Für ein Tiramisu braucht man keinen Herd.«

»Ist doch vollkommen gleichgültig. Glaubst du im Ernst, der Mann wartet auf was zu essen?«

Dora zögert noch einen Moment. Hat ihre Mutter recht? Natürlich hat sie recht. Sie muss einfach recht haben. Es darf Marc nicht nur um die Süßspeise gehen. Es muss ihm auch... Was heißt hier auch? Es muss ihm vor allem um die Schöpferin der Süßspeise gehen. Aber ist das so?

»Wenn du jetzt nicht zu ihm gehst, wirst du es nie herausfinden.« Helenas Stimme reißt Dora aus ihren Überlegungen.

Manchmal ist sie ihrer Tochter total unheimlich. Woher weiß sie, was ich gerade denke? Und wieso hat sie auch noch recht?

Eine Viertelstunde später steht Dora mit wackligen Knien, die sie einer Frau über dreißig für absolut unwürdig hält, vor Marc, der sie erleichtert ansieht. »Da bist du ja. Ich hab schon befürchtet, du hast es dir anders überlegt.«

Bevor sie auch nur ein Wort über den Nachtisch verlieren kann, zieht er sie an sich. Und verschließt ihr den Mund. Mit dem Fuß schiebt er die Tür hinter ihnen zu. Und dirigiert Dora in sein Schlafzimmer. Wo sie sich nur einen ganz kurzen Moment darüber wundert, wie aufgeräumt es bei diesem Mann ist.

Um sich dann einfach seinen Händen zu überlassen. Seinen Lippen. Und allem anderen, womit ein Mann einer Frau Freude bereiten kann. Vor allem einer Frau, die das Gefühl hat, seit Jahren keinen Sex gehabt zu haben.

Irgendwann muss ich lernen, wie man Türen abschließt. Aufmachen ist ja eine einfache Übung. Aber diesen verdammten Schlüssel rumdrehen. Okay, ich kann es nicht verhindern, dass die Hexe ins Schlafzimmer kommt.

Dieses böse Zischen, mit dem sie mir klarmacht, was für ein ekelhafter Zeitgenosse ich bin, fährt sie immer nur dann auf, wenn ich in ihren Augen was verbockt habe. Und vor allem wenn Dora nicht dabei ist.

Aber du kennst mich schlecht, Helena. Ich stell die Ohren einfach auf Durchzug. Dein gemeines Zischen wird zu einem fernen Gebrabbel, das mich nichts angeht. Ich ringele mich auf meinem Kissen zusammen, mache die Augen zu und stelle mich einfach schlafend.

Um mich aus der Ruhe zu bringen, musst du schon andere Geschütze auffahren.

Helena steht in Doras Schlafzimmer und starrt den Hund an, der zusammengerollt auf seinem Kissen liegt, die Augen geschlossen, und so tut, als wäre nichts geschehen. Wüsste sie es nicht besser, würde sie denken, dass sie das harmloseste Tier der Welt vor sich hat. Dabei ist dieser Hund eine Landplage. Mit einem verbrecherischen Charakter. Der nur ans Fressen denkt.

Sie wünscht Leo, dass ihm von den vier Portionen Tiramisu, die er gestohlen und verschlungen hat, so richtig übel werden möge. Kotzübel! Allerdings muss sie zugeben, dass die Töle zwar mit einer Erbse statt mit einem Hirn ausgestattet worden ist, dafür aber auch mit einer gehörigen Portion instinktiver Schlauheit. War schon eine ziemlich große Nummer: erst die Schüssel mit dem Nachtisch leer zu fressen und sich dann von Dora verteidigen lassen, weil er ja nicht wissen konnte, dass der Nachtisch nicht für ihn gedacht war.

Langsam beruhigt sich ihr Atem. Sie sieht auf die Uhr. Dora ist inzwischen schon mehr als eine Stunde weg. Was ja wohl bedeutet, dass Marc Bergmann ihr das tiramisulose Erscheinen nicht weiter übel genommen hat.

Helena schickt ein Stoßgebet zum Himmel, fleht innerlich, dass Dora jetzt alles richtig machen möge. Aber immerhin hat sie ja in den letzten Wochen Seite für Seite ihres neuen Buches korrigiert. Dabei sollte ihr ein Licht aufgegangen sein, wie das gemeint ist mit dem »Richtigen« und dem »Falschen«. Und sie sollte gelernt haben, wie man die beiden voneinander unterscheidet.

»Champagner? Oder willst du lieber ein Glas Rotwein?«

Dora sitzt, die Beine unter der leichten Decke an sich gezogen, in Marcs Bett. Am liebsten hätte sie ja jetzt ein Bier. Jochen war begeistert, weil sie nach dem Sex Lust auf so etwas Profanes hat. Es ist nun mal so, wenn sie mit einem Mann geschlafen hat, der sie auch noch außer Atem gebracht hat, hat sie einfach einen riesigen Durst. Und den unbändigen Wunsch, ihn mit einem kalten Bier zu stillen.

»Ähm … Champagner ist fein.«

Während sie versucht, Jochen, der sich über ihren Bierdurst unverschämterweise in ihre Gedanken gestohlen hat, zu verscheuchen, kommt Marc zurück. Er hat sich einen dunkelblauen Baumwollkimono übergeworfen, als er in die Küche ging, und steht mit einem Tablett vor ihr, auf dem eine Flasche Champagner und zwei langstielige Gläser stehen, und, auf einer weißen Platte dekorativ angerichtet, zwei Hummerhälften liegen.

»Nach der Liebe gibt's für mich nichts Schöneres als ein Glas Schampus und Hummer.«

Er stellt das Tablett neben sie aufs Bett, schenkt Champagner ein, reicht ihr ein Glas. Nimmt seins. Und sieht ihr tief in die Augen.

»Auf uns!«

Oha, auf uns! Doras Hand zittert deutlich, als sie das Glas entgegennimmt. Ist das nicht ein bisschen früh, schon nach dem ersten Mal »auf uns« anzustoßen? Ist man, nur weil man einmal miteinander geschlafen hat, eine Einheit, die man als »uns« bezeichnen darf? Okay, der Sex ist gut gewesen. Marc ist ein erfahrener Liebhaber, der weiß, was er zu tun hat.

Vielleicht ein wenig zu routiniert hat er bei Dora die Stellen gefunden, die ihr besondere Freude machen. Sie wird sich hüten, sich darüber zu beklagen, dass er sie befriedigt hat. Dass sie einen guten Orgasmus gehabt hat. Verdammt, ja, es ist einfach nur schön gewesen. Und dass er ihr wieder und wieder gesagt hat, wie herrlich er sie finde, wie sehr sie ihn anmache, wie scharf er auf sie sei... Es ist nun wahrlich kein Verbrechen, dass ihr das gefällt. Und trotzdem. Irgendwie geht ihr das alles zu schnell. Immerhin träumt sie noch fast jede Nacht von Jochen. Erschrickt, wenn sie auf der Straße sein Auto sieht. Oder in einem Laden seinen Duft riecht.

Es ist vorbei, das ist klar. Aber ob sie ihn schon überwunden hat, ob sie tatsächlich schon frei ist für etwas Neues, das weiß sie nicht.

Und sagt trotzdem, als ihr Glas an seines stößt: »Ja... auf uns.«

Und trinkt es in einem gierigen Schluck leer. Was ihr natürlich auf der Stelle peinlich ist.

»Entschuldigung, dass ich den guten Schampus so herunterstürze«, windet sie sich. »Ich bin nach dem Sex... ich bin da halt immer so irre durstig. Tut mir leid.«

»Aber dir muss doch nichts leidtun. Trink, so viel du willst. Mein Kühlschrank ist voll davon.«

Er nimmt ein Stück von dem Hummer, taucht es in eine rosafarbene Soße und steckt es ihr in den Mund. Dabei liegt ein derart verliebtes Lächeln in seinem Blick, dass es Dora wider Willen ganz warm ums Herz wird.

Mein Gott, dieser Mann ist wirklich nett. Und anscheinend durch nichts aus der Ruhe zu bringen. Wieso sollte sie die Sache mit ihm nicht ganz entspannt angehen? Genießen. Und dann sehen, was daraus wird. Ganz ohne Stress.

Ja!, denkt sie und kuschelt sich zufrieden in die Kissen. Ich werde einfach mal genießen. Und mich verwöhnen lassen. Mit Schampus und Hummer und allem, was Marc sonst noch zu bieten hat. Das steht mir doch wirklich zu.

10

Wenn's seinem Menschen gut geht, freut sich der Hund. Ist ja eigentlich eine ganz einfache Erkenntnis.

Ich meine, ich kenne die Zeiten, in denen Dora unglücklich ist. Nicht nur, dass sie dann vor Kummer viel zu wenig isst und plötzlich ganz dünn wird – was Helena, die selbst so ein knochiges Gestell ist, natürlich gefällt. Mir aber nicht. Weil ich Doras weiche Hüften mag, an die ich mich im Bett so schön kuscheln kann, wenn ich mal meine bevorzugte Stellung in ihren Kniekehlen verlasse. Weil sie so süß aussieht, wenn ihre Backen ein wenig runder sind. Ich meine, ein Hund, bei dem man alle Rippen sieht, wird doch auch bedauert. So mager! Dem kann's unmöglich gut gehen! Wahrscheinlich wird der arme Kerl vernachlässigt!

Aber Menschenkinder, vor allem weibliche, können offenbar nicht dünn genug sein. Am besten scheinen sie es zu finden, wenn die Hüftknochen noch durch die Klamotten zu sehen sind, das Schlüsselbein eckig in die mageren Schultern übergeht und ihre Wangen nur noch aus Löchern zu bestehen scheinen. Gruselig sieht das aus. Ungesund. Klapprig. Man hat doch das Gefühl, dass schon ein leiser Windstoß diese unterernährten Wesen von der Straße pusten kann.

Gott sei Dank kocht Dora nicht nur gerne, sondern ist auch eine ausgemachte Feinschmeckerin. Was bedeutet, dass sie die Pfunde, die sie in einer Phase des Unglücks abgenommen hat, sofort wieder zunimmt, wenn es ihr besser geht. Dass sich ihre Wangen in den letzten Wochen der Phase der totalen Appetit-

losigkeit nach der Trennung von Jochen wieder gefüllt haben, muss dann ja wohl heißen, dass es ihr wieder gut geht. Und, ich gestehe es nur ungern ein, das hängt wohl vor allem damit zusammen, dass Marc in ihr Leben getreten ist.

Soll ich vielleicht doch die Schnauze halten? Ihr einfach ihr Glück gönnen? Jochen vergessen? Wie sie es offensichtlich getan hat? Auch wenn ich nach wie vor der Meinung bin, dass Jochen der Richtige ist?

Dora lächelt, als sie den tiefen Seufzer hört, der Leos kleinen Körper erschüttert.

»Geht's dir gut, Leolieb? Das Leben ist wunderbar, findest du nicht?« Sie bohrt ihre Nase in das Fell ihres Lieblings. Küsst seine festen Schenkel. Krault ihn hinter den Ohren.

Unter »wunderbar« stelle ich mir etwas anderes vor. »Wunderbar« heißt, an den Liepnitzsee zu radeln und den Tag mit Baden und Bötchen fahren zu verbringen. »Wunderbar« heißt, durch die Stadt zu schlendern und Currywurst zu essen. »Wunderbar« heißt, auf dem Sofa zu kuscheln und irgendwas im Fernsehen anzugucken.

Klar, am allerliebsten mache ich das mit Dora allein. Aber mit Jochen war das damals auch okay. Und nicht nur, weil er immer ein paar Leckerlis für mich in der Tasche hatte, sondern weil er stundenlang mit mir Ball gespielt hat, weil er mit mir um die Wette geschwommen ist. Sachen versteckt hat, die ich suchen musste. Mir die Ohren gekrault und den Bauch massiert hat.

Gut, das mag alles ein wenig egoistisch klingen. Aber darf ich von einem Mann, der sich um Dora bemüht, etwa nicht erwarten, dass er mich als einen unabdingbaren Teil ihres Lebens akzeptiert?

Es ist ja nicht so, dass Dora ihren Leo, seit sie mit Marc zusammen ist, vernachlässigt. Das kann man nun wirklich nicht sagen. Okay, er bekommt vielleicht ein bisschen weniger Aufmerksamkeit als sonst in diesen Tagen. Muss öfter mal in seinem Hundekorb im Auto warten, wenn sie mit Marc im Theater ist. Oder in einer Ausstellung. Oder in einem Lokal, in dem Hunde nicht zugelassen sind. Dabei hat sie diese Lokale früher gemieden wie der Teufel das Weihwasser.

»Wer meinen Hund nicht will, der kriegt mich auch nicht«, hat sie immer gesagt.

Und deswegen jede Menge Restaurants, Kaufhäuser und Hotels von ihrer Liste gestrichen. Und keineswegs das Gefühl gehabt, dass ihr etwas fehle. Dass Leo in ihrem neuen Leben mit Marc ein ganz klein wenig an den Rand gerutscht ist, würde Dora niemals zugeben. Sie verbringen ja immer noch die meisten Stunden des Tages zusammen. Sie und ihr Leo. Aber eben nicht mehr alle. Und wenn sie ganz ehrlich ist, hat sie deswegen auch ein latent schlechtes Gewissen. Und genießt die morgendlichen Kuschelstunden mit Leo umso mehr.

»Du weißt das schon, mein Sweetie«, flüstert sie ihm ins Ohr, »du bist und bleibst das Wichtigste in meinem Leben. Daran ändert auch Marc nichts.«

Und als würde er verstehen, was sie ihm da gerade schwört, dreht sich Leo um und schleckt über Doras Nase.

»Es ist gut, dass du dich nicht mehr ausschließlich nach deinem Hund richtest. Merkst du endlich, was dir alles entgangen ist, bloß, weil du Rücksicht auf ihn genommen hast?«, sagt Helena eines Morgens beim gemeinsamen Kaffee zu Dora.

Helena ist sehr zufrieden mit den Entwicklungen der

letzten Wochen. Sie sind aber auch ein zu attraktives Paar, ihr Doktor Bergmann und ihre Tochter. Kaum hat sich herausgestellt, dass es ernster werden könnte zwischen den beiden, schleppte Helena Dora zum Shopping und redete ihr jede Menge neuer Klamotten ein, die in nichts mehr an Doras geliebten Schlabberlook von früher erinnern.

Kurze, bunte Sommerkleidchen trägt sie plötzlich. Lässige Leinenhosenanzüge. Hin und wieder trennt sie sich sogar von ihren geliebten Ballerinas und schlüpft in hochhackige Schuhe, die ihre Beine länger und schlanker erscheinen lassen. Mit Hilfe von Moritz hat sie Dora sogar dazu überreden können, sich falsche Wimpern ankleben zu lassen und das Haus nicht mehr ungeschminkt zu verlassen. Die neue Dora gefällt ihr ausgesprochen gut.

»Was macht ihr heute Abend?«, fragt Helena wie nebenbei, während sie ihre Nägel mit einem rauchblauen Nagellack einpinselt. Natürlich ist es wichtig, dass sie auf dem Laufenden bleibt über die Entwicklung der Dinge. Es kann ja immer noch so viel schiefgehen. Immerhin hat sie den Blumenmenschen komplett ausgeschaltet. Der Besuch in seinem Laden, wo sie ein paar hübsche Sträuße bestellt und wie nebenbei erzählt hat, dass Dora mit Marc Bergmann auf einen Ärztekongress fahre, hat die gewünschte Wirkung gehabt. Jochen hat begriffen und endgültig akzeptiert, dass seine Zeit mit Dora vorbei ist.

Jedenfalls ist er nicht mehr bei Dora aufgetaucht. Hat wohl auch nicht mehr angerufen. Und das Wichtigste: Auch Dora hat offenbar keine Sehnsucht mehr nach ihm.

»Keine Ahnung. Vielleicht schwimmen wir kurz und gehen danach was essen.«

Dora sieht kaum von den Korrekturfahnen von Helenas Buch auf. Sie muss sie auf jeden Fall noch durcharbeiten, bevor sie nachher Marc trifft. Die PR-Maschine für das

Buch läuft inzwischen auf Hochtouren, laut Sam Schneider sind die Vorbestellungen der Buchhändler sehr beachtlich und auf Amazon rangiert das Buch schon jetzt, obwohl es noch gar nicht erschienen ist, auf Platz eins der Sachbücher in der Sparte Ratgeber. Keine Frage, es wird genauso ein super Erfolg werden wie Helenas erstes Werk. Dora korrigiert zwei Wörter und seufzt leise.

»Viele Fehler?«, fragt Helena besorgt.

Dora schüttelt den Kopf. Sie hat gar nicht wegen des Fehlers geseufzt. Aber wieso denn dann? Was ist nur los mit ihr? Sie liegen in den letzten Zügen mit dem Buch. Der Erfolg zeichnet sich ab. Und sie seufzt! Gönnt sie ihrer Mutter möglicherweise den Erfolg nicht? Sicher ist, dass, wenn das Buch genauso ein Knaller wird wie das erste, es gar keinen Zweifel daran gibt, wie ihr Leben weitergehen wird. Sie wird aus der Falle, in die sie damals getappt ist, nur weil Helena, nachdem ihr Lebensgefährte Hubertus Von dem Busche sich aus ihrem Leben verabschiedet hat, so schmerzzerrissen und, ja, geradezu depressiv gewesen ist, niemals wieder herauskommen. Je erfolgreicher Helena ist, desto mehr Bücher wird der Verlag haben wollen. Desto unentbehrlicher wird sie für ihre Mutter sein.

Dabei hat sie Helena doch nur übergangsweise helfen wollen. Nur so lange, bis es ihr wieder besser ginge und sie eine Assistentin gefunden hätte, die sich um all das kümmern würde, das nun Dora übernommen hat. Aber sobald sie Helena gegenüber auch nur andeutet, dass sie sich langsam auf die Suche nach einer geeigneten Kraft machen soll, wird ihre Mutter unruhig. Wieso Dora sie im Stich lassen wolle? Wo alles so gut laufe. Sie seien doch ein wahrhaftes Dreamteam, sie beide. Und wenn Dora dann zaghaft entgegnet, dass sie auch eigene Pläne habe, dass sie keine Kochlehre gemacht habe, um nie als Köchin zu arbeiten, lässt Helena allzu gern den einen oder anderen Satz fallen, der Dora klarmacht, was für ein großes Opfer ihre Mutter damals für sie gebracht hat. Schließlich habe sie ihr rauschendes Leben als Filmstar an der Seite eines attraktiven, wenn auch verantwortungslosen Mannes ohne zu zögern für ihr Baby aufgegeben. Und meint damit, dass Dora es ihr deswegen schuldig sei, sich nun um sie zu kümmern.

»Das wird ja wohl nicht zu viel verlangt sein«, sagt sie dann immer.

Wobei Dora absolut klar ist, dass Helena maßlos übertreibt. Ihr Leben aufgegeben. Okay, es stimmt, dass Doras Vater Titus sich aus dem Staub gemacht hat, als er erfuhr, dass Helena schwanger war. Und okay, Helena hat sich gegen eine Abtreibung entschieden und sich entschlossen in ein Leben als alleinerziehende Mutter gestürzt. Die sich allerdings jede Hilfe leisten konnte. Die Kinderfrauen gaben sich die Türklinke in die Hand, Au-pair-Mädchen kümmerten sich um Dora. Mal ganz abgesehen von Helenas Freunden und solchen, die es werden wollten, die sich alle hingerissen von der süßen Tochter des Stars zeigten. Und sich gerne um die Kleine kümmerten, wenn Helena wieder mal einen Film drehte. Es war selbstverständlich, dass das Kind, solange es noch nicht zur Schule ging, mit am Set war. Immer betreut von einem extra angestellten Kindermädchen. Also von wegen »Leben aufgegeben«.

Im Gegenteil, in der Öffentlichkeit hat es Helena Sympathiepunkte ohne Ende gebracht, wenn sie sich mit ihrem kleinen Mädchen zeigte. Oder wenn sie den einen oder anderen Film nicht annahm, weil sie ihrer Tochter nicht vier Wochen in irgendeinem Dschungel zumuten wollte. Oder in der Eishölle des Nordpols. Dass es sich bei den abgesagten Filmen oft um Produktionen handelte, auf die Helena sowieso keine Lust hatte, stand auf einem ganz anderen Blatt. Genauso wie die Tatsache, dass es ihrer Mutter damals gar nicht so unrecht war, dass sich Doras Erzeuger aus dem Staub gemacht hatte. Für sie war er in Wirklichkeit nichts anderes als eine nette Ablenkung während eines anstrengenden Drehs, wie es durchaus öfter vorkam.

Dass Titus die Idee hatte, nun bei allen ihren Filmen die Beleuchtung machen zu wollen und sie sogar aufforderte, auf ihn als Oberbeleuchter zu bestehen, war Helena schon auf die Nerven gegangen, bevor sie entdeckte, dass sie schwanger war. Es kam ihr also durchaus zupass, dass er prompt die Flucht ergriff. Weniger weil er die Verantwortung fürchtete, sondern eher weil er das Bild von der kleinen, heilen Familie, das Helena ihm nicht ohne Hintergedanken begeistert ausmalte, fürchterlich fand. Titus war gerade mal zweiundzwanzig. Am Anfang seines Berufslebens. Wie konnte Helena da von ihm verlangen, dass er in Zukunft den Hausmann gab? Sich um das Kind und den Haushalt und vielleicht noch um die Organisation von Helenas Leben zu kümmern. Genau wie Helena erwartet hatte, haute er einfach ab. Und sie konnte sich als Opfer präsentieren. Und als tapfere Frau, die nicht aufgab, nur weil sie allein gelassen wurde. Mit ihrem Kind. Dies alles hatte sie Dora nie erzählt. Nur, dass Titus sie beide verlassen hatte, weil er kein Kind wollte.

»Wer weiß«, seufzt sie immer wieder, »wer weiß, wie mein Leben verlaufen wäre, wenn ich mich nicht für dich, sondern für Titus entschieden hätte. Dann wäre sicher alles einfacher gewesen.«

Und zog Dora sofort danach in ihre Arme. Heftig beteuernd, dass sie das Beste sei, was ihr in ihrem Leben passiert ist. Und das Wichtigste. Und dass sie sich ein Leben ohne Dora gar nicht vorstellen könne. Was ja auch der Wahrheit entsprach. Denn kaum hat das kleine Mädchen damals das Licht der Welt erblickt, hat Helena es zu ihrem Projekt gemacht. Dieses Kind wird ein glücklicher Mensch werden, hat sie damals beschlossen. Und sie wollte alles dafür tun, dass das geschehe.

»Wir beide, du und ich, wir sind unschlagbar.« – »Zwischen uns passt kein Blatt Papier.« – »Niemand wird uns je auseinanderbringen.« Mit solchen Sprüchen ist Dora groß geworden.

Mancher, der sah, wie Helena Doras Leben in die Hand nahm und nicht mehr losgelassen hat, mag sich gefragt haben, ob eine derart enge Beziehung zwischen Mutter und Tochter gut sein könne. Doch die meisten haben damals nur die strahlende Diva mit ihrem kleinen Mädchen gesehen und sich an dem Bild der Vertrautheit, der unverbrüchlichen Nähe und der Liebe gefreut, das die beiden abgaben.

»Hab ich dir schon erzählt, dass Sam Schneider meint, mein nächstes Buch solle Mütter und Töchter zum Thema haben? Er meint, wer, wenn nicht ich, solle dieses Buch schreiben.«

Dora, die gerade auf der letzten Seite der Korrekturfahnen angekommen ist, hofft, dass ihre Mutter nicht merkt, wie sie zusammenzuckt. Sie starrt auf die Buchstaben, die vor ihren Augen einen kleinen Tanz beginnen. Schüttelt dann den Kopf. Mahnt sich zur Konzentration.

»Weißt du, ich dachte, wir könnten es vielleicht zusammen schreiben. Helena und Dora Liebig über das wichtigste Thema im Leben einer Frau. Was meinst du, das ist doch eine tolle Idee?« Die Begeisterung in Helenas Stimme ist unüberhörbar.

Dora wird es mit einem Mal ganz schwummerig.

Na los, sag es ihr. Dora! Sag ihr, dass das eine total bescheuerte Idee ist. Sag ihr, dass du keine Lust mehr hast, Helena Liebigs Mädchen für alles zu sein. Dass du davon träumst, ein Restaurant zu eröffnen und von morgens bis abends die tollsten Gerichte zu erfinden.

Leo knabbert an Doras nackten Zehen.

»Lass das, Leo! Du weißt, dass ich das nicht mag.«

Dora steht auf und sucht nach seinem Lieblingsspielzeug, einer fetten weißen Stoffkatze, die genauso aussieht wie das ekelhafte Vieh von Frau Oswald. Sofort ist der Hund abgelenkt. Er liebt diese Spiele mit der Katze. An einem Ende zerrt er, am anderen Ende hält Dora das Plüschtier fest. Natürlich ist Leo in der Regel der Sieger in diesem Spiel. Seine Ausdauer ist deutlich größer als Doras.

»Kannst du den Hund jetzt mal in Ruhe lassen und dich auf mich konzentrieren! Ich hab dir gerade einen Vorschlag gemacht.«

Helena hasst es, wenn Dora sich mitten in einem Gespräch dem Hund zuwendet.

»Was? Tut mir leid, Mutter, ich hab nicht richtig zugehört.« Dora wedelt weiter mit der Katze vor Leos Nase herum. »Na, was ist, hol dir die Katze!«

Es ist klar, dass sie in diesem Moment nicht mit ihrer Mutter über deren neuestes Projekt reden will.

»Dora! Ich rede mit dir. Soll ich Sam sagen, dass du mit an Bord bist oder nicht?« Helenas Stimme bekommt einen scharfen Unterton.

Wie um Dora aus der Gefahrenzone zu bringen, führt Leo jetzt den kleinen Tanz auf, der Dora signalisieren soll, dass er dringend rausmuss. Ein paar Schritte zur Tür, leises Gefiepe, dann ein paar Schritte zurück zu Dora. Jetzt die Vorderpfoten auf ihre Oberschenkel. Durchdringender Blick.

»Ich muss schnell noch die Fahnen zur Post bringen. Und Leo muss auch raus.«

Dora packt die Seiten in einen Briefumschlag, klebt eine Marke darauf, sucht Jacke, Schlüssel, Leine und macht, dass sie wegkommt. Und weiß dabei genau, dass Flucht keine Lösung ist.

11

Hunde spüren es ganz genau, wenn der Mensch am anderen Ende der Leine mit den Gedanken nicht bei ihnen ist. Da wird ohne Rücksicht auf ihre Bedürfnisse schnellen Schrittes durch die Straßen gegangen. Kein geduldiges Warten an der Litfaßsäule, an der sich die Gerüche aller Hunde der Stadt zusammenfinden. Keine Rücksicht darauf, dass der Hund schnüffelnd die Nachrichten zu entschlüsseln sucht, die ihm hier hinterlassen worden sind. Kein Gespräch über das Wetter. Oder die nervigen Mitte-Mütter, die, in Doppelreihen ihre Luxuskinderwagen auf dem Gehsteig schiebend, jedem anderen Fußgänger den Platz verwehren. Kein Stehenbleiben vor Schaufenstern, vor denen sich oft ein weggeworfener Keks oder ein halber Döner findet. Es ist ein unlustiges Gehen, das mit dem vergnügten Umherschlendern, das den Hund und seinen Menschen normalerweise verbindet, nicht das Geringste zu tun hat.

Dora weiß, was sie Leo abfordert, wenn sie ihn hinter sich herzieht wie einen nassen Lumpen. Und hat ein furchtbar schlechtes Gewissen, weil sie ihre schlechte Laune nicht im Griff hat. Leo kann ja nun wirklich nichts dafür, dass sie Probleme mit ihrer Mutter hat.

»Mann, so eine Mutter hätte ich auch gerne. Die ist so witzig. Und so jung. Und so modern.«

So lange sie denken kann, musste sich Dora die neidischen Seufzer der wenigen Freundinnen, die sie hatte, anhören. Hatten die je eine Ahnung, was zwischen ihr und Helena los ist? Aber was ist da überhaupt los zwischen ihnen? Helena will nur ihr Bestes. Und wenn sie, Dora, etwas anderes will als ihre Mutter, muss sie das halt einfach machen. Sie ist erwachsen, gut ausgebildet, hat einen Mann an der Seite, der sie auf Händen trägt. Also, was hindert sie, ihrer Mutter klipp und klar zu sagen, dass es an der Zeit ist, ihre eigenen Wege zu gehen? Ja, was eigentlich?

In trübe Gedanken versunken, achtet sie nicht darauf, wo sie hingeht.

Und merkt erst, wo es sie automatisch hingezogen hat, als Leo einen herzzerreißenden hohen Schrei ausstößt und davonrast, bis ihn die lange Leine abrupt stoppt. Jochen! Leo kriegt sich vor lauter Begeisterung nicht mehr ein. Fiept und schreit und bellt und springt an Jochen hoch, der gerade aus seinem Laden kommt. Es ist Leo egal, dass an Jochens Seite diese unglaublich attraktive Frau ist. Er beachtet sie einfach nicht. Hauptsache, er sieht den Menschen, den er nach Dora am meisten auf der Welt liebt, endlich einmal wieder.

Jochen geht in die Hocke und streichelt das aufgeregt tobende Bündel Fell.

»He, Kleiner, ist ja gut… Ja, ich hab dich auch vermisst… Ist ja gut.«

Hund und Mann sind ein Herz und eine Seele. Leo springt Jochen auf den Schoß, drängt sich an ihn, schleckt ihm die Hände ab. Zittert vor Freude und Aufregung.

»Jetzt benimm dich bitte mal, Leo.«

Dora erschrickt über die Strenge in ihrer Stimme. Wieso kann sie ihm nicht einfach seine Freude lassen?

»Hallo.« Das Wort kommt dürr und unpersönlich aus ihrem Mund. Sie versucht ein Lachen.

»Entschuldige, ich hab ihn immer noch nicht im Griff.«

»Manche Dinge ändern sich halt nie«, antwortet er hastig.

Jochen, Leo immer noch auf dem Arm, richtet sich zu seiner beachtlichen Größe auf und lächelt sie an.

Gut sieht er aus. Schwarze Jeans, weißes, gebügeltes Hemd, schicke teure Schuhe. Sogar beim Friseur ist er gewesen, was er echt hasst. Die Trennung hat ihm wohl gutgetan.

»Ich muss dann mal los«, unterbricht eine Stimme die merkwürdige Situation. Sabine gibt Jochen einen Kuss auf den Mund.

»Um acht im Grill Royal?«, sagt sie.

Er nickt. Öffnet ihr die Tür ihres SUV, in dem Contessa mit ihrem ewig hochnäsigen Blick sitzt. Sabine fährt, ohne Dora zu beachten, weg. Jochen sieht ihr nach. Und … weiß nicht genau, was er tun soll. Soll er einfach Dora zunicken und im Laden verschwinden? Oder schnell reinrennen und mit den neuen Hundebonbons, die er für Contessa gekauft hat, wieder heraushasten, um sie Leo anzubieten?

»Ich wusste gar nicht, dass du auf diese Benzinschleudern stehst«, sagt Dora in die unentschlossene Situation hinein. Sie ärgert sich sofort über sich. Das hat sie jetzt nicht wirklich gesagt? Hat sie doch!

»Na ja … Ich kann mir nicht aussuchen, was für Autos meine Kunden fahren«, verteidigt sich Jochen.

Er ist schon wieder in der Hocke und krault Leo unter dem Kinn, das ihm der Hund unverwandt hinhält.

»Du siehst gut aus«, sagt er zu Dora, sie von unten herauf ansehend.

»Du auch«, antwortet sie hastig.

Hallo, was redet ihr denn da? Und wie? Als würdet ihr euch nicht kennen. Oder ist das bei Menschen so? Vergessen sie auf der Stelle, wie man mit einem anderen umgeht, sobald sie ihn mal ein paar Tage nicht gesehen haben? Mir würde das nie so gehen. Wenn ich jemanden treffe, den ich mal geliebt habe oder der mir mal was zu essen gegeben hat, weiß ich in dem Moment, in dem ich seinen Geruch in der Nase habe, wie es mit ihm war. Ich weiß, wie er gerochen hat, geschmeckt. Ich weiß, wie seine Hand sich auf meinem Fell angefühlt hat. Alles, alles, was wir je miteinander hatten, ist sofort wieder da.

Dora und Jochen sind nun mal nicht so unkompliziert wie der kleine Hund, der nun zwischen ihnen hin- und herhüpft. Mal Jochens Hand ganz zart zwischen seine Zähne nimmt, mal Doras strumpfloses Bein anstupst. Als wolle er sagen, sie sollten sich nicht so anstellen.

»Geht's dir gut?«, sagen beide gleichzeitig. Und halten verlegen lächelnd inne.

»Du zuerst«, lächelt Jochen.

»Ja. Es geht mir gut. Sehr gut sogar. War viel Arbeit in der letzten Zeit. Aber gerade hab ich die Korrekturfahnen des neuen Buches zur Post gebracht«, antwortet Dora.

»Super«, sagt Jochen und weiß nicht mehr weiter. Er hasst sich dafür, dass er so ungeschickt ist. Am liebsten würde er sie in die Arme nehmen. Und ihr sagen, dass sie doch zusammen wegfahren könnten, jetzt, da das Buch fertig sei.

»Was macht Helenas Rücken?« Er zuckt über seine Ungeschicktheit zusammen. Wenn ihn etwas nun ganz und gar nicht interessiert, ist es Helenas Rücken. Herrgott, wieso sage ich ihr nicht einfach, dass ich sie vermisse?

»Alles wieder okay.« Dora lacht. »Muss ja auch. Jetzt, da sie bald von einer Talkshow zur nächsten gereicht werden wird. Aber danke, dass du gefragt hast. Und wie geht's dir so?« Sie hofft, dass er diesen Satz nicht für die Floskel hält, nach der er klingt.

»Auch gut. Der Laden läuft. Und ich auch.« Er sieht das ehrliche Interesse in ihren Augen und lacht verlegen über seinen missglückten Scherz. »Ich wollte sagen, ich hab angefangen, Marathon zu laufen …«

Und schon wieder herrscht Schweigen. Das nach Verlegenheit schmeckt. Und Unsicherheit. Und Fluchtgedanken.

»Na dann … Gehen wir mal wieder«, sagt Dora schließlich.

»Ja dann. Macht's gut, ihr beiden.« Jochen bringt es nicht über sich, ihr wie damals, als sie noch zusammen waren, einen Earl-Grey-Tee anzubieten. Ist doch zu deutlich, dass sie wegwill.

»Du auch. Ähm … und viel Glück beim Marathon.«

Dora will nur schnell weg aus dieser Situation, bevor sie zu weinen anfängt. Wieso bietet er mir keinen Tee an? Wieso fragt er nicht, ob wir uns mal treffen können? Aber wahrscheinlich hat er einfach kein Interesse mehr an ihr. Kein Wunder, wenn man gesehen hat, wie er der Frau im SUV hinterhergestarrt hat. Sie wendet sich um. Will gehen.

»Komm, Leo«, sagt sie.

Der Hund fällt einfach um.

»Leo? He, was ist denn?« Panik schrillt in Doras Stimme, als sie neben ihm niederkniet, der, die Augen geschlossen, wie tot daliegt.

»Leo! Mach keinen Quatsch. Jetzt komm. Steh schon auf. Bitte …«

Sie legt die Hände um den Bauch des Hundes, will ihn vorsichtig auf die Beine stellen. Doch die rutschen einfach weg.

»Was hat er?« Jochens Hand tastet nach Leos Herzschlag.

»He, Kleiner, was ist los mit dir?« Seine Stimme klingt zitterig, obwohl er sich große Mühe gibt, die Ruhe nicht zu verlieren.

Der Hund liegt wie leblos da.

»Er muss in die Klinik. Oh Gott, ich hab keine Ahnung, wo ich mein Auto geparkt habe.« Doras Aufregung wird immer größer. »Kannst du mir ein Taxi rufen?«

»Ich fahre euch. Mein Auto steht gleich um die Ecke.«

Er packt Leo und stürzt los. Dora, die in diesem Moment von einer Welle der Dankbarkeit überschwemmt wird, rennt hinter Jochen her. Jede Sekunde zählt.

»Herz und Lunge sind in Ordnung.« Die Stimme des Tierarztes klingt beruhigend. »Wahrscheinlich war es nur ein kleiner Kreislaufwackler.«

»Aber wieso denn? Er war doch immer ganz gesund. Wieso hat er denn plötzlich Kreislaufprobleme?«, fragt Dora voller Sorge.

»So was kann immer mal vorkommen. Machen Sie sich mal keine Sorgen. Ich gebe ihm jetzt eine Spritze, die bringt seinen Kreislauf wieder in Schwung.«

Das war ja klar. Eine Spritze. Das, was ich in der Welt am wenigsten leiden kann. Wenn man mal absieht von all den gemeinen Untersuchungen, bei denen mir so ein Typ in Mund, Augen und Ohren guckt oder gar ein Fieberthermometer in den Hintern schiebt. Aber okay, da muss ich jetzt durch.

Scheiße, tut das weh.

Leo jault quietschend auf, als der Arzt ihm eine Spritze unter das Nackenfell setzt.

»Na komm, du Held, das tut jetzt wirklich nicht besonders weh.« Der Arzt zwirbelt Leos Haut ein wenig zwischen seinen Fingern.

»Beim Arzt werden die mutigsten Hunde zu Memmen. Das ist ganz normal«, sagt er lächelnd zu Dora, die ganz blass geworden ist, als sie Leos Schrei gehört hat.

Hast du gerade Memme gesagt? Unverschämtheit! Wenn ich was bin, dann ein Held. Oder bist du schon mal in Ohnmacht gefallen und hast dich freiwillig diesen Kliniktorturen ausgesetzt, nur um die beiden Menschen, die du liebst, noch für eine Weile zusammenzuhalten?

Dora streichelt über Leos Rücken, während Jochen ihn unter dem Kinn krault.

»Uns so einen Schrecken einzujagen. Das machst du bitte nicht wieder«, sagt Dora mit immer noch bebender Stimme.

Jochen sieht sie an. Der Schrecken steht ihr noch deutlich ins Gesicht geschrieben.

»Mach dir keine Sorgen, Leo bringt so schnell nichts um. Er hat das Herz eines Spaniers«, sagt er, um Trost bemüht.

»Aber ich nicht. *Mein* Herz ist fast stehen geblieben, als er einfach umgefallen ist. Vielleicht hab ich in letzter Zeit ja zu wenig auf ihn geachtet. Vielleicht ist er schon länger krank und ich hab's nicht bemerkt?«

Dora kann nicht fassen, was da gerade passiert ist. Die Vorstellung, Leo wäre einfach tot umgefallen, lässt jede Faser ihres Körpers zittern.

»Dieser Hund ist nicht krank. Vielleicht hat er ein bisschen Stress gehabt. Aber sonst fehlt ihm wirklich nichts.«

Der Arzt hebt Leo in Doras Arme. Und sagt ihr, was sie zu zahlen hat. Und da Dora wie immer nur mit einem

Zehner in der Jackentasche zu ihrem Spaziergang aufgebrochen ist, kramt Jochen die erforderliche Summe aus seiner Hosentasche und gibt sie dem Tierarzt.

»Danke, Herr Doktor. Worauf müssen wir jetzt bei Leo achten? Braucht er irgendeine besondere Behandlung?«

Der Arzt nimmt das Geld und schüttelt den Kopf. »Behandeln Sie den Hund einfach so, wie Sie es normalerweise tun.«

Und was das heißt, wissen wir alle. Dass ihr beide lieb zu mir seid. Dass wir am besten gleich heute Abend zu dritt auf dem Sofa kuscheln. Dass wir zusammen im Bett schlafen. Und ab sofort wieder unser altes Leben aufnehmen. Ist das klar?

Ich hab gefragt, ob das klar ist?

Doras Beine beben immer noch, als sie, Leo auf dem Schoß, neben Jochen im Auto sitzt.

»Danke«, ist das Einzige, was sie rauskriegen kann.

»Da nicht für.« Jochen lächelt sie an. Streicht über Leos Kopf.

Sie zuckt zusammen, als seine Hand die nackte Haut ihres Arms berührt, mit dem sie Leo umfängt.

»Wenn du nicht gewesen wärst…«, bricht es aus ihr heraus.

»Ich bin froh, dass ich helfen konnte.«

Er lächelt sie an. Und sie erwidert sein Lächeln. Leo schließt zufrieden die Augen auf Doras Schoß. So sollte das Leben immer sein.

Helena geht telefonierend in ihrem Zimmer auf und ab. Sie bleibt immer wieder am Fenster stehen. Starrt misstrauisch in ihren hübschen Garten mit den Rosen und dem Lavendel und den grandiosen Hortensien. Ist da nicht wieder die fette Katze von Frau Oswald? Dieses Mistvieh, das ständig über den Zaun in Helenas Garten klettert, um sich hier zu erleichtern. Seit Frau Oswald mit ihrer Katze nebenan eingezogen ist, sinnt Helena nach der ultimativen Methode, um sie aus ihrem Garten zu vertreiben. Aber bislang hat weder der Schwall kalten Wassers noch die Steinchen, die sie auf dem Fensterbrett vorsorglich gesammelt und mit denen sie das Vieh beworfen hat, dieses auch nur im Mindesten beeindruckt.

Vielleicht sollte ich es mal mit Lärm versuchen?, überlegt Helena gerade, als sie den ihr sehr bekannten Lieferwagen von Jochen Blume vor dem Gartentor halten sieht. Was will der Kerl denn hier? Gott sei Dank ist Dora gerade unterwegs. Da kann sie ihm, ohne von ihrer Tochter unterbrochen zu werden, endgültig klarmachen, dass er hier schon lange nichts mehr verloren hat.

Sie sieht Jochen um das Auto herumgehen und die Beifahrertür öffnen. Aus der Dora aussteigt. Den Hund auf dem Arm. Ziemlich blass. Helena ist perplex. Sie hat das Gefühl, ihr Herz würde aussetzen. Vorsichtig öffnet sie das Fenster einen Spalt breit. Sie muss unbedingt hören, was die beiden miteinander reden.

»Also nochmals vielen Dank, Jochen. Das war echt süß von dir, dass du dich so um uns gekümmert hast.« Dora sieht Jochen dankbar an.

»Immer wieder gern. Du weißt doch, dass du jederzeit auf mich zählen kannst.«

Er öffnet das Gartentor. Dora geht an ihm vorbei zum Haus.

Dann fällt ihr ein: »Ach, ich muss dir ja noch das Geld geben ... Vielleicht hast du ja Lust auf einen Kaffee?«

Leos Herz hüpft vor Freude. Während Helena sich verärgert abwendet. Hat sie da was nicht mitgekriegt? Hat

Dora in der ganzen Zeit, in der sie mit Marc Bergmann zugange war, vielleicht den Kontakt zu Jochen aufrechterhalten?

Weiß sie denn nicht, dass das ein höchst gefährliches Spiel ist? Dass sie das kleine Glück, das sie gerade in Händen hält, gefährdet? Wegen dieses Blumenhändlers.

Jochen starrt Dora ob ihres Angebots so verblüfft an, als hätte sie ihm gerade vorgeschlagen, zusammen zwei Wochen Urlaub an einem Nacktbadestrand zu machen.

»Na ja, ich dachte halt… Irgendwie muss ich mich doch dafür revanchieren, dass du uns deine Zeit geopfert hast. Aber klar, wenn du weg musst oder keine Lust hast… Ich hol schnell das Geld«, stößt Dora verlegen aus.

Inzwischen empfindet sie die Situation als dermaßen peinlich, dass sie nur noch schnell weg will.

»Doch. Ich hätte gerne einen Kaffee.«

Dora dreht sich um. Sieht Jochen an. Der hebt die Hände.

»Wirklich. Es ist nur… Ich habe in zehn Minuten einen Termin im Ritz. Die suchen jemand Neues für ihre Blumendekorationen. Gib mir das Geld einfach ein andermal.«

»In zehn Minuten? Da musst du dich aber sputen. Hoffentlich kommst du noch rechtzeitig hin. Tut mir echt leid, dass wir dich aufgehalten haben.«

Sie lächelt und versucht, ihre Enttäuschung auch vor sich selbst zu verbergen. Was ist nur in sie gefahren? Jochen zum Kaffee einzuladen. Als wären sie nichts weiter als gute Freunde.

Jochen streichelt Leo, der es sichtlich genießt, in Doras Armen zu liegen, und Beine, Ohren und Schwanz total entspannt hängen lässt.

»Mach's gut, Kumpel. Sieh zu, dass du Dora nicht wieder so erschreckst.«

Leo schleckt über Jochens Hand. Fiept leise. Einen Moment lang sieht es so aus, als würde Jochen es sich noch mal überlegen. Das Ritz Ritz sein lassen. Den möglichen Auftrag sausen lassen. Er macht einen Schritt auf Dora zu. Steht jetzt so nah vor ihr, dass er sie ohne Weiteres küssen könnte. Es ist ganz still um sie herum. Nicht einmal der Hund gibt noch einen Laut von sich.

Jetzt! Jetzt ist sie da, die Gelegenheit. Nimm sie in die Arme. Küss sie. Sag ihr, dass du sie liebst. Dass es Quatsch war, sich zu trennen. Sag ihr … Jochens Synapsen glühen vor lauter unausgesprochenen Sätzen. Jetzt sag es einfach. Mach den Mund auf, und lass die Sätze aus dir herausfließen.

»Na dann, tschüss Jochen. Ich drück dir die Daumen. Ich meine, wegen des Ritz. Dass du den Auftrag kriegst. Aber sie nehmen dich bestimmt. Keiner kann besser mit Blumen umgehen als du«, hört sich Dora sagen. Und spürt, wie die Spannung, die sich um sie und Jochen aufgebaut hat, in sich zusammenfällt wie ein Luftballon, in den man eine Nadel sticht.

»Ja. Tschüss ihr beiden. Ich … ähm … ich bin dann mal weg.« Jochen drückt Doras Hand ein wenig zu fest. Und lässt sie sofort los, weil er weiß, dass der Ring, den sie immer trägt, ihr schmerzhaft ins Fleisch drückt.

»Sorry. Wollte dir nicht wehtun. Also dann. Noch mal. Ciao.«

Er hastet zum Auto, öffnet die Tür, sieht noch einmal zu Dora hin. Wenn sie ihn jetzt anlächelt, ist das ein gutes Zeichen. Doch Dora hat sich bereits abgewendet und verschwindet in Richtung Haus. Als sie sich in der Tür dann doch noch einmal umdreht, ist es zu spät. Jochen fährt schon davon.

Heilige Katzenkacke! Das ist doch unfassbar. Was muss ich denn noch alles machen, damit ihr euch wie vernünftige Menschen benehmt? Es ist doch nicht möglich, dass ihr eure Sehnsucht nicht erkennt. Wie könnt ihr so eine Gelegenheit nicht ergreifen? Wie könnt ihr … Ach, ihr Menschen, wieso macht ihr es euch denn nur so furchtbar schwer?

Leo lässt sich von Dora auf sein Kissen legen. Rollt sich sofort zusammen. Und schenkt ihr keine weitere Beachtung.

»Jetzt ruh dich erst mal aus. Und nachher gehen wir zu Marc zum Schwimmen«, versucht Dora den Hund und sich aufzuheitern.

Doch da der Hund sie keines Blickes würdigt, setzt sie sich mit einem leisen Seufzen an ihren Schreibtisch. Nachdem die Fahnen abgeschickt sind, kann sie jetzt endlich wieder Ordnung schaffen in den Bergen von Briefen und Rechnungen, die sich in der Zeit, in der sie sich dem Buch ihrer Mutter gewidmet hat, angehäuft haben.

Während sie wie in Trance Umschläge aufschlitzt, die einen Briefe in Körben ablegt, andere in den Papierkorb wirft, fragt sie sich, wie sie sich auch nur hat einbilden können, dass da noch irgendetwas wäre zwischen ihr und Jochen. Bloß weil ihr ein Schauer über den Rücken gelaufen ist, als er sie am Arm berührt hat? Bloß weil er ihr sofort seine Hilfe wegen Leo angeboten hat? Dabei hätte er das sicherlich auch für jeden anderen getan. Und ganz bestimmt für die schicke Tussi mit dem blöden Pudel, die Dora in der letzten Stunde so erfolgreich aus ihrem Gehirn verdrängt hat. Wer war das überhaupt? Oder, noch besser, was war das überhaupt zwischen den beiden? Hat die Tussi Jochen nicht geküsst? Ist sie nicht mit ihm verabredet? Im Grill Royal? Ausgerechnet in diesem Schicki-Schuppen, in dem sich Berlins Glamourpeople zum Fleischessen treffen. Wie oft hat Jochen früher über diesen Laden gespottet, nachdem sie ihn, weil sie so neugierig gewesen war, ein Mal überredet hatte, dort mit ihr essen zu gehen.

Okay, das Fleisch war super. Aber schon der Salat! Sie hat sich zum Steak einen grünen Salat bestellt und keineswegs mundgerechte Stückchen serviert bekommen. Sondern einen kompletten Salatkopf, der in einer Art Suppenteller thronte. Jochens spöttisches Auflachen über diesen dekorativen, aber kaum zu bewältigenden Beweis neuer deutscher Küchenkunst, klingt ihr noch heute in den Ohren.

»Hast du echt gedacht, dass man hierherkommt, um zu essen?«

Jochen hat sich vor Lachen kaum eingekriegt. Sie haben schnell zu Ende gegessen, wobei der Salatkopf unangerührt blieb, und sind dann zur nächsten Currywurstbude geflohen und waren sich einig, dieses Lokal in Zukunft zu ignorieren.

Und jetzt gehst du da mit der Pudel-Tussi hin?

Dora beschließt, dies als endgültiges Zeichen dafür zu nehmen, dass sie und Jochen nichts mehr miteinander zu tun haben. Offensichtlich hat sie ihr neues Leben schon viel zu weit auseinandergetrieben.

Zu weit für was eigentlich? Sie schüttelt den Kopf und will den Gedanken nicht weiterdenken. Wenn das so einfach wäre. Also:

Zu weit für was? Sie hat doch nicht wirklich gedacht, dass da noch etwas sei zwischen ihr und Jochen? Hat sie?

Nein! Hat sie nicht. Sie ist mit Marc glücklich. Und dieses komische Gefühl, das über sie gekommen ist, als sie neben Jochen im Auto saß, war nichts anderes als eine sentimentale Aufwallung. Ein gefühlsduseliges Erinnern an die Zeit, die sie miteinander gehabt haben. Zukunft hat das ganz sicher nicht.

»Was ist denn mit dem Hund?« Helenas Stimme reißt Dora aus ihren Gedanken.

Sie sieht auf. Ihre Mutter lehnt in der Tür und lässt ihren Blick sorgenvoll in Richtung Hundekissen schweifen.

Als Dora erzählt, was passiert ist, fällt es Helena schwer, ihren Ärger zu verbergen. Wenn sie es nicht besser wüsste, wenn sie sich nicht absolut sicher wäre, dass nur der Mensch in der Lage ist, Pläne zu schmieden und die Konsequenzen seines Handelns zu bedenken ... Sie würde glatt sagen, dass diese kleine Bestie nicht von ungefähr vor Jochens Laden zusammengeklappt ist.

»Da bin ich aber froh, dass es ihm wieder gutgeht, unserem Purzelchen.« Sie streicht mit ihren manikürten Fingern über Leos Stirn. Und ignoriert dabei wie immer das leise Kollern, das sofort in seinem Bauch entsteht.

»So viel Aufregung für das Schätzchen. Ich denke, es ist besser, wenn er heute Abend zu Hause bleibt und sich ausruht. Ich kümmere mich gern um ihn.«

Sie hat den Gedanken noch nicht zu Ende gesprochen, da springt der Hund wie von der Tarantel gestochen von seinem Kissen. Rennt zu seiner Spielzeugkiste, die vollgestopft ist mit Bällen, Stofftieren und Kauknochen, gräbt einen Ball hervor, der ganz unten in der Kiste liegt und legt ihn auffordernd vor Doras Füßen ab.

»Er ist schon wieder ganz okay«, sagt Dora und wirft den Ball in die entfernteste Ecke des Zimmers.

Leo rast hinterher, findet den Ball und bringt ihn zu Dora zurück.

Egal was Helena anbietet, ich werde heute Abend nicht zu Hause bleiben. Wer weiß, zu was sich Dora in ihrer labilen seelischen Disposition hinreißen lässt, wenn ich nicht da bin, um auf sie aufzupassen.

12

Der Anruf kommt genau in der richtigen Minute. Gerade haben Dora und Marc begonnen, heftig zu schmusen. Und sich nicht um Leo gekümmert, der mit den Pfoten auf dem Rand des Pools mit einem beleidigten Blick seine Meinung zu dem, was da abgeht, kundtut. Gerade setzt er zum – total verbotenen – Sprung ins Wasser an, um sich zwischen Dora und Marc zu drängen, da schrillt der Ton von Doras Handy durch die laue Sommernacht. Dora schwimmt sofort zur Leiter.

»Och komm, geh nicht ran«, fleht Marc und hält sie am Bein fest. Zieht sie wieder zu sich heran.

»Und wenn es Helena ist? Wenn ihr was passiert ist?«

Dora windet sich aus Marcs Armen und steigt aus dem Wasser.

»Dora Liebig?« Das Erstaunen auf ihrem Gesicht ist nicht zu übersehen.

»Sergio? Ja klar erinnere ich mich an dich. Wie lange haben wir uns nicht gesehen? … Ja, das ist eine Ewigkeit her. … Wie, du machst in Berlin ein Restaurant auf? Wow! Das ist ja super. Herzlichen Glückwunsch!«

Sergio? Ist das etwa dieser Sergio aus Italien, in dessen Lokal Dora eine Weile gearbeitet hat? Warum wird ihre Stimme so aufgeregt, wenn sie mit ihm telefoniert? Aber ist ja auch egal. Er hat jedenfalls im richtigen Moment angerufen. Also, vielen Dank, unbekannter Sergio.

Leo schwänzelt um Dora herum, während sie auf dem Dach hin und her geht. Und jetzt in einen begeisterten Schrei ausbricht.

»Du willst mich als Küchenchefin? Sergio, das ist ja ... meine Güte ... Das ist mir aber eine Ehre. ... Ja klar bin ich interessiert! Wie kannst du das nur fragen? ... Ja, sicher, ruf mich sofort an, wenn du in der Stadt bist, und dann treffen wir uns. Ich freu mich riesig.«

Dora steht mitten auf der Dachterrasse mit dem gigantischen Rundblick über Berlin. Sie merkt nicht, dass der Wind eigentlich zu kühl ist. Merkt nicht, dass Leo ihre Knöchel abschleckt. Das muss Schicksal sein. Jetzt, gerade jetzt, wo Helenas Buch fertig ist, kommt dieses Angebot. Einen perfekteren Augenblick kann es gar nicht geben. Sergio Primo, der Spitzenkoch, unter dem sie ein Jahr lang in Verona gearbeitet hat, fragt sie, ob sie mit ihm zusammenarbeiten will.

»Das ist wie ein Sechser im Lotto.« Doras Stimme jubiliert.

Mit Sergio Primo, der neben seinem Stammhaus in Verona schon in Stuttgart und in München jeweils ein hervorragendes Restaurant hat, seine Berliner Dependance aufbauen zu dürfen. Das ist der absolute Wahnsinn.

Wow, wow, wow! Ti amo, Sergio. I love you. Jetzt hat Dora die Chance, sich aus den Fängen der Hexe zu lösen. Und zu tun, was sie am liebsten tut: kochen! Das heißt, nie mehr Helenas Texte verbessern, nie mehr ihre Termine koordinieren. Endlich ein eigenes Leben führen.

Du wirst aufblühen, mein Dörchen! Die Gäste werden sich darum reißen, einen Tisch bei dir zu bekommen. Und höchstwahrscheinlich wirst du dir in kürzester Zeit einen Stern erkochen. Das Leben kann ja so super sein!

»Ist das nicht einfach irre? Komm, lass uns Champagner trinken. Heute fängt mein neues Leben an.«

Marc hat Dora noch nie so strahlen sehen. Das Glück leuchtet aus allen ihren Poren.

»Ein Lokal in Berlin? Wo es hier doch an jeder Ecke eine Kneipe gibt?«, sagt er vorsichtig.

Rumms! Schon ist Dora wieder in der Realität gelandet.

»Ich meine, ich freue mich ja für dich, dass du so ein tolles Angebot kriegst. Aber …«

Dora unterbricht ihn sofort. »Das ist das beste Angebot ever. Und es ist mir egal, ob wir das dritte oder das fünftausendste Lokal in Berlin sind, wir werden den Laden schon rocken. Die Leute werden uns die Bude einrennen. Schließlich werde ich die Köchin sein.«

Dora ist wild entschlossen, sich von Marcs Einwänden nicht beirren zu lassen. Er muss doch begreifen, was für eine Chance das für sie ist.

»Na ja, ich dachte nur … Koch ist ein ganz schön anstrengender Job. Sieben Tage die Woche, von morgens bis nachts. Was soll denn dann aus uns werden?« Marc klingt besorgt.

»Du, mein Liebster, wirst mein bester Gast sein. Ich werde für dich die himmlischsten Sachen kochen.« Dora ist nicht zu bremsen in ihrem Enthusiasmus.

»Du meinst, ich soll meine Abende in deinem Lokal verbringen? In der Hoffnung, dass du hin und wieder aus der Küche kommst, um dich feiern zu lassen?«

»Auch Köche haben freie Tage. Jetzt hol endlich den Champagner, und freu dich einfach mit mir.« Sie strahlt, sie lacht. Die ganze Frau steht mit einem Mal unter Strom.

»Das tue ich ja. Ich denke nur, man muss so was von allen Seiten betrachten.«

»Aber deswegen bin ich doch Köchin geworden. Um zu

kochen! In einem Spitzenhaus!«, fleht Dora um sein Verständnis.

»Na ja, kochen kannst du auch für mich. Und für Helena. Was ist überhaupt mit ihr? Wie soll sie ohne dich klarkommen?«, erwidert Marc ein wenig lahm.

Dora starrt ihn an. Das hat er jetzt nicht wirklich gesagt? Kann er sich denn nicht mit ihr freuen? Wegen des Jobs. Und wegen der Chance, sich endlich von Helena zu befreien.

»Helena wird eine Assistentin bekommen. Das war von Anfang an so geplant. Es gibt jede Menge Leute in Berlin, die keinen Job haben. Die sich alle zehn Finger danach lecken, für Helena Liebig zu arbeiten. Ich werde gleich morgen eine Anzeige ins Netz stellen.«

Marc sieht Dora zweifelnd an.

Na, das war doch klar! Dass dieser Typ dich nicht mit anderen teilen will. Dass er dein Potenzial nicht erkennt. Jochen würde dir jetzt gratulieren. Er würde sagen, dass ihr das alles schon irgendwie hinkriegt. Dass es das Wichtigste sei, dass du endlich eine Gelegenheit bekommst, dein Talent zu leben. Und dich von deiner Mutter abzunabeln. Jochen würde dich einfach nur unterstützen. Aber Marc will noch nicht mal den Schampus rausrücken, um mit dir zu feiern.

»Komm, lass uns ausgehen. Ich bin viel zu aufgedreht, um jetzt zu Hause zu sitzen. Sergio hat gesagt, dass er ein Objekt am Arkonaplatz gefunden hat. Lass uns einen Spaziergang dorthin machen. Ich muss das sofort sehen.«

Dora springt unter die Dusche und danach in ihr Kleid. Rubbelt sich die Haare hastig trocken, steigt in ihre Schuhe, nimmt Leos Leine.

»Jetzt noch ausgehen? Ich hab morgen einen anstrengenden Tag. Lass uns das doch am Wochenende machen«, versucht Marc sie zurückzuhalten.

Doch Dora ist nicht zu bändigen. Sie will sich die Location ihres zukünftigen Wirkens sofort ansehen. Und wenn Marc nicht mitwill, okay. Dann geht sie eben mit Leo. Der sowieso schon mit aufgeregt zitterndem Schwanz an der Tür steht.

»Ich bin dann mal weg. Ciao. Und schlaf gut.«

Sie küsst Marc schnell. Und ist fast schon aus der Tür, als er sie aufhält.

»Entscheidungen, die man nur mit dem Bauch trifft, erweisen sich oft als die schlechtesten, das weißt du. Ich bitte dich nur, dir die Sache genau zu überlegen. Ich meine, du hast gerade vor, dein Leben auf den Kopf zu stellen«, doziert Marc.

»Ja! Hab ich! Und das ist super! Mein Leben wird endlich so werden, wie ich es mir erträumt habe«, lacht Dora zurück.

Sie lässt den einigermaßen irritierten Marc stehen. Und wandert mit Leo, der vor Freude über Doras gute Laune und über den unerwarteten Nachtspaziergang mit aufgestellten Ohren, glänzenden Augen und hochgerecktem Schwanz neben ihr hertrabt, den Berg hinauf zum Arkonaplatz.

Was für eine wunderbare Nacht! Der Vollmond hängt orangegelb neben der Kugel des Fernsehturms, ein lauer Wind weht durch die Straßen, die Berliner sitzen vor den Kneipen und auf ihren Balkonen. Hunde führen ihre Menschen auf einem letzten Spaziergang durch die Sommernacht. Dora lässt Leo an jeder Ecke schnüffeln, auf jeden Grashalm pinkeln. Sie wartet geduldig, bis er die Zeichen gelesen hat, die seine Artgenossen hinterlassen haben. Wenn sie glücklich ist, soll er es auch sein. Auch wenn er an manchen Stellen auffällig lange braucht, bis er sich sicher ist, alles verstanden zu haben, was ihm die Gerüche sagen.

Irgendwas scheint heute anders zu riechen als sonst. Normalerweise kann er die Gerüche durchaus ihren Besitzern zuordnen. Da ist vor allem Halla, die ihm mit den Flöhen ausgeholfen hat. Dann Rolf, der unerträglich vorwitzige Dackel, der sich schon mal auf die Vorderbeine stellt, um eine Mauer möglichst hoch anpinkeln zu können. Dann natürlich Sandor, sein Dalmatiner-Freund, der anscheinend von der langen Reise, die er mit seinem Herrchen unternommen hat, zurück ist. Pelle, Emma, Fritz, Lumpi – Leo kennt sie alle. Aber dieser neue Geruch, der ihm jetzt schon an vier Stellen in die Nase gestiegen ist, den kennt er nicht. Oder doch? Irgendeine Ahnung ist da doch. Aber so sehr er sich auch müht, er kann diesen Geruch einfach keinem Hund zuordnen.

Als Dora sinnend vor dem Eckhaus am Arkonaplatz steht, das wegen Bauarbeiten voll eingerüstet ist, spürt sie ihr Herz bis zum Hals klopfen. Sie kennt das Lokal. Vor vielen Jahren war sie hier einmal zum Essen. Sie erinnert sich an den hellen, weiten Raum mit den Fenstern zu drei Seiten hin. Der Ort ist ein Traum. Der Blick auf das Grün des Platzes ist wunderbar, auf dem überbreiten Gehsteig davor kann man im Sommer Tische aufstellen …

Sie drückt das Gesicht an die staubige Fensterscheibe, will unbedingt einen Blick ins Innere erhaschen, was aber unmöglich ist, weil es Nacht ist und die Baustelle im Innern nicht beleuchtet.

Egal. Sie wird morgen wiederkommen. Und übermorgen. Und vermutlich an jedem weiteren Tag bis zur Eröffnung des Restaurants. Jetzt reicht es ihr schon, hier einfach nur zu stehen und sich ihrem Traum hinzugeben.

Leo, der sich zufrieden zu Doras Füßen hingelegt hat und abwartet, wann es weitergeht, schießt plötzlich auf.

Da ist er wieder, dieser Geruch. Und zwar ganz nah.

Schnüffelnd legt sich Leo in die Leine.

Los, Dora, genug geträumt. Hier geht es um die Wirklichkeit.

Wenn ich mich nicht täusche, werde ich gleich die Frau meines Lebens treffen. Die mit dem aufregendsten Duft der ganzen Stadt.

Da biegt sie auch schon um die Ecke. Hochbeinig, sehr blond im Mondlicht, den Kopf stolz in die Höhe gereckt, kommt die elegante Pudeldame Contessa ein paar Schritte auf Leo zu. Sie senkt den schönen Kopf, um an Leos Hinterteil zu schnuppern. Und Leo, der vollkommen fassungslos ist, dass er ausgerechnet an dieser Zicke interessiert sein soll, die auch noch der Frau gehört, die sich an Jochen ranmacht, steht eine Sekunde wie paralysiert da. Um dann einen kleinen Satz zu machen. Jetzt ist er Kopf an Kopf mit der Hündin.

Unfassbar, wie gut sie riecht. Unfassbar, wie schön sie ist.

Unfassbar, dass er sich ausgerechnet in sie verliebt, die doch eigentlich seine Feindin ist.

»Er scheint sein Kreislaufproblem vollkommen überwunden zu haben.«

Dora traut ihren Ohren nicht, als sie Jochens Stimme hinter sich hört.

»Was treibt euch denn in diese Gegend, mitten in der Nacht?«, hört sie seine amüsierte Stimme und dreht sich hastig um.

Hat Jochen da etwa eine Hundeleine in der Hand? Sie

kann nicht glauben, dass er tatsächlich die Pudeldame ausführt.

»Und du? Spielst du für deine Freundin den Hundesitter?«, fragt sie spitz.

Jochen grinst.

»Contessa mag es nicht so gern, wenn ich in Sabines Wohnung bin. Obwohl sie laut Sabine in der Nacht nicht rausmuss, will sie, wenn ich da bin, alle Stunde vor die Tür.«

Eigentlich hätte Dora Jochen zu gerne von ihrem Jobangebot erzählt. Sie sehnt sich geradezu nach seiner Reaktion. Doch was geht ihn ihr Leben an? Er hat inzwischen anderes, das ihn interessiert. Inklusive einer zickigen Pudeldame.

»Ja. Hunde! Sind manchmal ganz schön schlau«, lacht sie auf.

»Aber du weißt ja, wie man mit ihnen umgeht. Leo jedenfalls hast du ganz gut im Griff gehabt. Da wirst du dir doch nicht von … Contessa … auf der Nase rumtanzen lassen.«

»Jedenfalls zeigt sie mir ziemlich deutlich, was sie von mir hält. Nämlich gar nichts. Was bei Leo wirklich ganz anders war.«

»Ja. Leo hat dich vom ersten Moment an geliebt«, sagt sie und spürt Wehmut in sich aufsteigen. Sie sieht zu ihrem Hund, der neugierig und aufgeregt die Hündin beschnuppert. »Wir müssen nach Hause. Komm, Leo«, sagt sie zu Leo und zu Jochen: »Schönen Abend noch.«

Sie lächelt ihn kurz an. Und zieht ihren widerstrebenden Hund mit sich weg.

»Warte. Wir können doch ein Stück miteinander gehen. Ich muss in die Fehrbelliner.«

Aha, die Neue wohnt also in der Fehrbelliner Straße.

Wahrscheinlich in diesem übertriebenen Neubau, den sie in einen ehemals wunderschön verwunschenen Hinterhof geknallt haben. Würde jedenfalls gut da hinpassen mit ihren Edelklamotten und dem Riesenschlitten.

Eigentlich hat Dora keine Lust, neben Jochen durch die Nacht zu gehen. Und noch weniger will sie ihn auf dem Weg zu seiner neuen Freundin begleiten. Denn wenn er um diese Uhrzeit ihren Hund ausführt, wird er sicher auch bei ihr übernachten. Genauso wie sie bei Marc übernachtet. Da die Fehrbelliner Straße aber auf ihrem Weg nach Hause liegt, würde es sicher zickig rüberkommen, wenn sie jetzt einen anderen Weg einschlagen würde. Ist ja auch egal, sie läuft eh schon neben Jochen her. Ob ihm die Situation genauso unbehaglich ist wie ihr? Oder ist das für ihn normal, mit der Exfreundin durch die Nacht zu schlendern, während er den Hund der aktuellen Freundin ausführt?

Sie, in jedem Fall, weiß nicht genau, wie sie mit dieser unerwarteten Situation umgehen soll. Und trottet deswegen einfach nur wortlos neben Jochen her. Wobei sie auf das Hinterteil ihres Hundes starrt, der tänzelnd auf seinen kurzen Beinen neben der hochgewachsenen Contessa hergeht, der er gerade mal bis zum Bauch reicht.

Sie sind ein witziges Paar, der kleine Terrier und die große Pudeldame, die einträchtig nebeneinander hertraben, absolut synchron stehen bleiben, um Ecken und Baumstämme zu beschnüffeln, die sie dann nacheinander mit ihrem Urin benetzen.

»Sieht so aus, als würden wir gerade den Anfang von was ganz Wunderbarem mitkriegen«, sagt Jochen belustigt.

Dora sieht ihn empört an.

»Leo ist nur freundlich zu deiner Zicke. Ich hab ihn schließlich gut erzogen. Und im Übrigen soll man nicht zu viel hineingeheimnissen in die Tiere.«

»Also für mich sieht das aus, als wäre er ganz schön verschossen in Contessa«, lacht Jochen sie an. »Und die ist übrigens überhaupt nicht zickig. Sonst würde sie sich gar nicht mit Leo abgeben.«

»Entschuldige mal. Leo ist ein super Hund. Sie kann froh sein, dass er sich für sie interessiert«, plustert Dora sich vor ihm auf.

»Natürlich.« Jochen grinst sie an. »Aber ein schönes Paar sind sie auf jeden Fall. Vielleicht nicht für jeden. Und vielleicht nicht auf den ersten Blick. Aber Gegensätze ziehen sich bekanntlich an.«

»So wie du und deine Sabine.«

Der Satz ist aus ihrem Mund gehüpft, bevor sie ihn zu Ende gedacht hat. Und schon ärgert sie sich über ihn.

»Oder so wie du und ich.« Jochen lässt sich nicht aus der Ruhe bringen. Es gefällt ihm, dass Dora sich so wenig im Griff hat und sich dazu hinreißen lässt, Spitzen gegen Sabine und ihre Hündin abzuschießen. Er mag es, wie ihre Augen sich zusammenziehen, wenn sie etwas sagt, das sie lieber nicht hätte sagen wollen.

»Was meinst du damit? Dass wir nicht zusammengepasst haben? Weil wir zu unterschiedlich sind?«

»Im Gegenteil. Wir haben zusammengepasst. Auch wenn dir das nicht aufgefallen zu sein scheint. Wir haben trotz unserer Unterschiedlichkeit … oder vielleicht eher wegen ihr … sehr gut zusammengepasst«, sagt er und sieht sie freundlich an.

»Aber zu Sabine passt du besser?«

Noch so ein Satz, den sie lieber nicht hätte sagen sollen.

»Keine Ahnung, wir kennen uns noch nicht so lange«, erwidert Jochen gelassen.

»Aber du führst schon ihren Hund aus.«

»Das tue ich. Und wenn du es genau wissen willst …

Nein, will ich nicht!, schreit es in Dora.

»Ich habe jede Menge Spaß mit Sabine. Obwohl sie einen SUV fährt.«

»Na dann herzlichen Glückwunsch«, entfährt es Dora. Und damit zieht sie Leo endgültig weg von seiner neuen Freundin.

Sie beeilt sich, vor Jochen zu flüchten. Und ärgert sich furchtbar über sich. Was ist denn nur in sie gefahren, dass sie derartig zickig zu Jochen war? Wieso reagiert sie so hysterisch auf die Tatsache, dass er eine neue Freundin hat? Sie ist doch schließlich auch mit Marc zusammen. Aber klar, wenn zwei das Gleiche tun, ist es längst nicht dasselbe. Es kränkt sie einfach, dass Jochen ihr nicht länger nachgetrauert hat. Dass er sie so schnell durch eine andere ersetzt hat. Und dass die Neue so attraktiv ist. Und einen Hund hat. Mit dem sich Jochen auch noch gut versteht.

Ein Seufzer entfährt Dora. Irgendwie ist das alles ganz schön kränkend.

13

Wie jede gute Mutter freut sich Helena über das Glück ihrer Tochter. Auch wenn es ihre eigenen Pläne torpediert.

»Sergio Primo! Liebes, das ist ja großartig! Ich gratuliere dir. Was für eine wunderbare Chance.«

Helena küsst und drückt Dora innig.

»Du kannst dich darauf verlassen, dass ich jede Menge Werbung für euer Lokal machen werde. Oder gehöre ich etwa nicht mehr zu eurer Zielgruppe? Wollt ihr nur die Jungen, Schicken, Reichen? Vierzehn bis neunundvierzig sozusagen. Obwohl … vierzehn wäre ja dann doch zu jung, nicht wahr?«, flötet sie.

»Ich freue mich über jeden Gast, der Freude an meiner Küche hat. Das weißt du doch. Natürlich musst du für uns Werbung machen. Alle deine Freunde zu uns einladen. Deine Bekannten. Geschäftsessen bei uns veranstalten«, erwidert Dora beglückt.

Sie ist überrascht und dankbar, dass Helena mit keiner Silbe erwähnt, was diese Veränderung in Doras Leben für sie selbst bedeutet. Und dass sie nicht fragt, was Marc denn von den Plänen hält.

Dafür ist Helena nun wirklich viel zu klug. Sie kann sich sehr gut vorstellen, dass Marc es gar nicht komisch findet, wenn seine Frau Chefköchin welchen Lokals auch immer ist. Seine Frau? Oh mein Gott, da ist ja wohl der Wunsch die Mutter des Gedankens. Helenas Wunsch, dass endlich Nägel mit Köpfen gemacht werden. Noch hat Marc Dora keinen Antrag gemacht. Nicht mal seiner Familie vorgestellt hat er sie. Und das ist ja nun das Mindeste, was ein Mann tun sollte, der sich entschließt, eine Frau zu heiraten. Ob er begreift, dass es höchste Zeit ist? Denn wenn Dora erst einmal in ihrem Element sein wird, dann kann sie für nichts mehr garantieren. Abgesehen davon, dass Dora an nichts anderes mehr denken wird als an ihr Lokal, wird sie in ihrer Arbeit dermaßen versinken, dass für einen Mann in ihrem Leben kein Platz mehr sein wird. Jedenfalls wenn sie mit ihm nur eine unverbindliche Beziehung hat, die auf nichts Ernsteres hindeutet.

Sie gratuliert ihr? Und glaubt tatsächlich, dass wir darauf reinfallen? Weiß doch jeder, dass sie ihre Tochter nicht gehen lassen will. Hat sie überhaupt schon begriffen, was das für sie bedeutet? Dass Dora ihr nicht mehr in ihrem täglichen Wahnsinn zur Verfügung stehen wird. Sich nicht mehr um die kleinen Wehwehchen von Mami kümmern wird. Und schon gar nicht ihr Geschreibsel erst zu einem Buch machen wird. Kann nicht sein, dass sie das nicht bedenkt.

Also aufgepasst, Leo! Mal sehen, wie sie auf die Bedrohung ihres behaglichen Schreiberdaseins reagiert.

Dora setzt gerade die Anzeige ins Netz, mit der sie nach einer neuen Assistentin für Helena sucht.

»Oder willst du lieber einen Mann, Mutter? Ich meine, mit Hubertus bist du doch lange Zeit gut gefahren, nicht?«

»Bitte keinen Mann in meinem Leben. Nie wieder!«, sagt Helena und sieht ihrer Tochter über die Schulter. Stirnrunzelnd liest sie vom Bildschirm ab, was Dora geschrieben hat.

»Interessante Arbeit. Abwechslungsreich. Kommunikationsfähigkeit. Ordnungssinn … Durchsetzungsvermögen?«

»Stimmt doch alles. Oder findest du nicht?«

»Anspruchsvoll, musst du noch schreiben. Die Arbeit für mich ist höchst anspruchsvoll. Die kann nicht jede hergelaufene Studentin erfüllen, die ihr Studium nicht beenden will. Ein abgeschlossenes Literaturstudium erwarte ich schon.«

Helena hebt die Arme über den Kopf und setzt zu den Atemübungen an, die sie neuerdings macht, um zu entspannen.

Nach einem tiefen langen Ausatmen sieht sie Dora an.

»Hast du denn auch an den Hund gedacht? Ich meine, wie soll das gehen, wenn du den ganzen Tag im Lokal bist? Leo ist es schließlich gewöhnt, vierundzwanzig Stunden am Tag an deiner Seite zu sein. Du kannst ihn doch nicht in die Küche mitnehmen.«

Wow! Sie argumentiert mit mir! Das hat nun echt Klasse!

Dora streichelt Leo, der auf ihrem Schoß liegt, während sie in den Computer starrt. Die Augen geschlossen, wirkt er wie das zufriedenste Wesen auf der Welt. Sie gesteht sich ein, dass sie nicht wirklich darüber nachgedacht hat, wie das gehen soll, den neuen Job und den Hund zu vereinbaren.

»Wir kriegen das schon hin, oder?«

Sie drückt ihr Gesicht in sein Strubbelfell. Leo hebt den Kopf und schleckt ihr schnell über die Nase.

Wenn du noch mit Jochen zusammen wärst, wäre das überhaupt kein Problem. Ich könnte bei ihm sein, wenn du arbeitest. In seiner Wohnung, in seinem Laden, das haben wir damals doch oft so gemacht. Dein Herr Doktor wird dir da keine Hilfe sein. Erstens kann er mich schlecht mit in seine Praxis nehmen. Und zweitens würde ich sowieso nicht bei ihm bleiben, ohne mich aufzuführen.

Er legt den Kopf auf den Schreibtisch, sodass man meinen könnte, er würde auch auf den Computerbildschirm starren.

»Da wird uns schon was einfallen. Keine Sorge. Ein Schritt nach dem anderen«, sagt Dora zu Helena.

Die hastig erwidert, dass sie Dora auf keinen Fall Stress bereiten wolle. Aber sich halt so ihre Gedanken um Doras Liebling mache. Man höre doch immer wieder, wie sehr Hunde darunter leiden, wenn sich ihre Lebensumstände ändern.

»Das ist nett von dir. Aber Leo ist meine Sache. Und überhaupt, er will auch nur, dass es mir gut geht.«

Helena merkt, dass Leo sie aus halb geschlossenen Augen anstarrt. Liegt da nicht sogar ein Ausdruck von Triumph in seinem Blick? Aber nein! Er ist nur ein Hund. Vermutlich hat er noch gar nicht mitbekommen, was da auf ihn zukommen wird. Leo denkt sicher, dass die Welt in Ordnung ist, nur weil er Doras Schoß besetzt hält.

Helena bemerkt die Zweideutigkeit ihres Gedankens und schüttelt unwillkürlich den Kopf. Es läuft gerade alles in eine Richtung, die ihr überhaupt nicht gefällt.

»Sag mal, Liebes, ich hab da schon länger eine Idee.«

Bevor sie weiterreden kann, springt Leo von Doras Schoß. Er stellt sich auf die Hinterbeine, legt die Vorderpfoten auf Helenas seidenbestrumpfte Beine, dehnt sich und gähnt ausgiebig.

Normalerweise fängt sie in so einer Situation an zu zetern. Sorgt sich um ihre teuren Strümpfe. Schiebt ihn weg. Verflucht ihn. Und reizt Dora damit, sich auf Leos Seite zu stellen, der es angeblich nur nett meint.

Heute aber säuselt sie Unerwartetes: »Nicht wahr, Leo, ich habe recht. Es werden schwere Zeiten auf dich zukommen, du armes Häschen.«

Sie streicht dem Hund über den Kopf. Der gerade noch dem Impuls widerstehen kann, sie mal kurz in den Finger zu kneifen. Aber okay, er hat noch nie in seinem ganzen Leben nach jemandem geschnappt. Nicht einmal nach Helena. Er lässt von ihr ab. Und ringelt sich auf ihrem Schuh zusammen.

»Ihr versteht euch wirklich immer besser.«

Manchmal könnte sich Leo ausschütten vor Lachen über Doras Naivität. Wenn ein Hund sich auf deinen Fuß legt, bedeutet das nicht, dass er dich mag. Sondern dass er dich dominiert. Steht in jedem Hundebuch.

»Vielleicht kann er ja am Anfang bei dir sein. Wenigstens stundenweise. Und dann sehen wir weiter.«

Dies wollen nun weder Leo noch Helena hören. Der Hund springt beleidigt auf das rote Sofa. Und wird auf der Stelle von Helena wieder hinuntergeschubst.

Während Leo sich beleidigt auf seinem Kissen zusammenrollt, überlegt Helena, wie sie Dora ihren neuesten Plan unterjubeln kann. Und beschließt, einfach mit der Tür ins Haus zu fallen.

»Ich hab mir da was überlegt, Liebes. Meinst du nicht, es wäre schön, wenn wir, bevor der Stress mit deinem Lokal richtig losgeht, mal Marcs Eltern und seine Geschwister zum Essen einladen würden?«

»Marcs Familie? Aber wieso sollten wir das denn tun? Wir kennen sie doch überhaupt nicht.« Dora starrt ihre Mutter verdattert an.

»Nun, gerade deswegen! Ich meine, ihr seid doch jetzt schon eine ganze Zeit zusammen. Da ist es doch das Normalste, dass man die Familie des anderen kennenlernt. Marc kennt *mich* schließlich auch.«

»Aber nur, weil er dein Arzt ist.«

Dora hat noch nie einen Gedanken an Marcs Familie

verschwendet. Wieso auch? Es reicht ihr, ihn zu kennen. Mit ihm zusammen zu sein. Alles andere wird sich schon finden. Und überhaupt, es wird in der nächsten Zeit so viel für sie zu tun geben. Sergio treffen, das Lokal einrichten, Leute einstellen, Speisepläne erarbeiten … Marcs Familie kann sie da ganz und gar nicht gebrauchen.

»Ich hab doch alle Zeit der Welt. Irgendwann werde ich seine Leute schon kennenlernen. Das hat überhaupt keine Eile.« Damit schiebt sie Helenas Vorschlag weit von sich. Und hat ihn schon im nächsten Moment vergessen.

Um ein paar Tage später ausgerechnet von Marc wieder daran erinnert zu werden. Sie kuschelt sich gerade zufrieden an ihn und zupft ein wenig an seinen hellen Brusthaaren herum, da hört sie ihn sagen, dass seine Eltern sie beide fürs Wochenende eingeladen hätten. Und ihre Mutter natürlich auch. Dora setzt sich auf und starrt ihn erschrocken an.

»Hast du dich mit meiner Mutter abgesprochen?«, fragt sie.

»Wieso? Was soll ich mit deiner Mutter abgesprochen haben?«, erwidert Marc irritiert.

»Ist ja auch egal. Ich hab nächstes Wochenende sowieso keine Zeit. Sergio kommt am Samstag, wir müssen über meinen Vertrag reden. Und über alles andere.«

»Tatsächlich? Das hast du mir gar nicht gesagt.«

Nein, hat sie nicht. Wieso auch? Seit wann muss sie denn jeden Termin, den sie macht, mit Marc absprechen? Das Lokal hat doch überhaupt nichts mit ihm zu tun.

»Autsch!«, schreit Marc. »He, das tut weh.«

Dora sieht auf das blonde Haar zwischen ihren Fingern, das sie ihm anscheinend, ohne es merken, ausgerissen hat. Oder war es doch nicht so unabsichtlich? Weil sie sich darüber ärgert, dass Marc so offensichtlich davon ausgeht, dass sie jeden Gedanken mit ihm teilt. Als sie ihm ein Dutzend Entschuldigungsküsse auf die Brust drückt, hört sie ihn sagen, er könne seinen Eltern auch vorschlagen, dass sie nur am Freitag Zeit hätten.

»Wir fahren zu ihnen raus, übernachten da, und am Samstag holen wir Sergio direkt vom Flughafen ab.«

Sag, dass dir das zu stressig wird. Dass du den Kopf nicht frei hast. Oder sag einfach, dass du dazu keine Lust hast. Weißt du nicht, was es für jemanden wie Marc bedeutet, dich seinen Eltern vorzustellen? Wenn du das jetzt machst, kannst du gleich mit ihm zum Standesamt gehen.

Mann, Dora, merkst du es nicht? Du bist dabei, geradewegs in die Ehefalle zu rennen.

»Ich wusste gar nicht, wie wichtig es dir ist, dass mich deine Eltern kennenlernen«, flüstert Dora an Marcs Brust, während sie seinem ruhigen Herzschlag lauscht.

Ob dieses Herz jemals heftiger schlägt? Gar bis zum Hals, wie ihr Herz das dauernd tut? Ob es vor Freude zerspringen möchte? Oder vor Kummer zerbrechen? Irgendwie kann sie sich das nicht vorstellen. Dieses Herz läuft rund wie ein geölter Motor. Keine Leidenschaft, keine Wut, keine Freude wird es jemals zu ekstatischen Ausschlägen bringen.

Dora ist plötzlich sehr gerührt. Sie scheint Marc wirklich sehr viel zu bedeuten. Geradezu süß, wie enttäuscht er sie angesehen hat, als sie sagte, dass sie keine Zeit habe. Sie seufzt leise. Küsst ihn auf die Stelle, wo das Herz ist, und fasst einen Entschluss.

»Du bist echt so süß! Also okay, wenn's am Freitag geht, machen wir das.«

»Natürlich wird es auch am Freitag gehen. Ob meine Schwester und mein Bruder da allerdings können ... Aber egal, das Wichtigste sind ja erst mal die Eltern. Den Rest der Sippe kannst du auch ein andermal kennenlernen«, freut sich Marc unverhohlen. Und zieht Dora eng an sich.

Er küsst sie und fängt an, sie zu streicheln. Und sieht sich plötzlich von Leo, der das Ganze von seinem Kissen aus beobachtet hat, in die Hand gekniffen. Nicht, dass das wirklich wehtäte. Trotzdem ist Marcs erster Impuls, Leo, der wirklich nichts in diesem Bett zu suchen hat, gnadenlos über die Kante zu schieben. Doch da ist wie immer Dora vor.

»Ach, lass ihn doch«, bittet sie. »Er ist halt eifersüchtig auf dich.«

Sie klopft leise mit der Hand auf die Matratze, und schon ist Leo neben ihr und drängt sich eng an sie. Als wäre es das Selbstverständlichste, dass er hier in Marcs tollem Boxspringbett liegt.

»Du kommst natürlich auch mit nach Potsdam. Der Garten meiner Eltern wird dir gefallen.«

Marc fügt sich in das Unabänderliche und krault Leos Ohr.

»Das wird ein richtig schöner Abend.«

Selbstverständlich sitzt Helena vorn in Marcs neuem Mercedes, als sie am Freitag nach Potsdam fahren, wo seine Eltern sich schon kurz nach der Wende eine herrliche Jugendstilvilla am Heiligen See gekauft haben. Marcs Vater Herbert hat damals seine erfolgreiche Augenarztpraxis von Köln nach Potsdam verlegt, weil er der Meinung war, dass die armen Leute im Osten auch in den Genuss seiner Fähigkeiten kommen sollten. Und vor allem, weil man damals die herrlichsten Villen für einen Appel und ein Ei bekommen hat.

Helena ist zufrieden mit der Entwicklung der Dinge. Wie gut, dass sie Marc diesen kleinen Hinweis gegeben hat, dass Dora schon ziemlich neugierig auf seine Familie sei und dass sie sicher bald nicht mehr viel Zeit haben werde, sie kennenzulernen. Sie hat Marc damit zum Nachdenken gebracht. Und zu einem Telefonat mit seiner Mutter. Die prompt so reagiert hat, wie Helena es nicht besser hätte inszenieren können.

Es ist ein herrlicher Abend. Die Sonne schickt ihr letztes Licht über Villa und Garten und taucht alles in ein malerisches Rosenrot. Auf dem See schwimmen Schwäne. Sissi und Leopold, die Kinder von Marcs Schwester Susanne, tollen im Garten herum. Die Erwachsenen, Marc, sein Vater Herbert, seine Mutter Luise, Susanne mit ihrem Mann Peter und Marcs jüngerer Bruder Stefan stehen mit ihren Gästen auf der Terrasse, die zum Wasser führt, und trinken Champagner. Alle freuen sich, einander kennenzulernen. Die Stimmung ist heiter.

Helena ist zufrieden, dass Dora es noch zum Friseur geschafft hat, um sich die Haare aufhellen zu lassen. Und dass sie das entzückende hellblaue Seidenensemble trägt, das Helena in einer Modezeitschrift gesehen und, ohne Dora zu fragen, einfach bestellt hat. Wenn Marc jetzt noch einen Ring aus der Hosentasche ziehen und Dora einen Heiratsantrag machen würde, wäre die Sache perfekt.

Leo muss sich von Herbert streicheln lassen und die viel zu laute Stimme, mit der Marcs Vater ihm ins Ohr brüllt, was für ein netter Hund er sei, über sich ergehen lassen. Um sich danach mit den beiden Kindern konfrontiert zu sehen, die ihn am Schwanz und an den Ohren ziehen. Jetzt hält er sich dicht neben Dora, die gerade mit Luise anstößt und sich mit ihr auf ein familiäres Du einigt. Was den Rest der Familie dazu bewegt, Dora zu umringen, zu küssen und zu herzen und sich darüber zu freuen, dass man sie endlich, endlich kennenlernen dürfe.

Leo fühlt sich unwohl zwischen den vielen Beinen. Ganz sanft, wie es seine Art ist, stupst er Dora an. Sie beugt sich zu ihm, streichelt ihn schnell und versichert ihm, dass er ein ganz braver Hund sei. Und spürt in diesem Moment Susannes Hand auf ihrem Unterarm.

»Meinst du, Leo würde es mögen, wenn die Kinder ihn vor dem Essen noch ausführen?«, fragt sie lächelnd. »Sie können ihm den Garten zeigen. Das wird ihm ganz bestimmt gefallen.«

Nein!!! Ich hasse es, von irgendwelchen Gören an der Leine rumgezerrt zu werden. Kinder sind was Schreckliches. Laut. Unberechenbar. Aufdringlich.

Hilfe, Dora! Ich will das nicht.

Marc findet, dass das eine ausgesprochen gute Idee sei. Er nimmt Dora die Leine aus der Hand. Ihren Einwand, dass dies keine gute Idee sei, da Leo es nicht so habe mit Kindern, beachtet er nicht weiter.

Klick. Schon hängt Leo an der Leine. Die Marc in die Hand seines Patenkindes Sissi legt. Und ab geht die Post. Die Kinder laufen in Schlangenlinien durch den Park. Während sich Leo, den sie hinter sich herziehen, Hilfe suchend nach Dora umsieht.

»Nicht so an ihm rumzerren, Kinder«, ruft Dora ihnen nach. »Und geht auf gar keinen Fall zu nah mit ihm ans Wasser!«

Die Kinder nicken. Leo bleibt nichts anderes übrig, als gute Miene zum ausgesprochen doofen Spiel zu machen.

Dora versucht, das Dreiergespann im Blick zu behalten. Doch sie wird von Herbert und Luise in Beschlag genommen. Die ihr und Helena jetzt unbedingt eine Führung durch ihr Haus geben wollen. Sie schlendern zum Eingang. Lauschen dabei Helenas lustigen Geschichten aus der Filmwelt und wollen gerade in den Salon treten, als ein hoher, schriller Schrei durch den Garten hallt.

»Mama! Leopold ist im Wasser! Er ertrinkt!«

Im Bruchteil einer Sekunde rennen alle zum Wasser. Susanne, Peter, Marc, Stefan, Herbert, Luise, Helena und Dora.

Was sie sehen, lässt sie erschaudern. Keuchend und prustend wird der kleine Leopold von Leo, der voller Jagdeifer zwei Schwäne verfolgt, durch den See gezogen. Sein Kopf taucht unter und wieder auf, er schnappt nach Luft. Kommt aber offensichtlich nicht auf die Idee, die Leine, die er immer noch krampfhaft festhält, loszulassen. Dora stürzt ins nicht mehr als oberschenkeltiefe Wasser. Und reißt den brüllenden Jungen an sich. Sie windet ihm die Leine aus den Fingern und trägt ihn ans Ufer. Wo sie ihn seiner Mutter in die Arme drückt. Die Dora mit einem bitterbösen Blick bedenkt.

Herbert, der Augenarzt, untersucht seinen Enkel auf der Stelle. Susanne, Leopolds Mutter, heult über ihrem Kind. Und Luise geht auf Dora los.

»Wie kannst du meine Enkel nur damit beauftragen, diesen gefährlichen Hund auszuführen? Wie kann man nur dermaßen verantwortungslos sein?« Es sieht aus, als würde sie Dora am liebsten an die Gurgel springen.

Diese kommt gar nicht dazu, zu sagen, dass es ihr leidtue. Und dass sie dagegen gewesen sei, dass die Kinder mit Leo losgehen. Und dass sie ihnen schließlich verboten habe, zum Wasser zu gehen. Weil Wasser nun mal für Leo unwiderstehlich ist. Und dazu noch, wenn es Schwäne zu jagen gibt.

Die Stimmung ist hin. Das Essen gegessen, bevor es auf dem Tisch steht. Leo, der mit seinem nassen Fell wie eine winzige Ratte aussieht, kommt sehr zufrieden aus dem Wasser, weil es ihm gelungen ist, die Schwäne zu verjagen. Da merkt er, dass hier gerade irgendwas total schiefläuft.

Als Susanne auf ihn zustürmt, reißt Dora das nasse Fellbündel schnell auf den Arm.

»Er ist ein Hund, Susanne. Mit einem Jagdtrieb. Der eben mit ihm durchgeht, wenn er irgendein Getier sieht, das ihm gefällt«, faucht sie Susanne an.

»Er hat Leopold beinahe ertränkt, dein Köter. Wie kannst du ihn verteidigen?«

»Verdammt, ich hab ihnen gesagt, sie sollen nicht zum Wasser gehen! Kann ich was dafür, wenn deine Kinder nicht gehorchen?« Doras Stimme wird schriller.

Sie hasst solche Ungerechtigkeiten. Und ist entschlossen, Leo wie eine Löwenmutter zu verteidigen. Sie setzt ihn auf den Boden zurück, wo er sich erst mal ausgiebig schüttelt, dass die Tropfen nur so fliegen und sagt zu Marc, dass es wohl besser sei, wenn er sie nach Hause fahre.

Nach der überhasteten und unterkühlten Verabschiedung liegt Leo hochzufrieden auf Doras Schoß, während Marc stumm das Auto zurück nach Berlin steuert. Dora macht noch ein, zwei Versuche, sich bei ihm für das Geschehen, an dem ihr Hund aber unschuldig sei, zu entschuldigen. Doch Marc würdigt sie keines Blickes. Helena kocht unterdessen auf dem Beifahrersitz vor sich hin. Sie hat schon immer gewusst, dass dieser Hund eine Plage ist. Wehe ihm, wenn er mit seinem unmöglichen Auftritt Doras Zukunft mit Marc ein für alle Mal zerstört hat!

Okay, geplant war das ja nun nicht. Der kleine Mensch hätte einfach nur die Leine loslassen müssen, als es mit mir durchgegangen ist. Ich hab mich zwar echt die meiste Zeit meines Lebens im Griff, aber Wasser … und Schwäne … Da bin ich zu sehr Jagdhund, als dass ich mich beherrschen könnte. Einer meiner ganz wenigen Fehler. Aber ist doch egal. Dem Jungen ist zum Glück nichts passiert. Und dass er sich so erschrocken hat, tut mir echt leid. Aber immerhin: Das Essen ist geplatzt. Es hat keine Verlobung gegeben. Und Helena ist wütend. Eigentlich ist alles super.

Am nächsten Morgen, als Dora gerade unter der Dusche ist und Leo noch sehr schläfrig in ihrem Bett liegt und über die wundersame Auflösung des gestrigen Essens nachsinnt, sieht er sich plötzlich von einem Paar sehr entschlossener, schwarz behandschuhter Hände gepackt. Und aus dem Bett und seinen Tagträumen gerissen.

He, was soll das? Lass mich sofort los! Lass mich los! Sofort!

Doch Leo muss erkennen, dass er, sosehr er sich auch wehrt und windet, nichts gegen die Entschlossenheit und die Kraft seines Entführers ausrichten kann. Er wird in eine kleine Tasche gestopft. Dann wird er durchgeschüttelt und geschaukelt. Wer auch immer der ruchlose Täter sein mag – er verlässt mit ihm das Haus.

Was soll das! Lass mich sofort raus!

Alles wütende Kläffen, alles Toben hilft nichts. Schon wird die Tasche in ein Auto geworfen.

Verdammt, geht das nicht vorsichtiger? Ich verlier dauernd das Gleichgewicht! Hallo, ich bin kein Stoffhund!

Los geht die Fahrt. Erst durch die Stadt. Dann über die Autobahn. Dann über holprige Pflasterstraßen. Leo wird von einer Seite auf die andere geworfen. Jetzt kommen sie in einen Wald. Normalerweise gefällt Leo das, heißt es doch, dass er gleich nach Herzenslust herumrasen darf. Er liebt die schattigen Wege, jagt mit größtem Vergnügen aufregenden Spuren nach. Und wenn er den Geruch eines Fuchses in die Nase bekommt, ist es das Höchste für ihn. Bedauerlich ist nur, dass Dora es ihm nie gestattet, sich in einen Fuchsbau zu wühlen und dem Bewohner den Garaus zu machen. Trotzdem ist der Wald für ihn ein unerforschter Ort, in dem er seine Triebe ausleben kann. Wenigstens einige davon.

Doch der Entführer hat wohl nicht vor, mit ihm entspannt spazieren zu gehen. Ob er wohl Lösegeld verlangen wird? Leo ist sich sicher, dass Dora jede geforderte Summe ohne zu zögern zahlen wird. Und dann wird er zu ihr zurückgebracht werden.

Träum weiter! Hier geschieht gerade etwas ganz Gemeines!

Tatsächlich wird Leo nicht aus der Tasche gelassen, als das Auto hält. Die Tasche wird samt Leo aus dem Auto gehoben. Von jemandem gepackt und ein paar Schritte über den Waldboden zu einem See geschleppt, den Leo durch das Gitter erspähen kann. Schritte klackern laut über einen hölzernen Steg. Leo sieht das Wasser glitzern.

Was hast du vor? Wer bist du überhaupt? Helena? Aber das kann nicht sein. Erstens hat sie nicht so viel Kraft, um mich zu bändigen, und zweitens … hat sie sicher irgendwo in sich eine Seite, die sie daran hindert, kriminell zu werden.

Also, wer bist du? Was hast du gegen mich?

Leos Hundeherz pumpert wie eine alte Dampfmaschine. Er hechelt. Zittert am ganzen Körper.

Jetzt sind sie am Ende des Stegs angekommen. Der Entführer bleibt stehen. Und Leo überkommt die Erkenntnis, was als Nächstes geschehen wird, wie ein Schwall eiskalten Wassers.

Er wird mich ertränken!

Dora, wo bist du? Er wird mich mitsamt der Tasche in den See werfen.

Dora! Wieso hörst du mich nicht? Ich werde elend zugrunde gehen.

Schon spürt er, wie die Tasche mit Schwung bewegt wird. Und angesichts seiner rettungslosen Situation und seines bevorstehenden Endes ist Leo plötzlich ganz still.

Er hat alles gegeben. Und alles verloren.

Adieu, du schöne Welt.

TEIL III

Hundeliebe ist für immer

14

Leo ist weg. Dora kann es nicht fassen. Als sie unter die Dusche gegangen ist, hat er noch, auf dem Rücken und alle viere in den Himmel gestreckt, in ihrem Bett gelegen und leise geschnarcht.

Sie hat noch drüber nachgedacht, wie glücklich so ein Hund sein müsse, der nach der absoluten Katastrophe bei Marcs Eltern einfach nur daliegen und schlafen kann. Sie selbst hat sich in der Nacht von einer Seite auf die andere gewälzt. Hin- und hergerissen zwischen Ärger, Wut und Schuldgefühlen. Dass das Essen mit Marcs Eltern so furchtbar endete, bevor es überhaupt angefangen hatte, tut ihr unendlich leid. Dass sich aber die gesamte Bergmann-Sippe auf Leo gestürzt und ihn zum kinderkillenden Monster gemacht hat, wird sie ihnen nie verzeihen.

Okay, alle haben sich furchtbar erschrocken, weil ein kleiner Junge ins Wasser geraten ist. Aber bevor irgendetwas Schlimmes hätte passieren können, ist Dora doch zur Stelle gewesen und hat ihn rausgezogen. Dass seine Schwester Sissi in Panik geraten ist, als sie sah, wie Leopold hinter Leo ins Wasser trabte, ohne die Leine loszulassen, kann sie ja noch nachvollziehen. Und es tut ihr auch leid. Auch den ersten Schrecken der Eltern und der Großeltern versteht sie gut. Aber nicht, dass sie den kleinen Jungen mit ihrer Hysterie noch viel mehr aufgeregt haben, statt ihn zu beruhigen. Ihm zu erklären, dass er nur ein bisschen nass geworden sei. Dass so ein Hund – auch so ein kleiner – es nun mal toll finde, Schwäne zu jagen. Dass es am besten gewesen wäre, die Leine loszulassen.

Aber keiner hat ihr zugehört, niemand ist auch nur im Ansatz auf ihre Entschuldigungen eingegangen. Es hat doch gar keine andere Möglichkeit gegeben, als Marc zu bitten, sie und ihre Mutter nach Hause zu fahren. Oh Gott, wenn Blicke töten könnten, hätte sie nicht mal die kurze Strecke bis zu Marcs Auto geschafft. Aber das, was sie am wütendsten gemacht hat, ist, dass Marc sie angeherrscht hat, sie solle jetzt einfach mal den Mund halten, als sie ihm noch einmal erklären wollte, wieso das alles passiert ist. Es ist unverzeihlich, dass er, nachdem er sie stumm vor ihrem Haus abgesetzt hat, ohne einen weiteren Blick weggefahren ist und sie den Tiraden ihrer Mutter überlassen hat. Die, kaum dass sie im Haus waren, ein Gewitter nie gekannten Ausmaßes über Dora und Leo hat runtergehen lassen. Verantwortungslos sei sie, lebensunfähig, egoistisch, man müsse sich ja für sie schämen. Es geschehe ihr ganz recht, dass ihr die Männer immer davonliefen. Wenn es nichts Wichtigeres in ihrem Leben gebe als diesen unsäglichen Köter.

Irgendwann zwischen Blitz und Donner hat Dora Helena einfach stehen lassen und ist zu Bett gegangen. Leo, dem anzumerken war, dass er sich unbehaglich fühlte, hat sich auf sein Kissen begeben. Von wo aus er Dora mit dem schuldbewusstesten Hundeblick, den er draufhat, unentwegt angestarrt hat, bis endlich der erlösende Satz kam:

»Du kannst wirklich nichts für das ganze Theater. Jetzt komm schon. Hopp, ins Bett.«

Er hat sich erleichtert in ihre Kniekehlen gekuschelt. Und ist aus dem tiefen Schlaf, in den er sofort gefallen ist, immer nur aufgewacht, wenn sich Dora, unruhig und schlaflos, wie sie war, eine andere Stellung gesucht hat.

Und jetzt ist er nicht da!

»Leo?«

Dora geht durch die Wohnung. Das gibt's doch nicht. Der Hund ist weder im Wohnzimmer noch unter ihrem Schreibtisch, noch in der Küche. Ihr Herz schlägt immer unruhiger, während sie unter das Sofa späht, in den Schrank, ins Badezimmer. Wohl wissend, dass sie da schon dreimal nachgesehen hat, ohne den Hund zu finden.

»Ist Leo bei dir, Mutter?«

Helena, die mit einer Tasse Kaffee und einem Croissant zeitunglesend an dem Biedermeier-Tischchen sitzt, das sie am Anfang ihrer Liebe von Hubertus geschenkt bekommen hat, sieht Dora mit einem irritierten Blick an.

»Bitte?«

»Leo ist weg. Ich hab keine Ahnung, wo ich noch suchen soll.« Dora ist atemlos. Ihre Arme kribbeln und ihre Beine fühlen sich merkwürdig schwer an.

»Ich dachte, vielleicht ist er ja …«

Sie weiß genau, was das für ein Blödsinn ist. Wieso sollte Leo bei Helena sein? Die ihn gestern Abend noch die Katastrophe in Doras Leben genannt hat. Und in deren Wohnung er niemals freiwillig gehen würde. Aber die Hoffnung stirbt bekanntermaßen zuletzt.

»Das kann nicht sein. So ein Hund löst sich doch nicht in Luft auf. Komm, ich helf dir suchen.«

Helena klingt ruhig und freundlich. Und Dora ist ihr in diesem Moment einfach nur dankbar, dass sie nicht die Stimmung des gestrigen Abends wieder aufnimmt.

Während Dora immer fassungsloser in der Schlafzimmertür steht, durchsucht Helena ihre Wohnung. Überall dort, wo Dora auch schon nachgesehen hat. Küche, Bad, Arbeitszimmer, Wohnzimmer, Schlafzimmer.

»Das ist ja merkwürdig. Aber mach dir mal keine Sorgen. Wahrscheinlich unternimmt er einen Ausflug.«

»Einen Ausflug? Leo hat in seinem ganzen Leben das Haus nicht ein einziges Mal ohne mich verlassen. Dieser Hund unternimmt keinen Ausflug.« Doras Stimme ist schrill vor Sorge.

Ein Gedanke schießt ihr durchs Gehirn.

»Vielleicht hat ihn ja jemand entführt?«

»Jetzt reiß dich bitte mal zusammen«, sagt Helena genervt. »Wieso sollte irgendwer in deine Wohnung einbrechen und diesen kleinen … ich meine, Leo ist doch kein wertvoller Rassehund, den man für viel Geld verkaufen kann …«

Dora sieht ein, dass »Entführung« ein abwegiger Gedanke ist. Obwohl sie findet, dass es keinen Hund auf der Welt gibt, der so unbezahlbar ist wie Leo.

»Aber wo ist er? Ich kann mir einfach nicht vorstellen, dass er weggelaufen ist. «

»Nun, vielleicht … Ich weiß es ja nicht, ob Hunde so etwas wie Schuldgefühle haben … Aber vielleicht schämt er sich, weil er dir deine Verlobung ruiniert hat.«

»Meine was? Gott im Himmel! Mutter! Erstens war das gestern nur ein harmloses Essen. Ich meine, es hätte ein harmloses Essen sein sollen. Und zweitens hat Leo überhaupt keine Schuld daran, dass es derart schiefgegangen ist.«

»Reg dich nicht auf, Kind. Ich dachte ja nur … Weil ich auch nicht weiß, wo der Kleine ist. Tut mir leid, ich weiß doch, wie du an ihm hängst.«

Helena will Dora in den Arm nehmen. Trösten. So wie liebevolle Mütter das tun. Aber es kommt nur zu einer kleinen, unsicheren Berührung. Und der Beteuerung, dass bestimmt alles gut werde.

Dass es in meinem Leben einmal die Situation geben wird, dass ich einer kreischenden Horde Kinder dankbar bin, hätte ich nie gedacht. Und noch weniger, dass sie mir das Leben retten.

Ich werde in Zukunft zu jedem Kind, das mir begegnet, nett und freundlich sein. Sie dürfen mich streicheln und – wenn's sein muss – auch am Schwanz ziehen. Und ich werde nicht knurren oder bellen. Ich werde sie bis ans Ende meines Lebens – und ich hoffe, das ist noch sehr weit weg – lieben.

Leo kann es immer noch nicht fassen, dass in dem Moment, da er schon in seiner verschlossenen Tasche über dem Blaugrün des Sees geschwebt ist, in das er in wenigen Sekunden für immer eintauchen würde, das Gebrüll einer Kinderhorde seinen Mörder zusammenzucken ließ.

»Der See. Los. Reinspringen. Ich springe vom Steg. Kannst du einen Köpper?« Die Stimmen der Kinder sind wild durcheinandergewirbelt. Und haben sich in Leos Ohren zu einem himmlischen Engelsgesang zusammenjubiliert. Er hat gemerkt, wie die Tasche aus der Ungewissheit über dem Wasser wieder auf den Steg zurückgeholt worden ist. Und wie sich sein Fast-Mörder einen Weg durch die schreienden Kinder zurück zum Ufer gebahnt hat. Rasch ist er zum Auto zurückgegangen, das einige Meter entfernt gestanden hat. Er hat die Tür geöffnet. Und innegehalten. Für einen Moment hat das Geschaukel, dem Leo im Inneren der Tasche ausgesetzt war, aufgehört. Er hat den Atem angehalten. Was würde er mit ihm tun? Und hat sich dann mitsamt der Tasche in den Tiefen eines dichten Brombeergebüschs wiedergefunden. Er war vom Aufprall kurz benommen. Doch dann hat er gehört, wie ein Motor angelassen wurde. Und ein Auto wegfuhr. Außer dem Kindergeschrei war in dem Wald nichts mehr zu hören.

Der Hund trabt durch den Wald. Nichts, was ihn sonst interessiert, hält ihn auf. Kein Geruch auf der ganzen Welt kann so aufregend sein, dass er Leo von seinem Ziel abbringt. Und das Ziel heißt: Dora.

Sie wird außer sich sein! Verzweifelt! Wird nicht mehr leben wollen. Ich muss zu ihr! So schnell wie möglich. Bevor sie sich etwas antut. Bestimmt hat sie den ganzen Morgen nach mir gesucht. Ist durchs Haus gerannt, durch die Straßen, hat Menschen befragt, ob sie mich gesehen haben. Vielleicht hat sie die Polizei eingeschaltet. Einen Detektiv.

Wenn ich nur wüsste, wer uns das angetan hat. Wer hasst mich so sehr, dass er mich töten will?

Zweige schlagen Leo ins Gesicht, als er sich durch das Unterholz schlägt. Kühe verfolgen ihn, als er ihre Weide überquert. Ob er ihnen nicht doch mal schnell klarmachen soll, wer hier der Boss ist? Nur kurz umdrehen und sie kläffend jagen. Zu jeder anderen Zeit wäre das für ihn ein riesiges Vergnügen gewesen. Doch jetzt ... sieht er nur zu, dass er die Weide und das unangenehm neugierige Viehzeug hinter sich lässt. Er springt über Gräben, versteckt sich vor dem Jäger, den er in der Ferne auf einem Hochstand entdeckt. Das wäre ja eine besondere Ironie des Schicksals, wenn er, nachdem er gerade einem Mordanschlag entronnen ist, durch die Kugel eines Jagdgewehrs niedergestreckt würde. Er trabt durch die staubige Hauptstraße eines Dorfes, dessen Hunde, die hinter Zäunen eingesperrt sind, ihn mit wütendem Bellen zu vertreiben suchen.

Er will nur nach Hause. Wenn doch bloß sein Magen nicht so knurren würde. Das Ganze hat ja noch vor dem Frühstück seinen unheilvollen Lauf genommen. Da, das ist doch eine Bahnstrecke. Er springt zwischen die Gleise und trabt entschlossen weiter. Und tatsächlich, wenig später taucht endlich das Zeichen auf, auf das er gewartet hat. Das grüne »S« auf weißem Grund. Und der dazugehörende Bahnhof. Leo versteckt sich hinter einem Mülleimer. Nicht einmal durch dessen verführerischen Duft lässt er sich ablenken. Und hier kommt sie auch schon. Die S-Bahn. Leute steigen aus. Andere steigen ein. Und kurz bevor sich die Türen schließen, springt Leo hinter dem Mülleimer hervor, hinein in den Wagen. Und ehe irgendjemand auf ihn reagieren kann, verkriecht er sich unter einem Sitz.

Dora kauert auf dem roten Sofa. Die Beine angezogen, eine Decke um die Schultern. Sie starrt vor sich hin. Ihre Gedanken schlagen Purzelbäume.

»Wo ist er nur? Lebt er überhaupt noch? Liegt er irgendwo verletzt in den Büschen? Hat er sich verirrt?«

Vor ihrem geistigen Auge spielen sich dramatische Szenen ab. Leo, der von einem Auto überfahren wird. Leo, der in einen tiefen Schacht fällt. Leo, der von einem vermummten Mann weggetragen wird. Ihr ist übel bei der Vorstellung, was einem kleinen Hund in der großen Stadt alles passieren kann.

Als ihr Telefon klingelt, schreckt sie auf. Was soll sie tun, wenn ihr jetzt irgendjemand sagt, dass er Leo gefunden hat? Tot. Ihre Hand zittert, als sie den Hörer abnimmt.

»Cara, wo bist du? Hast du unseren Termin vergessen?« Die Stimme am anderen Ende schwankt zwischen Besorgnis und Wut.

Sergio Primo! Oh Gott, das hat sie vollkommen vergessen. Sie ist heute mit Sergio verabredet. Im Restaurant am Arkonaplatz.

»Sergio! Ich … Nein, ich hab dich nicht vergessen.

Ich… Es tut mir leid, ich hätte dich anrufen sollen, ich kann dich heute unmöglich treffen.«

»Was? Dora! Ich bin extra wegen dir hergeflogen. Das kannst du nicht machen. Du musst sofort ins Lokal kommen!«, schreit Sergio ungeduldig.

Natürlich muss sie das. Sie weiß ja… irgendwie… dass sie das jetzt nicht bringen kann. Ihre große, ihre einzige Chance verstreichen zu lassen, nur weil ihr Hund… Sie bricht in Tränen aus.

»Es ist etwas Schreckliches passiert, Sergio. Ich kann jetzt nicht darüber reden. Tut mir leid.« Sie legt einfach auf.

»Wer hat da angerufen? Hat irgendjemand den Hund…?«, fragt Helena, die in der Tür auftaucht, hoffnungsvoll.

»Nein. Niemand hat ihn gesehen. Kein Mensch. Das war Sergio. Ich hab vergessen, unseren Termin abzusagen.«

»Und er ist jetzt sauer?« Helena setzt sich zu Dora, nimmt ihre Hand. »Männer sind gefühllos. Ist ja klar, dass er deinen Schmerz nicht versteht. Aber mach dir keine Sorgen, du wirst eine andere Chance bekommen.«

»Kannst du bitte in der Nähe des Telefons bleiben? Und wenn sich jemand wegen Leo meldet, rufst du mich sofort an, ja?«, sagt Dora plötzlich und springt auf.

Kleid, Schuhe, Tasche. Handy nicht vergessen. Leo würde ihr das nie verzeihen, wenn sie jetzt wegen ihm ihre Chance vergeigen würde. Und wer weiß, vielleicht findet sie ihn ja auf dem Weg zum Arkonaplatz. Es könnte doch sein, dass er Contessa besuchen wollte. Dass ihr das noch nicht eingefallen ist! Sie bürstet sich hastig die Haare. Wimperntusche, Lippenstift. Verdammt, das war ja klar. Immer wenn sie es eilig hat, fährt sie sich mit dem Mascarabürstchen über die Nase. Die schwarze Tusche ist natürlich nur schwer wegzukriegen. Ach, verdammt, was für ein fürchterlicher Tag!

Als sie aus dem Haus stürzt, kracht sie in Marc, der ihr sagen will, dass es ihm, egal was gestern bei seinen Eltern passiert ist, sehr leidtue, dass Leo verschwunden ist. Doch sie hat keine Zeit, ihm zu sagen, dass sie sich über seine Anteilnahme freue, sondern springt nur in sein Auto und sagt, dass er sie zum Arkonaplatz bringen müsse, wo Sergio auf sie wartet.

»Du hältst deinen Termin ein, obwohl du so durcheinander bist?«, wundert sich Marc. Und meint, das sei doch jetzt alles nicht so wichtig. Sie könne Sergio sicher ein andermal treffen.

»Kann ich nicht. Und jetzt fahr endlich los«, faucht sie ihn an. Das, was sie jetzt am allerwenigsten gebrauchen kann, sind gute Ratschläge.

Marc gibt Gas. Er wundert sich, dass sie Leos Verlust offensichtlich so problemlos wegsteckt.

»Ich stecke gar nichts weg. Ich bin außer mir. Völlig verzweifelt. Wenn Leo nicht zurückkommt, weiß ich nicht, was ich tue. Aber Sergio muss ich trotzdem sehen.«

Dass Leo das sicher so gewollt hätte, sagt sie Marc nicht. Er würde es ja doch nicht verstehen.

»Nordbahnhof.« Die Computerstimme kündigt die nächste Haltestelle an.

Leo kommt unter dem Sitz hervor.

Großartig. Gleich ist er zu Hause. Als die Türen des Wagens aufgehen, spurtet er los. Die Treppe hinauf, durch die Halle der kleinen Bahnstation, hinaus ins Freie. Jetzt nur noch ein paar Schritte, und er ist da, wo er hingehört.

»Leo!«

Diese Stimme. Diese wunderbar nette Stimme! Leo wird fast ohnmächtig vor Freude, als er Jochen auf sich zukommen sieht.

»Sag mal, du Schlingel, weißt du eigentlich, dass Dora vor Sorge fast umkommt? Und du machst einen gemütlichen Spaziergang.«

Jochen kann sich kaum gegen Leos explodierende Liebesbezeugungen schützen. Der Hund fiept und schreit, springt in Jochens Arme, schleckt ihm übers Gesicht. Immer und immer wieder.

»Na, das nenn ich mal einen glücklichen Hund.« Der Tourist, der mit Leo aus der S-Bahn ausgestiegen ist, um das Mauerdenkmal in der Bernauer Straße zu besichtigen, lacht über diese überbordende Wiedersehensfreude.

»Ich hab mich schon gefragt, wo der kleine S-Bahn-Fahrer so zielstrebig hinwill! Aber jetzt ist ja alles gut«, sagt er und nickt Jochen freundlich zu.

»Sie wissen gar nicht, wie recht Sie haben. Ja. Jetzt ist alles gut.«

Jochen drückt den immer noch zitternden Leo an seine Brust.

»Seit wann fährst du denn alleine S-Bahn?«, fragt er und erwartet keine Antwort. Er zieht seinen Gürtel aus der Hose, befestigt ihn an Leos Halsband.

»Jetzt los, zu Dora. Der werden ganze Steinbrüche vom Herzen fallen, wenn sie dich wiederhat.«

Zwei Minuten später klingelt Jochen, den aufgeregt hechelnden Leo an der Leine, bei Dora.

»Gleich hast du sie wieder.«

Doch es macht niemand auf. Auch auf das Klingeln bei Helena gibt es keine Reaktion. Leo dreht an der provisorischen Leine fast durch. Bellt und winselt. Springt gegen die Tür. Kratzt daran. Schnaubt durch den Türschlitz.

»Die sind sicher alle auf der Suche nach dir. Aber keine Sorge, ich rufe Dora an.«

Er wählt Doras Nummer, die immer noch in seinem Handy gespeichert ist.

»Hallo. Dies ist leider nur die Mailbox von Dora Liebig. Ich freue mich über eine Nachricht und rufe so schnell wie möglich zurück«, hört er ihre Stimme.

»Hallo, Dora. Ich bin's, Jochen. Gute Neuigkeiten. Ich habe Leo gerade am Nordbahnhof aufgelesen. Ich nehme ihn mit zu mir in den Laden. Du kommst dann sicher gleich vorbei, um ihn abzuholen. Ciao.«

Jochen blickt auf Leo hinab, der sich zu seinen Füßen niedergelassen hat und ihn erwartungsvoll ansieht.

»Sie weiß jetzt, wo du bist. Und du wirst sehen, in weniger als einer halben Stunde hast du sie wieder.«

Jochen geht mit Leo zu seinem Laden. Er muss lächeln, als er bemerkt, dass der Kleine plötzlich die Ohren aufstellt und den Schwanz in die übliche selbstbewusste Haltung bringt.

Vielleicht ist das ja gar nicht so schlecht, wenn sie mich bei Jochen abholen muss. Sie wird ihm ewig dankbar sein, dass er mich gefunden hat. Und wer weiß … vielleicht … ja! Ist schon klar, die Sache ist vorbei … trotzdem … Irgendwie will das Schicksal wohl doch, dass die beiden sich immer mal wieder über den Weg laufen.

Und wenn sie schon nicht wissen, was das bedeutet: Ich weiß es ganz genau.

15

»Ciao, Bella, wir telefonieren.«

Sergio Primo zieht Dora an sich und küsst sie auf beide Wangen. Er ist aufs Höchste zufrieden, dass es ihm gelungen ist, Dora für seinen Restaurantplan zu begeistern. Schon damals, als sie bei ihm in Verona gearbeitet hat, wollte er sie dazu überreden, sich in einem seiner Restaurants als Köchin anstellen zu lassen. Aber damals hat sie ihm einen Korb gegeben, weil sie zurück nach Deutschland zu ihrer Mutter musste. Was ihn sehr betrübt hat.

Aber jetzt hat er sie ja wieder. Jetzt wird sie sein neues, gleichermaßen innovatives wie elegantes Lokal als Küchenchefin aus der Berliner Mittelmäßigkeit herausheben. Wie wunderbar, dass sie sich so schnell einig geworden sind. In vier Wochen wird hier am Arkonaplatz Deutschlands drittes »Da Sergio« eröffnet werden und die Berliner im Sturm erobern. Natürlich werden die nächsten Wochen stressig werden, es gibt noch jede Menge zu tun. Aber Dora ist so begeistert von der Aussicht, mit ihm zu arbeiten, dass sie versprochen hat, ihre ganze Kraft in ihr Vorhaben zu stecken.

Sergios Taxi fährt vor. Noch einmal umarmt er Dora. Verspricht ihr, dass sie ihren Vertrag in den nächsten Tagen bekommen wird. Und ist schon wieder auf dem Weg nach Verona.

Dora sieht ihm atemlos nach. Zwickt sich in den Oberarm. Nein, sie träumt nicht. Es ist alles wahr. Endlich wird sie ihren Traum, als Köchin zu arbeiten, verwirklichen können. Als sie auf ihr Handy sieht, das sie während der Besprechung mit Sergio leise gestellt hat, stellt sie erschrocken fest, dass inzwischen fünf Nachrichten auf der Mailbox aufgelaufen sind.

Sie setzt sich mit klopfendem Herzen auf eine Bank unter den Linden am Arkonaplatz. Die ersten drei Nachrichten sind von ihrer Mutter, die ihr sagt, dass sie zum Einkaufen, zur Reinigung und als Letztes zum Friseur gehe. Sie werde aber auf allen Wegen die Augen offen halten. Und sie wünsche ihr viel Glück bei ihrem Treffen mit Sergio. Nachricht Nummer vier ist von Marc. Der wissen will, wie es mit Sergio gelaufen sei. Und ob sie etwas von Leo gehört habe.

Schon macht sich die Enttäuschung in Dora breit. Wie hat sie nur annehmen können, dass jemand Leo gefunden hat? Sie kann nicht verhindern, dass ihr die Tränen in die Augen steigen. Was hat sie davon, dass es mit Sergio so gut gelaufen ist? Sie kann sich gar nicht mehr darüber freuen. Fast schon will sie die letzte Nachricht ungehört löschen. Ist doch bestimmt wieder nur ihre Mutter, die ihr mitteilen will, dass sie wieder zu Hause sei. Oder bei der Pediküre. Oder in der Sauna. Um sich zu erholen wahrscheinlich, weil sie der Stress wegen Leo so außer Fassung gebracht hat. Und das will Dora jetzt wirklich nicht hören.

»Hallo, Dora. Ich bin's, Jochen …«

Als Dora die Nachricht hört, rinnen ihr die Tränen endgültig über die Wangen. Leo ist bei Jochen! Jochen hat ihn gefunden! Der gute Jochen! Sie wusste doch, dass auf ihn Verlass ist. Es ist ihr, als sei der Himmel über ihr plötzlich noch blauer. Der Lindenduft, den sie bislang nicht wahrgenommen hat, hüllt sie wie in eine süße Wolke ein. Ihr Herz jubelt ein dankbares Halleluja.

Ist das Leben nicht schön? Großartig! Herrlich!

Es gibt wohl niemanden auf der Welt, den die Wiederbegegnung eines Hundes mit seinem Menschen nicht rühren würde. Selbst Jochen, der als Mann wahrlich nicht allzu nah am Wasser gebaut ist, kann nicht verhindern, dass ihm ein Tränchen ins Auge steigt, als er sieht, wie Leo sich in Doras Arme stürzt. Eine unbeschreibliche Mischung aus kleinem, hohem Fiepen, sich überschlagendem Bellen, Winseln und Hecheln, gepaart mit unablässigem Nasenschlecken, zartem Zupfen an Doras Händen, mit Auf-und-Ab-Gespringe, um Dora Herumgetanze.

Der kleine Hund ist außer Rand und Band vor Wiedersehensfreude. Und Dora kann ihn gar nicht oft genug küssen und herzen und streicheln.

»Oh Gott, Leo. Wo warst du nur? Das kannst du doch nicht machen, einfach abhauen. Aber jetzt bist du ja wieder da. Alles ist gut … Ja, alles ist gut.«

Sie hält inne.

»Oder bist du verletzt? Hast du dir irgendwo wehgetan?«

Ihre Hände tasten den kleinen Körper ab. Doch da ist kein Kratzer. Keine Wunde. Das weiße Fell hat zwar einen leichten Grauschimmer. Aber das ist ja nun wirklich kein Problem.

Doras Augen schimmern vor Freudentränen, als sie Jochen ansieht.

»Du hast keine Ahnung, wie dankbar ich dir bin, dass du ihn gefunden hast«, schluchzt sie.

Als wäre es das Normalste der Welt, umarmt sie Jochen und raubt damit Leo, den sie auf dem Arm hat, fast die Luft.

»Danke, danke, danke. Wenn ich ihn nicht wiederbekommen hätte, hätte ich nicht gewusst …«

Jochen kann dem Impuls, sie fester an sich zu ziehen,

nicht widerstehen. Er spürt ihren Atem an seinem Hals. Und Leos drahtiges Fell durch sein Hemd an seiner Brust.

»Er ist ja wieder da. Alles ist gut.«

Ja!!! Alles ist gut.

Ich krieg zwar fast keine Luft zwischen euch beiden, aber das ist jetzt echt egal. Wir haben uns wieder. Für dieses Ergebnis würde ich mich noch hundertmal entführen lassen. Spürt ihr es endlich? Dass wir zusammengehören?

»Oh Gott, wir drücken ihm ja die Luft ab. Sorry, Leo, das wollte ich nicht.«

Dora rückt von Jochen ab, stellt den Hund auf die Füße.

Und da stehen sie nun, die drei. Leo sieht erwartungsvoll von Dora zu Jochen. Von Jochen zu Dora. Sein Schwanz zittert. Seine Augen glänzen.

»Hast du noch Zeit für einen Tee?«

Hurra! Das ist doch schon mal was.

Klar hat sie Zeit für einen Tee. Wir könnten aber auch einen Ausflug machen, wir drei. Oder …

»Ähm … Eigentlich hab ich jede Menge zu tun.«

Dora, du blödes Schaf!

»Aber … Ja, gern. Ich trinke gerne einen Tee mit dir.«

Jochen weicht Sandras spöttischem Blick geflissentlich aus, als er im Nebenraum Tee in zwei Tassen einschenkt und ein paar Kekse auf einen Teller legt.

»Sag nichts«, grinst er sie an.

»Ich wollte dich nur loben. Dafür, dass du meinen Rat befolgt hast«, lacht Sandra hell auf.

Jochens Blick ruht nachdenklich auf Doras Hinterkopf, auf den die Sonne, die durch die Blätter der Straßenlinde scheint, in diesem Moment hübsche Kringel malt. Irgendwie sieht es gerade so aus, als wäre nie etwas geschehen. Als hätten sie sich nicht getrennt. Als gäbe es keine Sabine.

»Gott sei Dank, da ist er ja wieder!«

Es ist Helenas Stimme, die durch die Auguststraße schallt. Sie schwebt strahlend zum Laden heran. Wie immer, wenn sie aus dem Haus geht, weht ein langer pastellfarbener Schal hinter ihr her. Dieses Mal hat sie ein zur freudigen Situation passendes, leuchtend hellgrünes Exemplar aus Seidenchiffon gewählt. Sie geht vor Leo, der gerade noch ganz entspannt auf Helenas Schoß lag, in die Hocke. Nimmt seinen Kopf in ihre Hände.

»Du Schlingel. Hast du eine Ahnung, was wir uns für Sorgen gemacht haben?«

Leo windet sich in Doras Armen wie ein Aal. Und da Dora über Helenas Auftritt ebenso verblüfft ist, wie ihr Hund verärgert, kann sie nicht verhindern, dass Leo von ihrem Schoß springt und durch die offene Ladentür verschwinden will, in der gerade Jochen mit dem Tablett erscheint.

»He, aufpassen! Wo willst du denn hin?« Jochen stellt sich Leo in den Weg. Seine Augen ziehen sich zusammen, als er den Grund für seine eilige Flucht erkennt.

»Ich musste mich gleich überzeugen, dass es unserem Liebling gut geht«, flötet Helena. Sie drückt Jochen, der das Tablett wie einen Schutz vor sich hält, an sich.

»Das war sehr freundlich von dir, Leo zu finden.«

»Na ja … Es war ja eher …«

»Du hast ihn doch gefunden?«

Helenas Stimme nimmt eine derartige Schärfe an, dass

Jochen sich am liebsten umgedreht und sie einfach stehen gelassen hätte. Und Dora ihre Mutter verblüfft ansieht.

»Entschuldige, Mutter, was meinst du denn damit?«, fragt sie ungewohnt harsch.

»Nichts, gar nichts … Na ja, es gibt im Leben bekanntlich viele Zufälle, nicht wahr?« Sie nimmt ungeniert eine der beiden Teetassen vom Tablett. »Earl Grey! Das ist jetzt genau das Richtige. Danke dir, Jochen.«

»Da nicht für, Helena,« sagt Jochen. »Mögest du daran ersticken.« Dies wiederum denkt er nur.

Dora nimmt Helena die Tasse aus der Hand, stellt sie zurück aufs Tablett. »Wolltest du gerade andeuten, dass Jochen … etwas mit Leos Verschwinden zu tun hat? Jochen? Den Leo fast mehr liebt als mich.« Doras Stimme bebt vor Misstrauen.

Und auf jeden Fall mehr als dich, du alte Hexe! Meine Güte, wie gerissen bist du denn? Kannst es wohl nicht aushalten, dass Dora und Jochen auch nur ein Wort miteinander sprechen. Schon bringst du deinen giftigen Dampf zwischen die beiden.

Aber glaub ja nicht, dass Dora auf deine Andeutungen reinfällt.

»Ich verstehe nicht, wie du mir so einen Gedanken auch nur zutrauen kannst. Kind, du bist ja immer noch ganz durcheinander. Mit keiner Faser meines Gehirns habe ich auch nur eine Sekunde daran gedacht, dass Jochen Leo entführt haben könnte, weil er dich wieder enger an sich binden will«, erwidert Helena empört. Sie lächelt Jochen um Vergebung heischend an. »Ich weiß nicht, wie Dora auf so eine Idee kommt.«

»Also entschuldige mal, das war nicht meine Idee. Du hast Jochen selbst gefragt …«

Dora wird laut, aber Jochen unterbricht sie.

»Lass gut sein, Dora.« Er erwidert Helenas falsches Lächeln. Was sie kann, das kann er schon lange. »Es war alles ein bisschen viel für euch heute«, sagt er mit Fürsorge in der Stimme.

»Wie recht du hast, Jochen. Am besten nehme ich die beiden jetzt mit nach Hause. Ich habe Marc Bescheid gesagt, er wird in einer halben Stunde da sein.«

»Du hast Marc …? Mutter! Was soll das denn?« Dora ist fassungslos.

»Dein Verlobter ist vor Sorge um Leo auch fast verrückt geworden. Ich wundere mich, dass du ihn nicht sofort angerufen hast«, gibt Helena streng zurück.

Leo drängt sich an Jochens Bein. Stupst ihn an. Das läuft jetzt aber so was von schief!

»Ähm … tut mir leid, Kumpel.« Jochen hebt Leo hoch und drückt ihn Dora in die Arme. »Ich hab völlig vergessen, dass ich noch einen Termin habe. Im Ritz. Du weißt schon, Dora. Ich hab den Auftrag gekriegt. Sorry, dass ich los muss.« Er krault Leo das rechte Ohr. »Mach's gut, Leo. Und dass du mir ja nicht wieder so einen Unsinn machst.« Er berührt Doras Hand. »Ciao, Dora!« Und verschwindet im Laden.

»Jochen!« Dora kann nicht fassen, was hier gerade geschehen ist. Sie will hinter ihm her in den Laden.

»Hast du nicht gehört, er hat einen Termin«, sagt Helena schrill.

»Aber so geht das nicht«, jammert Dora kläglich. »Ich kann das unmöglich so stehen lassen.«

»Doch! Kannst du. Du wirst diesem Mann jetzt bitte nicht nachlaufen.«

»*Dieser* Mann hat Leo wiedergefunden, Mutter.«

»Und er hat dich gerade stehen lassen«, geifert Helena

und greift nach Doras Arm. »Liebig-Frauen rennen keinem Mann nach. Lass uns nach Hause gehen. Ich habe Marc zum Essen eingeladen. Wir müssen doch Leos Rückkehr gebührend feiern.«

Jochen sieht Dora und ihrer Mutter mit bitterer Miene nach.

Als sie um die Ecke in die Tucholskystraße biegen und nicht mehr zu sehen sind, haut er vor Wut mit der Faust auf den Holztisch. Die Vasen, die darauf warten, mit Sträußen befüllt zu werden, klirren.

Sie hat sich verlobt? So kurz nach unserer Trennung? Wie bin ich nur auf die Idee gekommen, dass da noch irgendetwas zwischen uns sein könnte.

Er greift zum Telefon. »He, Sabine. Ich bin's. Hast du heute Abend schon was vor?«

Er hat eine neue Freundin. Und weil die einen Hund hat, hat er auch einen neuen Hund. Außerdem hat er sich in letzter Zeit nicht blicken lassen. Nicht mal angerufen hat er. Also: Die Sache mit mir ist für ihn vorbei. Wieso sollte er dann Leo entführen?

Dora streichelt Leo, der sich in seiner ganzen Länge eng an ihr Bein drückt. Sie krault ihn hinter den Ohren, was er besonders gern mag, an der Schwanzwurzel, unterm Kinn. Und sie ärgert sich über ihre Gedanken. Allein die Tatsache, dass sie überhaupt Jochen und Leos Verschwinden in einen Zusammenhang bringt, beschämt sie. Kann es sein, dass sie ihm immer noch nicht verziehen hat, dass er sie verlassen hat? Und dass sie ihm deswegen sogar diese Niederträchtigkeit zutraut?

Aber sie traut es ihm doch gar nicht zu. Helena hat ihr diesen Floh ins Ohr gesetzt. Weil Helena Jochen noch nie leiden konnte. Sie beschließt, Jochen eine Mail zu schreiben und sich noch einmal ganz herzlich dafür zu bedanken, dass er Leo gefunden hat. Und dann wird sie ihn endgültig aus ihren Gedanken verbannen. Für immer. Was allein deswegen nicht allzu schwer werden dürfte, weil sie mit der Planung und den Vorbereitungen für Sergios Lokal in der nächsten Zeit voll ausgelastet sein wird. Sie zieht schaudernd die Schultern hoch und starrt auf den Block, der auf ihren Knien liegt. Fünfzehn Punkte füllen die To-do-Liste fürs Restaurant schon aus. Und es werden mit jeder Minute mehr. Wenn sie es genau nimmt, hätte sie sowieso keine Zeit, ihre Beziehung mit Jochen aufzufrischen. Mal ganz abgesehen davon, dass sie das gar nicht wollen würde. So! Punkt! Und Schluss!

Das Telefon reißt Dora aus ihren Überlegungen. Leo springt, obwohl gerade noch im Tiefschlaf, hellwach vom Sofa. Vielleicht ist das ja Jochen. Der seinen Termin im Ritz hinter sich hat. Und sich nach Doras und seinem Befinden erkundigen will.

»Sergio? Bist du schon in Verona gelandet? Du, ich bin so froh, dass wir wieder zusammenarbeiten … Bitte?«

Dora kann nicht glauben, was Sergio ihr sagt.

Nein, bitte nicht. Da sah es gerade endlich wieder richtig rosig aus, ihr Leben. Und jetzt das. Sergio erzählt ihr, dass er mit dem Bauamt telefoniert habe, wegen der erforderlichen Umbauten. Und die ihm gesagt hätten, dass sie in dieser Minute die Baustelle gesperrt haben. Weil sie festgestellt hätten, dass durch das ganze Haus ein breiter Riss geht. Und damit möglicherweise Einsturzgefahr bestehe.

»Aber das gibt's doch nicht. Wir waren doch vorhin noch im Lokal. Da war kein Riss. Und außerdem hast du einen Vertrag. Wir wollen doch in vier Wochen eröffnen. Sag mir bitte nicht, dass unser Projekt platzt?«

Nein, von Platzen könne keine Rede sein, beruhigt Sergio sie. Es gebe nun zwei Möglichkeiten für ihn. Entweder er warte ab, bis die Baustelle wieder freigegeben sei, was ziemlich lange dauern könne.

»Oder?«, fragt Dora.

Oder er mache sich auf die Suche nach einer Alternativ-Location. Was durchaus nicht weniger lange dauern könne. Auf jeden Fall solle sich Dora nicht an ihn gebunden fühlen. Er könne nicht von ihr verlangen, dass sie eventuelle andere Angebote für so eine unsichere Sache sausen lasse.

»Ich melde mich aber, sobald ich weiß, wie es mit dem ›Da Sergio‹ weitergeht. Ist das okay für dich?«

Nein! Das ist ganz und gar und überhaupt nicht okay für Dora. Was hat das Leben im Moment nur gegen sie? Immer wenn's gerade irgendwie glatt läuft, werden ihr Baumstämme zwischen die Beine geworfen.

»Ich hasse mein Leben!«

16

Die Sonne scheint. Dora sitzt neben Marc im Auto und sieht entspannt auf die vorbeifliegende Landschaft. Mit der linken Hand krault sie Leo, der auf ihrem Schoß liegt, versonnen die Ohren.

»Geht's dir gut?«, fragt Marc und legt seine Hand auf ihre. Zufriedenheit spiegelt sich in seinem Blick.

»Ich kann's überhaupt nicht fassen, was hier gerade passiert«, lächelt Dora ihn an. Und hält seine Hand fest. »Einfach abzuhauen. Nach Italien. Dass du dermaßen spontan sein kannst. Das ist absolut irre.«

Irre! Ganz genau das ist es.

Kommt dieser Typ doch tatsächlich zum Abendessen vorbei und überrascht Dora damit, dass er mit ihr nach Italien fahren will. Einfach so! Und sie … Statt dass sie ihm sagt, dass *sie mit* ihm *auf gar keinen Fall wegfahren wird, schon gar nicht nach Italien … Sie freut sich über diese unsinnige Idee.*

Nicht, dass ich was gegen Italien hätte. Überhaupt nicht. Aber doch nicht mit Marc! Wenn dieser verdammte Sergio nur ihr gemeinsames Projekt nicht auf die lange Bank geschoben hätte. Oder wenn die alte Hexe aufgeschrien hätte, dass sie Dora unbedingt braucht. Aber nein, die war natürlich hochzufrieden über Marcs Vorschlag. Wahrscheinlich hat sie ihm sogar noch den Tipp gegeben.

Verdammte Katzenkacke! Da tut man, was man kann. Und dann läuft trotzdem alles schief. Es ist zum Mäusemelken.

»Süß, wie er träumt«, plumpst Marcs Stimme in Leos Gedanken.

Ist ja klar, dass Marc das leise Grummeln, das aus Leo Bauch zu hören ist, falsch interpretiert.

»Ja. Er ist froh, dass er mitfahren darf. Wahrscheinlich sieht er sich schon sämtliche italienischen Straßenkatzen jagen.«

Dora drückt einen Kuss auf Leos Fell. Irgendwie fühlt sich das im Moment alles total richtig an. Der Mann neben ihr hat genau gespürt, wie gut es ihr tun würde, nach der Aufregung um Leo und der Enttäuschung wegen Sergio einfach mal rauszukommen. Klar ist sie im ersten Moment ziemlich verblüfft gewesen, als er sagte, dass er ein tolles Hotel in Portonovo gebucht habe. Wo sie ein paar Tage bleiben würden, um dann langsam über die Marken, Umbrien und die Toskana wieder Richtung Heimat zu gondeln. Ganz entspannt. Überall dort Halt machend, wo es ihnen gefällt.

Einen Moment lang hat sie sich überfahren gefühlt. Schließlich hätte sie auch gern ein Wörtchen mitgeredet, wenn es darum geht, wo man zusammen hinfährt. Aber dann war die Aussicht, nach Italien zu reisen, doch zu verlockend. Helena hat ihr ohne zu zögern freigegeben. Und sich angeboten, auf Leo aufzupassen.

»Der Hund kann natürlich bei mir bleiben. Das ist gar kein Problem«, hat sie gesagt.

Wie ihre Mutter allerdings auf die Idee gekommen ist, dass Dora Leo nicht mitnehmen würde, ist ihr immer noch schleierhaft. Keine Sekunde hat sie über Helenas Vorschlag nachdenken müssen.

»Leo kommt natürlich mit!«

»Aber Liebes, es ist doch viel entspannter für euch, wenn ihr euch nur mal um euch kümmern müsst. Ich verspreche dir, wir werden es uns nett machen, der Purzel und ich.«

Wenn Leo ein unerzogener Hund gewesen wäre, wäre er Helena in diesem Moment an die Gurgel gesprungen. Nicht nur, weil es für ihn absolut und vollkommen undenkbar ist, allein bei Helena zu bleiben, sondern vor allem weil er ihre Absicht erkannt hat. Italienische Nächte am Meer, Sterne, Musik, Wein – die ideale Kulisse für eine Liebesgeschichte, die nach Helenas Vorstellung ohne weitere Umwege in der längst überfälligen Verlobung enden würde.

Aber in dem Punkt ist auf Dora Verlass gewesen. Ohne Hund keine Reise. Das hat sie klipp und klar zu verstehen gegeben. Und Marc hat für Leos Ohren ein wenig zu schnell und zu enthusiastisch gesagt, dass Leo selbstverständlich mitkommen müsse. Ohne ihn wäre es bestimmt das halbe Vergnügen. Und klar, Dora ist über sein Bekenntnis zu Leo so glücklich gewesen, dass sie ihm um den Hals gefallen ist. Und sich zu einem viel zu langen, viel zu heftigen Kuss hat hinreißen lassen.

Denk nicht, dass ich dich nicht durchschaue! Du glaubst, dass der Weg zu Doras Herz nur über mich führt. Und damit hast du leider Gottes auch recht. Ohne mich geht gar nichts.

Aber mit mir, das sage ich dir, wird es für dich auch nicht leicht werden, mein Lieber.

Gerade passieren sie München. Noch drei Stunden, dann werden sie in Sirmione ankommen, wo sie im Palace Hotel, das direkt am Ufer des Gardasees liegt, Station machen werden. Als sie den Irschenberg hinter sich gelassen haben und sich vor ihnen die Alpenkette im Sonnenlicht präsentiert, hinter der Doras Lieblingsland schon ganz nah ist, öffnet sie das Fenster.

»Riechst du es?«

»Was?«, fragt Marc verblüfft.

»Es riecht nach Ferien.«

Sie lacht leise. Dass sie nach den letzten Ereignissen so schnell so glücklich sein würde, dass es ihr so leicht ums Herz sein könnte, hätte sie niemals gedacht. Sie sieht Marc an, der gerade dabei ist, eine Lastwagenkolonne zu überholen.

Er ist einer von den Guten, ganz klar. Dora ist wild entschlossen, sich endgültig auf ihn einzulassen. Bis jetzt hat er wirklich nichts falsch gemacht. Oder fast nichts. Der Abend bei seinen Eltern war ja im Grunde nicht so tragisch, auch wenn er sie sehr enttäuscht hat. Aber macht nicht jeder mal Fehler? Außerdem, er hat sich inzwischen wahrlich oft genug entschuldigt. Und dass in ihrem Bauch nicht unbedingt Schmetterlingsschwärme tanzen, wenn sie an ihn denkt, hat auch etwas Positives. Schließlich weiß sie, dass Beziehungen, bei denen der Verstand aussetzt, zwar am Anfang wahnsinnig aufregend sind, aber auch ein großes Potenzial haben, in dramatischen Herzensverwirrungen zu enden. Also, lieber etwas weniger Herzklopfen und Magenflattern und dafür etwas mehr klaren Kopf – das kann einer neuen Liebe nur guttun.

»Können wir am Brenner haltmachen?«, fragt sie und sieht ihn von der Seite an.

»Ja, sicher. Aber wieso? Ich würde eigentlich lieber gleich bis zum Gardasee durchfahren«, sagt Marc.

»Gleich nach der Grenze der erste italienische Kaffee. Das muss einfach sein. Dann ist sofort das echte italienische Feeling da.«

So lange Dora denken kann, haben sie es so gehalten. Es ist Hubertus Von dem Busche gewesen, der diese Tradition eingeführt hat. Mit ihm waren Helena und Dora damals zum ersten Mal in Italien. Er stammt aus München und hat schon deswegen immer das Gefühl gehabt, ein halber Italiener zu sein. Schon seine Eltern haben ein Haus auf Sardinien besessen, das er irgendwann geerbt und in dem er so viel Zeit wie möglich verbracht hat. Dora hat die Sommer in dem alten Steinhaus, das auf einem Felsen über der Küste steht, geliebt. Die heißen Tage am, im und auf dem Meer zu verbringen, zu schwimmen, zu segeln, Eis und Pizza zu essen, nachts auf der Piazza mit Giorgio und Pia, ihren sardischen Sommerfreunden, Boccia oder Billard zu spielen, ihrem schnellen Geplapper zuzuhören und wie nebenbei ihre Sprache zu lernen ... Das waren unvergessliche Erinnerungen.

Ob Hubertus das Haus noch hat? Natürlich hat er es noch. Wahrscheinlich sitzt er gerade auf der Terrasse und liest Zeitung, trinkt den zehnten Espresso und freut sich schon auf seine geliebten Spaghetti Vongole, ohne die für ihn ein italienischer Tag nicht zu Ende gehen darf.

Wie jedes Mal, wenn Dora an Hubertus denkt, entschlüpft ihr ein leiser Seufzer. Sie kann es durchaus verstehen, dass er es nach fast zwanzig Jahren leid war, sich von Helena wie ein Laufbursche behandeln zu lassen. Zu gut versteht sie es. Aber dass er auch aus ihrem Leben verschwunden ist, hat sie doch sehr geschmerzt. In der ersten Zeit nach seinem Auszug hat er sich noch regelmäßig bei Dora gemeldet. Hauptsächlich um sie anzuflehen, nicht denselben Fehler wie er zu machen und ihr Leben komplett Helena zu widmen. Als Dora ihm aber irgendwann gesagt hat, dass sie schon wisse, was sie tut, hat er sich zurückgezogen.

Ich muss ihn unbedingt mal wieder anrufen. Er wird sich freuen, wenn er hört, dass ich mit Sergio zusammenarbeiten werde. Vielleicht können wir ja auf einen Sprung bei ihm vorbeifahren. Gerade als sie Marc von ihrer Idee erzählen will, klingelt dessen Handy. Er schaltet die Freisprechanlage ein.

Und innerhalb von fünf Sekunden ist die Reise zu Ende.

Ha! Es geschehen noch Zeichen und Wunder.

Ist das nicht absolut großartig? Ja, Marc, ich verstehe das gut, dass du deinen Kollegen nicht hängen lassen kannst. Natürlich musst du nach Amsterdam fliegen und die Leitung des Ärztekongresses für deinen erkrankten Kollegen übernehmen. Ganz klar, du kannst nicht anders. Wo du dem Mann doch so viel verdankst.

Bravo! Dann dreh jetzt um, und wir fahren wieder nach Hause!

Dora geht mit Leo auf der spärlichen Grünfläche der Raststätte auf und ab. Sie beobachtet Marc, der mit seinem erkrankten Freund Helmut telefoniert. Das kann sie jetzt nicht glauben. Marc lässt ihren gemeinsamen Urlaub wegen eines Ärztekongresses sausen?

»Es tut mir wirklich leid, Dora, aber ich kann Helmut nicht hängen lassen. Wenn er ausfällt, platzt der ganze Kongress. Das heißt, Hunderte Kollegen sind umsonst angereist, mal ganz abgesehen von den Koryphäen, die Helmut für die Vorträge und die Workshops gebucht hat. Der Schaden wäre immens. Nicht nur der finanzielle, sondern auch …« Dora unterbricht ihn unwillig. »Hast du ihm denn nicht gesagt, dass du Urlaub machst?«

»Natürlich nicht. Ich will nicht, dass er ein schlechtes Gewissen hat, weil er mir den Urlaub versaut hat. Er ist schon geschlagen genug mit seinem Blinddarmdurchbruch«, erwidert Marc.

»Dein Freund hat einen Blinddarmdurchbruch? Wo gibt's denn so was? Er ist doch Arzt. Er hätte doch merken müssen, dass da was nicht mit ihm stimmt.« Die Enttäuschung ist ihr anzumerken. Sie will sie auch gar nicht verbergen.

»Kennst du das nicht? Wenn man für ein Projekt brennt, blendet man alles andere aus.« Marc zieht sie an sich.

»Sei nicht böse. Wir holen die Reise so schnell wie möglich nach. Und jetzt steig bitte ein. Ich muss morgen früh in Amsterdam auf der Matte stehen.«

»Nein!«

»Was, nein?« Er sieht sie ungläubig an. »Komm schon, wir müssen wirklich los.«

Doch Dora bleibt standhaft. »Ich fahre nicht mit dir zurück.«

Was? Was hat sie da gerade gesagt? Wir fahren nicht zurück? Was bedeutet das? Dass wir alleine Ferien in Italien machen? Nur meine Dora und ich? Ohne Marc?

Leo sitzt ganz still da. Brav auf seinem kleinen Hinterteil, den Schwanz um den rechten Schenkel gelegt, die Ohren aufgestellt. Der Blick sehr aufmerksam.

»Was soll das heißen, du fährst nicht mit mir zurück?«, fragt Marc.

»Das heißt, dass du mich und Leo zu irgendeinem Bahnhof bringst und wir von dort weiter nach Italien fahren. Ganz einfach.« So entschlossen ist Dora schon lange nicht gewesen.

Marc sieht sie ungläubig an.

»Du willst allein in *unseren* Urlaub fahren?«

»Nur, weil *du* unseren Urlaub gerade platzen lässt.«

»Verstehst du das denn nicht? Ich kann unmöglich …«

»Natürlich verstehe ich das«, sagt sie laut.

»Aber dass du zurückmusst, heißt doch noch lange nicht, dass ich auch zurückmuss. Und jetzt steig ein, die Zeit rennt. Du musst morgen früh in Amsterdam sein.«

Hubertus Von dem Busche freut sich ungemein, als er Doras Stimme am Telefon erkennt.

»Dora! Ich fasse es nicht! Dass du wieder mal anrufst, Kleine. Wie geht es dir?«

»Keine Ahnung, wie es mir gerade geht, Hubertus. Ich … hab nur eine Frage. Bist du zufällig auf Sardinien?«

»Hat der Papst ein Papamobil? Natürlich bin ich auf der Insel. Wie jeden Sommer. Wieso fragst du? Du willst mich doch nicht etwa besuchen?« Seine Stimme klingt freudig erregt.

»Doch. Ich meine, wenn du mir verzeihst, dass ich mich so lange nicht gemeldet habe. Und du Lust hast, mich zu sehen. Mich und Leo«, sagt Dora.

»Aber natürlich, schönstes Mädchen, habe ich Lust, dich zu sehen. Ich bin geradezu erschüttert vor Freude, dass du mich besuchen willst. Und auf den frechen Stromer freue ich mich auch. Wann reist ihr an?«

»Ähm … Ich bin praktisch schon auf dem Weg. Wenn wir Glück haben, erwischen wir morgen früh die Fähre in Civitavecchia«, erklärt Dora hastig. Und hofft, dass ihm das nicht zu schnell kommt.

»Fähre! Liebes. Kommt gar nicht infrage. Ich hole euch mit dem Boot ab«, bestimmt Hubertus.

»Aber ich will dir keine Umstände machen. Leo und ich können sehr gut die Fähre nehmen.«

»Keine Widerrede. Morgen früh um acht am Hafen von Civitavecchia. Ci vediamo, bella! Und, Dora, das ist eine ganz wunderbare Überraschung!«

Leo liegt zusammengekrümmt im Hohlraum eines Rettungsrings.

Die Augen fest geschlossen.

Oh Gott ist mir schlecht. Alles dreht sich. Mein Magen will das Frühstück und das Abendessen von gestern unbedingt wieder loswerden. Was ist nur los mit mir? Ich fühle mich so zum Kotzen. Bitte, bitte, lass dieses irre Gewackel endlich aufhören.

Aber ich werde mir nichts anmerken lassen. Sie soll denken, dass alles in schönster Ordnung ist, und sich keine Gedanken um mich machen.

Ahhh, wie kann einem Hund wie mir nur so übel sein? Ich, der ich das Wasser wie kein anderes Element liebe, ausgerechnet ich soll seekrank sein? Jetzt zieh schon Leine, Dora. Es geht mir auch nicht besser, wenn du neben mir am Boden kauerst und mich unablässig angstvoll anstarrst. Oh und bitte nicht meinen Bauch berühren, sonst muss ich dir auf die Hand kotzen …«

»Armes Hunderl! Ich hätte nicht gedacht, dass dein Leo nicht seefest ist. Ich meine, er stammt doch von einer Insel.«

Hubertus lacht sein dröhnendes Lachen, das Dora schon als Kind immer so ein warmes Gefühl der Geborgenheit gegeben hat. Dieses kollernde Geräusch, das aus den Tiefen seines durchtrainierten Körpers bricht, dazu das Blitzen seiner dunklen Augen. Wenn Hubertus gelacht hat, hat sie immer das Gefühl gehabt, er wolle die ganze Welt umarmen. Und sie gleich mit. Helena hat ihn jedes Mal nur pikiert angesehen, wenn er so dröhnend losgelacht hat. Im Prinzip ist dieser Mann, der eher ein Naturereignis ist, immer schon zu viel gewesen für ihre zarte Künstlerseele. Hat sie jedenfalls gesagt, nachdem er sie verlassen hatte.

»Ehrlich gesagt, ich war mit ihm noch nie auf einem Boot. Wenn ich gewusst hätte, dass ihm das so gar nicht bekommt…« Sie unterbricht sich und streichelt Leo sachte über den Rücken.

»Was dann? Hättest du mich dann nicht angerufen? Jetzt mach mal einen Punkt. Ich meine, ich weiß ja, dass du ihn für den Helden deines Lebens hältst, aber am Ende ist er nur ein Hund. Und ein ganz schön zäher obendrein. Du wirst sehen, wenn er sich erst mal an das Schaukeln gewöhnt hat, geht es ihm besser.«

Es gibt wenige Menschen, von denen Dora sich sagen lässt, dass Leo »nur ein Hund« sei, ohne dass sie ihnen entweder sofort an die Gurgel geht oder sie fortan mit absoluter Verachtung straft. Wenn man's genau betrachtet, außer Hubertus eigentlich gar keinen. Und dem lässt sie es auch nur deswegen durchgehen, weil sie weiß, dass er ein großes Herz für Tiere aller Art und für Leo im Besonderen hat. Den hat er nämlich vom ersten Augenblick, da er ihn gesehen hat, ins Herz geschlossen.

»So, meine Schönste, lass den Kleinen mal in Ruhe und erzähl mir lieber, wie es kommt, dass du dich an mich erinnerst.«

Er übergibt das Ruder an den Steuermann, holt eine Flasche eiskalten Vernaccia di Oristano aus dem Bordkühlschrank und dazu zwei Gläser.

»Auf dich, Bella! Und auf den glückhaften Wind, der dich zu mir getrieben hat. Salute.«

Als Dora ihr Glas gegen das von Hubertus klingen lässt, ihr der Seewind die Haare ins Gesicht weht und sie den Geschmack von Salz auf ihren Lippen spürt, ist es ihr, als löse sich ihre Enttäuschung über Marc im unglaublichen Blau des Himmels und des Meeres auf. In diesem Moment ist alles gut.

17

Dieser unglaubliche Sternenhimmel! Dora liegt auf Hubertus' genialer Terrasse, die direkt über dem Meer schwebt, und starrt in die Unfassbarkeit des Firmaments. An ihre Seite kuschelt sich Leo, der sich gerade mit einem Seufzer noch enger an sie drückt.

»Ich fasse es nicht, dass ich so lange nicht mehr hier war.«

Die Hollywoodschaukel gerät ins Schwingen, als sie sich aufsetzt, um Hubertus ein Glas des sherryartigen Weißweins abzunehmen. Der wird nur auf Sardinien angebaut, und ihm verfallen auch diejenigen, die normalerweise nur auf trockene Weine stehen, sobald sie ihn zum ersten Mal getrunken haben. Leo flüchtet mit einem entsetzten Sprung von der Schaukel auf die kühlen Steinplatten, mit denen die Terrasse ausgelegt ist. Bitte nicht schon wieder dieses Geschaukele. Sein Magen hat sich doch gerade erst beruhigt.

»Oh, Entschuldigung, das wollte ich nicht. Tut mir leid, Leolieb«, sagt Dora mitfühlend.

»Ich werde aus ihm schon noch einen Bootshund machen.« Hubertus beugt sich zu Leo und krault ihn am Bauch. »Oder, du Schlingel? Das kann doch nicht sein, dass dich ein paar Wellen so plattmachen. Ein paar Wochen Training und du wirst nicht mehr von meinem Boot runterwollen.«

Ich hör dich nicht. Ich hör dich nicht. Und egal, was du sagst, ich werde nie mehr in meinem Leben ein Boot betreten.

Kein nettes Cruisen nach Korsika, kein Angelausflug. Und nein, auch kein schneller Hüpfer an die Côte d'Azur. Das könnt ihr alles schön allein machen. Ich bleibe hier und lass mich von der netten Maria mit Pasta vollstopfen. Abends, wenn's nicht mehr so heiß ist, mache ich auch gern einen Strandspaziergang, bei dem ich mich natürlich ins Wasser stürzen werde – weil im *Wasser ist was total anderes als* auf *dem Wasser!*

»Ein paar Wochen Training? Klingt super.« Dora lässt den Blick über die Bucht von Porto Pollo schweifen. Im Nachtschwarz des Meeres sieht man ein paar Positionslichter von Booten, die wie Glühwürmchen in der Dunkelheit tanzen. »Aber du musst das in zwei, drei Tagen schaffen.«

Hubertus stellt sein Glas auf den großen Holztisch mit der verwitterten Platte, an dem gut und gerne achtzehn Leute essen können. Er streicht sich die grauen Locken aus dem Gesicht.

Unfassbar, wie gut dieser Mann aussieht. Obwohl er jetzt auch schon um die sechzig sein müsste, hat er den straffen Körper und vor allem die Haltung eines deutlich jüngeren Mannes. Klar, seine grauen Augen sind von Lachfalten umgeben und auf seinen Händen zeigen sich kleine dunkle Flecken, die mancher uncharmant Altersflecken nennt. Aber das ändert nichts an seiner umwerfenden Attraktivität und Lässigkeit.

»Meinst du, in zwei, drei Tagen ist dein Problem gelöst?«

Ich liebe diesen Mann! Er hat Dora kaum in die Augen gesehen, schon weiß er, dass sich in ihrem Leben etwas Grundlegendes ändern muss.

Jetzt nur nicht lockerlassen, Hubertus. Sag ihr, dass sie hierbleiben soll. Von mir aus kannst du mich auch zu einem Bootshund machen. Oder, warte … Lieber doch nicht. Aber es wird sicher auch gehen, wenn ich der Stadthund bleibe, der ich nun mal bin?

»Was für ein Problem denn? Ich habe kein Problem«, wehrt sich Dora auf der Stelle.

»Natürlich nicht. Du bist allein mit Leo in Italien unterwegs, anscheinend ohne Ziel, was überhaupt nicht zu dir passt, mein liebes Kind. Und dann fällt dir nichts Besseres ein, als den abgelegten Liebhaber deiner Mutter anzurufen.«

»Du bist doch nicht nur der abgelegte Liebhaber von Helena. Du bist auch mein Freund. Ich bitte dich, kann man einen Freund nicht spontan sehen wollen, ohne dass im Hintergrund gleich ein Problemgebirge steht?«

»Nein! Kann man nicht.«

Dora weiß, dass Hubertus, der von ihrem sechsten bis zu ihrem sechsundzwanzigsten Lebensjahr ein Teil ihres Lebens gewesen ist, sie besser kennt als jeder andere Mensch auf der Welt. Er hat ihr die verheimlichten Fünfen in Mathe an der Nasenspitze abgelesen, genauso wie das erste fürchterliche Liebesweh. Er hat sie durch die Pubertät gelotst, die sie weit weg von ihrer Mutter geführt hat. Und ihr geholfen, aus Philips Wohnung auszuziehen, als sie endlich das erkannt hat, was Hubertus gewusst, ihr aber nie gesagt hat: dass Philip keinesfalls der Richtige für sie sei.

»Sag mir, was los ist. Ärger mit Helena, Liebeskummer, oder etwas ganz anderes?«

Er ahnt nicht, dass er mit allen drei Stichworten ins Schwarze trifft.

»Nichts von dem. Überhaupt nichts. Im Gegenteil, dieses Mal irrst du dich wirklich, Hubertus. Mir geht's echt gut.«

Nachdem sie ihm nicht sehr detailgenau von ihrer Beziehung zu Marc, ihren Plänen mit Sergio und Helenas großem Verständnis all ihren Ideen gegenüber erzählt hat, wartet sie eigentlich nur auf eine Frage. Und die kommt auch prompt.

»Und was ist mit Jochen?«

»Jochen?«, sagt sie. »Ach, weißt du, wir haben erkannt, dass wir echt nicht zusammenpassen. Also haben wir uns getrennt. Vor ein paar Wochen. Aber das ist okay. Ich … ich bin schon lange drüber weg. Jochen ist Vergangenheit.«

Und wenn du es noch tausendmal sagst, wird es doch nicht wahrer. Merkst du denn nicht, wie deine Stimme zittert, wenn du von Jochen redest? Und dieses Hektische in deiner Atmung, so als müsstest du um Luft ringen?

Du kannst vielleicht dir was vormachen, Dora. Aber mir doch nicht. Und Hubertus auch nicht.

Mit einem Satz ist Leo auf Doras Schoß, schleckt ihr über die Nase.

»Hör auf damit, Leo. Du musst mich nicht trösten.« Dora wehrt sich lachend gegen die feuchte Liebesbezeugung.

»Vielleicht sollst du *ihn* trösten. Soviel ich weiß, mochte er Jochen sehr gern«, erinnert sich Hubertus.

Kluger Mann! Und ein gutes Gedächtnis hast du auch noch. Wenn du jetzt vielleicht noch deine Klugheit dazu verwenden könntest, Dora klarzumachen, dass sie mit Marc den Fehler ihres Lebens begeht …

Hubertus, der im Grunde seines Männerherzens ein wahrer Frauenversteher ist, was ihm, Helena betreffend, sehr zum Nachteil wurde, hört die leisen Unsicherheiten in Doras Stimme sehr wohl. Dieses ganz kurze, kleine Zögern, wenn sie davon spricht, wie glücklich sie mit Marc ist. Das winzige Zittern, wenn sie Jochen erwähnt. Und die atemlose Hektik, wenn sie behauptet, dass wirklich alles in Ordnung sei.

»Na dann, wenn du das sagst, scheint ja wirklich alles in Ordnung zu sein. Allerdings verstehe ich nicht, wieso du so schnell zurück nach Berlin willst. Vor allem weil sich die Sache mit dem Lokal verzögert.«

In der ganzen Zeit, in der er mit Helena zusammen gewesen ist, hat Hubertus es gehasst, wie sehr sie sich in das Leben ihrer Tochter eingemischt hat. Dass sie Dora dazu gezwungen hat, seine Stelle bei ihr einzunehmen, nachdem er ihr den Bettel hingeschmissen hatte, ist die Krönung von Helenas ausgefeilten Manipulationstechniken gewesen. Und egal wie heftig Dora ihm immer versichert, dass ihr der Job bei ihrer Mutter großen Spaß mache, so recht glauben kann er das nicht.

Er lässt den Blick über seinen herrlichen Garten schweifen, in dem solarbetriebene Laternen, in üppigen Bougainvilleabüschen versteckt, die steilen Wege hinunter zum Meer beleuchten. Er fragt sich, ob er das Recht habe oder gar die Pflicht, Schicksal zu spielen. Oder soll er sich darauf zurückziehen, dass Dora eine erwachsene Frau ist, die selbst wissen muss, was sie mit ihrem Leben anfängt?

In Berlin kocht Helena vor Wut. Marc hat Dora an einem bayerischen Provinzbahnhof ausgesetzt, weil er zu einem Ärztekongress muss? Ist er denn völlig verrückt geworden? Was ist nur heutzutage mit den Männern los? Haben die alle keine Ahnung mehr, wie man mit Frauen umgeht?

Am liebsten hätte sie sich in den Flieger gesetzt und wäre nach Amsterdam gedüst, um Marc eigenhändig am Kragen zu packen und ihn zurück auf seine Reise mit Dora zu schicken. Nach einem kleinen Whiskey hat sie sich allerdings wieder so weit im Griff, dass sie sich sagt, dass das alles nicht so schlimm sei. Dora würde sicher bald aus Italien zurück sein. Marc würde den Kongress hinter sich bringen. Und sie würde ihm schon stecken, was er als Nächstes zu tun habe.

»Ich bin's, Mutter. Ich wollte dir nur sagen, ich bin auf Sardinien, bei Hubertus.«

Helenas Herz setzt einen Moment aus, als sie Dora am Telefon hört. Das kann nun wirklich nicht wahr sein. Ihre Tochter hat sich ausgerechnet zu dem Mann geflüchtet, der sie so verletzt hat? Der sie verlassen hat. Der ihr an den Kopf geworfen hat, sie sei die größte Egoistin auf der Welt.

»Ach? Das ist ja nett. Wie geht es Hubertus denn?«

Was wäre sie für eine lausige Schauspielerin, wenn es ihr in diesem Moment nicht gelingen würde, ihrer Tochter vorzumachen, dass es sie nicht weiter tangiert, wenn sie ihre Tage bei diesem Scheusal von einem Ex-Lebensgefährten verbringt. Dem sie noch immer in jeder Nacht, in der sie von ihm träumt, den Hals eigenhändig umdreht.

»Mach dir ein paar schöne Tage. Und grüß Hubertus von mir«, flötet sie in den Hörer.

Ganz entspannt! Unglaublich großzügig. Vollkommen bei sich!

So sollen ihre Worte bei Dora ankommen. Dass sie, kaum hat sie den Telefonhörer aufgelegt, in ihrer Wut eine Vase samt den darinsteckenden Gladiolen quer durchs Zimmer schleudert, geht nur sie etwas an.

»Ach du meine Güte, was ist denn hier los?«

Jochen zuckt zusammen. Tagelang hat er überlegt, ob er noch einmal mit Dora Kontakt aufnehmen soll oder nicht. Hat gehadert. Und gezweifelt. Mit sich gerungen. Und ist schließlich vor Doras Tür gelandet. Doch da ist keine Reaktion auf sein Klingeln. Er will gerade enttäuscht weggehen, da hört er im Haus ein Klirren und Scheppern. Und einen heftigen Rums. Irgendwas ist da los.

»Hallo!«, ruft er, und als er keine Antwort bekommt, öffnet er das Gartentor mit einem Griff über das Gitter und geht eilig zum Haus. Das hat gar nicht gut geklungen. Er muss nachsehen, was da vor sich geht. Auf das Klingeln an Doras Wohnungstür reagiert auch niemand. Merkwürdig! Sonst sitzt sie um diese Uhrzeit doch immer am Schreibtisch. Soll er wirklich bei Helena klingeln? Auch auf die Gefahr hin, von ihr blöd angemacht zu werden?

Er will schon wieder gehen, da steht plötzlich Doras Mutter vor ihm.

»Hallo, Helena. Ist alles in Ordnung?«

Sie funkelt ihn aus ihren grünen Augen an, macht dabei die ihm wohlbekannte große wegwerfende Geste, mit der sie ihren Mitmenschen zu verstehen zu geben pflegt, dass sie ihr lästig sind.

»Falls du Dora sprechen willst – und ich sage dir, dazu hast du nicht das geringste Recht, nach allem, was du ihr angetan hast –, sie ist nicht da!«

Wie sie vor ihm steht, in ihrem blassgrauen seidenen Hosenanzug, zu dem sie ihre unvermeidlichen High Heels und den noch unvermeidlicheren Seidenschal – dieses Mal in Mauve – trägt, ist sie ganz elegante Grande Dame. Eine, wie Jochen zugeben muss, umwerfend schöne Erscheinung.

»Ich hab da … einen merkwürdigen Krach gehört«, stottert er.

»Der dich nicht das Geringste angeht! Wie gesagt, Dora ist nicht da«, blafft sie ihn regelrecht an.

»Danke für die Auskunft. Dann rufe ich sie eben an.«

»Ich würde dir davon abraten. Sie ist in Italien. Mit Marc.«

Damit lässt sie Jochen stehen und eilt mit großen Schritten auf das Taxi zu, das sie zu ihrer Yogastunde in Charlottenburg bringt. Natürlich fährt jemand wie Helena nicht selbst Auto. Jemand wie sie lässt sich chauffieren. Normalerweise von ihrer Tochter. Und wenn das nicht möglich ist, dann zur Not auch mal von einem banalen Taxifahrer.

Italien mit Marc!

Was will er eigentlich noch hier? Sie hat sich entschieden. Und er ist selbst schuld daran. Es bleibt ihm nichts anderes übrig, als das zu akzeptieren. Wie ist er nur auf die blöde Idee gekommen, noch einmal Kontakt zu Dora zu suchen? Kann es sein, dass in ihm ein Masochist steckt? Aber ist da nicht etwas gewesen, als sie Leo bei ihm abgeholt hat? Sind sie sich nicht so irre nah gewesen, als sie sich bei ihm bedankt hat? Das hat er doch überprüfen müssen! Herausfinden, ob nur er das Gefühl gehabt hat, dass alles wieder gut werden könnte. Dass sie zusammengehören.

Okay, jetzt hat er es überprüft. Und egal was er sich für Hoffnungen gemacht hat, in diesem Moment verpuffen sie in der Schwüle des Berliner Sommertags. Das Komische ist, dass *er* sich zwar von Dora getrennt hat. Aber dass er jetzt das Gefühl hat, dass *sie* es ist, die ihn verlassen hat. Während der ganzen Zeit seit der Trennung hat er nicht diese bodenlose Einsamkeit in sich gespürt wie jetzt. Dieses tiefe Bedauern darüber, dass sie nicht mehr ein Teil seines Lebens ist. Und an all dem war er auch noch selbst schuld. Er hat es total vermasselt! Hat die Frau seines Lebens zum Teufel gejagt. Und jetzt wundert er sich darüber, dass sie sich einen anderen gesucht hat?

»Wie kann man nur so außerordentlich dämlich sein?« Er seufzt und hat so eine Ahnung, dass es ihm im Grunde recht geschieht!

Wie lange kann ein Mensch in dieser Hitze auf einer Luftmatratze in den Wellen dümpeln? Weiß sie denn nicht, dass die Sonne ihr Hirn aufweichen wird? Dass sie einen fetten Sonnenbrand kriegen wird? Und außerdem, wieso wird ihr auf diesem labilen Plastikding, das unentwegt schaukelt, nicht schlecht? Hundeelend, sozusagen? Wie ein kleines Mädchen hat sie gejubelt, als Hubertus ihr dieses Ding aufgeblasen hat. Darauf sei sie als Kind schon immer um die kleinen Inseln gepaddelt.

Eigentlich niedlich, dass sie sich so freuen kann. Andererseits … Gibt's im Moment nichts Wichtigeres in ihrem Leben? Wie kann sie nur so tun, als gäbe es all unsere Probleme nicht?

Okay, sie hat gesagt, dass es ihr guttut, mal ein paar Tage von allem weg zu sein! Aber das ist nichts als feige Flucht!

Leo liegt im Schatten eines großen Felsens im Sand und lässt Dora nicht aus den Augen. Am Anfang ist er noch mit ihr ein paar Runden geschwommen und das hat ihm auch Spaß gemacht, wenn man mal davon absieht, dass er das Salzwasser, das so eklig in seinen Augen brennt, nicht ausstehen kann. Er ist ihr zuliebe sogar eine Weile hinter blöden Stöckchen hergerannt, die sie ihm geworfen hat. Obwohl er nach wie vor nicht versteht, wieso es den Menschen so einen Spaß bringt, wenn ihr Hund sich zum Narren macht, indem er immer und immer wieder einen Stock apportiert, nur damit er ihn nochmals holen muss.

Mit einem leisen Seufzer schließt er die Augen. Okay,

dann macht er jetzt eben Siesta. Döst im Schatten, bis sich Dora irgendwann mal dazu entschließen sollte, sich neben ihn auf ihr Handtuch zu legen. Und sich wie ein vernünftiger Mensch mit einer Zeitung beschäftigt oder mit einem Buch. Oder mit ihrem Hund!

»Na, Leo, ist dir langweilig?«

Hubertus, der mit einer Kühltasche, die kalte Getränke und eine halbe Wassermelone beherbergt, vom Haus zum Strand herunterkommt, beugt sich zu dem Hund und streichelt ihm den Rücken. Er setzt sich zu ihm in den Schatten, faltet seine Zeitung auf und kämpft darum, sie gegen den leichten Wind, der sich in ihr fängt, so zu halten, dass er darin lesen kann. Wobei, eigentlich interessiert ihn im Moment gar nicht so sehr, was in der Welt geschieht. Er würde lieber wissen, was in Dora vor sich geht.

»Ist sie wirklich so glücklich, wie sie sagt? Und dieser neue Typ, dieser Marc... Was hältst du von ihm?«, fragt er Leo.

Als der Hund Marcs Namen hört, grollt es leise in seinem Bauch.

Hubertus lacht. »Du vermisst Jochen? Kann das sein?«

Wie zur Bestätigung rückt Leo näher an ihn heran und schleckt über seine salzige Haut.

»Sie ist nun mal die Herrin ihres Tuns. Da können wir wohl nichts machen«, bedauert Hubertus.

Was? Nichts machen?

Hallo, hast du kein Telefon? Keinen Mail-Account? Du könntest Jochen einfach anrufen und ihm sagen, wo wir sind!

»Ich kann Jochen schlecht hierher einladen. Und hoffen, dass sie sich versöhnen.«

Doch! Genau das kannst du tun! Mach es einfach.
Los! Nimm dein Telefon. Und ruf ihn an!

Während Hubertus noch darüber nachdenkt, ob es ihm zustehe, für Dora Schicksal zu spielen, klingelt irgendwo in der Nähe ein Handy. Leo ist sofort auf den Beinen.

»Ich fürchte, das ist nicht für dich.«

Hubertus lacht über die Anspannung, die von einer Sekunde zur anderen aus dem schläfrigen Hund ein Bündel von Entschlossenheit macht.

Menno! Das ist Doras Handy! Geh ran, Mann! Es könnte doch sein, dass es Jochen ist!

Ach, alte Katzenkacke, ich bin vielleicht ein Träumer. Wie groß sind die Chancen, dass Jochen bei Dora anruft? Vermutlich ist es die alte Hexe. Oder der Schleimer. Aber wie sagt man so schön? Die Hoffnung stirbt zuletzt.

Also, jetzt nimm endlich das Handy aus ihrer Tasche.

Hubertus, der nie auf die Idee gekommen wäre, ein fremdes Handy anzufassen, wie sehr ihm das Klingeln auch auf die Nerven geht, sieht verblüfft, dass Leo seine Nase in Doras Tasche bohrt. Die träumt derweil immer noch reglos auf ihrer Luftmatratze in den blauen Himmel.

»He! Lass das, Leo. Nimm deine Nase da raus! So was tut man nicht.«

Wenn du nichts tust, muss ich eben was machen.

Mit wedelndem Schwanz steht er vor Hubertus. Der verblüfft erkennt, dass der Hund das immer noch klingelnde Telefon in der Schnauze hat.

Jetzt nimm es endlich! Bevor er auflegt. Nimm es, verdammt noch mal.

»Hallo? Hier spricht Hubertus Von dem Busche. Am Apparat von Dora Liebig ... Jochen? Das gibt's doch nicht. Gerade habe ich mit Leo von dir gesprochen.« Hubertus sieht zu dem Hund hinüber, der sich vor ihn hinsetzt und fixiert, so als wäre er gespannt darauf, was Jochen zu erzählen hat.

18

»Jochen!«

Dora fällt die Gabel aus der Hand, mit der sie gerade die unvergleichlichen Spaghetti Vongole in sich reinschaufelt, die es in Hubertus' Lieblingstrattoria auf der verwunschenen Piazza gibt.

Leo, der bis zu diesem Moment auf Doras nacktem Fuß vor sich hin gedämmert hat, ist auf der Stelle außer Rand und Band. Fiepen, Schreien, Freudengewimmer. Wie ein Gummiball an dem Mann seiner Träume auf und ab hüpfen. Schlecken. Sich vor ihm auf den Rücken werfen und darum betteln, am Bauch gekrault zu werden – alles eins. So sieht wahre Begeisterung aus.

»Was machst du denn hier?« Dora versucht, das plötzliche Zittern ihrer Knie zu beherrschen. Wie kommt Jochen hierher nach Sardinien? Nach Porto Pollo? Auf die Piazza? Genau in dem Augenblick, in dem sie mit Hubertus hier zu Abend isst? Das kann kein Zufall sein.

»Hallo, Dora.« Jochen beugt sich zu ihr, berührt sie an der Schulter.

Oh, verdammt, dieses Lächeln. Dieser warme Blick, der ihr wie immer durch und durch geht.

Aufstehen, Dora. Küss ihn! Das tut man, wenn man einen Freund begrüßt. Jetzt mach schon!

Leo zerrt an Doras Hand. Rennt die paar Meter zu Jochen zurück. Wieder zu Dora. Da, endlich, bewegt sie sich. Steht vor ihm.

»Das ist ja mal ein Zufall«, sagt sie mit rauer Stimme und küsst ihn auf die Wange. Verstohlen greift sie nach der Stuhllehne, um sich festzuhalten, so sehr wackeln ihre Knie. Gott, wie gut sich das anfühlt.

Jochen ist unschlüssig, ob er das tun soll, wonach ihm ist.

Nämlich sie einfach an sich zu ziehen. Festzuhalten. Und ihre unglaublichen Lippen zu küssen!

»Komm, setz dich zu uns. Und erzähl, was du hier machst«, unterbricht Dora seine Gedanken.

Jochen reicht Hubertus die Hand. Der kennt Jochen seit der Zeit, als Dora klar gewesen ist, dass sie mit Jochen zusammen sein will. Sie hat ihn kurzerhand zu einem der heimlichen regelmäßigen Treffen nach Hubertus' Trennung von Helena mitgenommen. Weil sie unbedingt gewollt hat, dass der Mann, der so lange eine wichtige Rolle in ihrem Leben gespielt hat, den Mann, der in Zukunft eine noch wichtigere Rolle für sie spielen sollte, nicht nur kennenlernen, sondern ihn auch mögen sollte. Und das ist auch so geschehen. Die beiden Männer sind sich auf Anhieb sympathisch gewesen. Hubertus hat ihnen, im Gegensatz zu Helena, von ganzem Herzen eine gute Zukunft gewünscht.

»He, Jochen. Das ist aber eine Freude, dich mal wieder zu sehen.«

Jochen und Hubertus umarmen sich kurz und heftig, wie Männer es tun, wenn sie keine Angst vor körperlicher Nähe haben.

»Die Freude ist ganz auf meiner Seite, Hubertus.«

Als Jochen sich zu ihnen setzt, presst Dora die Hand

auf ihr Herz. Und versucht unauffällig, ganz tief und ruhig durchzuatmen. Ein und aus und ein und aus. Irgendwie muss sie diesen Muskel, der da so hektisch in ihr rumtobt, doch beruhigen. Wäre doch zu blöd, wenn sie genau in diesem Augenblick von einem Herzanfall ausgeknockt würde. Gott sei Dank scheint Leo ihre Verwirrung zu spüren. Er springt auf ihren Schoß und ringelt sich mit einem Seufzen zusammen. Die Wärme seines Körpers beruhigt Dora auf der Stelle. Nur ihre Hand zittert noch ein wenig, als sie wieder zur Gabel greift, auf der die aufgerollten Spaghetti immer noch darauf warten, von ihr verspeist zu werden.

Ob er gewusst hat, dass sie hier ist? Ob er gespürt hat, dass sie so enttäuscht von Marc ist? Blödsinn! Woher sollte er das denn wissen? Vielleicht hat er ja Helena getroffen. Zufällig, im Supermarkt. Aber hätte die ihm verraten, wo Dora ist? Niemals! Also ist es tatsächlich ein Zufall, dass er hier auftaucht? Schicksal?

In diesem Moment liebt Dora das Schicksal! Danke, danke, danke.

»Na du! Jetzt ist alles wieder gut, ja?«, flüstert Hubertus Leo leise zu. Er stupst den Hund, der mit geschlossenen Augen ganz in den Genuss der Situation versunken ist, leicht an. Und erinnert sich plötzlich an ein wichtiges Telefonat, das er heute noch mit seinem Büro in Boston führen muss. »Tut mir leid, es ist wichtig. Ich kann euch doch alleine lassen?«, fragt er Dora und Jochen.

Einen Moment lang bietet Dora ihrem Gastgeber an, ihn nach Hause zu begleiten, doch davon will Hubertus nichts wissen.

»Esst, trinkt, macht euch einen schönen Abend«, sagt er und küsst Dora auf die Wange.

Hat er es doch gewusst, dass sie Jochen vermisst! Selbst

wenn sie es nicht zugeben will, ihre Körpersprache verrät sie. Ihre Haltung ist aufrechter, ihre Augen blitzen, und ihre sonnengeküsste Haut leuchtet.

»Ach ja, Jochen, falls du noch keine Bleibe hast, du kannst gern bei mir wohnen. Mein Haus ist dein Haus.«

Jochen ziert sich im ersten Moment ein wenig. Doch als Leo auf seinen Schoß wechselt und Dora meint, das wäre doch eine nette Idee von Hubertus, gibt er sich geschlagen und nimmt die Einladung an. Als hätte er nicht schon gestern Hubertus am Telefon zugesagt, dass er bei ihm wohnen würde.

Irgendwie kommt Dora ihr Leben ziemlich unwirklich vor, als sie unter Sternentrilliarden barfuß neben Jochen durch den von der Nacht abgekühlten Sand geht. Leo ist so zufrieden über die Entwicklung, dass er ganz vergisst, wie blöd er Stöckchenspiele normalerweise findet. Fast übereifrig bringt er kleine Äste zu Jochen. Legt sie vor seinen Füßen ab. Springt dann mit aufgeregtem Bellen hinter ihnen her in die dunklen Fluten, um sie schwimmend zwischen die Zähne geklemmt, wieder an Land zu bringen und ein weiteres Mal vor Jochen niederzulegen. Wie glücklich der kleine Kerl ist.

Doras Herz geht auf, als sie Leos eifrigem Tun, seinem begeisterten Spiel mit Jochen zusieht. So fröhlich und zufrieden ist ihr Hund in Marcs Anwesenheit noch nie gewesen. Obwohl sich Marc alle Mühe gibt …

Marc! Wieso ist eigentlich Marc nicht hier an ihrer Seite?

Dora bleibt stehen. Ist es möglich, dass sie seit mehr als vier Stunden nicht mehr an ihn gedacht hat? Wo er ihr, bevor Jochen aufgetaucht ist, doch unentwegt im Hirn herumgespukt ist?

»Gehen wir noch bis zum Ende der Bucht? Oder bist du müde?«

Jochen sieht sich nach Dora um.

»Nein, ich bin überhaupt nicht müde. Außerdem, es ist so eine wundervolle Nacht. Die will ich nicht verschlafen.«

Sie versucht, in der Dunkelheit Jochens Gesichtsausdruck zu erkennen. Geht es ihm wie ihr? Ist er auch so verwirrt darüber, wie gut sich das hier anfühlt?

Sie zuckt zusammen, als sich ihre Hände zufällig berühren, während sie nebeneinander her schlendern. Sieht ihn erschrocken an. Und plumpst in das Lächeln, das in seinen Augen liegt. Wahnsinn! Jetzt sind sie plötzlich zusammen in Italien. Was vier Jahre lang nicht geklappt hat, ist nun so unkompliziert und unerwartet Realität geworden. Okay, Porto Pollo ist nicht Florenz. Aber die Sterne funkeln hier genauso wie über dem Ponte Vecchio. Und wer hindert sie daran, von hier aus zusammen nach Florenz zu fahren?

Ein Schwall süßen Ginsterdufts mischt sich mit dem herben Geruch des Meeres, lauer Wind streicht über das Wasser an Land. Die Felsen, die wie von einem Gott hingeworfen auf dem Sand liegen, sind noch warm von der Tageshitze. Als sich Dora und Jochen hinsetzen, weiß Leo, was zu tun ist. Es gibt Situationen, in denen man stillhalten muss. Ganz ruhig daliegen, den Kopf auf den Füßen. Die Gerüche der Nacht einatmen. Und hoffen. Einfach nur hoffen.

Wenn sie es jetzt nicht begreifen, dann kann ich ihnen auch nicht mehr helfen.

Wie wunderbar ist das denn? Hier am Meer zu sitzen, dem Geräusch der Wellen zu lauschen. Und dem Wind.

Die Sterne zu zählen. Und nichts, gar nichts zu sagen. Genauso hat sich Dora ihre erste Reise mit Jochen nach Italien vorgestellt. Ihr aufgeregtes Herz schlägt mit einem Mal wieder ganz ruhig in ihrer Brust. Alles ist plötzlich ganz leicht. Sie ist hier. Er ist hier. Und es fühlt sich gut an.

Sie schickt ein kleines Dankgebet in den Himmel, zu dem, der sie und Jochen hier zusammengebracht hat. Wer auch immer das sein mag. Vielleicht wohnt da oben ja doch ein freundlicher Gott, der hin und wieder mit seinem kleinen Finger den Menschen einen Schubs in die richtige Richtung gibt.

Jochen sieht Dora fragend an, als er den leisen Seufzer, den sie dann doch nicht unterdrücken kann, hört.

»Geht's dir gut?«

Er greift nach ihrer Hand. Und auch das ist plötzlich so unglaublich normal.

»Ich hab keine Ahnung, welcher freundliche Wind dich hierhergetrieben hat, aber ich bin ihm irre dankbar«, sagt sie leise.

Jochen überlegt, ob das hier der geeignete Zeitpunkt ist, ihr zu gestehen, dass es weder ein freundlicher Wind noch ein gnädiges Schicksal ist, der oder das für sein Hiersein verantwortlich ist. Sondern ein Mann namens Hubertus, der unverhofft an Doras Telefon gewesen ist. Und der sich höchst erfreut darüber gezeigt hat, dass ausgerechnet Jochen am anderen Ende der Leitung gewesen ist. Weil er doch schon lange nach einem Gärtner gesucht habe, der seinen Garten, der eher ein Park ist, auf Vordermann bringt. Jochen spürt Doras Hand in der seinen. Und muss grinsen, als er an Hubertus' Angebot denken muss.

Er hat keine Sekunde geglaubt, dass Hubertus ihn wegen seines Gartens hergeholt hat. Hat er doch die Absicht hinter der Frage, ob er so schnell wie möglich herkommen könne, sofort gespürt. Schließlich ist es Doras Handy gewesen, über das er mit Hubertus geredet hat. Es ist doch klar gewesen, dass sie in seiner Nähe sein musste. Auch wenn weder er noch Hubertus sie mit einem Wort erwähnt hat. Es ist ein Gentlemen's Agreement gewesen, auf das sie sich wortlos verständigt haben. Von dem Dora nichts weiß. Und auch nichts wissen soll.

»Morgen. Neunzehn Uhr in der Trattoria Rosa. Da essen wir was zusammen und besprechen schon mal die wichtigsten Dinge. Und dann zeige ich dir meinen Garten und du sagst mir, ob du dich damit beschäftigen willst«, hat Hubertus vorgeschlagen.

Und er hat spontan zugesagt. Obwohl ihn der Garten von Helenas Exmann nicht die Bohne interessiert. Und obwohl er gewusst hat, dass Hubertus das auch nicht von ihm erwartet.

»Hmmm … Irgendwie ist mir in Berlin die Decke auf den Kopf gefallen. Ich musste einfach mal raus. Und da du … Na ja, du hast mir so viel von Sardinien erzählt, als wir noch zusammen waren … Da dachte ich, dass es eine gute Idee wäre, mal zu überprüfen, ob die Realität deinen herrlichen Schilderungen standhält«, erklärt er Dora seine Anwesenheit.

»Und? Tut sie es? Ist es so, wie du es dir vorgestellt hast?«

Sie lächelt, als sie spürt, wie sein Griff um ihre Hand ein bisschen fester wird.

»Du hast jedenfalls nicht übertrieben. Alles, was ich bisher gesehen habe, ist einfach großartig«, sagt er.

»Ich freue mich, dass es dir gefällt. Ich meine, es ist schön, weil ich … na ja … weil das hier irgendwie ein Teil meiner Kindheit ist. Wenn du magst, können wir in den nächsten Tagen ein bisschen herumfahren und ich zeige dir die Insel.«

Dora erschrickt ein wenig über ihren Vorschlag. Schließlich ist Jochen gerade mal ein paar Stunden hier. Und sie haben im Grunde überhaupt nicht darüber geredet, was das für sie bedeutet. Aber gespürt haben sie es. Dass es richtig ist. Wenigstens sie hat es gespürt. Sie ahnt, mehr als sie es in der Dunkelheit sehen kann, dass in Jochens Augen ein Lächeln liegt.

Manchmal find ich's echt scheiße, dass ich keine Katze bin.

Ja, selbst ein Hund wie ich, der Katzen normalerweise ausschließlich als Jagdbeute betrachtet, kann erkennen, dass sie etwas an sich haben, um das man sie einfach beneiden muss. Nein, ich rede nicht von ihrem eleganten Gang – den hab ich auch. Und dass sie auf Bäume klettern können, haben sie mir zwar voraus, aber das stört mich nicht besonders. Ihr Schnurren ist es! Wieso kann ich nicht so schnurren wie eine Katze? Einfach durch so ein merkwürdiges Körpervibrieren mein Wohlbefinden und meine Zufriedenheit ausdrücken. Das wär echt das Höchste, wenn ich das auch könnte.

»Gleich fängt er an zu schnurren.«

Dora lacht leise, als sie Leo, der sich mit einem zufriedenen Brummen im Sand zusammenrollt und so aussieht, als wolle er nie wieder von hier weggehen, über Jochens Schulter hinweg beobachtet.

»So entspannt war er schon lange nicht mehr.«

Jochen setzt sich zu Leo und fängt an, ihm die Ohren zu kraulen. »Ich hab ihn vermisst«, sagt er.

»Ja! Er dich auch! Er hat dich sogar sehr vermisst.«

Immerhin ist Jochen der einzige Mann, mit dem sie je zusammen war, den Leo nicht nur von Anfang an akzeptiert, sondern den er auch absolut bedingungslos geliebt hat.

Ihre Hände berühren sich, als sie gleichzeitig über Leos Rücken streichen.

»Ich war ein absoluter Volltrottel.« Jochen hält Doras Hand fest. Sieht ihr in die Augen.

»Ich auch. Vollkommen bescheuert.«

Und jetzt: Kuss! Kuss und Schluss. Wie im Film. Die Liebenden sind vereint. Und gehen einer glücklichen Zukunft entgegen.

Also macht schon, küsst euch endlich.

»Meinst du, das ist Schicksal? Ich meine, dass du ausgerechnet jetzt nach Sardinien gekommen bist?«, fragt Dora.

Jochen zögert kurz. »Alles, was uns passiert, ist Schicksal. Ich weiß es nicht, aber vielleicht... Keine Ahnung, vielleicht hab ich gespürt, dass du hier bist. Es soll ja so magische Verbindungen geben zwischen Leuten, die sich... ähm... Ich meine... die irgendwas miteinander zu tun haben.«

»Und das haben wir? Irgendwas miteinander zu tun?«

»Sag du es mir.«

Auf jeden Fall fühlt es sich irre gut an, hier unter den Sternen neben ihm zu sitzen. Selbstverständlich. Es ist überhaupt nichts Fremdes zwischen ihnen. Als wäre die Zeit, in der sie getrennt waren, ausgelöscht. Dora seufzt leise, als sie Jochen ihr Gesicht zuwendet. Mein Gott, wieso hat sie sich nicht eingestehen können, wie sehr sie ihn vermisst?

»Vielleicht sollten wir einfach aufhören, über das Warum nachzudenken. Ist doch völlig egal, ob es Zufall ist oder Schicksal... Wir sind hier. Und das ist das Beste, was uns in der letzten Zeit passiert ist«, sagt Jochen und sieht ihr in die Augen.

Ich muss ihn jetzt küssen. Ihr Gesicht nähert sich dem

seinen. Das Herz klopft ihr bis in den Hals, als sich ihre Lippen endlich berühren. Oh Gott, ist das gut. Mit einem kleinen Lachen beißt sie ihn in die Unterlippe. Ihr ganzer Körper fängt vor Lust an zu kribbeln, als sie seine Zunge an ihren Zähnen spürt. Ohhhh! Kann es sein, dass hier gerade ein Wunder geschieht?

Doras Handy zerreißt die Situation in tausend Stücke. Die Stille implodiert in dem grellen Klingelton.

Geh nicht ran. Schalt es aus. Wirf es ins Meer. Vergrab es im Sand. Nur GEH BITTE NICHT RAN.

»Du solltest dir wirklich mal einen anderen Klingelton zulegen«, lacht Jochen.

»Vielleicht sollte ich es einfach ins Meer werfen. Und nie mehr in meinem ganzen Leben ein neues kaufen.«

Verdammt, wieso hört das denn nicht auf? Dora versucht mitzuzählen, wie oft es bis jetzt geklingelt hat. Und sich gleichzeitig daran zu erinnern, nach wie vielen Malen sich die Mailbox einschaltet. Soll sie nachsehen, wer dran ist? Soll sie rangehen? Seit sie ein Handy besitzt – und das sind jetzt mehr als zwanzig Jahre –, hat es nie eine Situation gegeben, in der sie nicht schon bei den ersten Tönen das Gespräch angenommen hat. Egal wo sie war, sie ist immer erreichbar gewesen. Bei der Arbeit, beim Autofahren, im Supermarkt, an irgendwelchen Stränden, in Ausstellungen. Nur im Kino und im Theater stellt sie das Telefon normalerweise auf stumm. Lässt aber den Vibrationsalarm an. Um dann nach der Vorstellung als Allererstes nachzusehen, wer angerufen hat. Die Mailbox abzuhören. Und sofort zurückzurufen.

Aber jetzt will sie das nicht. Nicht jetzt. Nicht in diesem entscheidenden Moment in ihrem Leben. Was, wenn etwas mit Helena ist? Wenn sie einen Unfall hatte? Oder einen Schlaganfall? Oder wenn sie sich ausgesperrt hat? Oder …

Leo rast plötzlich davon. Springt in die schwarzen Wellen. Schwimmt davon. Der Horizont ist sein Ziel.

Was ist denn jetzt los? Was tut der Hund da? Hat er irgendwas entdeckt, das sich zu jagen lohnt? Eine Möwe? Einen Fisch? Oder nimmt da draußen jemand ein nächtliches Bad?

»Leo, was soll das? Komm zurück!«

Dora rennt zum Wasser. Von ihrem Hund sind in der Dunkelheit nur der helle Kopf und die wackelnde Schwanzspitze zu sehen, während er sich immer weiter vom Ufer entfernt. Wo will er denn hin? Sie ruft und schreit. Ihre Stimme wird ganz schrill vor lauter Aufregung.

»Ich fasse das nicht. Was ist denn nur in Leo gefahren?«, ruft Jochen ihr zu.

Er hat sich schon ausgezogen und rennt ins Wasser. Und schwimmt hinaus in die Schwärze.

So, Mann, jetzt mach aber mal. Kannst du nicht schneller schwimmen? Es langweilt mich, einfach nur so im Wasser herumzupaddeln. Ohne irgendeine Beute, die ich jagen könnte.

Jochen ist immer noch ein paar Meter von Leo entfernt, dessen Beine unverdrossen Richtung Korsika strampeln, als gäbe es dort das Hundeparadies zu entdecken. Doch was ist das? Über das Wasser wird ein Japsen und Keuchen bis zu Jochen getragen. Das gibt's doch nicht. Leos Kopf geht in den Wellen unter.

Dora sieht, dass da draußen etwas nicht stimmt. Sie schiebt das rote Boot des Bademeisters, auf dem er tagsüber über die Badenden wacht, ins Wasser und rudert hinter Leo und Jochen her. Was ist denn da los mit Leo? Er kann doch sonst wie ein Weltmeister schwimmen. Kopf und Schwanz, mit dem er steuert, hoch über dem Wasser, die Beinchen strampelnd, kann er sonst stundenlang hinter Enten und Schwänen her sein. Und jetzt? Sie sieht seinen Kopf, der bislang wie ein Gummiball auf den Wellen gehüpft ist, nicht mehr. Doch, da … Da ist er wieder. Aber es sieht aus, als würde er die Orientierung verlieren. Wenn Jochen doch nur einen Zahn zulegen könnte.

»Jochen. Er ertrinkt. Leo ertrinkt.«

Bitte nicht, lieber Gott. Mach, dass ihm nichts passiert. Ja, ich weiß, er ist nur ein Hund. Und vielleicht ist es total vermessen, dich um Hilfe anzuflehen. Aber verdammt noch mal, tu was!

Na großartig, Dora, das ist bestimmt ein Gebet, mit dem du Gott beeinflussen kannst.

Ich spendiere dir auch eine Kerze, wenn du Leo rettest. Nein, hundert Kerzen. Und ich komme wieder in die Kirche. Okay, du hast ja recht, ich glaube nicht so recht an dich, aber wenn du Leo hilfst …

»Ich hab ihn!«

Jochen greift nach dem zappelnden Fellbündel.

»Findest du nicht, dass du es übertreibst mit deiner Show?«

Er greift um Leos Bauch, hebt ihn so weit übers Wasser, dass er japsend Luft holen kann. Leo zappelt in Jochens Arm. Versucht, seine Nase abzuschlecken, wimmert vor Freude.

»Ist ja gut, jetzt beruhige dich doch. Dir passiert schon nichts mehr. Hör auf, mich abzuschlecken. Lass das, Leo.«

So erleichtert Jochen ist, dass dem Hund nichts passiert ist, so komisch findet er auch, dass er, sich wie ein Aal windend, unbedingt an sein Gesicht rankommen will, um mit heißer Zunge seine Dankbarkeit auszudrücken.

»Da hast du deinen Schwimmweltmeister wieder.«

Jochen hebt das tropfende Hundchen, das mit dem nassen Fell ziemlich armselig aussieht, auf das Lifeguard-Boot in Doras Arme.

Bin ich super oder bin ich super? Immerhin ist sie nicht an ihr Handy gegangen. Und weil er mir das Leben gerettet hat, wird sie ihm auch noch irre dankbar sein.

Leo drückt sich wimmernd in Doras Arme.

Die küsst ihren Liebling erleichtert. Sie fragt sich, was mit Leo in letzter Zeit los ist. Früher war er so ein robuster Hund, den nichts erschüttern kann, und jetzt? Mal fällt er einfach um, dann haut er ab und jetzt diese Schwimmeinlage... Sie fragt sich, ob sie überhaupt eine Ahnung hat, was in Leo vor sich geht.

19

Immer dann, wenn man glaubt, dass alle Schwierigkeiten überwunden sind, dass man endlich da angekommen ist, wo man immer hinwollte, genau dann wird einem ein dicker Strich durch die Rechnung gemacht. In manchen Fällen von der eigenen Mutter. Die auch noch davon überzeugt ist, das Richtige zu tun. Das Beste für ihre Tochter.

Das Läuten der alten Glocke, die Hubertus am steinernen Eingangstor seines Anwesens angebracht hat, schwingt durch den Garten bis zum Haus. Obwohl sein Elektrikerfreund Enrico, der sämtliche elektrischen Installationen in Haus und Garten gemacht hat, Hubertus zu einer modernen Klingelanlage mit Kamera, Monitor, Sprechanlage, Türöffner und noch mehr Pipapo überreden wollte, hat dieser auf die alte Bronzeglocke mit den geheimnisvollen Einritzungen bestanden. Er hat sie vor Jahren in einem verlassenen Steinhaus in den Bergen des Gennargentu gefunden. Ihr tiefer, reiner Klang erfreut ihn noch heute. Auch wenn das bedeutet, dass er durch den weitläufigen Garten zum Tor wandern muss, um seine Besucher in Empfang zu nehmen.

Leo, der sich über Gäste immer wie verrückt freut, vor allem deswegen, weil er sich jedes Mal sicher ist, dass, wer auch immer vor der Tür stehen mag, ausschließlich seinetwegen kommt, rast wie ein Blitz los. In höchsten Tönen bellend, flitzt er unter den blühenden Oleanderriesen durch, an den Palmen vorbei, am Pool entlang und schließlich die Steintreppen hinab zum Tor. Und bleibt ein paar Meter davor wie zur Statue erstarrt stehen.

Der Schmierlappen! Das ist absolut unmöglich. Er ist doch in Holland. Was tut er hier? Was will er hier?

Lass ihn bloß nicht rein, Hubertus. Schick ihn weg. Sag, dass Dora nicht da ist. Dass sie Jochen geheiratet hat. Und nichts mehr von ihm wissen will.

»Buon giorno, ich bin Marc Bergmann. Doras Freund. Entschuldigung, dass ich Sie so überfalle …«

Hubertus unterbricht ihn, ganz höflicher Gastgeber.

»Herzlich willkommen, Doktor Bergmann. Kommen Sie herein. Ich habe schon viel von Ihnen gehört. Ich weiß zwar nicht, wo Dora gerade ist, aber …«

»Das verstehe ich nicht. Ihre Mutter hat mir gesagt, dass sie sich hier bei Ihnen aufhält.« Marc sieht Hubertus irritiert an.

Klar, Helena. Wer auch sonst? Sie kann es einfach nicht ertragen, dass hier etwas geschieht, das sie nicht steuern kann. Hubertus setzt gerade an, Marc zu erklären, dass es in seinem Haus leider, leider kein freies Gästezimmer mehr gebe und er sich deshalb ein Hotel im Dorf suchen müsse, da kommt Dora aus dem Haus. Mit einer kleinen Reisetasche in der Hand.

»Ach, da bist du ja, Dora. Ich dachte, du wärst schon weg.« Hubertus sieht sie entschuldigend an. »Du hast Besuch.«

Dora, die nach einer schlaflosen Nacht, in der sie sich tausendmal gefragt hat, ob sie träumt oder wach ist, gerade zusammen mit Jochen auf eine Tour ins Landesinnere aufbrechen will, starrt Marc fassungslos an.

Kein Wort kommt über ihre Lippen. Sie kann es einfach nicht. Sie kann jetzt nichts sagen.

»Überraschung, Liebste!«

Marc zieht Dora in seine Arme. Und küsst sie auf die Lippen.

»Da staunst du, was? Aber ich habe es nicht mehr ausgehalten ohne dich.«

»Woher weißt du, wo ich …?«

Wieso fragt sie das überhaupt? Natürlich weiß er von Helena, wo sie ist. Aber wieso muss er denn unbedingt hierherkommen? Hätte er nicht warten können, bis sie zurück in Berlin ist? Danke, Mutter!

»Ähm, das ist wirklich eine Überraschung, Marc. Mit dir hätte ich echt nicht gerechnet.«

Leo rennt los. Er muss zu Jochen. Und Jochen muss zu Dora. Und Marc muss hier weg.

»Was ist denn los, Leo?«

Amüsiert betrachtet Jochen die atemlose Energierakete, die vor ihm auf und ab hüpft und sich dabei die Seele aus dem Leib bellt.

»Jetzt komm schon, es ist doch nicht so schlimm, wenn du ein, zwei Tage bei Hubertus bleibst. Meinst du nicht, dass Dora und ich es uns verdient haben, mal ganz alleine zu sein. In den Bergen rumwandern, schwimmen, essen, reden … Na ja und was sonst noch alles …«

Ja! Ja! Ja! Klar habt ihr euch das verdient. Und es ist absolut no problem für mich, bei Hubertus zu bleiben. Aber willst du, dass statt meiner Marc mitfährt?

He! Kapier das doch endlich. Der Schleimer ist da.

Der Hund rennt wie ein Verrückter um Jochen herum, dann ein paar Schritte Richtung Gartentor, ein paar Schritte zurück.

Bis Jochen ihm endlich folgt. Scheint ja keine andere Möglichkeit zu geben, den Hund zur Ruhe zu bringen.

»Da bist du ja endlich.«

Wieso klingt Doras Stimme plötzlich so anders? Er hat sich doch nur um ein paar Minuten verspätet. Und es ist doch eigentlich völlig egal, wann sie wegkommen. Es treibt sie überhaupt nichts. Jetzt nicht mehr, nachdem sie sich endlich wiedergefunden haben. Und ob sie heute Abend in Orgosolo in den Bergen oder in Bosa am Meer übernachten, ist nun wirklich egal. Hauptsache, sie haben Zeit für sich. Und können endlich mal...

»Buon giorno, ich bin Marc Bergmann. Doras Verlobter.«

Jochen ist froh, dass er sich in diesem Moment nicht selbst sehen muss. Sein Gesichtsausdruck muss eines durchgeknallten Irren würdig sein.

»Hallo! Doktor Bergmann. Ähm... Schön Sie kennen zu lernen.« Jochen reicht Marc zögernd die Hand und wirft Dora einen fragenden Blick zu. »Dora hat mir gar nicht gesagt, dass sie Sie erwartet.«

»Hab ich ja auch nicht. Marc ist einfach so gekommen«, platzt es aus Dora heraus.

»Als Überraschungspaket sozusagen.« Marc lacht und zieht Dora an sich. Küsst sie auf den Mund.

Leo verschwindet in einem dichten Oleanderbusch. Und kotzt sein Frühstück aus.

»Ich hab auch nicht gewusst, dass er kommt.« Doras Stimme springt unkontrolliert von krächzend zu quietschend. Ihre

Hände fahren hektisch in ihre Haare, sie versucht, Jochens perplexem Blick auszuweichen.

»Woher hast du eigentlich gewusst, wo ich bin?«, fragt sie Marc nun doch, obwohl sie die Antwort kennt.

»Von deiner Mutter natürlich. Ich habe ihr ein paar Tulpen aus Amsterdam mitgebracht und bei der Gelegenheit sagte sie mir, dass du hier ein paar Tage relaxen willst. Da dachte ich mir, das können wir auch zusammen tun.«

»Dora, ich glaube, wir müssen los.«

Jochen wird das hier alles zu viel. Er will nur noch weg.

Gut, Jochen. Einfach nicht von deinem Plan abweichen. Sehr gut. Jetzt pack sie und schubs sie ins Auto und dann ras los.

Was ist das denn für ein Albtraum? So eine Situation gibt's doch normalerweise nur in Filmen. Dora steht zwischen den beiden Männern. Und fühlt, wie ihr Magen rebelliert. Und sie fühlt Jochens drängenden Blick auf sich.

»Ja. Wir können sofort losfahren. Ich bring Marc nur noch schnell zum Haus. Ich meine … Keine Ahnung, er kennt sich ja hier nicht aus. Kommst du Marc, ich zeig dir, wo die Gästezimmer sind. «

Sie will nur dieser Situation entkommen. Mutter, wenn ich dich erwische!

Leo dreht Marc den Rücken zu und stellt sich mit aufforderndem Blick neben Jochen. Ganz eng. Damit ganz deutlich wird, wen er hier wirklich mag.

»Also, ich will mich ja nicht aufdrängen, meine Süße, aber wenn du mir einen Moment Zeit gibst, um mich umzuziehen, würde ich euch begleiten. Dich und … Entschuldigung, ich hab Ihren Namen nicht verstanden«, sagt Marc, als würde er nicht bemerken, wie fehl er hier am Platze ist.

Dora fährt herum. Sie starrt Marc an. Sieht zu Jochen. Der wiederum stumm in ihre Augen blickt. Stille herrscht. Wie in einem Western, kurz vor der alles entscheidenden Schießerei. Nur Leos Hecheln ist zu hören. Und dann Jochens Stimme.

»Oh, tut mir leid. Ich bin Jochen. Jochen Blume.«

»Jochen Blume?«, sagt Marc. »Doch nicht *der* Jochen Blume?«

Man sieht es förmlich in seinem Gehirn rattern. Dieser attraktive Kerl, der schon ziemlich lässig aussieht in seiner hellen Jeans und dem dunkelblauen Hemd, das er über der Hose trägt, das ist Doras Blumenhändler? Ihr Exkerl? Hat Helena das gewusst? Das kann nicht sein. Dann hätte sie ihm doch nicht versichert, wie sehr Dora sich nach ihm sehne. Nein! Sie hat ihrer Mutter ganz bestimmt nicht gesagt, dass Doras Ex auch gerade bei Helenas Ex zu Besuch ist.

»Ähm. Das ist ja ... nett. Ich hab schon viel von Ihnen ... Oder darf ich Du sagen?«

Uääääähhhh! »Darf ich Du sagen?« Was bildest du dir ein, du Schmierlappen? Wieso solltest du Jochen duzen dürfen? Hau ihm eine rein, Jochen.

»Klar. Wieso nicht?« Jochen versucht, Ruhe zu bewahren.

Leo springt aus dem Stand auf Doras Arm. Wenigstens sie muss doch jetzt was tun. Aber Dora steht da wie paralysiert.

Hallo, Dörchen! Aufwachen!

Sag dem Doktor, dass das so nicht geht. Dass du und Jochen euch darauf freut, endlich mal alleine zu sein. Sag ihm, dass ihr wieder zusammen seid. Von mir aus sag ihm auch, dass es dir leidtut. Und dann haut ab! Bitte!

Tu einmal in deinem Leben etwas, das vernünftig ist. Und das Beste für dich.

Helena faucht wie eine schlecht gelaunte Katze. Es ist ihr egal, dass das rothaarige Mädchen, das mit einer Flasche von diesem vollkommen ungenießbaren Mineralwasser vor ihr steht, unter seinen Sommersprossen glutrot wird.

»Mein Gott, ist das so schwer zu behalten? Ich trinke Evian. Und nichts anderes. Das müsste sich doch langsam rumgesprochen haben.«

Die Maskenbildnerin, die Helenas sowieso schon gleichmäßigen Teint mit einer Foundation noch gleichmäßiger und damit kameratauglich macht, tritt einen Schritt zurück, das Make-up-Schwämmchen weit von sich haltend. Jetzt nur keinen Fehler machen. Die Diva schäumt, und dann ist mit ihr nicht gut Kirschen essen.

»Hallo, ich bin Elke Sondermann, Ihre Gastgeberin heute. Ich freue mich sehr, Sie in meiner Sendung zu haben, Frau Liebig.«

Die Moderatorin des Morgenmagazins betritt die Maske. Reicht Helena, die sie eingeladen hat, um ihr neues Buch vorzustellen, die Hand. Ihr Lächeln ist professionell, ihre Freundlichkeit routiniert.

»Haben Sie alles, was Sie brauchen?«, fragt sie.

»Man sollte wirklich meinen, dass Sie sich meine Mineralwassermarke merken können, so oft, wie ich schon hier war«, bellt Helena sie verdrossen an. Die ausgestreckte Hand der bildhübschen Frau übersieht sie. »Ich trinke Evian.«

»Aber natürlich. Tut mir leid, da hat es wohl ein Missverständnis gegeben. Lilli wird es Ihnen sofort besorgen.«

Erwidert Elke Sondermann mit unerschütterlicher Freundlichkeit.

Lilli, die Rothaarige, stürzt aus der Garderobe. Klar, dass sie sich den ganzen Tag nicht vom Anpfiff des Talkgastes erholen wird.

»Falls Sie wissen wollen, wie meine Anreise war, absolut unangenehm. Der Flieger zu voll. Der Taxifahrer ausgesprochen unhöflich. Ich frage mich wirklich, wieso ich mir das immer wieder antue.« Aus jedem ihrer Worte tropft Helenas ausgesprochen schlechte Laune.

»Weil Sie viele Fans haben, die sich darüber freuen, Sie im Fernsehen zu sehen?« Elke Sondermann lässt sich von Helena nicht aus der Ruhe bringen. »Und weil Sie Werbung für Ihr Buch machen wollen. Das ich übrigens gelesen habe. Hat mir gut gefallen.«

»Dass Sie es lesen ist ja wohl das Mindeste, was ich erwarten kann, wenn ich in Ihre Talkshow komme.«

Wenn Dora jetzt hier gewesen wäre, hätte sie sich bei Elke Sondermann herzlich für die Einladung bedankt. Hätte gesagt, wie sehr sich Helena freue, die Gelegenheit zu bekommen, ihr Buch persönlich vorzustellen. Sie hätte die Wogen, die Helena aufwühlt, geglättet. Aber Dora ist nun mal nicht da.

Zum hundertsten Mal verflucht Helena sich selbst. Wieso hat sie Dora überhaupt wegfahren lassen? Jetzt, da ihre Reise durch die Talkshows der Nation anfängt. Nun ja, so ist sie eben. Denkt immer nur an das Wohl ihres Kindes. Das in diesem Moment hoffentlich glücklich in Marcs Armen liegt. Während sie in einer halben Stunde der Fernsehnation von ihrem neuen Buch erzählen wird. Davon, wie es einer Frau gelingt, endlich Mr. Right zu finden. Natürlich wird sie vor Charme sprühen. Gleichzeitig aber die Aura einer Lebenserfahrenen um sich aufbauen. Einer

Frau, der man vertrauen kann. Die ihre Leserinnen an die Hand zu nehmen in der Lage ist, um sie durch die Unbilden des Lebens zu führen.

Am Ende der Sendung wird sich diese kleine Moderatoren-Micky-Maus bei ihr bedanken für das interessante Gespräch, die E-Mail-Accounts des Senders werden von begeisterten Mails überquellen, die Telefonleitungen heißlaufen. Und noch bevor sie in Berlin wieder aus dem Taxi steigt, wird ihr Sam Schneider vermelden, dass die Verkaufszahlen des Buches schon jetzt rekordverdächtig seien. Und sie wird mutterseelenallein in ihrer Wohnung sitzen und eine Flasche Champagner aufmachen. Und ihre Großherzigkeit Dora gegenüber verfluchen. Die eigentlich an ihrer Seite zu sein hätte, um den Erfolg ihrer Mutter gebührend mit ihr zu feiern.

Aber gut, dieses Opfer wird sich in der Zukunft bezahlt machen. Wenn Dora erst Marc geheiratet hat. Und ihre Träume von einem eigenen Restaurant endgültig begraben hat. Denn darin ist sie sich mit ihrem künftigen Schwiegersohn absolut einig: Nach der Hochzeit wird Dora nichts anderes tun als davor auch. Sie wird weiterhin Helena managen. Und ansonsten für ihren Ehemann da sein. Und für die Kinder, die die beiden bald bekommen werden. Okay, das mit den Kindern steht nicht unbedingt auf Helenas Prioritätenliste ganz oben. Damit können die beiden durchaus noch zwei bis zehn Jahre warten. Denn als Oma sieht sie sich nun wirklich nicht. Aber wenn es Dora glücklich macht, dann ist sie natürlich bereit, sie zu unterstützen. Sie muss sich ja nicht unentwegt als Babysitterin für die Bälger einspannen lassen. Dora würde das auch nie von ihr verlangen.

Ob sie sie vor der Sendung noch einmal anrufen soll? Hören, wie es so läuft auf Sardinien?

Sie greift zu ihrem Handy. Und zuckt zusammen, als es genau in dem Moment klingelt, da sie zu wählen beginnt.

»Hallo, Mutter. Ich wollte nur hören, ob du gut in Mainz angekommen bist, und dir Glück für die Sendung wünschen«, hört sie Dora sagen. Helena ist gerührt. Das ist ihre Tochter. Egal wo sie ist, egal mit wem sie wo ist, sie denkt an ihre Mutter.

»Hallo, mein Liebes. Ja, hier ist alles wunderbar. Ich muss jetzt gleich ins Studio. Sag mir nur schnell, wie es dir geht.«

»Du sollst jetzt nicht an mich denken. Konzentrier dich auf die Sendung.«

»Ja, das tue ich. Natürlich. Aber du weißt doch, wenn ich das Gefühl haben muss, dass bei dir nicht alles in Ordnung ist, bin ich immer ziemlich flatterig. Sag mir wenigstens, dass ihr schönes Wetter habt. Und dass du deinen Urlaub genießt.«

Dora steht am Rand des mit blaugoldenen Mosaiken ausgelegten Pools und würde am liebsten ihr Handy in den Fluten versenken.

Sie kann sich einfach nicht vorstellen, dass ihre Mutter mit Marcs Auftauchen auf Sardinien nichts zu tun hat. Sie fragt sich immer noch, ob Helena gewusst hat, dass Jochen auch auf der Insel ist. Und ob sie es Marc gesteckt hat.

Aber würde sich Marc auf so ein durchsichtiges Spiel einlassen?

»Hab ich dir eigentlich schon gesagt, dass Jochen auch hier ist?«

»Jochen?« Helena hat das Gefühl, einen Herzinfarkt zu bekommen. Jochen ist auf Sardinien? In Hubertus' Haus? Zusammen mit Dora? Wie kam das denn? Und wieso hat Dora ihr nichts davon gesagt? Wie gut, dass sie Marc dazu überreden konnte, zu Dora nach Sardinien zu fliegen. Nicht auszudenken, was geschehen wäre, wenn er das nicht getan hätte.

»Was du nicht sagst, Liebes«, zirpt sie ins Telefon. Die Selbstbeherrschung in Person. »Mein Gott, das muss ja schrecklich unangenehm für dich sein. Ich hoffe, er bedrängt dich nicht.«

»Ich wünschte, er würde es tun.« Dora würde sich nie die Blöße geben und diesen Satz laut sagen. Genauso wenig wie sie ihre Enttäuschung darüber, dass Jochen von Marc nicht verlangt hat, dass er das Feld räumt, irgendjemandem gestehen wird. Außer Leo.

»Nein, das ist gar kein Problem. Mach dir keine Gedanken, mir geht es wirklich gut.«

Mit dieser Lüge und einem toi, toi, toi verabschiedet sie ihre Mutter. Wissend, dass diese nicht aufhören wird, darüber zu grübeln, wie sie die Fäden weiter in der Hand halten kann. Aber das ist ihr jetzt egal. Sie hat keine Lust, sich auch noch Gedanken über ihre Mutter zu machen. Ist alles schon schwierig genug, was hier gerade passiert.

Ich hasse diese Stimmung. Wenn sich meine Leute aus dem Weg gehen. Sich nicht ansehen. Und schon gar nicht miteinander reden. Wieso ist sie nicht einfach mit Jochen weggefahren?

Ach Dora, meine Dora, gerade warst du noch so sicher. Und so glücklich.

Was für eine absurde Situation. Eine Frau, zwei Männer, ein Hund. Unter diesem ultrablauen Himmel, in diesem herrlichen Garten, der, sonst von unablässig schwirrendem Vogelgezwitscher erfüllt, nun plötzlich in eisiger Stille daliegt. Die selbst die glühende Hitze nicht zum Schmelzen bringt.

Ein einziges Wort von Dora würde genügen, alles wieder ins Gleichgewicht zu bringen. Oder nein, drei Worte.

»Ich liebe Jochen.« Nichts weiter müsste sie sagen. Klar und deutlich. Einfach nur zu ihren wiedergefundenen Gefühlen für Jochen stehen. Marc zum Teufel jagen.

Im Prinzip weiß Dora ganz genau, was zu tun ist. Und hört sich plötzlich zu Jochen sagen, dass es vielleicht besser wäre, den Ausflug zu verschieben. Weil sie in diesem Moment so ein gruseliger Migräneanfall anfliege. Sie kann es selbst nicht glauben, aber sie greift tatsächlich zu der ältesten aller Frauenausreden. Kopfschmerzen. Ohne Marc und Jochen, die sie beide gleichermaßen fassungslos ansehen, eines weiteren Blickes zu würdigen, geht sie weg.

Ich wünschte, ich wäre tot.

Jochen sieht ihr nach. Ist das tatsächlich wahr, was hier gerade geschieht?

Ich hätte sie mir über die Schulter legen und wegtragen sollen. In dem Moment, in dem Marc das Gelände betreten hat.

Hätte, hätte, Fahrradkette. Er hätte Marc auch niederschlagen können. Oder ihm sagen, dass er seine Finger von Dora lassen soll. Er hätte mit ihm rausschwimmen können, um ihm dann den Kopf so lange unter Wasser zu drücken, bis er nichts mehr sagt. Oder ihm mit einem von Hubertus' Profiküchenmessern ins Herz stechen. Oder er hätte Hubertus' wildäugige Schäferfreunde, bei denen dieser seit vielen Jahren seinen Pecorino zu kaufen pflegt, engagieren können, damit sie Marc entführen und ihn in der Unwegsamkeit der sardischen Macchia aussetzen, auf dass der sich darin auf immer verirre.

Hat er aber alles nicht. Und steht jetzt genauso belämmert da wie sein Widersacher. Vielleicht sollte er einfach abreisen. Sich endlich geschlagen geben. Irgendwie sieht es doch so aus, als hätten er und Dora keine Chance.

Als er seinen Koffer packt, steht Hubertus in der Tür. »Du willst nicht wirklich abreisen? Und diesem Marc das Feld überlassen?«, fragt er spitz.

Jochen sagt, dass er keine Lust mehr habe. Es sei an Dora, sich endlich zu ihm zu bekennen. Und, habe sie das getan? Nein, habe sie nicht. Sie habe den Kopf in den Sand gesteckt und hoffte, dass das alles nicht wahr ist. Ist es aber doch. Und deswegen reise er jetzt ab.

Hubertus lächelt. »Typisch Mann.«

»Bitte?«, sagt Jochen.

»Na ja, ist absolut typisch. Sobald es ein bisschen komplizierter wird, haust du ab.«

»Das sagt gerade der Richtige«, gibt Jochen zurück. »Bist du nicht derjenige, der vor Helena weggelaufen ist?«

»Ja, aber erst nachdem ich zwanzig Jahre um sie gekämpft habe. Das kannst du wirklich nicht vergleichen.« Hubertus nimmt Jochen die Bücher, die er gerade in den Koffer tun will, aus der Hand, klappt den Koffer zu. »Ich würde es mir nicht verzeihen, wenn ich dich jetzt gehen ließe.«

Und so kommt es, dass sich Jochen und Marc und Hubertus an diesem Abend auf der Terrasse wiederfinden und miteinander essen. Und viel zu viel von Hubertus' wunderbarem sardischem Wein trinken, den er Flasche für Flasche aus seinem Weinkeller heranbringt. Vor allem deshalb, weil es der erzwungenen Dreisamkeit der Männer, die das Schicksal in dieser Sommernacht zusammen an einen Tisch gebracht hat, schnell an Gesprächsstoff fehlt. Nachdem sie sich über das herrliche Wetter, die herrliche Nacht, das herrliche Essen und das bedauerliche Fehlen von Dora an ihrem Tisch unterhalten haben. Dieser Abend wird sich in ihre Erinnerung unter der Rubrik »grauenhafte Erlebnisse, denen man besser aus dem Weg gegangen wäre«, einbrennen.

20

Der Hund liegt im Garten. Mitten auf dem gepflegten Rasen unter einem gigantischen Hortensienstrauch, dessen weiße Blütenköpfe wie riesige Schneebälle im leichten Wind schwanken.

Hubertus sitzt auf der Terrasse und wundert sich. Wieso ist Leo nicht bei Dora? Wo er sie doch sonst keinen Augenblick alleine lässt? Aber vermutlich ist der Hund von der Situation genauso genervt wie er. Das ist doch alles vollkommen absurd. Da haben sich Dora und Jochen endlich wiedergefunden, und prompt steht dieser Marc auf dem Plan.

Zugegeben, er ist ein interessanter Mann. Gut erzogen, hervorragend angezogen – die geflochtenen sandfarbenen Schuhe hätte Hubertus selbst gern gehabt – und allem Anschein nach auch sehr gebildet. Kein Wunder, dass Helena ihn gern als Schwiegersohn hätte. Aber ist er wirklich der Richtige für Dora? Leo jedenfalls kann ihn nicht leiden. Hubertus grinst, als er daran denkt, dass er Leo heute Morgen im letzten Moment einen dieser teuren Schuhe entwinden konnte, mit dem sich dieser gerade in Richtung Meer davonmachen wollte. Und jetzt liegt er auf der Wiese und sieht aus, als könnte er kein Wässerchen trüben. Tiefenentspannt träumt er wahrscheinlich von besseren Zeiten. Oder von einem herrlichen Essen. Als würde ihn das hier alles nichts angehen.

Ich darf nicht einschlafen! Ich darf nicht einschlafen! Ich darf nicht einschlafen!

Menno, so ein Wachhund-Job ist so was von anstrengend. Aber wenn ich nicht aufpasse, wo sich jede Figur dieses unseligen Dreiecks befindet, kommt es zur Katastrophe. Ich muss verhindern, dass sich Dora und Marc zusammen davonstehlen. Und … Ach, keine Ahnung, was sie dann machen werden. Auf jeden Fall nichts, was in meinem Sinn wäre.

Ich weiß doch, wie so was geht. Marc wird den Leidenden raushängen lassen, der seine geliebte Dora auf keinen Fall verlieren will. Er wird ihr ein schlechtes Gewissen machen, weil sie sein Vertrauen missbraucht hat. Er wird ihr sagen, dass er ohne sie nicht leben kann. Dass sie dabei ist, ihre wundervolle Zukunft zu zerstören. Und Dora, das Schaf, wird ein schlechtes Gewissen bekommen. Und wohin das führt, weiß ich bei ihr ganz genau.

Sie ist einfach viel zu gut für diese Welt. Ich hätte nie gedacht, dass ich ihr mal wenigstens ein kleines Stück von Helenas Skrupellosigkeit wünschen würde. Aber heute ist genau das angebracht.

Dora sitzt am Fenster ihres Zimmers. Und wünscht sich weit weg. Okay, sie könnte ihren Koffer packen, den Hund nehmen und abhauen. Sollen die Männer doch sehen, wie sie zurechtkommen. Super Plan. Feiger geht's nimmer. Ich bin doch schuld, dass wir jetzt jeder in einer Ecke sitzen und keiner mit dem anderen redet. Ich ganz allein bin schuld. Ich hätte Jochen sofort wegschicken sollen, als er vor mir stand.

Sie seufzt auf. Was macht er überhaupt? Ich habe ihn den ganzen Morgen noch nicht gesehen. Wahrscheinlich verflucht er seinen Entschluss, hierherzukommen, längst. Sie weiß, dass es allein sie ist, die eine Entscheidung treffen muss. Dass es geradezu gemein ist, den Kopf in den Sand zu stecken und zu hoffen, dass sich alles von selbst löst. Und wenn ich Marc sage, dass alles nur ein Irrtum war? Dass ich nie aufgehört habe, Jochen zu lieben? Aber verdammt, er hat ja nichts falsch gemacht. Darf sie ihn so verletzen? Sie haben es doch auch gut zusammen. Er ist aufmerksam und liebenswürdig. Er trägt sie auf Händen. Aber Leo mag ihn nicht! Doch soll sie die Entscheidung, mit wem sie leben will, von ihrem Hund abhängig machen? Wenn sie das jemandem erzählen würde, würde er sie auslachen. Sie weiß, dass niemand ihr helfen kann. Nicht einmal ihr Hund.

Als sie auf die Terrasse geht, ist es ihr, als würde sie von jemandem beobachtet. Leo kann es nicht sein. Er hat die Augen geschlossen. Sein Bauch hebt und senkt sich rhythmisch im Schlaf. Schon komisch, wie er da mitten im Garten liegt, als ginge ihn das Ganze nichts an.

Marc wandert am Strand entlang. Die weiße Leinenhose bis zu den Knien hochgekrempelt, die Schuhe in der Hand, schlendert er seit Stunden in der Bucht auf und ab.

Was für ein herrlicher Ort das ist. Wie gut man es hier haben könnte. Entspannt im Schatten liegen und den Wellen zusehen. Einen Drink neben sich. Und Dora! Mache ich mich hier eigentlich zum Narren? Indem ich einer Frau nachlaufe, die einen anderen liebt? Aber Helena hat doch gesagt, dass es vorbei ist mit diesem Jochen. Dass Dora möglicherweise ein schlechtes Gewissen ihm gegenüber hat, weil sie im Gegensatz zu ihm schon wieder in einer festen Beziehung ist.

Und was ein schlechtes Gewissen anrichten kann, das ist ihm durchaus bekannt. In seiner Praxis begegnen ihm immer wieder Patienten, die sich vor lauter schlechtem Gewissen – weil sie ihren Partner verlassen haben oder weil sie das Geld der Familie durchgebracht haben oder auch nur weil sie ein Auto beim Parken angefahren und sich aus dem Staub gemacht haben – in Krankheiten geflüchtet haben. Vielleicht muss er ein wenig Geduld mit ihr haben. Sie auf keinen Fall unter Druck setzen. Vielleicht muss er Verständnis für ihre Situation aufbringen. Ihr Luft lassen. Dann wird sie schon erkennen, wer der Richtige für sie ist.

Wenn man es genau betrachtet, liegt es doch auf der Hand, dass dieser Blumenhändler zu einer Frau von Doras Format gar nicht passen kann. Ob er zu ihr gehen und ihr sagen soll, dass er abreist? Dass er sich sicher sei, dass sie wisse, was sie tun müsse. Oder soll er abwarten, bis dieser Jochen begreift, dass er hier nichts verloren hat, und seinerseits das Handtuch wirft?

Leo ist im Bruchteil einer Sekunde auf den Beinen, als er aus halb geschlossenen Augen sieht, dass Dora durch den Garten zu dem kleinen Gästehaus geht, in dem Jochen untergebracht ist. Er trabt los. Wo sie hingeht, wird auch er hingehen.

Dora kann sich ein Lächeln nicht verkneifen, als Leo neben ihr auftaucht und wie selbstverständlich neben ihr hertrippelt. Sie weiß, dass ihm gefallen wird, was jetzt gleich passiert. Leo wird begeistert sein, wenn er begreift, dass sie sich für Jochen entschieden hat.

Ja! Plötzlich ist ihr ganz leicht ums Herz. Sie weiß endlich, zu wem sie gehört. Mit wem sie ihre Tage, ihre Nächte, ihr Leben verbringen will. Sie fragt sich, wie sie je hat daran zweifeln können.

»Tut mir leid, dass unser Plan nicht aufgegangen ist, mein Lieber«, sagt Hubertus zu Jochen.

»Muss es nicht. Du kannst ja nichts dafür«, erwidert Jochen.

»Ich war mir so sicher, dass zwischen euch alles wieder ins Lot kommt, wenn ihr nur endlich mal die Gelegenheit habt, miteinander zu reden. Und Zeit zu verbringen. Und jetzt das.« Hubertus zieht an seinem Zigarillo und starrt aufs Meer.

Jochen schließt seine Reisetasche. Nach der weinseligen Nacht hat er nun doch beschlossen, nach Hause zu fahren. Es bringt nichts, hierzubleiben. Vor allem nicht, weil Dora sich immer noch in ihrem Zimmer verkriecht. Und anscheinend nicht das geringste Interesse hat, dieses Beziehungsknäuel zu entwirren.

»Kannst du mir ein Taxi rufen? Mein Flieger geht in zwei Stunden.«

»Bist du sicher, dass du das tun willst? Du kannst sie doch nicht kampflos Helenas Schwiegersohntraum überlassen.« Hubertus will ihn nicht gehen lassen.

Jochen sieht ihn nachdenklich an. Sagt bitter: »Weißt du, als du da plötzlich an Doras Telefon warst und gesagt hast, dass sie hier ist … Das war wie ein Wink des Himmels.«

»Es war Schicksal, Junge. Du willst sie anrufen. Hast mich am Apparat. So was ist ein Zeichen.«

»Jetzt hör aber auf. Ich glaube nicht an Zeichen. Das ist was für Mädchen«, gibt Jochen verzweifelt zurück.

»Ist doch egal. Ich hab dich hergelotst, weil ich mir sicher war, dass es richtig für euch ist. Und du bist gekommen, weil du noch eine Chance wolltest. Und bis zu Marcs Auftauchen hast du sie ja auch gut genutzt.«

Dora, eben noch entschlossen, Jochen ein für alle Mal in die Arme zu fallen, glaubt ihren Ohren nicht zu trauen, als sie am Gästehaus ankommt. Das ist nicht wahr! Hubertus und Jochen haben sie belogen. Und manipuliert. Sie reißt die Tür auf, schießt ins Zimmer. Vor Wut sprühend.

»So war das also? Ein abgekartetes Spiel? Es war gar nicht Schicksal oder Zufall, dass Jochen hier aufgetaucht ist?«

Die beiden Männer zucken zusammen, als sie Dora sehen.

»Warte, Dora, das ist ein Miss…«

Sie lässt Jochen nicht zu Wort kommen und dreht sich zu Hubertus. »Du hast den Kuppler gespielt, Hubertus? Du hast gedacht, die dumme Kleine macht einen Fehler und den muss ich verhindern? Und du«, so viel Wut hat Jochen noch nie in Doras Augen gesehen, »du hast mich glauben lassen, dass das alles Zufall ist. Ha! Schicksal! Dass du ausgerechnet in dem Moment hier ankommst, wenn ich auch da bin? Und ich blöde Kuh hab das auch noch geglaubt!«

Dora schiebt den aufgeregten Leo, der, wie um sie zu beruhigen, an ihren Beinen schleckt, von sich. Schreit die Männer an, die vor lauter Überraschung nichts sagen können.

»Was denkt ihr euch eigentlich? Dass ich nicht in der Lage bin, eigene Entscheidungen zu treffen? Dass man mich belügen muss, damit ich keinen Blödsinn mache? Ihr seid das Letzte! Alle beide!«

Sie dreht sich um. Will nur weg.

»Moment, Dora, jetzt warte doch mal. Das ist alles ein Missverständnis«, fleht Jochen.

»Ach ja? Was soll es daran misszuverstehen geben? Ihr habt mir was vorgemacht!« Sie muss hier weg. Sie will nichts mehr hören.

»Mein Gott, Kind, ich dachte eben, dass ihr noch eine Chance braucht. Du und Jochen.« Hubertus will ihr alles erklären.

»Sag nicht ›Kind‹ zu mir. Ich bin eine erwachsene Frau, die weiß, was sie tut.«

Sie kann gar nicht so laut schreien, wie sie wütend ist. Ausgerechnet Hubertus! Dem sie mehr als jedem anderen in ihrem Leben vertraut hat. Ausgerechnet er wollte über ihren Kopf hinweg darüber entscheiden, was gut für sie ist.

»Du hättest mit mir reden müssen. Du hättest mich fragen müssen, ob ich Jochen sehen will.«

Aber du hättest Nein gesagt, Schäfchen. Du hättest gesagt, dass Hubertus sich aus deinem Leben raushalten solle. Aber manchmal geht das nicht. Wenn man jemanden liebt zum Beispiel. Kein Mensch und auch kein Hund kann einfach so zusehen, wie sein allergeliebtestes Wesen in sein Unglück rennt.

Verdammte Katzenkacke! Männer, ihr müsst ihr doch klarmachen können, dass es vollkommen wurst ist, wer wann wieso wo ist. Das Wichtigste ist doch, dass sie gespürt hat, dass sie nur Jochen liebt. Sagt ihr das. Wozu habt ihr eure Sprache? Unentwegt redet ihr dummes Zeug daher. Den ganzen Tag lang. Und manchmal auch Nächte durch. Und jetzt fällt euch nicht ein, wie ihr sie besänftigen könnt?

»Warte Dora, lauf nicht weg.« Jochen greift nach Doras Arm.

Sie faucht ihn an. »Lass sofort meinen Arm los.«

Jochen kann sich nicht erinnern, dass er Dora jemals so außer sich gesehen hat. Wie dunkel ihre Augen plötzlich sind. Und wie starr ihr Gesichtsausdruck.

»Bitte, Dora. Hör mir zu. Du hast es doch auch gespürt. Wir sind uns so nah gewesen. Du wolltest sogar ohne Leo mit mir wegfahren. Was du sonst nie tust. Das hat doch etwas zu bedeuten!«

»Ja! Das hat etwas zu bedeuten! Dass ich Idiotin auf

euer Spiel reingefallen bin. Habt ihr das alles vorher schon geplant? Das Essen, das Schwimmen? Wahrscheinlich habt ihr sogar Leo dazu gebracht, mitzuspielen. Von allein schwimmt der doch nie in die Nacht hinaus. Und wahrscheinlich hast du auch nur so getan, als würde er ertrinken, damit ich dir dankbar bin! Weil du ihm das Leben gerettet hast.« Sie spuckt ihre Erkenntnisse in den Raum, dreht sich endgültig um und geht durch den Garten davon.

Leo wirft Hubertus und Jochen einen vorwurfsvollen Blick zu und spurtet ihr nach. Er kracht in ihre Beine, als sie unverhofft doch noch mal stehen bleibt. Sie atmet tief durch. Und dreht sich zu den beiden, die ihr schuldbewusst nachsehen, um.

»Ich sag euch mal was. Eigentlich muss ich euch ja dankbar sein. Durch euer doofes Spiel ist mir nämlich eins klar geworden. Was ich an Marc habe. Der lügt mich nicht an. Der sagt, was er denkt. Der kommt hierher, weil er mich sehen will. Weil er mich liebt. So, wie ich bin. Und deswegen liebe ich ihn auch.«

Hilfe! Mein Herz bleibt stehen, ich krieg keine Luft mehr! Dora! Bist du endgültig verrückt geworden?

Ohne ein weiteres Wort und einen weiteren Blick geht Dora die Holztreppe hinunter zum Strand. Mit einem Mal ist alles klar: Sie gehört zu Marc! Dem einzigen Menschen in ihrer Umgebung, der sie nicht manipuliert.

Zum ersten Mal in seinem Leben folgt Leo seinem Frauchen nicht. Er bleibt an der obersten Treppenstufe sitzen. Beobachtet, wie Dora über den Strand zu Marc läuft. Er muss nicht hören, was sie ihm sagt. Er weiß es auch so.

Und dann wendet er sich ab. Trottet mit hängenden Ohren und eingeklemmtem Schwanz davon. Sein Herz ist schwer. Er hat verloren. Sein Kampf um Doras Glück ist vorbei.

TEIL IV

Alles, was zählt

21

And the winner is … Helena Liebig.

Der Blick, den Helena ihrem Spiegelbild an diesem Morgen zuwirft, ist höchst zufrieden. Was nicht nur an dem neuen aquamarinfarbenen Seidenkleid liegt, zu dem sie ihre geliebten Smaragdohrringe und Sommerstiefel in der gleichen schillernden Meerfarbe trägt. Auch nicht daran, dass Moritz ihre Haare gestern mit einem perfekten Schnitt und unglaublich natürlich wirkender Farbe in den kurzen goldenen Helm verwandelt hat, der sie gleichermaßen jung und elegant aussehen lässt. Sondern vor allem daran, dass sie es geschafft hat. Dass nun alles genau so ist, wie sie es sich gewünscht hat.

Sie lächelt der schönen Frau im Spiegel triumphierend zu. So sieht eine Siegerin aus. Die Mutter, die alles getan hat, damit ihre Tochter endgültig in dem Leben angekommen ist, das das Richtige für sie ist. Natürlich profitiert auch sie, Helena, davon, dass Dora Marcs Heiratsantrag angenommen hat. Aber das ist nicht so wichtig. Es geht vor allem um Doras Glück. Um nichts anderes.

Sie zieht die verblüffte Dora, die gerade an ihrem Küchentisch steht, um die fünfzig roten Rosen, die Marc ihr gestern überreicht hat, zu kürzen, in ihre Arme.

»Na, Liebes. Wie fühlst du dich heute? So als Verlobte?«

»Entschuldigung, was denkst du denn? Ich fühle mich nicht anders als gestern, Mutter.« Dora entwindet sich den Armen ihrer Mutter und stellt die Rosen in eine Vase.

»Jetzt komm, mir kannst du es doch sagen ... Du warst doch auch überwältigt davon, wie romantisch dein Marc sein kann.«

Okay, Marc hat wirklich das volle Programm abgezogen. Einladung ins französische Edellokal. Der Prachtstrauß aus roten Rosen. Der Verlobungsring von Tiffany, ein schlicht wirkender Einkaräter im Baguetteschliff, auf einem schmalen Platinring sitzend. Sogar zu einem Kniefall hat er sich hinreißen lassen. Herz, was willst du mehr?

»Richtig süß war das. Du bekommst einen absolut wundervollen Mann, mein Liebes«, beglückwünscht sie ihre Tochter.

»Und du einen vorzeigbaren Schwiegersohn.«

Dora sieht ihre Mutter nicht an, die vor ihrem Schreibtisch auf und ab geht. Das Sonnenlicht bricht sich funkelnd im Stein ihres Verlobungsrings, der immer noch ein bisschen fremd auf ihrem Finger prangt. Ein kleineres Exemplar hätte es auch getan. Sie hätte sogar Ja gesagt, wenn Marc gar keinen Ring gehabt hätte. Weil er der Richtige ist. Okay, diese ganze Heiratsantragssache ... das ist schon echt crazy gewesen. Mitten im »Vau« vor allen Leuten auf die Knie zu gehen. Und nicht nur sie, sondern auch ihre Mutter um ihre Hand zu bitten.

»Ein bisschen peinlich war's schon.«

»Jetzt hör auf, dich zu beschweren. Andere Frauen wären froh, wenn sie einen Mann, der so einen Sinn für Romantik hat, bekommen würden.«

Helena versteht ihre Tochter nicht. Wie kann sie so eine Szene peinlich finden? Aber egal. Er hat gefragt. Sie hat Ja gesagt. Alles andere ist egal.

»*Mütter und Töchter*, von Helena und Dora Liebig? Mutter! Was soll das?«

Dora sieht Helena fragend an. Die reißt Dora den Vertrag aus der Hand, den diese gerade aus einem Briefumschlag mit der Absenderadresse des Verlags gezogen hat. Starrt darauf. Und sieht Dora zufrieden an.

»Wunderbar. Da ist er ja. Hast du gesehen, was sie als Vorschuss zahlen wollen?«

»Hallo. Ich hab dir gesagt, dass ich das nicht machen will.«

»Ach, komm schon. Nur ein Kapitelchen. Oder zwei. Das ist so toll für die PR. Die Leute werden uns das Buch aus den Händen reißen.«

Dora schäumt innerlich. Was hat ihre Mutter da eigentlich nicht mitbekommen? Dora hat ihr klipp und klar gesagt, dass sie an diesem Buch nicht mehr mitarbeiten wird. Dass sie überhaupt nicht mehr für sie tätig sein wird. Sobald Sergio eine neue Location für sein Lokal gefunden hat, wird sie ausschließlich für ihn arbeiten. Was ist daran nicht zu verstehen? Wieso will Helena das nicht akzeptieren? Sie denkt tatsächlich, dass ich weiter für sie schreiben werde. Und dann auch noch ein Buch über Mütter und Töchter. Weil wir ja so ein tolles Gespann sind. Hilfe! Ich will das nicht. Ich will mich nicht mehr für sie schinden. Ich will endlich nur noch das tun, was mir Spaß macht und was mir wichtig ist.

»Was ist eigentlich mit dem Hund los?«

Dora sieht zu Leo hin, der schlapp auf seinem Kissen liegt. Die Augen geschlossen. Nicht einmal als Helena das Zimmer betreten hat, hat er den Kopf gehoben. Geschweige denn sein gewohntes Knurren hören lassen.

»Ich meine ja nur. Er knurrt mich nicht mehr an. Er reagiert ja nicht mal, wenn ich hereinkomme. Ist er krank?« Helena wirkt wirklich besorgt.

»Ach, weißt du«, lügt Dora ihre Mutter an, »Hunde haben halt auch mal so ihre Tage. Wo sie zu nichts Lust haben. Das kennst du doch von dir.«

»Netter Vergleich. Vielen Dank. Aber du wirst schon recht haben, du kennst deinen Hund besser als ich. Nun denn, ich will nicht über den Hund reden, sondern über eure Hochzeit. Ich dachte, das dritte Wochenende im September wäre ein schöner Termin.« Sie geht auf ihrem Handy auf den Kalender. Sieht Dora fragend an.

Tja. Jetzt geht's also ums Heiraten. Keine Ahnung, wie eine sensible Seele wie ich damit umgehen soll, dass der wichtigste Mensch in meinem Leben sich nicht davon abhalten lässt, einen verdammt beschissenen Fehler zu machen.

Ich habe alles versucht. Echt alles. Und sie hat nichts begriffen. Wie können Menschen nur solche fatalen Fehler machen? Sehenden Auges in ihr Unglück rennen? Klar, es war echt ungeschickt von Jochen, dass er nicht gleich gesagt hat, dass er nur wegen ihr auf die Insel gekommen ist. Ehrliche Mädchen wie Dora hassen das Gefühl, dass man mit ihnen spielt. Ihnen was vormacht. Jochen hätte das wissen müssen. Und jetzt haben wir den Kladderadatsch.

Sie tut, was sie glaubt, tun zu müssen. Und ich bin zum Zuschauen verdammt. Ich, der Macher! Soll jetzt tatenlos zusehen, wie mein Frauchen unglücklich wird. Und ich mit ihr.

Denn so viel ist klar: Ein Hund kann nur glücklich sein, wenn sein Mensch glücklich ist.

So leicht, wie Dora es ihrer Mutter vormacht, nimmt sie Leos Zustand, der nun schon seit Tagen andauert, wirklich nicht. Sie hat ihn von der Tierärztin ihres Vertrauens, Dr. Suse Peymann, durchchecken lassen. Körperlich sei er absolut fit, hat die gesagt.

»Hat sich vielleicht irgendwas Entscheidendes in seinem Leben geändert in der letzten Zeit?«

Suse Peymann hat Dora durchdringend aus ihren schönen braunen Augen angesehen. Und Dora ist rot geworden unter ihrem forschenden Blick. Denn natürlich hat sich etwas geändert. Und natürlich kann sie sich vorstellen, dass Leo das nicht akzeptieren kann. Aber soll sie ihre Pläne von ihrem Hund abhängig machen? Ihre Hochzeit absagen, weil Leo nicht mit Marc zurechtkommt?

»Ach ja, die Terrier«, hat Suse Peymann gelacht, »tun nach außen so, als hätten sie vor nichts in der Welt Angst. Und in ihrem Inneren sind sie ganz sensible Seelchen.«

»Und was soll ich jetzt tun?«, hat Dora gefragt. Und sich gewünscht, dass es Antidepressiva für Hunde gebe. Doch so einfach war das alles nicht.

»Sie müssen Ihrem Hund vermitteln, dass er weiterhin wichtig für Sie ist, auch wenn Sie heiraten. Er darf nicht das Gefühl haben, an den Rand geschoben zu werden. Widmen Sie sich ihm. Schenken Sie ihm viel Aufmerksamkeit. Dann wird er irgendwann begreifen, dass, egal mit wem Sie zusammen sind, sich für ihn nichts ändern wird.«

Und seitdem ist Dora jeden Tag eine Stunde länger mit Leo draußen gewesen. Hat ihm neue Bälle gekauft – die er auf der Stelle in einem Fuchsbau oder einem dichten Gebüsch versteckt hat. Hat ihn mit seinem Lieblingsessen verwöhnt. Doch geholfen hat es nicht. Leo ist nach wie vor depressiv.

»Heute Mittag machen wir einen langen Spaziergang im Tegeler Forst. Hörst du, Leo? Nur wir zwei. Du darfst sogar ohne Leine rennen.«

Früher ist der Hund beim Stichwort »Tegeler Forst« aufgesprungen, hat sie mit glänzenden Augen angesehen, den Schwanz hoch aufgerichtet, hat am ganzen Körper vor ungeduldiger Vorfreude vibriert. Früher! Heute hebt er nicht einmal den Kopf. Bleibt einfach auf seinem Kissen liegen, als hätte er die Ankündigung nicht gehört. Dora kniet sich zu ihm, schnuffelt an seinem Fell.

»Jetzt komm schon, Leolieb, das wird super. Wir werden echt viel Spaß haben.«

Ohren kraulen, Leckerli anbieten, die fette Katze werfen. Es hilft alles nichts. Leo hat sich in die Schmollecke zurückgezogen. Und sie hat langsam keine Ideen mehr, wie sie ihn jemals wieder daraus hervorlocken könnte.

Jochens erster Impuls nach dem Sardinien-Desaster war, sich in Sabines Arme zu werfen. Was er auch getan hat. Essen, Trinken, Kino, jede Menge Sex. Und es ist gut gewesen. Eigentlich. Aber uneigentlich hat er das Gefühl nicht abstreifen können, dass das, was er mit dieser tollen Frau veranstaltet, nichts anderes ist als ein Versuch, sich davon abzulenken, dass er gerade die Niederlage seines Lebens erlitten hat. Er ist so irre wütend! Auf Dora. Die ihn einfach abserviert hat. Auf Hubertus, der ihn dazu verführt hat, auf die Insel zu kommen. Und auf sich! Auf den GröDaZ! Den größten Deppen aller Zeiten.

Was ist denn nur in ihn gefahren? Es ist doch nicht die erste Trennung seines Lebens gewesen! Wieso kann er sich nicht einfach damit abfinden, dass Dora und er verschiedene Wege gehen? Was doch ganz normal ist. Menschen finden sich, lieben sich, merken, dass sie nicht zusammenpassen, entlieben sich. Der ganz normale Gang der Dinge. Schmerzhaft zwar am Ende. Aber nichts Außergewöhnliches. Wie viele seine Freunde haben sich getrennt – einige mit gruseligen Schlammschlachten – und doch nach einer kurzen Zeit der Desorientierung und der Trauer in ihr Leben zurückgefunden. Weitergemacht. Und sich schließlich neu verliebt. Manche sogar endlich in die Richtige. Nur er kann anscheinend nicht loslassen. Hat die Hoffnung auf ein Leben mit Dora nicht aufgegeben. Hat sein schmerzendes Herz die Führung übernehmen lassen. Und ist prompt so was von auf die Schnauze gefallen.

»Eine aufgewärmte Liebe bringt kein Glück.« Er erinnert sich an den Spruch seiner Großmutter Else. Die hat sich, nachdem ihr Mann sich nach dreiunddreißig Jahren Ehe von ihr getrennt hat, doch noch einmal auf ihn eingelassen, als er nach einem halben Jahr winselnd vor der Tür stand. Weil die neue junge Frau, in die er sich verliebt hat, nach ein paar Monaten beschlossen hat, es doch lieber mit einem Jüngeren zu versuchen. Oma Else hat ihrem Mann verziehen. Hat ihn wieder an ihren Tisch und in ihr Bett gelassen. Und dann ziemlich schnell gemerkt, dass sie das gar nicht wollte. Sie hat diesen Mann, der nur bei ihr blieb, weil sich nichts Besseres bot, einfach nicht mehr gewollt. Hat nicht die zweite Wahl sein wollen. Nicht der sichere Hafen, in den er immer wieder zurückzukommen versuchen würde, sobald sein Schiff im Sturm in Seenot geraten war. Und sie hat ihn weggeschickt. Ist lieber allein geblieben. Hat sich nicht von den düsteren Voraussagen ihres Mannes und ihrer Kinder, die ihr ein einsames, trauriges Leben ausmalten, bange machen lassen. Und hat bis an ihr Lebensende ein fröhliches, aktives Leben gelebt. Mal mit, mal ohne einen Kerl an ihrer Seite. Aber in jeder Sekunde selbstbestimmt. Und erfüllt.

So hätte er es machen müssen. Nicht darauf warten, dass Dora ihren Neuen bald satthaben und zu ihm zurückkehren würde. Nicht hoffen, dass irgendwann alles wieder so sein würde wie früher. Denn »früher«, das ist vorbei. Das lässt sich nicht mehr heraufholen aus der Vergangenheit, selbst wenn er es wollte. Hätte er nur mal auf seine Oma Else gehört.

Aber okay, er hat diese Ohrfeige, die er sich von Dora

am Ende geholt hat, wohl gebraucht. Um einzusehen, dass es wirklich und endgültig vorbei ist.

Und überhaupt, Sabine ist eine super Frau. Schick und attraktiv. Selbstbewusst. Humorvoll. Sexy. Und mit Contessa hat er sich inzwischen auch angefreundet. Was will er mehr? Dass ihre Welt, in der sie als erfolgreiche Unternehmensberaterin herumfliegt, nicht unbedingt die seine ist und es wohl auch nie werden wird, muss kein Hinderungsgrund sein für eine befriedigende Beziehung. Also ist im Prinzip alles gut.

»Probleme?« Sandra sieht von dem Maiglöckchenschaum auf, den sie gerade zu einem kleinen, runden Brautstrauß bindet.

»Nö, wieso? Alles gut«, sagt Jochen, ohne sie anzusehen.

»Ich dachte nur, weil du so geseufzt hast.«

Er spürt den durchdringenden Blick ihrer schwarz umrandeten Augen auf sich.

»Ich hab nicht geseufzt. Das war … ich hatte was im Hals … ein Räusperer.«

Sandra widmet sich der hellblauen Satinschleife, die sie um das Sträußchen windet. Und grinst. »Okay, wenn du das so sehen willst. Von mir aus. Ich hab mir den Mund fusselig genug geredet.«

Sie hat ihn in den Tagen, nachdem er aus Sardinien zurückgekommen ist und so gänzlich derangiert gewirkt hat, einen Feigling gescholten, der ohne zu kämpfen seinem Widersacher das Feld geräumt hat. Hat ihm an den Kopf geworfen, dass sich Männer früher, wenn es um ihre Liebste ging, in die Rüstung geworfen und den Gegner zum Zweikampf aufgefordert haben. Und hat am Ende, als klar war, dass Jochen sich nun wahrhaftig mit dieser Mitte-Tussi Sabine verbandelt, das Handtuch geworfen.

Man kann nun mal niemanden zu seinem Glück zwingen.

»Wie geht es eigentlich Leo?«

Klar, dass sie ihm doch noch einen Stich ins Herz versetzen muss. Und sie weiß auch genau, wie. Jochen hat ihr zwar kategorisch verboten, noch einmal den Namen Dora in den Mund zu nehmen. Aber das auf Leo auszudehnen, war ihm nicht in den Sinn gekommen. Dabei muss er sich zwingen, nicht an seinen kleinen Freund zu denken.

»Keine Ahnung. Wird ihm schon gut gehen.« Er versucht das Gespräch zu beenden. Versucht den Eindruck zu erwecken, dass der Hund schon lang nicht mehr im Fokus seines Interesses sei.

»Hab ich dir gesagt, dass Moritz mich gebeten hat, den Salon mit Blumen zu bestücken?«, versucht er Sandra abzulenken. »Ich hab mit ihm ausgemacht, dass wir zweimal die Woche neue Sträuße liefern. Und für die Bepflanzung seiner Blumenkübel werde ich ihm ein Konzept ausarbeiten.«

»Du weißt aber schon, dass Hunde leiden, wenn ihnen die Bezugspersonen abhandenkommen. Manche hören sogar auf zu fressen. Und verhungern.« Sandra lässt ihn so schnell nicht aus.

»Ich bin nicht Leos Bezugsperson, verdammt noch mal. Dora wird sich schon um ihn kümmern.«

»Er wird es dir nie verzeihen, dass du einfach so aus seinem Leben verschwunden bist.«

Kann es sein, dass sie ahnt, dass er jede zweite Nacht von Leo träumt? Dass er den Hund winselnd vor dem geschlossenen Blumenladen stehen sieht. Dass er keuchend aufwacht, weil Leo in seinem Traum vor ein Auto rennt. Und jämmerlich auf der Straße verblutet. Er kann es nun mal nicht ändern, verdammt noch mal! Oder soll er etwa

Dora fragen, ob er Leo besuchen darf? Wie lächerlich wäre das denn? Mal ganz abgesehen davon, dass Dora ihm kein Besuchsrecht bei Leo zugestehen würde. Vermutlich würde sie sein Ansinnen als Versuch werten, sich wieder in ihr Leben zu drängen. Und eine weitere Abfuhr, die wird er sich nun wirklich nicht holen. Was genug ist, ist genug. Und damit basta! Die Frau in seinem Leben heißt nun Sabine. Und der Hund Contessa.

Leo trottet an der langen Leine hinter Helena her. Über den Gendarmenmarkt, hinein ins Luxuskaufhaus, in dem sich Helena gefühlte zwei Stunden von der Kosmetikerin ihres Vertrauens beraten lässt. Ein Häppchen essen beim Edel-Italiener, wo sich der Wirt geradezu überschwänglich nach Helena und diesem »süßen kleinen Kerl«, den sie bei sich hat, erkundigt. Schließlich die Friedrichstraße hinunter, wo sie an jedem Schaufenster stehen bleibt.

Nein, ich werde nicht jammern. Ein Hund wie ich erkennt, wenn er sich geschlagen geben muss! Wer weiß, vielleicht können die Menschen gar nicht glücklich sein. Weil, dazu braucht es ja schon eine Menge Mut. Ja, Mut!

Ein Leben, in dem man sich tagtäglich über irgendwas beschweren kann, sich aufregen kann, über Falschparker und die Idioten, die sich im Supermarkt vordrängen, über verlorene Schlüssel oder verlorene Weltmeisterschaften, über korrupte Politiker oder Lektoren und Chefs, die einen piesacken, scheint viel interessanter zu sein als ein Leben, in dem alles gut ist. Weil man sich dann nicht mit den wirklich wichtigen Dingen beschäftigen muss.

Ist doch so. Glück kann träge machen. Kann sogar langweilig sein. So wie immer nur Sonne am knallblauen Himmel einen lähmen kann. Vielleicht ist der Mensch ja nicht dafür geschaf-

fen, es einfach nur gut zu haben. Vielleicht fühlt er sich besser, wenn er unzufrieden ist. Wenn er etwas hat, das er erreichen will, obwohl es unerreichbar ist. Träume, von denen er weiß, dass sie sich nie erfüllen werden, in denen er sich aber verlieren kann.

Ach, keine Ahnung! Die menschliche Psyche ist mir viel zu kompliziert. Ich als Hund könnte den Rest meines Lebens in einer himmelrosa Glückswolke schweben. Und würde gar nichts vermissen.

Helena dreht sich ungeduldig nach dem Hund um. Wieso hat sie sich nur darauf eingelassen, ihn auszuführen? Okay, sie hat Dora versprochen, sie nach Kräften bei den Hochzeitsvorbereitungen zu unterstützen. Aber dass ihre Tochter ihr den Hund aufs Auge gedrückt hat. Nur weil sie ihn nicht in die verschiedenen Kirchen, die es zu besichtigen gilt, mitnehmen kann … Okay, auch das wird bald ein Ende haben.

Sie erstarrt. Das kann doch nicht wahr sein. Dieser unmögliche Hund hat tatsächlich mitten auf die spiegelnden Granitfliesen vor ihrer Lieblingsboutique einen Haufen gesetzt.

Hat Dora ihr nicht immer wieder versichert, dass dieser Hund derartig rücksichtsvoll sei, dass er sein großes Geschäft *immer* tief in irgendwelchen Gebüschen verrichtet, sodass der Gebrauch der Tüte niemals nötig sei? Helena starrt angewidert auf den Haufen. Ihr erster Impuls ist, einfach schnell weiterzugehen. So zu tun, als hätte die stinkende Hinterlassenschaft nichts mit ihr und dem Hund am Ende der Leine zu tun.

»Sie machen das aber schon weg.« Die Stimme der Passantin mit der riesigen Karstadt-Tüte klingt schrill in ihren Ohren.

Helena fischt die blaue Plastiktüte aus ihrer Tasche

und wedelt damit zornig vor der Nase der empörten Frau herum. »Kümmern Sie sich gefälligst um Ihre eigenen Angelegenheiten.«

So weit ist es also gekommen, dass sie vor allen Leuten in die Knie geht und Hundescheiße vom Pflaster kratzt. Und sich von irgendwelchen wildfremden Ordnungsfanatikern sagen lassen muss, was sie zu tun habe. Sie ist einfach zu gut für diese Welt.

Schade, dass ich keinen Durchfall habe. Das würde dir noch viel mehr gefallen, du alte Hexe.

Leo überlegt gerade, wie er sein Verdauungssystem durcheinanderbringen könnte. Vielleicht sollte er Helenas Bodylotion leer trinken. Oder die Kirschen klauen, mit denen Marc Dora seit Wochen überschüttet, nur weil sie ihm einmal gesagt hat, dass sie als Kind so gerne Kirschen gegessen hat. Leo liebt die roten Früchte noch mehr als Dora, hält sich aber zurück, seit er einmal mit Blaulicht in die Klinik gebracht werden musste, weil die Kirschen, die er pfundweise in sich hineingeschlungen hat, seinen Magen-Darm-Trakt so durcheinandergebracht haben, dass es vorne und hinten nur so aus ihm herausgeschossen ist und er in kürzester Zeit völlig dehydriert das Bewusstsein verloren hat. Die zwei Tage in der Klinik, in denen sie ihn, in eine trostlose Hundebox gezwängt, an einen Tropf gehängt haben, zählen zum Schlimmsten, was ihm je passiert ist. Zwei Tage ohne Dora, in einem Raum ohne Tageslicht, in dem kranke Hunde dicht an dicht in ihren Einzelboxen steckten und mehr oder weniger um ihr Leben kämpften, vor sich hin wimmerten oder apathisch dalagen, als hätten sie mit ihrem Leben abgeschlossen. Nie zuvor oder danach hat er sich so verloren gefühlt.

Will er das wirklich auf sich nehmen, nur um Helena zu strafen?

»He, Lady. So ein Zufall. Hab schon überlegt, ob ich dir mal einen Besuch abstatten kann.«

Leo ist wie elektrisiert. Diese Stimme! Er kennt diese Stimme. Und diesen Geruch. Den kennt er auch. Seine Haare stellen sich auf. Ein tiefes Knurren formt sich in seinem Bauch.

»Ich weiß nicht, was Sie von mir wollen. Ich kenne Sie nicht.«

Helena, die gerade mit ausgestrecktem Arm und angehaltenem Atem die Hundetüte in einen übervollen Mülleimer stopft, lässt den ausgemergelten jungen Mann mit den ungewaschenen Haaren und den zerrissenen Jeans stehen und zerrt Leo über die Straße. Obwohl die Ampel rot ist.

»Nicht so schnell, Lady.« Der Junge hastet ihr nach.

»Lassen Sie mich in Ruhe. Oder ich rufe die Polizei.«

Helenas Schritte werden immer eiliger. Sie zerrt Leo hinter sich her.

Was ist das denn? Helena kennt diesen Kerl? Den Kerl, der mich entführt hat. Und im See versenken wollte?

»Ich brauch Geld«, zischt der Junge Helena an, die inzwischen fast rennt.

»Wenn du willst, bringe ich ihn dieses Mal noch weiter weg. Hätt echt nicht gedacht, dass er wieder nach Hause findet. Ich mein, das waren mindestens hundert Kilometer. Ich könnte auch versuchen, ihn zu verkaufen.« Der dürre Junge weicht nicht von ihrer Seite.

Ha! Ich hab's gewusst. Du warst es also doch, du alte Hexe! Du hast diesen ungewaschenen Junkie beauftragt, mich zu entsorgen! Hast du ihm aufgetragen, dass er mich umbringen soll? Hast du ihm gesagt, dass er mich ertränken soll? Du böses, böses Weib. Aber damit hast du nicht gerechnet, dass mich so schnell nichts umbringt, was?

Verdammt, wenn ich an das Theater denke, das du veranstaltet hast, als ich wieder aufgetaucht bin. Die Freude, die du zur Schau gestellt hast. Geflötet, was du dir für Sorgen um mich gemacht hast. Alles nur Show!

»Ich kann natürlich auch zu deiner Tochter gehen. Und ihr sagen, was ich mit ihrem Hund getan habe. Und wie viel Geld du mir dafür gegeben hast.« Der Junge hält Helena am Arm fest und redet ganz leise in ihr Ohr.

Sie hätte es wissen müssen! Wie hat sie nur so naiv sein können, einem Junkie zu trauen?

»Wie viel willst du?«, fragt sie kurz angebunden.

»Fünfhundert. Wie beim letzten Mal.«

Fünfhundert Euro? Mehr war es dir nicht wert, mich loszuwerden? Das ist ja echt kränkend.

Leo und der Junkie beobachten Helena gespannt, wie sie aus ihrer Louis-Vuitton-Geldbörse ein Bündel Fünfzigeuroscheine holt.

»So. Und jetzt lass mich in Ruhe. Wenn du es wagen solltest, mich noch einmal zu belästigen, werde ich dich der Polizei übergeben.«

Sie reißt so heftig an der Leine, dass Leo einen Moment lang denkt, sein Hirn würde implodieren, und winkt nach einem Taxi.

»Moment mal, das sind nur vierhundertfünfzig«, sagt

der Junge, nachdem er die Scheine schnell durchgezählt hat.

»Mehr hab ich nicht dabei.«

»Ich hab fünfhundert gesagt. Glaubst du, du kannst mich bescheißen?« Seine trüben Augen blitzen für einen Moment auf.

»He! Hallo! Kennen Sie diese Frau? Das ist Helena Liebig. Stellen Sie sich vor, sie hat mir Geld gegeben ...« Der Junge tanzt auf dem Bürgersteig herum, hält Passanten am Arm fest und deutet auf Helena, die sich zum ersten Mal in ihrem Leben wünscht, keine Aufmerksamkeit zu erregen.

»Da.« Sie drückt ihm einen weiteren Schein in die schmutzige Hand.

Er hört sofort auf mit seiner Show.

»Muchas graçias, grazie mille, thanks a lot. You made my day.«

Mit einem frechen Grinsen und einer dramatischen Geste verbeugt er sich vor Helena und hüpft auf seinen dünnen Beinen davon wie ein Schulkind, das von seinem Opa Geld für ein neues Computerspiel bekommen hat.

22

Dora staunt, als Leo ihr an diesem Abend fröhlich, mit hoch erhobenem, vor Energie bebendem Schwanz, entgegengerannt kommt. Um sie herumhüpft wie eine kleine Ziege, ihr die fette Katze vor die Füße legt und dabei in höchsten Glückstönen zirpt.

»Kannst du mir mal verraten, was du mit dem Hund gemacht hast?«, fragt sie Helena verblüfft.

Die zuckt erschrocken zusammen. Hat der Junkie sie etwa doch verraten?

»Du glaubst hoffentlich nicht jedem dahergelaufenen Junkie. Du weißt schon, dass die sich in ihrem kranken Hirn die abenteuerlichsten Geschichten ausdenken«, sagt sie hastig.

»Ich hab zwar keine Ahnung, von wem du redest, aber du hast sicher recht.« Dora sieht Helena nachdenklich an.

Manchmal ist ihre Mutter wirklich ein bisschen merkwürdig. Muss sie sich Sorgen machen? Kann es sein, dass das der Anfang von Alzheimer ist?

Dora erklärt ihrer Mutter ausführlich, dass sie eigentlich nur wissen wolle, wieso Leo plötzlich wie ausgewechselt ist. »Er ist wieder der Alte. Egal wie du das hingekriegt hast, vielen Dank auf jeden Fall.«

»Ach, das meinst du?«, sagt Helena erleichtert. »Na ja, wir hatten einen netten Nachmittag. Ich war mit ihm auf der Hundewiese, wo er stundenlang rumgeschnüffelt hat. Sogar ein Kaninchen hat er gejagt. Aber es Gott sei Dank nicht erwischt.«

Sie versucht Leo zu ignorieren, der auf der Türschwelle liegt und sie durchdringend aus seinen braunen Augen fixiert.

Wie kann man seiner einzigen Tochter nur derart ins Gesicht lügen?

Aber okay, wer einen Mord in Auftrag gibt, dem ist alles zuzutrauen. Du bist genauso schlimm, du alte Hexe, wie eine gemeine Mörderin! Aber nicht wahr, das hast du nicht erwartet? Dass die Begegnung mit der Wahrheit über meine Entführung alle Lebensgeister in mir wecken würde. Ha! Mein Kampfgeist ist zurück! Ich werde dem Leben die Stirn bieten.

Ich habe zwar keine Ahnung, ob ich Dora überzeugen kann, dass sie den Falschen heiraten wird. Aber – und das ist das Allerwichtigste – ich bin wieder an ihrer Seite. Und ich werde tun, was ich kann, um sie vor Schmerz und Enttäuschung zu bewahren.

»Leo, mein Allerliebstes, du hast ja keine Ahnung, wie froh ich bin, dass du wieder der Alte bist. Ich weiß zwar nicht, was passiert ist. Aber das ist auch egal. Hauptsache, wir haben uns wieder.«

Dora ist mindestens so glücklich wie ihr Hund, der selig auf dem Rücken neben ihr liegt, die Beine in den Himmel gestreckt. Ihre Hand auf seinem Bauch, ihre wunderliebe Stimme, ihr Duft, ihr Geschmack auf seiner unentwegt schleckenden Zunge. Yes, it's magic! Wenn es doch nie aufhören würde.

Klar, dass das Telefon die Idylle stört. Klar, dass sie rangeht. Und klar, dass ihre Stimme diesen süßlichen Ton annimmt, den sie in letzter Zeit immer hat, wenn sie mit Marc telefoniert.

Wieso musst du wie ein kleines Mädchen klingen, wenn du mit ihm telefonierst. Ich hasse das! Ich kann das nicht aushalten, das bist doch nicht du. Das ist vielleicht die Stimme der Frau, die du sein willst. Die du aber hundertpro nicht bist.

Okay, okay, ich will nicht mehr mosern. Kein Gehadere mit dem Unabänderlichen.

Aber bitte, Dora, mein Dörchen, kannst du bitte wieder normal reden?

»Nein, heute Abend geht es wirklich nicht. Ich hab so viel zu tun.«

Dora schiebt Leo, der sich immer enger an sie drückt, ein Stückchen weg von sich und steht auf. Jedes Mal, wenn sie sich beim Telefonieren nicht wohlfühlt, muss sie in der Wohnung herumwandern. Wieso kann sie Marc nicht einfach sagen, dass sie nur aus einem einzigen Grund zu Hause bleiben will? Weil sie den Abend mit Leo genießen will. Mit ihm auf dem Sofa kuscheln. Pizza essen. Cola trinken. Einen Julia-Roberts-Film gucken. Ganz gemütlich. Nur sie und Leo. So, wie sie es früher immer gemacht haben. In der Vor-Marc-Zeit.

Obwohl … Eigentlich ist sie da die meiste Zeit auch nicht mit Leo allein gewesen. Da hat es Jochen gegeben. Mit dem sie zu dritt gekuschelt haben. Links sie, rechts Jochen und in der Mitte Leo, wie der freche Hans aus dem Spatzengedicht. Ach, ist das gemütlich gewesen! So gemütlich ist es mit Marc nie. Sie seufzt leise auf. Dafür hat Marc andere Qualitäten. Man kann nicht alles haben.

Und ja, genau, Marc zeigt sich wie immer verständnisvoll. Ist nicht beleidigt. Fühlt sich nicht zurückgestoßen, im Gegenteil, er fragt sie sogar, ob er ihr irgendwie helfen könne.

Was helfen? Wobei denn?

Na ja, sie habe doch so viel zu tun. Habe sie gerade gesagt. Er könne gerne was für sie kochen.

Darauf muss man auch erst mal kommen. Einer Köchin anzubieten, etwas für sie zu kochen. Süß ist das. Dennoch:

»Du bist ein Schatz. Aber danke. Ich habe alles, was ich brauche.«

Ja, ja, ja. Du hast mich. Und damit alles, was du brauchst. Verstehst du das endlich? Du brauchst ihn nicht.

»Ich meine, ich habe alles, was ich heute Abend brauche«, verbessert sich Dora schnell.

Mist, wieso fühlt sie sich so komisch? Weil sie Marc anlügt? Weil sie sich wirklich freut, mal wieder einen Abend ohne ihn zu sein? Weil es nicht stimmt, wenn sie sagt, dass sie ihn jetzt schon vermisse. Menno, man wird ja wohl mal was ohne den Mann machen dürfen, den man liebt. Sie hat doch ein eigenes Leben.

Plötzlich wird ihr klar, dass sie, seit sie mit Marc aus Sardinien zurückgekommen ist, keinen Abend ohne ihn verbracht hat. Natürlich, sie haben viel zu bereden in diesen Nächten, wenn sie nach der Liebe zufrieden nebeneinander in seinem Bett liegen. Über die Hochzeit vor allem. Und über die Hochzeitsreise. Und darüber, wo sie dann wohnen werden. Ein Thema, das auch Helena heftig beschäftigt.

»Natürlich werdet ihr hier wohnen«, hat sie spontan gesagt, als Marc ganz arglos beim gemeinsamen Essen erwähnte, er hoffe, dass Dora sich in seiner Wohnung wohlfühlen werde.

Wenn es nach Helena ginge, würde Marc seine tolle Wohnung aufgeben und mit in ihr Haus ziehen. Zu Dora und ihr. Sie hat sogar vorgeschlagen, das Dach auszubauen und sich dorthin zurückzuziehen, damit die jungen Leute genug Platz hätten. Und Marc, der so stolz ist auf sein großzügiges Domizil in der Torstraße, auf den Dachpool, den Doorman, der über die Hausbewohner wacht, was hat er getan? Er hat spontan gesagt, dass er das für eine wunderbare Idee halte.

»Dir ist schon klar, dass du dann mit meiner Mutter unter einem Dach wohnst? Bist du sicher, dass du das willst?«, hat Dora Marc an diesem Abend gefragt.

»Na klar, wieso denn nicht? Ich mag Helena. Und du kommst doch auch prima mit ihr aus. Das wird echt spitze.«

»Aber wir werden nie allein sein! Sie wird uns in alles reinreden!«

Dora ist unruhig durch Marcs Wohnung gewandert. Von einem der großen Fenster zum anderen. Von der Terrasse ins Bad, vom Schlafzimmer ins Gästezimmer. Ins zweite Bad, ins Büro. Klar, diese Wohnung ist eigentlich zu groß für zwei Leute.

Kann eine Wohnung überhaupt zu groß sein? Ist Platz nicht was irre Tolles? Und vielleicht würden sie ja auch mal Kinder haben.

»Und wenn wir dann Kinder haben, haben wir die Babysitterin direkt im Haus«, hat Marc ihre Gedanken unterbrochen.

Ihre Mutter als Babysitterin? Dora hat den Lachanfall, der sie zu erschüttern drohte, gerade noch unterdrücken können. Oma Helena! Die Babys mit Spinatbrei füttert, sie badet, ihnen etwas vorliest? Windeln wechselt! Was für eine groteske Idee. Sie hat ja schon Schwierigkeiten, sich vorzustellen, dass sich ihre Mutter damals um ihr eigenes Baby gekümmert hat.

»Ich will dich ja nicht deiner Illusionen berauben, aber

meine Mutter hat keinen Draht zu Kindern. Sie kann mit ihnen nichts anfangen.«

Marc hat sie wieder zu sich ins Bett geholt. »So ein Blödsinn. Sie hat selbst ein Kind großgezogen. Und das ist ganz wunderbar geraten. Sie wird eine ganz tolle Oma sein.«

Wie süß er ist! Will nur das Positive sehen! Dora hat beschlossen, das Thema Wohnung erst mal zu vertagen.

So schnell wird er seine Wohnung gar nicht loskriegen. Also werden sie erst mal heiraten. Und dann weitersehen! Wie hat Scarlett O'Hara so schön gesagt? »Morgen ist auch noch ein Tag.«

»Oh Gott, ist das gut … Ich liebe dich … Ich liebe dich, Dora.«

Das ist nicht möglich. Das hat er gerade nicht getan. Es kann nicht sein, dass er »Dora« sagt, wenn er mit Sabine schläft. Er hat es bestimmt nur gedacht. Ja, schlimm genug. Aber nicht so schlimm, wie wenn sie es wirklich gehört hätte.

»Hast du gerade ›Dora‹ gesagt?«

Sabine steht schon vor dem Bett und starrt auf ihn herunter. Nackt. Verschwitzt. Schön. Und unglaublich wütend. Neben ihr knurrt Contessa zur Unterstützung.

Sein Hemd fliegt ihm ins Gesicht. Seine Unterwäsche. Seine Jeans.

»Mach, dass du wegkommst.« Ihre Stimme ist ganz ruhig. Ganz leise. Ganz gefasst.

Sie dreht sich um, wendet ihm ihre unglaublich hübsche Rückseite zu und verschwindet im Bad. Contessa bleibt vor dem Bett stehen und starrt ihn leise knurrend an.

»Sabine! Jetzt warte doch mal«, ruft Jochen hinter ihr her.

Aus dem Bett springen, zum Bad über seine und ihre

Schuhe, die sie in der Eile und der Gier aufeinander im Zimmer verstreut haben, als sie nach dem Kino geradezu übereinander hergefallen sind, stolpern, feststellen, dass die Tür verschlossen ist – mehr als fünf Sekunden braucht er dazu nicht.

»Mach auf, Sabine. Rede mit mir. Du musst da was falsch verstanden haben.« Er hämmert an die Tür.

»Was ist an ›Dora‹ falsch zu verstehen?«, kommt es durch die geschlossene Tür.

»Ich hab nicht ›Dora‹ gesagt. Vielleicht ›oha‹ oder ›oh ja‹. Verdammt, sei nicht albern. Lass mich rein.«

Ihre Stimme hat Gletscherqualität, und ihr Blick stünde jeder Eiskönigin gut zu Gesicht, als sie die Tür öffnet. Selbst der eisblaue Kimono passt perfekt zu diesem Auftritt.

»Du hast den Namen deiner Exfreundin gestöhnt, als du in mir drin warst. Und ich ziehe die Konsequenzen. Was, bitte, soll daran albern sein?«

»Gott, Sabine, wir sind doch erwachsene Leute. Man schmeißt doch eine Beziehung nicht einfach so hin, nur weil einer sich mal verplappert hat«, bittet er.

»Regel Nummer eins für jede Frau: Lass dich nie auf einen Mann ein, der die Trennung von seiner Ex nicht verarbeitet hat. Ich war blöd genug, die Regel zu missachten. Weil ich gedacht habe, ich krieg's schon hin, dass du sie vergisst. Falsch gedacht. Keine kann so was hinkriegen.«

»Aber es hat doch bis jetzt ganz gut geklappt mit uns. Und falls ich wirklich Doras Namen gesagt habe ... Ich sage ausdrücklich ›falls‹ ... dann gibt's dafür eine Erklärung. Meine Güte, ich war vier Jahre mit ihr zusammen. Wir haben tausende Male miteinander geschlafen, da kann es doch mal passieren, dass im Hirn was durcheinanderkommt. Ich bitte dich, nimm das doch nicht so ernst.«

Er erklärt. Er fleht. Er bettelt. Nackt vor der Badezimmertür seiner Geliebten stehend, die sie nur eine Handbreit aufhält. Hinter ihm spürt er den Atem der Pudeldame an seinem Gesäß. Hört ihr sehr leises Grollen.

»Dein Hirn bringt mich mit deiner Ex durcheinander? Mag ja sein. Aber ich sag dir was, darauf habe ich keine Lust«, zischt sie ihn an.

»Es wird nicht wieder vorkommen«, verspricht er und merkt selbst, wie arm das klingt.

»Da hast du recht. Und weißt du, warum? Weil du jetzt gehst. Und nicht mehr wiederkommst.«

Für eine Sekunde verschwindet sie im Innern des Bads, dann wird durch den Türspalt seine grüngelbe Zahnbürste herausgereicht, das Schuppenshampoo und das Aftershave, das sie ihm vor kurzem von einer Dienstreise aus Avignon mitgebracht hat. Dann schließt sich die Tür hinter ihr.

Und er steht da. Nackt. Seine Habseligkeiten an die Brust gedrückt. Beobachtet von Contessas goldbraunen Augen. Irrt er sich, oder ist die Zuneigung, die sie in den letzten Wochen zu ihm aufgebaut hat, in diesem Moment in mikrofeinen Staub zerstoben?

»Ciao, amore, ich bin's, Sergio. Ich habe großartige Neuigkeiten.«

Jacke, Schlüssel, Handy, Hundeleine, Hund. Dora rennt aus dem Haus.

»Wo willst du denn hin?«, fragt Helena und kann Dora gerade noch ausweichen, die ihr im Treppenhaus entgegenkommt.

»Ich habe alle Hochzeitskataloge mitgebracht, die ich finden konnte. Wir müssen langsam mal entscheiden, was du anziehen willst.«

»Sorry, keine Zeit.«

Dora drängt sich an Helena vorbei. Die Hochzeit ist ihr in diesem Moment so was von egal.

»Ich werd schon ein Kleid finden. Kann ja nicht so schwer sein«, ruft sie über die Schulter und rennt davon.

Leo rast hinter Dora her. Und versäumt es nicht, in dem Moment, als er die verblüffte Helena passiert, kurz an ihren Beinen hochzuspringen und ihr dabei mit seinen Krallen ein Loch in die superteuren Seidenstrümpfe zu reißen. Denn natürlich trägt Helene nur Seide. Von einem kleinen französischen Hersteller, der ein Vermögen für seine Kreationen verlangt.

Sorry, es ist einfach so über mich gekommen. Ich hab mich halt so gefreut, dich zu sehen. Wenn du wüsstest, wo wir hinwollen! Wenn du wüsstest, wer gerade angerufen hat! Auch wenn du es nicht wahrhaben willst, es gibt Dinge im Universum, die passieren einfach. Ohne dass du es verhindern kannst.

Helenas Gehirn läuft auf Hochtouren, als sie Dora nachsieht, die, Leo in den Lenkradkorb gepackt, eilig auf ihrem alten Hollandrad davonfährt. Sie wird doch nicht Jochen treffen?

Das kann eigentlich nicht sein. Sie hat ihn in den letzten Wochen kein einziges Mal gesehen. Die Anrufe, die in der ersten Zeit nach Sardinien noch kamen, hat sie alle weggedrückt. Ihre Blumen kaufen sie inzwischen in dem Lädchen *Tausendschön*, das von zwei wirklich reizenden jungen Frauen geführt wird.

»Du siehst schon Gespenster.«

Helena schenkt sich ihren üblichen Whiskey ein, um ihr Herz zu beruhigen. Wäre ja noch schöner, wenn Dora praktisch auf den letzten Metern schwach werden würde. Wahrscheinlich hat sie es nur so eilig gehabt, weil der Hund dringend rausmuss.

»Ich werde erst wieder ruhig werden, wenn sie vor dem Traualtar das entscheidende Wort gesagt hat.«

Helena hat zu oft in ihrem Leben erlebt, wie schnell Dinge sich ändern können, als dass sie nicht wie ein Seismograph auf jede Art von Stimmungsschwankungen bei ihren Mitmenschen reagieren würde. Sie greift zum Telefon.

»Hallo, Marc, ich bin's. Helena. Ich wollte nur fragen, wann wir uns an die Gästeliste setzen können.«

Vielleicht weiß ja Marc, wo Dora so dringend hinmuss, mitten am Tag. Marc, dieser wunderbare Mann, der in Zukunft auch in ihrem Leben eine wichtige Rolle spielen wird.

Sie freut sich auf die Abende mit ihm, an denen er ihr erzählen wird, wie sehr er sie als Schauspielerin bewundert. An denen sie ihn mit Geschichten von Dreharbeiten unterhalten wird. Mit Klatsch und Tratsch aus der Welt des schönen Scheins, der sie so lange angehört hat. Schon bei ihrem ersten Auftritt in seiner Praxis, damals, als ihr ein Hühnerauge am kleinen Zeh so sehr zu schaffen gemacht hat, dass sie keinen Schritt mehr gehen konnte, ohne die irrsten Schmerzen zu haben, hat er ihr gestanden, dass er alle ihre Filme gesehen hat, die meisten sogar zwei- oder dreimal. Und dass sie für ihn lange Zeit das schönste Gesicht des deutschen Films gewesen sei.

Obwohl Helena wie jeder Mensch für Schmeicheleien empfänglich, im Gegensatz zu vielen anderen aber durchaus in der Lage ist, die Spreu vom Weizen zu trennen, hat sie einen Moment lang nicht gewusst, ob er es ernst meint. Oder ob er sie nur dazu bringen wollte, ihren langjährigen Arzt Dr. Basil Handke, der zu diesem Zeitpunkt, für sie vollkommen unverständlich, einfach Urlaub gemacht hat, für immer zu verlassen. Doch als Marc dann mitten in der Nacht, als sie vor lauter Schmerzen kein Auge zutun konnte, ohne zu zögern einen Hausbesuch gemacht hat, unter dem Arm einen Stapel DVDs ihrer Filme, die er sich unbedingt signieren lassen wollte, war es um sie geschehen gewesen. Und der junge, attraktive Allgemeinarzt Dr. Marc Bergmann war zu ihrem Leibarzt aufgestiegen. Das war doch mal ein ganz anderes Kaliber Mann als dieser Blumenhändler. An den sie sich eigentlich geschworen hat, nie mehr zu denken.

»Es ist unglaublich nett von dir, dass du dir die Zeit für die Gästelisten nehmen willst. Wenn's dir recht ist, komme ich gleich heute Abend vorbei«, sagt Marc dankbar.

»Wunderbar. Ich hoffe nur, dass Dora bis dahin zurück ist«, antwortet Helena und hält den Atem an. Jetzt! Wenn er weiß, wo Dora in diesem Moment ist, wird er es sagen!

Erzähl mir, dass sie vorhat, sich nach Brautschuhen umzusehen. Oder nach der passenden Unterwäsche für die Hochzeit. Oder sich eine Band anhört, die auf der Hochzeit spielen wird. Bitte, erzähl mir irgendwas, das mich beruhigt.

»Ach? Sie ist nicht da?«, antwortet Marc arglos.

Verdammter Mist! Kann er nicht besser auf seine Verlobte aufpassen? Helena schäumt innerlich. Muss man denn wirklich alles selbst machen? Dieser Mann hat noch sehr viel zu lernen, wenn das eine glückliche Ehe werden soll. Vor allem, dass Vertrauen zwar die Basis einer jeden guten Beziehung ist, dass Kontrolle das Ganze aber allemal sehr viel leichter macht.

Dora geht fassungslos durch die weiten Räume des Fabriklofts. Dass es so etwas in Berlin überhaupt noch zu pachten gibt! Hohe Decken, raue, unverputzte Wände, ein blanker Betonboden, riesige Industriefenster, die auf der einen Seite auf die Spree hinausgehen und auf der anderen in einen noch ziemlich zugemüllten, aber ausbaufähigen Innenhof.

»Das ist der absolute Wahnsinn«, stößt sie hervor.

»Hab ich es dir nicht gesagt? Dagegen ist die Kneipe am Arkonaplatz eine armselige Klitsche«, antwortet Sergio erleichtert.

Genau diese begeisterte Reaktion hat er sich von Dora erhofft. Was für ein irres Glück, dass die Künstlergemeinschaft, die bislang in diesen Hallen gewirkt hat, sich heillos zerstritten hat und den Mietvertrag, der eigentlich noch fünf Jahre dauern sollte, so schnell wie möglich auflösen will.

»In vier Wochen können wir eröffnen. Und ich sag dir, Dora, wir werden einschlagen wie eine Bombe.«

Dora sieht ihn an.

»In vier Wochen schon? Meinst du nicht, dass du das zu optimistisch siehst? Ich meine, es muss schon noch was getan werden hier. Und dann müssen wir Leute einstellen, Werbung machen, Möbel kaufen, eine Internetseite erstellen.« Dora versucht, vernünftig zu sein.

»Der erste September ist perfekt, bella. Da sind die Leute aus den Ferien zurück. Und freuen sich nach dem Sommer auf was Neues. Wenn wir Glück haben, gibt es noch ein paar laue Nächte, da können wir im Innenhof servieren. Und wenn nicht, werden wir den Kamin anfeuern und …«

»Der Innenhof? Ist dir aufgefallen, wie der aussieht? Wie willst du aus dieser Müllkippe so schnell ein lauschiges Plätzchen machen?«, versucht Dora, Sergios Begeisterung zu bremsen.

»Alles geht, wenn man will. Wir müssen uns halt reinhängen«, antwortet er unbeirrt.

Du wirst ihm jetzt nicht sagen, dass dir das nicht in den Kram passt, weil du deine Hochzeit vorbereiten musst. Du sagst ihm das jetzt nicht!!!

»Oder hast du inzwischen andere Pläne, Dorabella?«

»Nein. Gar nicht«, antwortet sie hastig. »Ich … ich finde das alles unglaublich toll. Und natürlich hast du Recht. Wir werden das hinkriegen.«

Sie besiegeln ihre Pläne mit einem Handschlag und dem Champagner, den Sergio samt Gläsern in einem schicken Kühler dabeihat.

»Auf das ›Da Sergio‹, Dora. Und auf uns. Wir werden das heißeste Team von ganz Berlin sein.«

Als der Champagner kühl ihre Kehle hinunterrinnt, sieht Dora sich in ihrer First-Class-Küche wirbeln, sie sieht Hunderte von Kerzen, die die Strenge des großen Raums konterkarieren und gleichzeitig betonen, sieht zufriedene Gäste an den langen, mit schlichten Tischdecken gedeckten Tischen sitzen. Hört ihr Plaudern und Lachen. Und ihr Lob für die exzellente Köchin. Ihr Traum wird wahr werden. Sie wird endlich genau das tun, was sie schon immer tun wollte.

Und wenn du Glück hast, geliebtes Frauchen, wirst du über diesen tollen neuen Plänen vielleicht sogar vergessen, dass du heiraten willst.

23

»Du wirst das doch nicht zulassen? Als Frau eines Arztes kann sie unmöglich für andere Leute kochen.« Helena beugt sich über den Tisch, auf dem lange Listen mit den Namen der Hochzeitsgäste liegen, zu Marc und sieht ihm eindringlich in die Augen.

Du glaubst doch wohl nicht, dass ich dich nicht hören kann, nur weil du flüsterst. Hunde hören vierzigmal besser als Menschen. Wenn du dich wirklich für meine Spezies interessieren würdest, wüsstest du, dass ich jedes Wort mitkriege, das du in Marcs Ohr träufelst, du alte Giftspritze.

»Aber es ist ihr Lebenstraum. Ich kann ihr schlecht verbieten, endlich das zu tun, was sie schon immer wollte«, sagt Marc, der über Doras Neuigkeit genauso erschüttert ist wie Helena, leise.

Er hat Sergio Primo und seine Restaurantpläne längst vergessen. Oder eher verdrängt. Wieso hat er nur geglaubt, dass sich ein Sternekoch wie Sergio Primo durch einen kleinen Rückschlag davon abhalten lassen würde, seine Träume zu verwirklichen?

»Sie weiß doch überhaupt nicht, was sie will! Das ist dir klar, oder? Sie hat nicht die geringste Ahnung, was für ein Knochenjob es ist, Chefköchin in so einem Nobelrestaurant zu sein«, beschwört Helena ihn.

Sie ist fast ohnmächtig geworden, als Dora ihnen vor

fünf Minuten strahlend erzählt hat, dass Sergio die absolute Traum-Location für sein Restaurant gefunden habe. Manchmal könnte sie dem Schicksal wirklich in den Hintern treten. Für all diese Gemeinheiten, die es immer noch für sie in petto zu haben scheint. Aber sie wäre nicht Helena Liebig, wenn sie sich durch derartige kleine Widrigkeiten aus dem Konzept bringen lassen würde.

»Was habt ihr denn da zu tuscheln, ihr beiden?«

Dora stellt das Tiramisu, das sie aus der Küche geholt hat, auf den Tisch.

»Wir haben nur darüber geredet, was für eine tolle Chance das für dich ist. Und wie sehr wir uns darüber freuen«, lächelt Helena sie an.

Was für eine kühle Lügnerin sie sein kann. Einen Moment lang läuft es Marc kalt den Rücken herunter. Normalerweise widerstrebt es ihm zu lügen. Er ist sein Leben lang ziemlich gut damit gefahren, ehrlich zu sein. Und eigentlich hat er nicht vor, von dieser Linie abzuweichen. Schon gar nicht, wenn es um Dora geht.

»Allerdings …« Er zögert. Soll er das wirklich tun? Der Frau, die er demnächst heiraten wird, den Spaß verderben?

»Ja?« Dora sieht von Marc zu Helena. Und wieder zurück. »Ihr denkt, ich krieg das nicht gebacken wegen der Hochzeit?«

»Ich denke, du kriegst die Hochzeit nicht gebacken wegen des Restaurants.« Verdammt, Helena würde sich am liebsten die Zunge abbeißen. Sie ist doch sonst nicht so unkontrolliert.

Dora starrt Helena an. Sieht zu Marc. Und dann lacht sie auf. »Ihr seid ja süß! Habt ihr noch nie was von Multitasking gehört? Der Tag hat vierundzwanzig Stunden, da werd ich ja wohl so eine kleine Hochzeit und eine Restauranteröffnung unter einen Hut bekommen.«

Sie verteilt das Tiramisu großzügig auf drei Teller. Als sie einen davon Marc reicht, lächelt sie ihn an.

»Mach dir keine Sorgen. Wir werden heiraten. Und falls sich herausstellen sollte, dass das Restaurant doch mehr Power braucht als geplant, dann schieben wir die Hochzeit einfach um einen oder zwei Monate nach hinten.«

»Das kommt überhaupt nicht infrage.« Helenas Stimme ist so schrill, dass es Leo, der, zufrieden die Dinge beobachtend, unter dem Tisch liegt, hochreißt.

»Na ja … Ich meine ja nur … Es gibt nichts Trostloseres als eine Hochzeit im Oktober oder November. Alles grau. Alles nass. Und vielleicht liegt da sogar schon der erste Schnee. Nein, nach hinten zu verschieben ist überhaupt keine Option.«

Leo dehnt und streckt sich.

Na, dir zittern wohl die Knie? Wie mich das freut! Und ich sag dir was, das wird noch viel schlimmer werden! Und wenn du und Marc erst allein mit euren tausend Gästen in der Elisabethkirche steht und Dora nicht erscheint … Ich sag dir, das wird dich umhauen.

Er stupst Dora ans Schienbein. Ein Spaziergang wäre jetzt super. Kopf und Glieder auslüften. Und … vielleicht bei Jochen vorbeigehen und ihm die frohe Botschaft überbringen.

»Geschlossen.«

Jochen seufzt leise, als er das Schild in die Ladentür hängt. Fair ist das seinen Kunden gegenüber nicht, das weiß er. Wenn er wenigstens schreiben würde, wann er wieder aufmacht. Damit sie sich darauf einstellen können. Aber das ist es ja. Er hat keine Ahnung, wann er das nächste Mal in seinem Laden stehen wird. Er weiß ja nicht einmal, ob er noch einmal hierher zurückkehren wird. Egal. Er braucht jetzt dringend eine Auszeit. Rosen, Tulpen, Nelken sollen ihm die nächsten Wochen gestohlen bleiben. Wie überhaupt sein ganzes momentanes Leben.

Komischerweise ist es Sandra gewesen, die ihn aufgefordert hat, mal alles hinter sich zu lassen. Sie, die den Job, den sie neben ihrem Fotografiestudium macht, so dringend braucht, hat ihm ins Gesicht gesehen und alles gewusst. Frauen! Man kann ihnen einfach nichts vormachen!

Ein letzter Blick auf den hölzernen Rollladen, auf den erst vor einer Woche ein Sprayer seine krachbunte Vorstellung von einem Blumenstrauß gesprüht hat, und dann ist er weg. Ciao, Laden. Ciao, Auguststraße. Ciao … Ja … Ciao, Dora und Leo.

»Tja, Pech gehabt, Leo. Keiner da!«

Dora starrt genauso verdrossen auf den heruntergelassenen Rollladen wie Leo.

Was soll das denn? Wieso ist hier niemand? Der Laden ist doch sonst immer offen. Jeden Wochentag. Und sogar den halben Sonntag. Es muss etwas passiert sein. Vielleicht ist Jochen krank? Vielleicht hat er einen Unfall gehabt?

»War ja auch eine Schnapsidee, hierherzukommen.« Dora versucht ihre Enttäuschung in rationale Bahnen zu lenken. Was hat sie sich nur dabei gedacht, als sie sich von Leo in Richtung Auguststraße ziehen ließ? Seit Wochen hat sie diesen Weg auf ihren Spaziergängen sorgsam gemieden. Und irgendwann hat Leo auch aufgehört, wie automatisch in Richtung Jochens Laden zu zerren. Aber irgendwie ist es ihr vorhin so logisch erschienen. An diesem Tag. An dem ihre Zukunft plötzlich so klar vor ihr liegt.

Wie oft hat sie Jochen vorgeschwärmt, wie es sein würde, wenn sie endlich als Köchin arbeiten würde. Und wie oft hat er sie gefragt, warum sie sich nicht endlich daranmacht, eine Stelle in einem guten Restaurant zu finden, statt immer nur darüber zu reden. Sie hat immer wieder Helenas jeweiligen Zustand vorgeschoben, der es verhindert hat, dass sie sie allein ließ.

Aber jetzt! Jetzt ist es geschehen. Sie wird ihren Traum wahr machen. Das muss Jochen unbedingt erfahren!

»Wieso eigentlich? Ihn geht mein Leben nichts mehr an. Wieso will ich, dass er es erfährt?«

Nachdenklich setzt sie sich auf die Stufe vor dem Laden. Leo springt sofort auf ihren Schoß. Obwohl es ihm widerstrebt, still zu sitzen. Viel lieber würde er sich sofort auf die Suche nach Jochen machen.

Ach, mein Dörchen. Was für ein Mist!

Da hast du endlich begriffen, dass es nur einen Menschen gibt, der sich wirklich mit dir freuen würde. Aus ganzem Herzen. Der dich küssen würde. Und loben. Und Champagner auffahren. Weil du endlich der Hexe entkommen bist. Endlich eine eigene Entscheidung getroffen hast. Und in deinem eigenen Leben angekommen bist.

Er spürt Doras Herz klopfen. Und hält ganz still. Was ihm unsagbar schwerfällt. Natürlich! Vielleicht begreift sie es ja gerade. Manchmal muss man den Menschen einfach nur ein bisschen Zeit geben.

Wieso will ich ihm sagen, dass ich es geschafft habe? Ausgerechnet Jochen, mit dem ich nichts mehr zu tun habe? Bin ich sentimental? Oder geht es mir um so was wie Triumph? Vielleicht will sie ja nur, dass Jochen sieht, dass sie nicht die ist, für die er sie gehalten hat. Die, die sich nicht von ihrer Mutter lösen kann, wie er ihr einmal vorgeworfen hat.

»Ist ja auch ganz schön bequem, für die eigene Mutter zu arbeiten«, hat er ihr einmal an den Kopf geknallt. »Musst dich nicht dem Arbeitsmarkt aussetzen. Nicht der Konkurrenz. Kannst dir sicher sein, dass dein Geld jeden Monat kommt.«

Sie ist irre wütend auf ihn gewesen. Wie kann er so was sagen? Und hat doch irgendwo in ihrem Inneren gewusst, dass da mindestens ein Quäntchen Wahrheit dabei war. Aber jetzt ist alles anders. Und verdammt, es wäre einfach wundervoll, wenn Jochen da wäre und sie beglückwünschen würde. Sie in die Arme reißen und herumwirbeln würde. Stolz auf sie wäre. Und sich ganz einfach mit ihr freuen würde. Ohne gleich mit tausend Wenns und Abers daherzukommen.

»Was ist denn hier los? Wieso ist der Laden geschlossen?«

Sabine, im Traumkleid von Lala und den schicksten grüngoldenen High Heels der Stadt, starrt Dora an, als wäre diese verantwortlich für den heruntergelassenen Rollladen.

Wenn sie es nicht weiß, wer dann?, schießt es durch Doras Kopf. Sie steht auf. Mist, dass sie wieder mal in ihren unvermeidlichen Ballerinas unterwegs ist. Sie kommt sich neben Sabines durch die Highheels zusätzlich aufgeputschten eins achtzig noch zwergenhafter vor als sonst. Dass diese Frau, wann immer man ihr begegnet, so unglaublich perfekt aussieht, macht die Sache auch nicht leichter.

Ob sie wohl irgendeinen alten Schlabberpulli im Schrank hat? Und ausgeleierte Jogginghosen? Aber egal, vermutlich sieht sie auch darin aus wie der *Vogue* entsprungen. Es gibt solche Frauen, die können anziehen, was sie wollen, und haben trotzdem diese gewisse lässige Eleganz. Dora gehört nicht zu ihnen. Wenn sie ihre verwaschene Jogginghose anhat, dann sieht sie nicht lässig aus, sondern verlottert, ungewaschen und ungepflegt. Man gebe ihr einen rumpeligen Einkaufswagen in die Hand, und sie kann mit jeder Tütenlady in Berlin mühelos konkurrieren.

Es ist also gar kein Wunder gewesen, dass sich Jochen nach dem Desaster mit ihr auf die schöne Sabine eingelassen hat, über die sie bei Google auch noch erfahren hat, dass sie höchst erfolgreich in der Welt rumtobt. Zielstrebig. Erfolgsorientiert. Kühl. Das sind die Stichworte, die jedem Bericht über sie innewohnen.

»Keine Ahnung. Vielleicht macht er Ferien.«

Dora zuckt die Schultern, als wäre es ihr vollkommen egal, was mit Jochen ist, und schlendert davon. In der Hoffnung, dass Sabine nicht auffällt, wie nervös sie ist.

He! Hast du das gehört? Die Mitte-Tussi weiß auch nicht, was hier los ist. Kannst du mal bitte dein Gehirn einschalten?

Leo stemmt die Beine in den Asphalt. Er will hier nicht weg, bevor er es nicht mit eigenen Ohren gehört hat.

Frag sie! Frag sie endlich, ob sie noch mit Jochen zusammen ist. Okay, ich weiß, so was würdest du nie tun. Aber es ist wichtig! Frag sie schon.

Manchmal macht dieser Hund mich verrückt. Jetzt lässt er sich auch noch auf den Rücken fallen. Weil er ganz genau weiß, dass ich dann nicht weiter an der Leine zerre.

Das hat sie einmal und nie wieder gemacht. Leo ist noch

ein Baby gewesen. Knuddelig und super süß. Aber schon mit seinem eigenen Kopf. Wenn er keine Lust mehr auf Laufen hatte, hat er sich mitten auf dem Weg hingeworfen und toter Hund gespielt. Und Dora in tiefste Verzweiflung ob ihrer wieder mal gescheiterten Erziehungsversuche gestürzt. Ein Mal, ein einziges Mal hat sie dann tatsächlich die Geduld verloren. Und ihn hinter sich hergezerrt. Ein unwilliges Hundebaby. Der Aufruhr, der augenblicklich entstanden ist, hallt ihr heute noch im Kopf nach.

»Was machen Sie denn da? Sie Tierquälerin! Sehen Sie nicht, dass der Kleine nicht mehr kann?« – »Wie kann man nur so brutal sein!« – »Ich ruf den Tierschutz an.« – »Das müsste man mal mit Ihnen machen.« Die Stimmen der Passanten sind vor Empörung in die höchsten Töne der Hysterie gekippt. Menschen sind zusammengelaufen. Haben auf sie gezeigt. Ein dicker Mann hat ihr gar die Leine aus der Hand reißen wollen. Und sie tatsächlich, als sie Leo auf den Arm genommen und die Flucht angetreten hat, an ihrer Manteltasche festgehalten. Weil er, unterstützt von seinen Mitempörern, der Meinung gewesen ist, dass das hier eine Sache für die Polizei sei.

Den roten Wollmantel mit der gewaltsam abgerissenen Tasche hat Dora am nächsten Tag in die Kleidersammlung gegeben! Wissend, dass diese demütigende Situation jedes Mal wieder in ihr hochkommen würde, wenn sie den Mantel auch nur ansähe. Aber sie hat ihre Lektion gelernt. Und Leo hat für den Rest seines Lebens ein wirksames Druckmittel in der Hand.

»Jetzt komm schon. Bitte. Wir wollten noch in den Park.«

Dora bemüht sich, den Hund davon zu überzeugen, dass er seine Beine benutzen und mit ihr gehen soll. Ohne Sabine anzusehen, weiß sie, dass diese das Schauspiel mit einem maliziösen Lächeln auf den Lippen beobachtet.

»Komm jetzt, bitte.«

Er kann mich doch nicht vor der Tussi blamieren!

»Ach, übrigens, falls Sie Jochen sehen sollten... Könnten Sie ihm ausrichten, dass er Contessas Lieblingsleine noch hat?«, sagt diese und wendet sich zum Gehen.

»Sagen Sie ihm das doch selbst«, blafft Dora sie an.

Es gibt Situationen, da muss man blaffen. Auch wenn man sonst der freundlichste Mensch auf Erden ist.

»Würde ich ja. Aber wir haben keinen Kontakt mehr.«

Wenn Leo nicht über eine derart bewundernswürdige Selbstbeherrschung verfügen würde, würde er jetzt vor Begeisterung in den höchsten Tönen schreien. Würde er an Dora hochspringen, sie umtanzen. Sie mit feuchten Küssen bedecken. So aber wirft er ihr nur einen kühlen Hab-ich-dir's-nicht-gesagt-Blick zu und geht tiefenentspannt in die Richtung, die Dora vorgibt.

Wenn das nicht Schicksal ist! Jochen hat sie verlassen! Weil sie die Falsche ist!

Dora, mein Dörchen, ist das Leben nicht wunderschön? Nun müssen wir ihn nur noch finden, und alles wird gut.«

Na und, was bedeutet das schon? Hat er sich eben von ihr getrennt. Wahrscheinlich weil er längst eine andere hat. Eine, die nicht ganz so zickig ist wie die Pudelbesitzerin.

Während sie hinter dem eifrig tippelnden Leo hergeht, der seine »Hinschmeißaktion« längst vergessen zu haben scheint, tanzen Doras Gedanken eine wilde Polka in ihren Hirnwindungen.

Jochens Augen, Jochens Lippen, Jochens Hände, Jochens Stimme. Alles, was sie in den letzten Wochen zwar mühsam, aber letztlich erfolgreich verdrängt hat, ist wieder da. Ihr Herz klopft. Ihre Knie zittern. So heftig, dass sie sich erst mal in das hippe Prinzessinnen-Café setzen muss, in dem unglaublich hübsche Tortenkreationen von unglaublich hübschen, aber legendär langsamen Model-Bedienungen serviert werden. Aber das kommt ihr gerade recht in diesem Moment. Nur keine zusätzliche Hektik! Tief einatmen. Und ausatmen. Und einatmen. Ganz tief. Bis in die kleinen Zehen hinunter. Und dabei an etwas Schönes denken. Sonnenuntergang am Meer. Ganz langsam die Sonne glühend im Wasser versinken lassen. Dem Glanz nachspüren, mit der sie die blaue Oberfläche lila färbt. Dora spürt, wie ihr Herzschlag wieder eine normale Frequenz annimmt. Und schilt sich die blödeste Kuh auf dem Erdball.

Egal, dass Jochen sich von Sabine getrennt hat. Vollkommen egal. Denn wenn es nicht egal gewesen wäre, hätte er sie angerufen. Oder wäre zu ihr gekommen. Hätte sie in sein Auto gepackt. Und wäre mit ihr weggefahren. Egal, ob sie sich gesträubt hätte oder nicht. Aber das hat er nun mal nicht getan. Er hat seinen Laden dichtgemacht und ist verschwunden. Bestimmt wird sie ihn nie mehr wiedersehen. So ist das! Ganz einfach. Ganz klar. Ganz unabänderlich.

24

Wenn das Leben einfach wäre, dann wäre es langweilig. Und wenn der Tag achtundvierzig Stunden hätte, dann wäre das auch nicht genug.

Dora rast durch die Tage, die sich in der Tat als deutlich zu kurz erweisen. Handwerker suchen, Maurer, Schreiner, Elektriker, Installateure, Genehmigungen einholen – mein Gott, wenn einen jemand für die Stunden bezahlen würde, die man dafür auf den unterschiedlichsten Ämtern verbringt. Möbelkataloge wälzen, Herde ausprobieren, Bewerbungsgespräche führen …

Manchmal, wenn sie zwischen zwei Terminen im Stau steht, überlegt sie, ob sie Sergio auch dann zugesagt hätte, wenn sie gewusst hätte, dass er die ganze Arbeit auf ihre Schultern packen würde. Hat er nicht gesagt, dass er auf jeden Fall bis zur Eröffnung in Berlin sein werde? Dass er sofort einen Geschäftsführer einstellen werde, der vor allem die Behördengänge übernimmt? Dass sich Dora um nichts anderes kümmern müsse als um ihre Küche?

Aber sie hat es so gewollt. Und so wird niemand, kein Mensch und schon gar nicht Helena oder Marc, auch nur die leiseste Klage aus Doras Mund hören. Wär ja auch alles gar nicht so furchtbar tragisch, wenn sie nicht nebenbei noch in Brautmodenstudios hetzen, Geschenktische in verschiedenen Edelläden einrichten, Blumenschmuck für Kirche und Restaurant, Essen und Musik und all den Kleinscheiß, der für eine tolle Hochzeit nötig ist, finden müsste.

Marc hat dafür natürlich keine Zeit. So lieb er ist, so sehr ist er auch Macho. Es gibt Männersachen. Und Frauensachen. Hochzeiten gehören für ihn eindeutig zu den Frauensachen.

»Mach du nur. Mir gefällt alles, was dir gefällt«, sagt er ein ums andere Mal. Dieser Spruch hat sie schon früher zur Weißglut gebracht. Weil völlig klar ist, dass der andere keine Lust oder keine Zeit oder beides nicht hat. Um sich dann aber, wenn sie alles entschieden hat, darüber zu mokieren, dass sie Pfingstrosen und keine Hortensien genommen hat, einen Pianisten und keine Harfinistin, französischen statt italienischen Wein, eine Marzipantorte statt ein Mokka-Sahne-Gewölk bestellt hat…

Aber sie wird es ihm zeigen. Und ihrer Mutter. Und überhaupt, der ganzen Welt wird sie zeigen, dass sie alles schaffen kann. Dass sie sich nicht davon beeindrucken lässt, nur weil das schicke Lokal, in dem Helena unbedingt feiern will, kurz nachdem sie eine deftige Anzahlung geleistet haben, pleitegegangen ist. Nicht davon, dass der Pfarrer sich nach dem ersten Brautgespräch als schwul geoutet und seine Gemeinde verlassen hat. Nicht davon, dass das Brautkleid nach der dritten Anprobe fast zwei Nummern zu groß ist, weil sie vor lauter Stress nicht zum Essen kommt. Und auch nicht davon, dass Leo ihr fast jeden Abend, wenn sie ihn von der Hundesitterin, die sie jetzt unbedingt in Anspruch nehmen muss, weil sonst die Gefahr besteht, dass Leo vom Wirbel der Ereignisse einfach verschluckt würde, einen seiner allerübelsten Hundeblicke zuwirft, der vor Vorwürfen und Frustration nur so trieft.

»Ich kann's doch gerade nicht ändern, Leolieb«, sagt sie ein ums andere Mal.

Vor lauter schlechtem Gewissen gestattet sie ihm seit ein paar Wochen, dass er nun jede Nacht von Anfang an in ihrem Bett schlafen darf. Selbst bei der irren Hitze, die Berlin mal wieder in einen unerträglichen Backofen verwandelt, bei der man ohne Weiteres auf den Motorhauben Spiegeleier braten könnte. Was zum Glück niemand macht. Schon die Vorstellung des Geruchs von abertausenden unter freiem Himmel gebratenen Eiern, der sich mit dem typischen Gestank aus den Gullis und den fragwürdigen Duftmischungen verbindet, die entstehen, wenn Schweiß, Deo und Parfum zusammenkommen, bringt Dora zum Würgen.

Auch Leo riecht nach den Tagen im Hundeclub, die er anscheinend vorzugsweise in kühlen Schlammpfuhlen und abgestandenen Pfützen verbringt, nicht gerade appetitlich. Selbst die tägliche Dusche, die er gottergeben mit hängendem Schwanz und Ohren in der Badewanne über sich ergehen lässt, bringt da nicht viel Linderung. Allerdings, wenn Dora nachts unmerklich versucht, von der kleinen, dampfenden Stinkbombe in ihrem Bett wegzurücken, rutscht die prompt hinter ihr her. Bis wieder der Körperkontakt besteht, den Leo für einen ruhigen Schlaf zu brauchen scheint.

Dass das Bett immer seltener auch mit Marc geteilt wird, fällt Dora in dieser spannenden Phase ihres Lebens nicht auf. Und wird von Leo umso erfreuter angenommen.

»Ich will ja nichts sagen, aber du wirkst ziemlich mitgenommen«, begrüßt Helena, die selbstverständlich wie immer absolut perfekt aussieht, sie an diesem Morgen.

Danke, Mutter. Das brauche ich jetzt auch noch!

Dora wirft das Telefon aufs Sofa. Der Anruf bei dem ganz speziellen Maler, den sie nach langem Durchfragen endlich gefunden hat und den Dora, komme und koste es, was es wolle, zu beschäftigen gedenkt, muss warten. Dabei hat ihr der Mann schon in seiner Antwort-Mail geschrieben, dass er zwar sehr gerne das neue Lokal mit seiner ganz speziellen Verputztechnik versehen würde, aber bis auf Weiteres total ausgebucht sei. Das geht Helena nun wirklich nichts an.

»Ich hoffe, es läuft alles glatt mit dem Lokal?«, fragt sie und will es gar nicht wissen.

»Es läuft absolut super«, antwortet Dora und versucht ganz lässig auszusehen.

Nur kein Wort über die Turbulenzen, in denen sie sich gerade befindet. Das wäre bloß Wasser auf Helenas Mühlen, die zwar leiser, aber immer noch deutlich hörbar vor sich hin rattern, dass Dora das mit dem Lokal ja doch nicht schaffen wird.

»Wie schön zu hören. Dann hast du sicher Zeit für die ersten fünfzig Seiten? Sam Schneider will sie nächsten Montag haben«, sagt Helena.

Ich hab nicht mal Zeit, um dir den Hals umzudrehen. Dora starrt ihre Mutter an und beschwört sich innerlich, nicht laut auszusprechen, was sie gerade gedacht hat.

»Was ist mit Rike Weber?«, fragt sie hastig.

»Ach, Kind, die habe ich wieder weggeschickt. Du hättest mal sehen sollen, was sie aus meinen Texten macht. Kein Wort war da mehr von mir, nachdem sie ›drübergegangen‹ ist, wie sie das genannt hat.«

Als ob jemals ein Wort von Helenas Geschreibsel stehen geblieben wäre. Dora seufzt leise.

»Sie hat super Referenzen, und die Probetexte, die sie uns geschickt hat, sind einwandfrei.«

»Wer sagt denn, dass die von ihr sind? Sie kann uns doch irgendwas schicken. Es tut mir ja auch leid, Liebes. Du bist nun mal die Beste«, säuselt Helena unzufrieden.

»Aber ich stehe dir nicht mehr zur Verfügung«, gibt Dora zurück.

Mein Gott, wie lange hat sie gebraucht, bis ihr dieser Satz so leicht und flüssig über die Lippen kommt. Doch die Zeiten haben sich wirklich geändert. Sie steht ihrer Mutter nicht mehr zur Verfügung!

Wieso hat sie ihr das damals nicht einfach verboten? Diesen absoluten Blödsinn, eine Ausbildung als Köchin zu machen. Sie hätte Dora einsperren sollen. Fesseln. Knebeln.

Helena starrt auf die fünfzig Seiten ihres neuen Buches, die Dora überarbeiten sollte. Na ja, so richtig fünfzig Seiten sind es eigentlich nicht. Ein paar Absätze auf einer Seite, Stichworte, locker hingeworfen, auf einigen anderen. Hingekritzelte Diagramme. Links zu psychologischen Ausführungen über alle möglichen Aspekte des Mutter-Tochter-Problems. So eben, wie sie es immer macht. Es kann nicht sein, dass Dora sie im Stich lässt. Ihre begabte Tochter, die auf den Punkt schreiben kann. Kurz und knackig. Witzig und dennoch emotional. Sie ist die Einzige, die erspüren kann, was Helena sagen will. Und es aufschreiben. Bis auf Hubertus damals. Aber an den will Helena unter keinen Umständen denken.

Wie hat dieser Mistkerl es wagen können, einfach abzuhauen? Mich im Stich zu lassen! Der Groll tobt in ihrem Magen, wie immer, wenn sich die Erinnerung an Hubertus' schnöden Abgang nicht verdrängen lässt. Dieser gottverdammte Egoist. Der sich jetzt auf Sardinien ein schönes Leben macht. Ohne sie. Ohne Verantwortung für irgendjemanden. Hat sie einfach im Stich gelassen mit all ihrer Arbeit, mit der Sorge um ihre Tochter. Mit ihrem Frust!

Helena wälzt sich schlaflos in ihrem überbreiten Himmelbett hin und her. Diese Hitze! Wieso hat sie nicht schon lange eine Klimaanlage einbauen lassen? Klar, wegen Dora. Die sich dagegen sträubt, weil ihrer Meinung nach Klimaanlagen umweltschädlich sind. Wie ist es nur gekommen, dass sich ihre Tochter zu einem derartigen Gutmenschen entwickelt hat? Wobei... So irre gut ist sie nun auch wieder nicht. Sonst würde sie ihre alte Mutter doch nicht im Stich lassen, nur um ihrer Selbstverwirklichung zu frönen. Wann hat das eigentlich angefangen, dass sie partout ihren Kopf durchsetzen will?

Natürlich! Es hat alles mit diesem Hund angefangen. Diesem verflohten Etwas, das Dora auf Mallorca gefunden hat. Seit dieser Zeit ist sie nicht mehr die Nummer eins im Leben ihrer Tochter gewesen. Und klar, über den Hund hat sie auch den Blumenhändler Blume kennengelernt, dem sie bei ihren Morgenspaziergängen immer wieder begegnet ist, als er seine Joggingrunden lief. Und weil die kleine Bestie damals so unschuldig und niedlich aus ihren Kulleraugen geguckt hat, ist Jochen das eine und andere Mal stehen geblieben und in die Knie gegangen, um mit ihm Dutzidutzi zu machen, was wiederum Dora aufs Beste gefallen hat. Weiß doch jeder, dass man nur mit einem Hundewelpen durch die Stadt gehen muss, und schon liegen einem die Kerle zu Füßen.

Selber schuld! Wieso hat sie dem nicht von vornherein einen Riegel vorgeschoben? Meine Güte, es wäre so leicht gewesen, eine Hundeallergie vorzutäuschen! Atemnot, tränende Augen, Niesanfälle, sie als Schauspielerin hätte das ganze Repertoire doch draufgehabt. Aber nein! Sie hat die Gelegenheit verpasst. Und das unverschämte Vieh hat sich in kürzester Zeit einen bombenfesten Platz in Doras Leben erobert. Wobei: Der Hund hat sicher nicht damit gerechnet, in Helena eine so starke Gegnerin zu finden. Denn am Ende hat Helena doch gesiegt. Jochen ist passé. Immerhin. Und wenn Dora erst einmal die Frau an Marcs Seite sein wird, wird Leo immer weiter in den Hintergrund rücken.

Plötzlich fühlt Helena, wie ihre Energie zurückkommt. Sie wird doch jetzt nicht aufgeben, nur weil Dora so ein kleines Zwischenhoch hat. Die Sache mit dem Restaurant wird genauso eine unwichtige Episode in ihrem Leben sein wie die Sache mit Jochen. Und wenn sie nicht von selbst merkt, dass sie den falschen Weg einschlägt, muss man ihr eben helfen. Wozu hat sie denn eine Mutter, die nur ihr Bestes will?

Eigentlich fühlt Leo sich in Paulas Hundeclub ziemlich wohl. Macht ja durchaus Spaß, den ganzen Tag auf den Wiesen herumzutoben und die Gruppe in Schach zu halten. Denn selbstverständlich ist Leo nicht irgendein Hund in dem Rudel, zu dem sich jeden Morgen vom Windspiel über Labradore bis hin zu Möpsen und Zwergdackeln die unterschiedlichsten Rassen zusammenfinden. Leo ist selbstverständlich der Boss »von det Janze«. Okay, man könnte sagen, Paula mit ihrer natürlichen Autorität ist die Rudelführerin, der sich selbst Leo ohne Murren unterordnet. Aber direkt nach ihr kommt er! Der die Gruppe dirigiert. Streitereien schlichtet, Schwächere beschützt, Stärkere in ihre Grenzen weist. Jedenfalls sieht Leo das so.

Paula würde eher sagen, dass er es einfach nicht leiden kann, wenn irgendwas ohne ihn abgeht. Dass er eifersüchtig ist, wenn andere sich ohne ihn vergnügen, dass er den ganzen Tag beweisen will, dass er der Beste und der Schönste ist. Am Anfang ist er noch beleidigt gewesen, als Dora ihn plötzlich fast täglich zu Paula brachte. Irgendwie war das echt gemein, dass sie ihn aus ihrem Leben ausgeschlossen hat. Okay, sie hat ihm erklärt, dass das nur vorübergehend sei. Weil sie gerade so viel Stress habe. Mit dem Lokal. Und der Hochzeit. Und dass sich das natürlich ändern werde, sobald sie verheiratet sei und das Lokal in ruhigen Bahnen laufen würde. Natürlich hat er ihr allabendlich zu verstehen gegeben, wie schrecklich traurig er ist, weil sie ihn nicht mehr bei sich haben will. Hat sie nicht angesehen, wenn sie ihn abholte. Hat gar das Essen verweigert. Ist mit hängendem Schwanz stracks auf sein Kissen zugetrottet und hat sich zusammengerollt und sie keines Blickes gewürdigt.

Aber lange hat er das nicht durchgehalten. Zu sehr hat der Kummer in ihren Augen in sein Herz geschnitten. Und da er der intelligenteste Hund ist, den er kennt, hat er beschlossen, Dora nicht länger leiden zu lassen. Im Gegenteil, er muss sie unterstützen in ihrem Vorhaben. Zumal wenigstens die Sache mit dem Lokal sie aus dem hammerharten Griff der alten Hexe lösen wird.

»Ciao, mein Leo, hab viel Spaß.«

Ein ganz kleines bisschen schmerzt es Dora schon, wenn sie sieht, wie ihr Herzenshund seit Neuestem jeden Morgen begeistert auf Paula zurast und ihr zu verstehen gibt, wie sehr er sich auf den Tag mit ihr und den anderen Hunden freut.

»Ich bin echt bescheuert.«

Wie würde sie sich denn fühlen, wenn Leo sich wie ein vernachlässigtes Kind aufführen würde? Sie nicht weglassen würde? Hinter ihr herwinseln würde? Ist doch gut, dass er sich so wohl bei Paula fühlt. Wenigstens muss sie, was ihn angeht, kein schlechtes Gewissen haben.

Jetzt guck nicht so ratlos, Dora. Es geht mir gut hier. Ich mache hier mein Ding. Und du kannst dich in deine Arbeit stürzen.

Während er noch darüber nachsinnt, dass Menschen wirklich merkwürdige Wesen sind und Hunde die viel vernünftigeren, erfasst seine Nase einen Geruch, der alle seine Nerven alarmiert. Tatsächlich, es ist Contessa! Die gerade von der höchst eleganten Sabine zu Paulas Hundeauto gebracht wird.

»So, ihr Schlingel, jetzt hört mal alle zu. Das hier ist Contessa. Sie gehört ab sofort zum Rudel. Ich bitte darum, dass hier keiner Theater macht. Sie ist eine sehr Nette. Und ihr werdet sie gefälligst freundlich behandeln«, sagt Paula mit der ihr eigenen natürlichen Autorität.

Leo, der sich den komfortablen Platz auf dem Beifahrersitz mit stundenlangem, durchdringendem Gewinsele erkämpft hat, beobachtet gespannt, wie Contessa, die vor Kurzem die Hündin seines Herzens hätte werden können, sich anstellt. Im hinteren Teil des Autos, in dem der Rest des Rudels eher widerwillig zur Seite rückt, muss sie den ihr von Paula zugewiesenen Platz ganz schön behaupten. Auch wenn er ein gutes, großes Hundeherz hat, voller Liebe zu Mensch und Tier, ein wenig schadenfroh ist er doch. Die Prinzessin muss sich in die Niederungen des Hundealltags begeben. Muss den ganzen Tag mit Kötern zusammen sein, die sie normalerweise nicht mit ihrem hübschen Hintern angucken würde. Nicht, dass Leo den Hundeclub etwa als »Niederung« betrachten würde, dafür hat er hier viel zu viel Spaß. Aber für die Pudeldame, die ihre Nase immer so hoch trägt, ist es sicher nicht leicht, nicht mehr auf seidenen Kissen ruhen zu dürfen. Nicht mehr der einzig geliebte Augapfel ihres Frauchens zu sein.

Er erinnert sich an seine ersten Tage, als Paula noch nicht begriffen hatte, dass es unter seiner Würde ist, dort hinten mit dem Rest des Rudels die Strecke bis zum Wald fahren zu müssen. Es hat gedauert und ihn ziemlich viel Energie gekostet, ihr klarmachen, dass sein Platz vorne ist. Direkt neben ihr. Auf dem mit einem blauen Kissen gepolsterten Beifahrersitz. Wahrscheinlich meint Contessa ja, dass so ein exklusiver Platz eher ihr zustehe. Aber leider, leider, er ist bereits besetzt. Wobei, ein großer Hund wie Contessa hätte da sowieso keinen Platz. Manchmal hat es ja doch Vorteile, nur ein fast kniehoher Hund zu sein.

Höchst zufrieden über sein Privileg rollt sich Leo zusammen. Sollen die da hinten doch sehen, wie sie zurechtkommen. Doch es ist ihm, als würde Contessas Zittern das ganze Auto beben lassen. Und sein Hundeherz öffnet sich weit für die schöne Prinzessin. Er beschließt, alles zu tun, damit ihr der Anfang im Hundeclub nicht allzu schwer wird.

25

»Wie bitte? Wie kommen Sie darauf, dass ich Schwarzarbeiter auf meiner Baustelle beschäftige?«

Dora studiert den Schrieb, den ihr dieser Herr Thaler vom Gewerbeaufsichtsamt unter die Nase hält.

»Wir haben einen Anruf erhalten. Und dem müssen wir selbstverständlich nachgehen.«

Die Stimme des graugesichtigen Beamten ist kühl.

»Was für einen Anruf? Von wem denn?«, hechelt Dora.

Das kann sie gerade noch brauchen. Dass die Baustelle geschlossen wird wegen Schwarzarbeit. Zwei Wochen vor der Eröffnung. Wo noch so viel zu tun ist. Die Wände sind noch nicht verputzt. Die Böden nicht abgeschliffen. Geschweige denn die Küche eingebaut.

»Das muss ich Ihnen nicht sagen, Frau Liebig. Zeigen Sie mir die Arbeitsverträge Ihrer Handwerker, und Sie sind mich sofort wieder los.«

Ja, klar, die Arbeitsverträge. Aber die hat sie doch nicht! Die muss die Handwerkerfirma haben, die sie beauftragt hat. Verdammt! Franz Müller, der Chef der Firma, geht nicht ans Telefon. Das kann echt nicht sein. Er ist ihr doch von Marc empfohlen worden. Es ist völlig unmöglich, dass er Schwarzarbeiter beschäftigt.

»Haben Sie sich denn die Verträge nicht zeigen lassen?« In Herrn Thalers Blick liegt etwas Abwertendes, so nach dem Motto »typisch Frau«.

»Nein«, faucht Dora ihn an.

Hat sie natürlich nicht. Weil sie überhaupt nicht auf die Idee gekommen ist, dass Franz Müller unseriös sein könnte.

Sie zwingt sich zu einem Lächeln. Lächeln schadet nie. Und sagt Herrn Thaler, dass sie ihm die Verträge vorlegen wird, sobald sie ihren Bauunternehmer Herrn Müller erreicht habe.

»Und bis dahin wird die Arbeit hier eingestellt.«

Doras Mund wird trocken. »Das geht nicht. Das können Sie nicht machen. Ich habe einen Eröffnungstermin. Bis zum ersten September sind es nur noch zwei Wochen.« Sie versucht vergeblich, die in ihr aufsteigende Panik zu unterdrücken.

»Na dann sehen Sie zu, dass Sie Herrn Müller erwischen. Einstweilen ist die Baustelle jedenfalls geschlossen.«

Tief durchatmen, Dora. Lass dich nicht verrückt machen. Das klärt sich sicherlich sofort auf.

Dora fleht die Handwerker an, die Baustelle nicht zu verlassen. Doch die packen schon ihre Sachen zusammen. Und sind weg. Dabei hat sie gerade noch gedacht, wie toll es ist, dass alles so gut vorwärtsgeht. Ist so optimistisch gewesen, dass sie alles bis zum Eröffnungstermin schaffen wird. Sie hat vier Kellner angestellt. Und fünf Küchenkräfte. Eine fitte, junge Frau für die Bar. Und einen Sommelier mit hervorragendem Ruf hat sie auch gefunden. Nur für einen Geschäftsführer hat Sergio sich noch nicht entscheiden können. Und der fehlt ihr natürlich jetzt. Denn *er* müsste sich um diesen Schlamassel kümmern. Und nicht sie. Die vor lauter Arbeit mit der Baustelle immer noch nicht dazugekommen ist, sich mit der Speisekarte zu befassen. Und klar ist Sergio auch nicht erreichbar.

Vor sich hin fluchend rennt sie zum Auto, um in Müllers Büro zu fahren. Und steht vor einer Frau, die sich interessiert im Hinterhof umsieht.

»Entschuldigung, haben Sie das Betreten-verboten-Schild nicht gesehen?«

Unfassbar, dass sie immer wieder neugierige Passanten aus dem Hof und von der Baustelle scheuchen muss, als könnten die Leute nicht lesen.

»Mein Name ist Inge Stöhr, ich komme vom Gesundheitsamt. Wo finde ich Herrn Primo?«

»Der ist gerade nicht da. Aber vielleicht kann ich Ihnen helfen? Ich bin Dora Liebig, die Chefköchin des Restaurants.«

»Die Chefköchin?«

Inge Stöhrs Blick geht Dora durch Mark und Bein.

»Nun, dann können Sie mir sicher sagen, was Sie gegen den Rattenbefall zu tun gedenken? Ihnen ist schon klar, dass Ihnen die Genehmigung zum Führen eines Restaurants entzogen wird, wenn sich im Lokal Ratten tummeln?«

Ein Albtraum! Das kann nur ein Albtraum sein. Dora wünscht sich, dass sie sofort daraus aufwacht.

»Entschuldigung, Frau Stöhr. Ich habe hier noch nie eine Ratte gesehen. Wie kommen Sie denn auf so einen Unsinn?«

Falsches Wort, Dora. Jetzt reiß dich mal zusammen! Die Inge Stöhrs dieser Welt machen auch nur ihren Job. Und mögen es gar nicht, wenn man sie nicht ernst nimmt.

»Ich meine …«, stottert sich Dora durch die nächsten Sätze, die gut Wetter machen sollen. »Also natürlich müssen Sie solchen Hinweisen … Ich will auch nicht irgendwo essen, wo Ratten über die Lebensmittel …«

»Sie geben also zu, dass Sie Rattenbefall haben?«

»NEIN!«

Dora gibt gar nichts zu. Sie wünscht sich nur, sie wäre tot. Als ihr klar wird, dass das mit dem Sterben heute nichts mehr wird, holt sie Luft und sammelt sich.

Fängt an, ihr Gehirn zu benutzen. Kann es sein, dass die Konkurrenz mit allen Mitteln verhindern will, dass Sergio und sie dieses Lokal aufmachen?

»Sie haben sicher einen anonymen Anruf bekommen? Ist das richtig?«

»Wie ich an meine Informationen komme, geht Sie nichts an. Ich muss mich jedenfalls davon überzeugen, dass hier alles in Ordnung ist.«

Am liebsten würde Dora dieser Frau an die Gurgel gehen. Ganz ruhig! Du darfst sie dir auf keinen Fall zur Feindin machen. Sie atmet tief durch. Versucht das Zittern, das ihre Beine befallen hat, zu ignorieren.

»Natürlich! Sehen Sie sich um. Sie werden hier keine einzige Ratte finden.«

Während Frau Stöhr sich der Inspektion des Hofs und der Räume widmet, sortiert Dora ihre Gedanken. Sie hat zwar gewusst, dass ihr neues Lokal nicht von jedem mit Begeisterung erwartet wird, aber dass die Konkurrenz zu solchen Mitteln greift, hat sie sich nicht vorgestellt.

Das kann kein Zufall sein, dass sich das Gewerbeaufsichtsamt und das Gesundheitsamt quasi die Klinke in die Hand geben.

Was, um Gottes willen, kommt denn noch?

»Bist du sicher, dass dir das alles nicht zu viel wird?«

Helena stellt Dora ein Glas Rotwein neben die belegten Brote, die sie unerwarteterweise für ihre Tochter zubereitet hat. Ihre Stimme klingt besorgt.

»Du hast mindestens fünf Kilo abgenommen in den letzten Wochen. Nicht, dass dir das nicht stehen würde.

Aber ich mache mir einfach Sorgen um dich. Und Marc im Übrigen auch.«

»Ich habe alles im Griff, Mutter. Das sind bloß die ganz normalen Probleme, die so eine Restauranteröffnung mit sich bringt.«

Um nichts im Leben würde Dora vor ihrer Mutter zugeben, dass sie Angst hat, dass ihr alle Felle davonschwimmen. Dass sie keine Nacht mehr richtig schläft vor lauter Sorgen. Und dass sie sich hin und wieder fragt, ob sie sich mit ihren Aufgaben übernommen hat. Sie wollte doch nur als Köchin arbeiten. Nichts anderes. Und jetzt schlägt sie sich Tag für Tag mit immer neuen Schwierigkeiten herum.

»Ich würde dir ja gerne helfen. Nur ich weiß leider nicht, wie.«

»Danke, das ist lieb. Aber ich komme schon klar.«

Im Stillen wundert sich Dora, dass Helena so mitfühlend ist. Dass sie ihr keinerlei Vorwürfe macht, weil sie ihr bei ihrem neuen Buch nicht helfen kann. Vielleicht hat sie sich ja in ihr getäuscht? Vielleicht ist sie, wenn es darauf ankommt, gar nicht so egoistisch, wie sie immer gedacht hat? Vielleicht hat sie ihr die ganze Zeit unrecht getan? Zu allem Überfluss plagt Dora jetzt auch noch ein schlechtes Gewissen ihrer Mutter gegenüber.

Leo kuschelt sich in Doras Kniekehlen, in der Hoffnung, dass sie nicht in zwei Minuten wieder die Stellung wechselt. Ganz schön nervig ist das. Immer wenn er gerade eingeschlafen ist, wälzt sie sich herum und er muss über sie hinwegsteigen, um erneut einen gemütlichen Platz zu finden. So nervös hat er sie noch nie erlebt. Und wie dünn sie geworden ist. Schon ein paarmal ist er mit ihren spitzen Hüftknochen kollidiert, die früher in so schönes weiches Fleisch gebettet waren.

Gesund kann das alles nicht sein. Ob sie sich doch zu viel zumutet? Aber Quatsch. Sie ist schließlich meine Power-Dora. Die Frau, die sich von nichts unterkriegen lässt. Wenn ich nur wüsste, wer ihr diese gemeinen Streiche spielt, die sie an den Rand ihrer Kapazitäten bringen.

Er beobachtet sie aus halb geschlossenen Augen, als sie aus dem Bett springt und sich anzieht. Eigentlich ist das jetzt nicht die Zeit für Spaziergänge.

»Komm, Leo, wir drehen eine Runde um den Block.«

So sehr Leo Nachtspaziergänge auch mag – die Stadt riecht im Dunkeln tausendmal aufregender als tagsüber –, um die Uhrzeit ist er alles andere als begeistert. Sie soll nicht rumlaufen. Sie soll schlafen! Aber er wäre nicht Leo, wenn er sie jetzt alleine gehen lassen würde. Irgendjemand muss schließlich auf sie aufpassen.

In der oberen Wohnung wacht Helena aus ihrem leichten Schlaf auf, als sie die Haustür ins Schloss fallen hört. Irritiert steht sie auf und geht zum Fenster. Sie kann nicht schlafen. Das arme Kind. So leid es ihr auch tut, dass ihrer Tochter die Probleme im Moment anscheinend über den Kopf wachsen, sie kann nicht umhin, zufrieden zu lächeln. Lange wird Dora das nicht mehr durchstehen. Und dann wird alles gut.

Verdammt, die Vasen!

Dora reißt ihr Handy aus der Jackentasche. Sie hat vergessen, die kleinen Vasen zu bestellen, die auf allen Tischen stehen sollen. Dabei hat sie mit Ulla und Mia, den Besitzerinnen des Blumenladens *Tausendschön,* schon ausgemacht, dass sie jeden Tag frische Blumen ins Restaurant liefern werden. Prächtige Sträuße für die Bar. Und einzelne

Blüten, die mit den großen Sträußen korrespondieren, für die Vasen auf den Tischen. Super.

Die Blumen hat sie, aber nicht die Gefäße in denen sie stehen sollen. Sie macht sich eine Notiz ins Handy. Und sieht, dass der Weinlieferant den unterschriebenen Vertrag noch nicht zurückgeschickt hat. Sie muss ihn gleich morgen früh anrufen. Noch bevor sie zu Müller ins Büro fährt. Der dann hoffentlich da sein wird. Und wenn er abgehauen ist? Wenn er tatsächlich Schwarzarbeiter beschäftigt hat und auf der Flucht ist?

Das Handy reißt sie aus ihren Überlegungen, die sich seit Stunden im Kreis drehen.

»Liebling, gibt es dich noch? Ich habe Sehnsucht nach dir.«

Marc! Der Gute! Den sie in den letzten Tagen total vernachlässigt hat.

»Tut mir leid, Marc, es geht gerade alles drunter und drüber bei mir.« Sie kann jetzt nicht mit ihm reden. Sie muss erst mal begreifen, was da vor sich geht. Oder, Moment mal, eins muss sie ihn fragen.

»Sag mal, Franz Müller, der den Umbau macht, der ist doch seriös?«

»Klar ist der seriös. Wenn er's nicht wäre, hätte ich ihn dir nicht empfohlen. Wieso fragst du?«

Dora kann nicht mehr an sich halten und lädt den ganzen Frust dieses Tages vor Marc ab. Und was sagt er?

»Willst du nicht zu mir kommen? Ich kann dir den Rücken massieren.«

Er ist einfach zu gut für diese Welt. Jeder andere hätte sie mit Vorwürfen überschüttet, weil sie sich so wenig um ihn kümmert. Aber er bleibt nett und verständnisvoll. Am liebsten würde sie sich in seine Arme werfen und alles andere um sich herum vergessen. Wozu braucht sie denn dieses Lokal? Wieso macht sie sich so einen Stress? Es könnte alles sehr viel leichter sein. Also Luft holen und diesen Angriff, der auf ihre totale Kapitulation hinauslaufen würde, einfach ignorieren.

»Du bist sehr süß. Aber du hättest keinen Spaß an mir.«

»Dafür du vielleicht an mir. Komm zu mir, Dora. Ich mache dir auch heiße Schokolade. Und dann kannst du mir erzählen, welche Band du für die Hochzeit ausgesucht hast.«

Verdammt, die Band! Sie hat gewusst, dass sie etwas vergessen hat. Sie wollte sich mit der Band treffen, gestern, als plötzlich Herr Thaler auf der Baustelle aufgetaucht ist. Shit! Sie hat denen nicht mal abgesagt. Jetzt haben die sicher einen anderen Termin angenommen.

»Die Band, ja … Weißt du … Irgendwie hat die nicht zu uns gepasst … ähm … Aber mach dir keine Sorgen, ich finde schon einen Ersatz.«

Merkst du es nicht? Er hat dir alles aufgebürdet mit der Hochzeit. Obwohl er weiß, wie viel Stress du mit dem Restaurant hast. Das wird dein Leben lang so weitergehen. Er macht seinen Job als Arzt und du bist für den ganzen Rest verantwortlich. Richtig lustig wird das erst, wenn ihr mal Kinder habt. Schon mal was von Sonntagspapa gehört?

Jochen wäre da ganz anders. Aber klar, du denkst ja, du hast Jochen überwunden. Nur weil er weg ist. Ich geb's ja zu, das ist keine große Nummer. Einfach so abzutauchen. Ich bin auch enttäuscht von ihm. Natürlich hätte ich nie gedacht, dass ich mich so in ihm täuschen konnte. Dass er dich so mir nichts, dir nichts Marc überlässt. Hab ich nicht erwartet.

Sind die Menschen wirklich so? Geben sie zu schnell auf, wenn ihnen etwas zu mühsam wird? Statt zu kämpfen? Wieso wissen sie nicht, dass sie den Rest ihres Lebens unglücklich sein werden, weil sie einmal kein Licht am Horizont gesehen haben und vor der Dunkelheit geflüchtet sind? Statt sich ihr zu stellen.

Ich meine, wieso wissen sie denn nicht, dass gerade dann, wenn es ganz finster aussieht, die Sterne am schönsten leuchten?

26

»Aber du liebst sie doch noch.«

Die Sterne am schwarzen sardischen Himmel sehen aus wie Milliarden kleiner Löcher in einem Sieb, durch die das Licht einer nicht fassbaren Ewigkeit leuchtet. Was für eine Nacht! Grillen brüllen in den Büschen, ein paar letzte Leuchtkäfer taumeln durch die Zweige der Lorbeerbäume, auf der Suche nach dem geeigneten Weibchen, das sie bislang nicht gefunden haben. Von irgendwoher weht leise Musik über dem ewigen Rauschen der Wellen heran.

Jochen trinkt einen Schluck von dem eiskalten Weißwein, steckt sich eine der gefüllten Oliven in den Mund. Sieht Hubertus nachdenklich an. Starrt in die Sterne. Und traut sich nicht zu antworten.

»Oder nicht?«

Hubertus schenkt das Glas seines Gastes wieder voll. Sieht ihn erwartungsvoll an. Er hat sich sehr gefreut, als sich Jochen vor ein paar Tagen gemeldet und ihn gefragt hat, ob er für eine Weile bei ihm unterschlüpfen könne. Er kümmere sich im Gegenzug auch gerne um seinen Garten.

»Natürlich kannst du kommen. Und bleiben, so lange du willst.«

Er hat ihm eins der Gästehäuser zur Verfügung gestellt. Und ihn allabendlich zum Essen eingeladen. Anfangs haben sie über das Wetter geplaudert. Über den Garten und was dort zu geschehen habe. Über Politik. Und Kunst. Filme und Musik. Um endlich da zu landen, worum sie sich abendelang herumgewunden haben. Wo aber Hubertus unbedingt hinwollte. Bei den Frauen. Im Allgemeinen. Und bei Dora im Besonderen. Und im ganz Besonderen bei Doras Mutter. Die Hubertus, wie er es sich in stillen, einsamen Stunden eingestehen muss, immer noch liebt. Worüber er eigentlich nicht reden will.

»Ob man sie liebt oder nicht, ist vollkommen egal. Wenn sie einen nicht wiederlieben. Du müsstest das doch wissen.«

Hubertus schießt ins Blaue und trifft ins Schwarze.

Jochen seufzt auf. »Weißt du, manchmal wünschte ich mir, ich wäre ein Hund. Oder besser, ich könnte lieben wie ein Hund. Wenn der erst mal sein Herz verschenkt hat, dann kann das Objekt seiner Liebe tun, was es will. Er wird es immer lieben. Er wird ihm immer verzeihen. Selbst wenn er schlecht behandelt wird oder sogar ausgesetzt, er wird seinem Menschen alles verzeihen, wird niemals aufhören, an ihm zu hängen. Ihn zu verteidigen. Bis zu seinem Tod.«

»Nennt man das nicht hündisch? Im negativen Sinn? Ich meine, wie viel Selbstaufgabe gehört zu so einer Liebe?«

Diese Frage hat sich Hubertus in den langen Jahren, in denen er mit Helena zusammen war, tausendmal gestellt.

»Gehört Selbstaufgabe nicht immer zur Liebe?«, denkt Jochen laut.

»Aber macht man sich damit nicht klein?«

»Oder wächst man daran?«

Unvermittelt bricht das Gespräch ab. Die beiden Männer schweigen, trinken, essen. Hängen ihren Gedanken nach.

Hätte Hubertus damals bleiben sollen? Hätte er Helena immer und immer wieder ihren Egoismus verzeihen müssen? Wieso hat er sie überhaupt geliebt? Hat er sie tatsächlich geliebt? Eigentlich ist er sich sicher gewesen, dass das Thema Helena für ihn abgeschlossen ist. Doch durch

Jochens Zweifel und Wünsche und Sehnsüchte und Irritationen wird er unversehens in seinen eigenen quälenden Emotionsstrudel gestürzt.

Jochen starrt auf das schwarze Meer. Die Erinnerung an den Abend mit Dora brandet in ihm hoch. Sie sind sich so nah gewesen. Haben geredet. Und gelacht. Sich gut miteinander gefühlt. Wieso hat er ihr da nicht gestanden, dass es kein Zufall war, der sie hier zusammengeführt hat? Sondern Kalkül. Positives Kalkül. Dass er nur deswegen hergekommen ist, um sie zu sehen. Um herauszufinden, ob ihre Liebe noch lebt.

»Wenn sie mich noch lieben würde, hätte sie mir verziehen, dass ich sie angeschwindelt habe.«

»Wenn du sie noch lieben würdest, hättest du ihr ihren Zorn nicht übel genommen.«

»Sie heiratet Marc!«

»Meine Güte, wie viele Menschen heiraten den Falschen?« Hubertus lacht bitter auf.

»Wieso weiß sie nicht, dass er der Falsche ist?«

»Vielleicht weil der, der der Richtige ist, sie belogen hat?« Er blafft Jochen geradezu an.

Und Jochen nimmt ihm das nicht übel. Weil sie wissen, dass sich ihr Gespräch im Kreis dreht. Wissen, dass alles geredet ist. Und dass es an der Zeit wäre zu handeln.

»Ich kann doch nicht hingehen und ihr sagen, du machst einen Fehler. Marc ist der Falsche.«

»Und wieso nicht?«

Jochen kennt die Antwort. Hubertus kennt sie auch.

»Wenn du jetzt nicht handelst, wirst du es dein Leben lang bereuen. Selbst wenn sie dich wegschickt.«

»Denkst du wirklich, dass sie mich noch liebt?«, fragt Jochen flehend. Und weiß doch, welche Antwort er bekommen wird.

»Die Frage musst du dir selbst beantworten.«

In der Zypresse, die dunkel neben dem Haus in die Nacht aufragt, ruft ein Käuzchen. Es ist, als klage es sein Leid in die Welt. Der hohe Ton schnürt die Herzen der Männer zusammen.

Sie wissen, was zu tun wäre. Und wissen doch nicht, ob sie den Mut dazu haben.

Vielleicht habe ich ja einen Herzfehler. Es gibt viele Hunde, die haben so was. Das wäre zwar bedenklich, weil ich daran sterben könnte, aber es wäre immerhin eine Erklärung.

Leo liegt, nachdem er den ganzen Vormittag sein Rudel in Bewegung gehalten hat, im Schatten eines Busches. Trotz der tropischen Hitze, die Berlin seit mehr als zwei Wochen die Luft nimmt, ist der Waldboden unter dem Busch noch ziemlich kühl. Sein Atem wird ruhiger. Er muss auch nicht mehr so ausgiebig hecheln wie noch vor einer Minute. Nur sein Herzschlag hat sich immer noch nicht beruhigt. Im Gegenteil, hin und wieder wird er sogar schneller. Immer dann, wenn Leos Blick aus den halb geschlossenen Augen auf Contessa fällt. Die ganz in der Nähe unter den tief hängenden Zweigen einer Weide liegt. Ganz entspannt auf der Seite, die langen Beine ausgestreckt, den schönen Kopf leicht nach hinten gebogen.

Dass sie so entspannt ist, hat sie ausschließlich Leo zu verdanken. Der in ihren ersten Clubtagen nicht von ihrer Seite gewichen ist. Er hat ihr gezeigt, wo die kühlsten Stellen sind. Wo der Wassernapf ist. Wie man am besten in den See kommt, zu dem Paula sie an solchen Tagen gerne bringt. Er hat die anderen Hunde, wenn sie zu aufdringlich oder zu neugierig wurden, leise knurrend in ihre Schranken gewiesen. So dass allen ganz schnell klar gewesen ist, dass die schöne, scheue Pudeldame unter Leos besonderem Schutz steht. Sie hat sich dafür bedankt, indem sie ihm in den Ruhepausen ausführlich die Ohren ausschleckte. Was sich Leo sonst von keinem anderen Hund gefallen lässt. Und danach hat er von ihr geträumt. Ist mit ihr Seite an Seite durch blühende Wiesen gerannt. Hat aus einem Napf mit ihr gegessen. Und ist dicht an ihrem lockigen Fell eingeschlafen.

Und immer, wenn er aus so einem Traum aufwacht, ist es ihm ein bisschen peinlich. Wie kann es sein, dass sein Herz, das ausschließlich und für immer Dora gehört, so ins Stolpern gerät, wenn er an Contessa denken muss?

»Auf geht's, meine Süßen, noch eine Runde durch den Park und dann ab nach Hause.«

Paula klatscht in die Hände, und im Nu sind die zwölf Hunde auf den Beinen. Immer wieder erstaunlich, wie sie, gerade noch im Tiefschlaf liegend, auf der Stelle hellwach sind, wenn Paula ihr Kommando gibt. Wie jeden Tag dürfen sie noch eine halbe Stunde durch den Nordpark toben. Der aufgrund einer hartnäckigen Initiative von Hundebesitzern nach Jahren des Kämpfens, kurz bevor der Initiative endgültig die Luft ausgegangen ist, tatsächlich zu einem der wenigen Hundeauslaufgebiete in der Stadt erklärt worden ist. Während Contessa ihre langen Glieder noch dehnt und streckt, ist Leo schon dabei, den Rest des Rudels auf Trab zu bringen.

Und da ist er plötzlich. Dieser fiese Geruch. Dieser Geruch, der in seinem Kopf sofort wieder die Erinnerung an seine Entführung und den knapp entgangenen Tod im See heraufbeschwört. Sein Mörder! Er muss ganz in der Nähe sein.

Die Nase am Boden, rast Leo in die dichten Büsche. Und bleibt wie erstarrt stehen, als er tatsächlich den abgerissenen Junkie entdeckt, der sich gerade bückt und unter einem locker aufgeworfenen Steinhaufen ein kleines Päckchen hervorzieht. Er sieht sich sichernd um. Steckt das Päckchen in eine der großen Taschen seines verranzten Parkas und schlendert unauffällig auf den Ausgang des Parks zu. In Leo erwacht der Jagdtrieb. Seine Ohren gehen zu. Er hat nur noch ein Ziel. Den Mörder zu verfolgen. Paulas Rufen und Pfeifen nimmt er nicht wahr. Schon hat der Junkie den Park verlassen. Er ahnt nicht, dass er verfolgt wird.

Dieses Mal entkommst du mir nicht. Ich hab zwar keine Ahnung, was gleich passieren wird. Aber ich werde dich nicht aus den Augen lassen. Du wirst deine gerechte Strafe bekommen. Die Polizei wird dich verhaften. Sie werden dich verhören. Und wenn du ihnen nicht sagst, wer deine Auftraggeberin ist, werden sie dich foltern oder so was.

Noch hat Leo keinen Plan, wie er den Junkie seiner Strafe zuführen wird. Noch trabt er einfach nur hinter ihm her. Immer wieder stehen bleibend, wenn das Zielobjekt seiner Verfolgung eine Pause macht. Nicht zu dicht an ihm dran, damit er nichts bemerkt. Dass er Paula, die inzwischen im Park vergeblich nach ihm sucht, damit in höchste Nöte bringt, tut ihm zwar leid, muss ihm aber in diesem Moment egal sein.

Und dann weiß er plötzlich, was zu tun ist. Er drückt sich hinter die Litfaßsäule am Pappelplatz und behält den Junkie im Blick. Während der sich auf eine Bank setzt und ein Tütchen aus seiner Tasche holt, das mit kleinen weißen Tabletten gefüllt ist, von denen er sich jetzt eine Handvoll einwirft, formt sich in Leos Hirn der Plan, wie er seine einzige Chance richtig nutzen kann. In zwei Sätzen ist er bei dem Jungen. Springt ihm so unerwartet auf den Schoß, dass ihm beinahe die Tüte aus der Hand fällt.

»He! Was soll das?«

Da staunst du, was? Ich bin's. Leo. Der Hund, den du umbringen solltest. Kennst du mich etwa nicht mehr, du Verbrecher?

Voller vorgetäuschter Begeisterung schleckt der kleine Hund dem ungewaschenen Jungen übers Gesicht, wimmert in höchsten Freudentönen. Passanten, die vorbeigehen, müssen lächeln über so viel Hundeliebe, die dieser kleine Kerl seinem Herrchen entgegenbringt.

»Spinnst du? Hau ab. Was soll das? He, lass mich in Ruhe.«

Der Junge schiebt den Hund herunter. Doch er hat nicht mit Leos Ausdauer gerechnet. Wie ein Gummiball hüpft er jedes Mal, kaum dass seine Beine den Boden berührt haben, zurück auf den Schoß des Jungen. Und als der fluchtartig versucht, den Schauplatz dieser aufdringlichen Liebesbezeugungen zu verlassen, hängt sich der Hund an seine Fersen. Springt an ihm hoch. Fiept und jault. Und lässt sich einfach nicht abhängen.

Menno, wie bescheuert bist du eigentlich? Begreifst du denn nicht, dass das deine Chance ist? Jetzt schalt mal dein dumpfes Hirn ein. Überleg endlich, was du mit mir machen sollst. Oder bist du zu blöd zu begreifen, dass du nur eine Sache tun musst, und schon hast du wieder ein paar Euro für neue Drogen.

Jetzt mach endlich. Zieh deinen Gürtel aus, häng mich dran, und dann geht's auf zu Helena.

Leo lässt sich nicht von dem Jungen verscheuchen. Es kann echt nicht sein, dass der zu dämlich ist, auf seinen Plan einzugehen. Dabei ist es das Einfachste der Welt. Er soll ihn nur nach Hause bringen. Und von Helena Finderlohn einfordern. Ist doch echt nicht so schwer. Oder ist sein Hirn von dem ganzen Zeug, das er ständig nimmt, schon zu aufgeweicht, um selbst so einen simplen Plan zu erfassen?

Okay, dann muss ich eben zum letzten Mittel greifen. Obwohl das wirklich unter meiner Würde ist. Aber wenn's nicht anders geht …

Der Junkie gerät ins Stolpern, als der aufdringliche Hund sich vor ihm auf die Straße fallen lässt. Fast wäre er auf ihn draufgetreten mit seinen schweren Stiefeln.

Scheiße, was ist denn jetzt los? Ist die kleine Ratte etwa tot? Das gibt's doch nicht, dass das Vieh ausgerechnet vor ihm tot zusammenbricht. Oder ist er nur krank? Verdammt, was soll er tun? Die Leute bleiben schon stehen.

»Ist dein Hund krank? Du musst ihn zum Tierarzt bringen.«

Super Ratschlag. Das ist nicht mein Hund. Ich hab nichts mit ihm zu tun. Aber zu viele Augen beobachten ihn. Wenn er jetzt weggeht und die Töle einfach liegen lässt, sind die imstande und rufen die Polizei.

»Tu endlich was! Sonst stirbt er dir hier noch weg.«

Wow! Er hat's begriffen. Nicht, dass ich davon geträumt habe, von diesem stinkenden Kerl auf den Arm genommen zu werden. Aber Opfer müssen nun mal sein für die gute Sache. So und jetzt los zu Helena. Du kennst das Haus. Hast mich doch damals aus Doras Schlafzimmer entführt.

Mach schon! Ein Stück geradeaus, dann rechts in die Ackerstraße und …

Du bist ja großartig. Ja. Genau. Hier sind wir richtig! Hier wohne ich. Jetzt klingeln und dann …

»Was machen Sie mit meinem Hund?«

Dora fasst es nicht, als sie den jungen Kerl mit den abgerissenen Klamotten sieht, der ihren Leolieb auf dem Arm hat. Wieso ist Leo nicht bei Paula? Sie reißt ihn dem Kerl aus dem Arm.

»Kann es sein, dass Sie meinen Hund stehlen wollten? Und ihn zu Geld machen?« Ihre Augen sprühen vor Wut.

»Blödsinn. Die Töle … keine Ahnung … Er ist einfach umgefallen. Der ist krank, glaube ich. Ich wollte ihn gerade zu Frau Liebig bringen.«

»Zu mir? Woher wissen Sie, wem der Hund gehört?«

»Das hat … ähm … Irgendwer hat mir das gesagt. Ich dachte, ich kann ihn schlecht auf der Straße liegen lassen. Kann man doch echt nicht, oder?« Der Junge wittert eine Chance, an ein bisschen Kohle zu kommen.

Doch da ist er bei Dora gerade richtig. »Ja genau, weil Sie so ein weiches Herz haben, sind Sie jetzt hier. Ich sag Ihnen mal was, ich glaube Ihnen kein Wort. Sie haben meinen Hund geklaut und jetzt wollen Sie sich einen Finderlohn ergaunern.«

Leos Herz klopft bis zum Hals. Das wird ja wohl nicht in letzter Minute schiefgehen?

»Was ist denn hier los?«

Nie in seinem Leben ist Leo so glücklich gewesen, Helenas Stimme zu hören. Der Junkie ist erleichtert, als er Helena aus dem Taxi steigen sieht. Er wankt auf sie zu.

»Da sind Sie ja, Frau Liebig. Ich hab den Hund gefunden und zurückgebracht.« Er stiert sie aus glasigen Augen an und hält sie am Arm fest. »Das müsste Ihnen doch was wert sein, oder?«

»Woher kennen Sie meine Mutter?« Dora versteht überhaupt nichts mehr.

»Was wollen Sie von mir? Lassen Sie mich sofort los.«

Helena schiebt den Jungen angewidert von sich. Nur die Ruhe bewahren. Das Gartentor öffnen, Dora und den Hund hineinschieben und …

»Das kannst du nicht machen, Lady. Ich hab die Töle zurückgebracht. Jetzt rück schon den Finderlohn raus.«

Die Worte purzeln fast unverständlich aus seinem Mund. Er drängt sich an Helena. Seine Stimme wird böse.

»Fünfhundert! Wie beim letzten Mal. Los, rück raus. Oder soll ich deiner Tochter sagen, was du für eine …«

»Wenn Sie nicht augenblicklich verschwinden, rufe ich die Polizei. Dora, komm rein. Der arme Irre weiß ja nicht, was er redet.« Helena nimmt Doras Hand und will sie mit sich ziehen.

»Wie beim letzten Mal?«

Dora hat genau verstanden, was der Junkie gezischt hat.

»Was meint er damit, Mutter?«

Leo hält den Atem an. Jetzt! Es ist so weit.

Gesteh endlich, du alte Hexe. Gesteh, was du getan hast.

»Nichts meint er. Ich kenne ihn überhaupt nicht. Sehen Sie endlich zu, dass Sie weiterkommen.«

Sie schiebt Dora, die Leo wieder auf dem Arm hat, durch das Gartentor. Diese Situation muss so schnell wie möglich beendet werden.

»Sie hat mir fünfhundert Euro gegeben, damit ich die Töle entsorge.«

Die Stimme des Jungen ist ganz klar. Und laut. Und deutlich zu verstehen. Dora bleibt stehen. Starrt ihn an. Starrt ihre Mutter an.

»Du wirst doch nicht diesem Junkie glauben. Dora, komm bitte rein.« Helena muss das hier beenden.

Aber es ist zu spät. Dora lässt sich nicht mehr aus der Spur bringen. »Was meinen Sie damit, entsorgen?«, fragt sie den Junkie.

Sie hat den Eindruck, dass ihr jeden Moment das Herz stehen bleibt. Es kann nicht sein, dass es stimmt, was sie sich da gerade zusammenreimt. Es kann nicht sein, dass ihre Mutter diesem Kerl Geld gegeben hat, damit er Leo …

»Ich hab ihn aus deiner Wohnung geholt. Und in den Wald gebracht. Sie hat gesagt, ich soll dafür sorgen, dass er nicht mehr zurückkommt. Und wenn diese blöden Gören nicht gewesen wären, dann hätte es auch geklappt.«

Das Spiel ist aus, du alte Hexe! Ja, geh nur ins Haus. Hau einfach ab. Du hast verloren.

Niemals wird Dora dir das verzeihen. In ihrem ganzen Leben nicht. Nie und nimmer!

27

»Wieso tut sie so was? Sie ist meine Mutter! Ich habe sie doch geliebt. Und bin immer für sie da gewesen. Und zum Dank will sie meinen Hund umbringen lassen.«

Doras Tränen tropfen heiß auf Leos Fell, der, erschöpft von der Anstrengung, zusammengeringelt auf ihrem Schoß schläft.

Marc legt ihr eine weiche Kaschmirdecke um die Schultern, schichtet ein paar weitere Holzscheite in den Kamin, den er sofort eingeheizt hat, als Dora zitternd und tränenüberströmt vor seiner Tür gestanden hat. Blass wie die Wand. Ein Taxifahrer hat einen Koffer und eine Tasche mit Hundeutensilien in die Wohnung gestellt und Marc beschworen, sich ja gut um Dora zu kümmern, die nicht aufhören könne zu weinen. Vermutlich sei jemand aus ihrer Familie gestorben, weswegen sie so abgrundtief traurig sei.

»Ich kann mir das beim besten Willen nicht vorstellen. Du hast diesen Junkie bestimmt falsch verstanden. Du weißt selbst, dass die, wenn sie auf Droge sind, gerne mal wirres Zeug brabbeln.«

Er hat Helena sofort anrufen wollen, damit sie herkäme und die ganze Sache aufkläre. Doch Dora hat ihm das Telefon aus der Hand geschlagen.

»Sie hat mir alles gestanden. Sie hat gesagt, sie hätte sich nicht mehr zu helfen gewusst. Leo hätte so viel Raum in meinem Leben eingenommen. Da hätte sie etwas tun müssen.«

Dora hat ihre Mutter nicht ansehen können, als sie hastig ein paar Sachen für sich und Leo zusammengepackt hat. Sie hat auch nicht auf ihre Erklärungen gehört. Und nicht auf ihre Entschuldigung. Meine Güte, wie hätte sie auch entschuldigen sollen, was Helena getan hat? So etwas kann man nicht entschuldigen. Sie hat ihr Leo wegnehmen wollen, das liebste Wesen in ihrem Leben. Sie wollte ihn töten lassen!

»Du weißt, wie einsam sie ist. Und wie sehr sie an dir hängt. Sie muss schreckliche Angst gehabt haben …«

»Sie ist nicht einsam. Sie ist egomanisch! Alles muss sich um sie drehen.«

Ein zufriedenes kleines Grunzen entfährt Leo in diesem Moment. Ist aber auch schwer genug gewesen, bis Dora das endlich begriffen hat. Schwer und lang. Aber dass sie sich wegen der alten Hexe die Augen ausweint, war nun wirklich nicht der Plan. Sie sollte froh sein, ihr entronnen zu sein. Und Marc soll jetzt bitte einfach mal den Mund halten.

»Ich vermute, dass sie so etwas wie eine Angststörung hat. Ich bin zwar kein Psychiater. Aber Menschen, die nicht allein sein können, sind oft nicht egomanisch, wie du es nennst, sondern krank.« Marc reicht Dora die vierte Tasse mit heißem Kakao und langsam hört sie auf zu zittern.

»Weißt du, was ich denke? Vielleicht hat *sie* mich ja auch wegen der Schwarzarbeiter angezeigt. Und wegen der Ratten.«

Kaum ausgesprochen, gruselt es Dora heftig. Sollte ihre Mutter tatsächlich so ein Monster sein? Dass sie zu solchen Mitteln greift, um Dora nicht aus ihren Fängen zu lassen?

»Jetzt geht aber die Phantasie mit dir durch. Das war die Konkurrenz, das hast du doch selbst gesagt.«

»Ja, schon. Da wusste ich aber noch nicht, wozu meine Mutter fähig ist.«

Marc tut in den folgenden Tagen alles, um Dora davon zu überzeugen, dass sie ihrer Mutter vergeben muss. Sie wisse doch, dass sie das Wichtigste im Leben ihrer Mutter sei. Und dass sie ein wenig über die Stränge geschlagen habe …

Ein wenig über die Stränge geschlagen? Mann, bist du bescheuert? Sie hat mich umbringen wollen. Jetzt hör auf, Dora in ihre Arme zurückzutreiben. Du Romantiker! Am Ende soll sie wahrscheinlich noch ein schlechtes Gewissen haben, weil sie nicht begriffen hat, wie sehr ihre Mutter leidet?

»Lass ein paar Tage ins Land gehen. Und dann setzt du dich mit ihr zusammen. Und ihr redet über alles. Immerhin heiraten wir demnächst. Und du willst nicht allen Ernstes deine Hochzeit ohne deine Mutter feiern?«

Die Hochzeit! Die prachtvolle Hochzeit mit allem Klimbim, zu der Helena sie überredet hat. Dora hat in den letzten Tagen keine Sekunde mehr daran gedacht. Zu sehr ist sie damit beschäftigt gewesen, ihre Wunden zu lecken. Und hat sich – nachdem sich sowohl die Schwarzarbeit als auch der Rattenbefall als unrichtig erwiesen haben und die Baustelle wieder geöffnet wurde – mit dem restlichen Elan, der ihr geblieben ist, auf die Restauranteröffnung konzentriert.

Sie zwingt sich, nach vorne zu sehen. Sich auf ihren neuen Job zu freuen. Und vor allem zwingt sie sich, nicht an Helena zu denken.

»Es wird keine Hochzeit geben.«

Ja! Ja! Ja! Endlich hast du es kapiert. Du gutes Mädchen. Dass ich das noch erleben darf. Endlich begreifst du, dass du mit Doktor Weichei nur zusammen bist, weil deine Mutter das eingefädelt hat. Das Leben kann so schön sein!!!

»Bitte? Was soll das denn heißen?« Marc sieht Dora fassungslos an.

»Ich meine natürlich, es wird keine Hochzeit geben, wie meine Mutter sie sich vorgestellt hat. Weißt du, was? Wieso gehen wir nicht in den nächsten Tagen zum Standesamt und heiraten einfach so. Nur wir zwei. Ohne Fest, ohne Verwandte, ohne Kirche, ohne weißes Kleid.«

Und ohne mich! Das wirst du nicht tun.

Meine allergeliebteste Dora, du hast es fast geschafft. Du hast dich von deiner Mutter gelöst. Du wirst dich jetzt nicht sofort in die nächste Abhängigkeit stürzen. Dora! Schalt dein Hirn ein! Nicht heiraten! Und schon gar nicht Dr. Weichei.

»Er ist immer für mich da. Er kümmert sich um mich. Er unterstützt mich. Er liebt mich. Okay, mit Leo ist er noch nicht richtig warm geworden. Aber wenn wir erst mal zusammenwohnen, wird das schon kommen. Leo wird begreifen, wie gut mir Marc tut. Ein Mann, auf den ich mich verlassen kann. Der mich niemals betrügen wird. Der ehrlich ist.«

Und so was von langweilig. Mach! Das! Nicht!

Du wirst es bereuen, mein Dörchen. Und, Himmel noch mal, hör auf, ihn zu küssen. Vor allem, wenn ich dabei bin. Ich kann das nicht mit ansehen!

Natürlich findet Marc Doras Idee gut. Wie er eigentlich alles gut findet, was sie denkt und sagt und will. Ist ja auch das Leichteste, keine eigene Meinung zu haben. Sich demjenigen unterzuordnen, den man liebt. Kein Widerspruch, keine Probleme. Nicht dass er sich dessen bewusst wäre. Er hat schon immer so gehandelt, seit er ein Kind war. Erst sind es seine Eltern gewesen, denen er bedingungslos gehorcht hat, dann seine Geschwister, an die er sich angepasst hat, und schließlich seine Freunde, die er mit der Verlautbarung eventueller eigenen Ideen nicht hat irritieren wollen. Und nun passt er sich eben an Dora an. Es könnte Schlimmeres geben!

Wozu braucht er eine große Hochzeit? Mit dem Geld kann man auch viele andere schöne Dinge tun. Er muss nur ein paar Anrufe bei dem einen oder anderen Patienten machen und schon kann er Dora einen Hochzeitstermin an diesem Freitag präsentieren. Sogar im Säulensaal des Roten Rathauses. Ein bisschen Stil muss trotz allem sein.

»Es gibt keine größere und tiefere Liebe als die einer Mutter zu ihrer Tochter.«

Helena wischt sich die Tränen aus den Augen und starrt auf den einzigen Satz, der auf dem Blatt Papier, das vor ihr liegt, steht.

»Natürlich werde ich den Abgabetermin einhalten«, hat sie Sam Schneider gerade versichert. »Gar kein Problem. Ich habe schon hundertdreißig Seiten fertig. Und der Rest schreibt sich quasi von allein. Sie wissen ja, ich bin Profi.«

Als sie in die Küche geht, um sich ein Glas Wein zu holen, vermeidet sie es, in die Spiegel zu sehen, die überall an der Wand hängen und in denen sie normalerweise ihr schönes Gegenüber anlächelt. Zeit ihres Lebens ist sie zufrieden gewesen mit ihrem Aussehen. Hat sich allerdings auch große Mühe gegeben, stets perfekt zu sein. Auch wenn sie zu Haus geblieben ist. Nachlässigkeit mit sich selbst, das ist ihre feste

Meinung, ist der erste Schritt für eine Frau, die Selbstkontrolle aufzugeben. Und wohin das führt, das kann man sehen, sobald man vor die Tür tritt. All diese Frauen in den ausgeleierten Hosen und T-Shirts, in Gesundheitssandalen, mit ungepflegten Zehennägeln, mit herausgewachsenem Haaransatz, mit schlechten Zähnen sind immer ein abschreckendes Beispiel für Helena gewesen.

Schon als junge Frau, in der absoluten Blüte ihres Lebens, hat sie gewusst, dass sie niemals so werden würde. Sie hat sich keine Situation vorstellen können, in der ihr ihr Aussehen und ihre Wirkung auf andere so was von egal sein würden. Und nun war sie plötzlich da. Und sie würde sang- und klanglos untergehen. Ihr Buch würde nicht erscheinen. Dieses nicht und auch kein anderes mehr. Niemand würde sich mehr für sie interessieren. Sie würde den Rest ihres Lebens allein und ungeliebt in ihrem Haus verdämmern.

Ihre Tränen malen Kringel in den roten Wein. Sie starrt auf den abblätternden Nagellack ihrer zeit ihres Lebens gepflegten Nägel, von denen einer eingerissen, ein anderer sogar abgebrochen ist.

Eine einsame, alte, verlassene Frau ist sie. Verlassen von ihrer einzigen Tochter. Die sie doch so liebt.

Als die Klingel ertönt, beschließt sie, sie zu ignorieren. Sie will keinen Menschen mehr sehen.

Und wenn es Dora ist? Wenn sie gekommen ist, um ihr zu sagen, dass es ihr leidtut? Wenn sie wieder bei ihr einziehen will? Weil sie eingesehen hat, dass man eine Mutter so nicht behandelt?

Hubertus steht vor Helenas Haus. Hört das Klingeln tief drinnen. Aber niemand macht auf. Anscheinend sind alle ausgeflogen. Na ja, Dora wird sich um ihr Lokal kümmern. Und Helena ist wahrscheinlich beim Yoga. Oder beim Friseur. Oder sie kauft sich ein sensationelles Kleid für Doras Hochzeit.

»Ist irgendwas mit Frau Liebig? Ich habe sie schon seit Tagen nicht gesehen. Man macht sich ja richtig Sorgen.«

Hubertus starrt in die neugierigen Augen von Frau Oswald, die sich wieder einmal weit über die Buchenhecke beugt, um ja nichts zu versäumen.

»Nicht einmal um den Garten kümmert sie sich in letzter Zeit. Ist ja nicht zum Ansehen, wie das Unkraut hier wuchert.«

Schon beim ersten Schritt durch den Garten ist Hubertus der klägliche Zustand des kleinen Vorgartens aufgefallen. Die Hortensien vertrocknet, die Rosen verwelkt. Unkraut, das meterhoch wächst. Die hübsche eiserne Vogeltränke mit der abfliegenden Amsel am Beckenrand ausgetrocknet. Irgendetwas stimmt hier nicht. Ohne Frau Oswald, die in diesem Moment beglückt erkennt, wer Hubertus ist, und ihrer Freude, ihn endlich einmal wieder zu sehen, mit einem Wasserfall von Worten Ausdruck verleiht, eines weiteren Blickes zu würdigen, geht er um das Haus herum.

»Helena? Bist du zu Hause?«

Die schnelle Bewegung an einem der oberen Fenster ahnt er mehr, als dass er sie sieht.

»Ich bin's. Wieso machst du mir nicht auf?«

»Weil mein Leben zu Ende ist!«

Die Frau, die ihm diesen Satz entgegenschluchzt und ihm vollkommen aufgelöst in die Arme stürzt, hat mit der Helena Liebig, die Hubertus gekannt und vor Jahren verlassen hat, nicht das Geringste zu tun. Sie drängt sich wie Hilfe suchend an ihn. Sodass ihm gar nichts anderes übrig bleibt, als die Arme um sie zu schlingen und dieses zitternde Bündel Mensch tröstend festzuhalten. Er muss nicht fragen, was denn los sei. Als hätte sich eine Schleuse geöffnet, quillt das ganze Elend aus Helena heraus. Und es ist klar, dass sie, vielleicht zum ersten Mal in ihrem Leben, nicht spielt, niemandem etwas vormacht.

Jochen hat während des Flugs von Sardinien die meiste Zeit stumm neben Hubertus gesessen und in den blankblauen Sommerhimmel gestarrt. Ein paarmal hat Hubertus versucht, ein Gespräch anzufangen. Doch schon nach ein paar Sätzen, die sich hauptsächlich darum drehten, dass es das Richtige sei, was sie zu tun gedachten, wieder aufgehört zu reden. Da Jochen nur stumm genickt und weiter angelegentlich aus dem Fenster gesehen hat. Als sie in der Ackerstraße angekommen sind, ist Hubertus, der selbstverständlich davon ausgegangen ist, dass Jochen mit reinkommen würde, um Dora zu sehen, erstaunt gewesen, als dieser ihm gesagt hat, dass er zuerst nach seinem Laden schauen will. Als ob es da was zu sehen gäbe. Aber gut, er muss wissen, was er will. Das Taxi ist mit Jochen weggefahren. Sie haben sich gegenseitig ihrem Schicksal überlassen.

Durch die nur ein paar Zentimeter hochgezogene Jalousie wirft die Sonne streifenförmig ihr Licht in Jochens verwaisten Blumenladen. Die Vasen und Gefäße, die sonst vor bunten Blumen überquellen, sind leer, der Tresen ist aufgeräumt, die Schaufenster sind vom Staub der Großstadt trüb.

Jochen bricht es fast das Herz, als er sich umsieht.

»Du gehst einfach zu ihr hin. Sagst ihr, dass du sie liebst. Und dass du sicher bist, dass sie dich auch liebt. Dass sie sich von diesem Marc trennen muss. Und dass du dir nichts Schöneres vorstellen kannst, als für den Rest deines Lebens mit ihr zusammen zu sein.« Hubertus' Anweisungen haben so simpel geklungen, als sie ihren letzten gemeinsamen Abend auf seiner Terrasse verbrachten.

Die Sonne hat wie zur Bestätigung, dass das Leben schön sein kann, wenn man es nur will, sanft und weich ihre letzten Strahlen über den Garten gelegt und die lila Blüten der Bougainvillea zum Leuchten gebracht. Ein leiser Wind hat den Salzgeruch vom Meer heraufgetragen, und der weiße Wein hat optimistisch in den Gläsern gefunkelt, als die beiden Männer angestoßen und sich Glück gewünscht haben. Er ist auch wild entschlossen gewesen, Hubertus' Rat zu folgen. Genau das zu Dora zu sagen, was dieser ihm eingebläut hat. Aber dann, als er vor Doras Haus gestanden hat, sind die Zweifel wieder hochgepoppt in ihm.

Er starrt in das Zwielicht, in dem sein Laden wie ein Bühnenbild der Komischen Oper wirkt. Er muss erst noch einmal über alles nachdenken. Das, was auf Sardinien so folgerichtig geklungen hat, hat nun doch Schwachstellen. Richtige Löcher gar. Sein Handy zeigt ihm eine SMS an.

»Helena am Boden zerstört. Dora ist ausgezogen. Weiß nicht, was passiert ist. Fürchte, du musst dich beeilen.«

Was soll das denn heißen? Dora ist ausgezogen? Weg von ihrer Mutter?

Eigentlich ist das eine gute Nachricht. Anscheinend hat sie es tatsächlich geschafft, sich von ihrer Mutter zu lösen. Das, was er immer von ihr gefordert hat, hat sie jetzt ohne ihn hingekriegt? Aber kann er sich darüber freuen? Oder bedeutet es … Ja, was denn?

Er will sich weigern, den Gedanken zu Ende zu denken. Und zwingt sich dann doch dazu. Dass Dora von zu Hause ausgezogen ist, kann nur bedeuten, dass sie Marc schon geheiratet hat. Denn so, wie Dora gestrickt ist, würde sie niemals alleine leben wollen. Und wenn sie sich geändert hat? Wenn sie wirklich was verstanden hat? Er weiß, dass er nie herausfinden wird, was geschehen ist, wenn er nicht mit ihr redet. Aber was ist, wenn sie einen Ring am Finger trägt? Marcs Ring? Kann er das aushalten? Muss er das aushalten? Sollte er nicht einfach wieder abhauen und sie endgültig aus seinem Kopf verbannen?

Hat er das nicht längst versucht? Hat er nicht mit aller Gewalt versucht, nicht mehr an sie zu denken? Es ist wie mit dem Krokodil, an das man nicht denken soll. Und das einem genau deswegen ungefragt ununterbrochen durch die Gedanken rennt. Vielleicht wartet sie ja nur darauf, dass er sich endlich meldet. Oder sie hat ihn abgehakt. Was, wenn es ihr viel besser als ihm gelungen ist, ihre gemeinsame Zeit zu den Akten zu legen? Aber sie hat ihn aufrichtig geliebt.

Hat sie das? Hat er sich das nicht nur eingebildet?

Jochen wünscht sich plötzlich, nicht nach Berlin zurückgekommen zu sein. Hat er es nötig, sich wegen einer Frau zum Narren zu machen? Andere Mütter haben auch schöne Töchter. Er muss sich nur frei machen für sie. Genau, das ist es!

Er atmet tief durch. Sein Entschluss steht fest. Er wird den Laden verkaufen. Aus seiner Wohnung ausziehen. Er wird seine Zelte abbrechen. Und irgendwo anders, möglichst weit weg von hier, noch einmal ganz neu anfangen. Gute Gärtner werden überall gesucht. Vielleicht geht er nach England. Oder in die USA. Gärten, die der Pflege bedürfen, gibt es in der ganzen Welt. Und Dora? Ach, verdammt, Dora soll der Teufel holen. Zufrieden atmet er tief ein. Endlich! Er hat sich zu einem Entschluss durchgerungen. War gar nicht so schwer. Nun muss er ihn nur noch ausführen. Er greift zum Telefon, um den Makler, über den er vor zehn Jahren den Laden gefunden hat, anzurufen. Ja, jetzt werden Nägel mit Köpfen gemacht.

»Hallo, Herr Baumüller, Jochen Blume hier. Sie erinnern sich?«

Bevor er dem Makler sein Anliegen mitteilen kann, hört er diesen kleinen, hohen Beller. Der ihm so vertraut ist.

Der Rollladen fährt ratternd hoch.

»Leo!«

Hab ich's doch gewusst. Er ist wieder da! Gerade noch rechtzeitig.

He, Jochen, jetzt wird alles gut.

Als Leo, den Dora nach der Sache mit dem Junkie nicht mehr aus den Augen lassen will und nun zu jedem ihrer Termine mitnimmt, im Fahrradkorb die Nase in den Wind gehoben hat, ist da dieses Ahnen gewesen. Dieses Ahnen, dass Jochen wieder in der Stadt sein muss. Irgendwas ist anders gewesen.

Ich hab's gespürt. Mit meinem sechsten oder siebten Sinn hab ich's einfach gespürt. Und es hat gestimmt. Mann, ich bin der Größte. Vielleicht sollte Dora mich mal in so einer Fernsehshow anmelden. Gibt's doch dauernd. »Die größten Wunder der Erde« oder »Die erstaunlichsten Fähigkeiten der Tiere«. Was weiß ich, ich würde auf jeden Fall als Sieger hervorgehen.

So! Nix wie los! Schließ den Laden ab. Und dann bring mich zum Lokal. Vielleicht hat Dora ja noch nicht gemerkt, dass ich abgehauen bin. Wir müssen uns beeilen. Ich will nicht, dass sie sich schon wieder Sorgen um mich machen muss.

Gib endlich Gas, verdammt noch mal. Und hör auf, mich so feste zu knuddeln. Dafür ist später immer noch Zeit.

»Meraviglioso! Dorabella, du bist großartig.«

Sergio Primo kann gar nicht aufhören, Dora zu drücken und zu küssen. Genau so hat er sich sein Lokal vorgestellt.

Es ist absolut perfekt geworden. Schlicht, aber nicht einfallslos. Geräumig, aber nicht leer. Von den zartblau verputzten Wänden über die leicht angerosteten Industriefenster, den blanken Eichenboden, den trotz ihrer Größe leicht wirkenden Holztischen bis hin zu den schlichten weißen Lampen, der hellblauen Tischwäsche und dem eleganten Porzellan – es hat alles Stil und wirkt dennoch nicht wie kühl geplant. Die Räume haben eine einladende, gemütliche Atmosphäre. Alles stimmt.

»Besser hätte ich es auch nicht machen können. Ich hab gewusst, dass es eine gute Idee ist, alles in deine Hände zu legen.«

Sergio zieht Dora an sich, küsst sie auf die Wangen, nimmt ihre Hände, bedeckt auch diese mit Küssen.

Und Dora strahlt. Nicht nur wegen des überschwänglichen Lobes, mit dem Sergio gar nicht aufhören kann, sie zu überschütten, sondern vor allem, weil sich all die Mühe, all die Arbeit, all der Stress der letzten Wochen gelohnt haben. Sie hat hier den Ort geschaffen, an dem sie immer arbeiten wollte. Einen Ort, an dem es ein Vergnügen sein wird, Gäste zu bewirten. An dem die Gäste sich wohlfühlen werden. Einen Ort, der ganz dem entspricht, von dem sie immer geträumt hat.

Alles ist plötzlich richtig. Und gut! Jetzt endlich kann ihr Leben beginnen.

»Wow!«

Dora reißt es herum. Vor ihr steht Jochen und sieht sich sprachlos um. Jochen! Der Verschollene. Steht einfach in ihrem Lokal. Und scheint heftig beeindruckt zu sein. Und kann nicht anders, als noch einmal »Wow« zu sagen.

Leo ist schon bei Dora, die ihn die ganze Zeit im Hof

gewähnt hat und keine Ahnung hatte, dass er quer durch Mitte gerast ist, um seinem Gefühl zu folgen. Sie wehrt seine Liebesbezeugungen lachend ab. Und kann dabei den Blick nicht von Jochen wenden.

»Hallo, Jochen. Was machst du denn hier?«

Sie zwingt sich dazu, lässig auf ihn zuzugehen. Ihm einen kleinen Wangenkuss zu geben. Ihn freundlich anzulächeln. Wie man das unter guten Freunden so tut. Dass ihr Herz dabei rast, dass ihre Kehle wie ausgetrocknet ist, ihre Knie schlackern, muss er nicht wissen.

»Ich hatte keine Ahnung, dass du noch in Berlin bist.«

»Ähm … ja … also … Ich bin auch nur kurz hier. Um meine Sachen zu regeln. Bin praktisch schon wieder weg. Aber, na ja, ich dachte, ich sehe mir vorher noch schnell an, was du so gemacht hast in der letzten Zeit.«

Jochen kann sich auf Doras entspannte Haltung nur einen einzigen Reim machen. Dass sie wirklich nichts anderes mehr für ihn empfindet als Freundschaft. Dass sie mit sich im Reinen ist. Und vermutlich auch mit Marc.

Ich werde ohnmächtig! Bist du denn von allen guten Geistern verlassen? Jochen, du Volltrottel. Du blöder Idiot. Wie kann man nur so ein Vollpfosten sein!

Du bist hier. Sie ist hier. Was willst du mehr? Es stimmt überhaupt nicht, dass du nur auf der Durchreise bist. Stell dich bitte nicht so bescheuert an.

»Und? Wie findest du es? Gefällt dir mein Lokal?«

»Ob es mir gefällt? Dora, es ist der Knaller. Es ist … es ist perfekt.«

Perfekt wie du, schießt es ihm durch den Kopf. Aber er kann es nicht sagen.

»Danke. Du weißt, dass mir deine Meinung immer

wichtig war. Ich bin froh, dass dir gefällt, was ich hier erschaffen habe.«

Und jetzt ist es da. Dieses Schweigen. Das, vollgepackt mit Unsicherheit und Verlegenheit, dröhnend den Raum erfüllt.

Okay. Jetzt kann euch niemand mehr helfen. Nicht einmal ich. Jetzt müsst ihr euch einen Ruck geben. Fangt bitte an zu reden. Oder lasst es. Fasst euch an. Umarmt euch. Küsst euch. Spürt eure Herzen. Und eure Liebe.

Verdammt, ich spüre sie doch auch. Sie ist da! Ihr müsst nur danach greifen.

Es ist ein ganz kleiner Laut, der Leo entfährt, als er sich zu Doras Füßen zusammenringelt. Ein winziger, verzweifelter Seufzer.

»Vielleicht komme ich ja mal zum Essen vorbei, wenn ich zufällig in Berlin bin.«

»Ja. Das wäre nett. Du kannst mir vorher Bescheid geben, dann sehe ich zu, dass du einen guten Platz kriegst.«

Alle drei, Dora, Jochen und Leo, fragen sich, was das für Worte sind, die da ausgetauscht werden. Dummes, belangloses Zeug. Wo es doch um viel Wichtigeres geht.

»Ich will nicht, dass du weggehst.« Wieso kann Dora den Satz nicht einfach aussprechen?

»Ich würde viel lieber hierbleiben.« Jochen weiß nicht, warum er die Worte nicht über die Lippen bekommt. Stattdessen hört er sich sagen: »Na dann. Ich wünsche dir alles Gute, Dora. Viel Erfolg. Und viel Glück.«

Sie lächelt ihn an. »Danke. Das wünsche ich dir auch. Mach's gut, Jochen.«

Noch ein kurzes Zögern. Die unausgesprochene Frage,

ob es angebracht ist, sich zu umarmen, angesichts der Tatsache, dass man sich einmal so nahe war. Dora spürt, wie ihre Unterlippe anfängt zu zittern. Nein, das wird sie nicht zulassen. Sie wird nicht anfangen zu weinen. Weil es überhaupt nichts gibt, worüber sie weinen müsste.

»Also … ich muss dann mal wieder. Gibt noch 'ne Menge zu tun vor der Eröffnung.«

»Ja klar. Ich will dich auch gar nicht aufhalten.«

Ein letztes Lächeln. Ein letztes Zögern. Und dann drehen sich beide um. Gehen weg. Sie in ihre neue Wirkungsstätte hinein. Und er hinaus in den grauen Berliner Tag.

»Du, Jochen«, hört er ihre Stimme hinter sich.

»Ja?« Sein Herz will explodieren vor Anspannung, als er sich noch einmal zu ihr umdreht.

»Was ich dir noch sagen wollte … Ich meine, du wirst es ja sowieso erfahren … Also … Es ist so: Marc und ich … wir heiraten morgen.«

28

»Wieso schon morgen? Die Hochzeit war ursprünglich für das dritte Septemberwochenende geplant. Wieso macht sie so was? Sie wollte doch ein großes Fest. Und jetzt gehen sie bloß zum Standesamt?«

Helena sieht Hubertus kummervoll an. Und er weiß, es geht ihr nicht darum, dass Dora kein Fest machen will. Er sieht es ihr an, nur eins quält sie: dass ihre Tochter ohne sie heiraten wird. Ohne ihre Mutter.

»Ich weiß, ich habe mir das alles selbst zuzuschreiben.«

Ihre Stimme ist ganz klein. Voller Traurigkeit. Sie hat es vermasselt. Hat den einzigen Menschen, den sie je geliebt hat in ihrem Leben, vertrieben. Und es sieht nicht so aus, als würde Dora ihr jemals verzeihen können.

Hubertus hat Helena in all den Jahren, die er sie nun schon kennt, nie so verzweifelt gesehen. Nicht, als sie die Rolle der Sisi in der Neuverfilmung nicht bekommen hat, von der sie überzeugt war, dass sie die Einzige sei, die sie spielen kann. Nicht, als sie sich kurz vor Drehbeginn eines internationalen Films mit Tom Cruise beim Reiten einen Nackenwirbel gebrochen hat und für Monate außer Gefecht war. Nicht einmal, als er ihr damals gesagt hat, dass er sie verlassen müsse.

»Immerhin bekommst du deinen Traumschwiegersohn.«

Ihr Blick sagt ihm, dass der kleine Scherz missraten ist.

»Als ob es darum ginge.«

In der Nacht, in der Helena Hubertus alles erzählt hat,

was geschehen ist, und dabei keins der schäbigen Details ihrer Intrigen ausgelassen hat, hat Hubertus verstanden, dass Helenas Verzweiflung echt ist. Genauso wie ihre Reue. Es ist die pure Angst gewesen, die sie so handeln ließ. Die Angst vor dem Alleinsein. Vor dem Altwerden. Vor dem Vergessenwerden. Zu der sich nun eine unendliche Scham gesellt, über all die Dinge, die sie ihrer Tochter angetan hat.

Er ist zu Dora gegangen. Hat mit ihr geredet. Hat versucht, zu erklären. Versucht, zu versöhnen. Und hat dabei zu gut verstanden, dass Dora hart geblieben ist.

»Wie soll ich einer Mutter verzeihen, die immer nur an sich denkt?«

Sicher, sie hat begriffen, weshalb Helena so gehandelt hat. Aber verzeihen kann sie ihr das noch lange nicht.

Sie hat Hubertus gefragt, ob er zu ihrer Hochzeit kommen wolle. Doch Hubertus hat Dora gesagt, dass er das Helena nicht antun könne. Er wolle den Dolch, den Dora ihr ins Herz gestoßen habe, nicht noch tiefer hineinbohren.

»Den Dolch? Den *ich* ihr …« Dora hat höhnisch aufgelacht. »Sie hat das selbst gemacht. Sie hat sich das alles selbst zuzuschreiben. Ich werde mir kein schlechtes Gewissen mehr machen lassen. Von ihr nicht. Und von dir auch nicht.«

Hubertus hat eingesehen, dass Dora recht hat. Er hat verstanden, dass Helenas Fehler zu groß gewesen sind. Dass die Wunden, die sie geschlagen hat, wenn überhaupt, nur sehr langsam verheilen werden. Und deswegen hat er Dora in die Arme genommen. Ihr alles Glück gewünscht. Und ist zu Helena gegangen.

Und nun, an diesem Morgen, an dem Dora ihren Marc heiraten wird, kann er nichts anderes tun, als Helenas eiskalte Hand zu halten. Und ihr tränenleeres Gesicht an seine Brust zu drücken.

»So sieht also eine Frau aus, die heiratet.«

Dora starrt in die Augen ihres Spiegelbilds. Ob sie sich in zwei Stunden anders fühlen wird? Wie fühlt es sich überhaupt an, verheiratet zu sein?

»Klasse Zeitpunkt für solche Gedanken.«

Sie wischt sich mit der Puderquaste über die Nase. Soll schließlich nicht glänzen an ihrem großen Tag. Okay, so ein richtig großer Tag wird es ja nicht werden. Marc wird direkt aus der Praxis zum Standesamt kommen. Sie werden kurz Ja sagen. Danach beim Lieblingsitaliener essen gehen. Vielleicht gibt's noch ein Glas Champagner. Und das war's dann auch schon. Alles völlig lässig. Unaufwendig. Unaufgeregt.

Ihr Blick wandert zu Leo, der, auf seinem Kissen liegend, den Blick nicht von ihr lässt.

»Gefällt dir mein Kleid, Leolieb?«

Sie dreht sich vor ihm im Kreis. Gott sei Dank ist sie dem Spitzengebilde, das sich ihre Mutter für sie ausgedacht hat, entgangen. Dieses schmale hellgraue Etuikleid mit der passenden Jacke ist fein genug für diesen Anlass. Und ein Fest muss nun wirklich nicht sein.

»Jetzt komm schon! Sag irgendwas. Sag, dass ich super aussehe.«

Sie krault Leo hinter den Ohren, was er am allerliebsten mag. Doch Leo dreht den Kopf ungnädig weg.

»Er ist der Richtige! Du wirst das schon noch merken.«

Mist, verdammter, wieso lässt sie sich von der Laune eines Hundes derart durcheinanderbringen? Natürlich ist Marc der Richtige. Er liebt sie. Trägt sie auf Händen. Liest ihr jeden Wunsch von den Augen ab. Okay, er ist nicht besonders glücklich darüber, dass sie als Köchin arbeiten wird. Aber er hat ihr versprochen, ihren Job zu akzeptieren. Auf jeden Fall so lange, bis sie Kinder haben würden. Und dann würden sie weitersehen. Sie weiß, dass er davon ausgeht, dass sie in dem Moment, in dem sie schwanger ist, aufhören wird zu arbeiten. Aber bis dahin wird noch viel Wasser die Spree runterfließen, und sie wird genug Gelegenheit haben, ihm klarzumachen, dass sie ihren Job, egal, wie viele Kinder sie auch haben wird, niemals aufgeben wird.

Der Wecker ihres Handys pfeift. Neun Uhr dreißig. Um zehn muss sie am Roten Rathaus sein.

Leine, Tasche, Schlüssel. Sie schlüpft in die hochhackigen Schuhe, die sie Marc zuliebe gekauft hat.

»Leo, auf geht's. Wir müssen los.«

Kein Hund. Sie hastet zurück ins Schlafzimmer. Leo hat die Augen geschlossen. Als würde ihn diese ganze Sache nichts angehen.

»Du wirst mich bei meiner Hochzeit doch nicht alleine lassen? Jetzt komm bitte. Wir müssen wirklich los.«

So fühlt sich also ein Verlierer. Ich hätte nie gedacht, dass es in meinem Leben einmal so einen Moment geben wird. Ich hab alles versucht. Hab mir die Hacken ausgerissen, hab alle Tricks angewandt, die ich kenne. Und wofür? Dass sie am Ende doch den Falschen heiratet. Und nun soll ich auch noch zusehen.

Nein, danke. Kein Bedarf. Ich werde nicht Zeuge sein, wie du den Fehler deines Lebens machst, Dora.

»Bitte, Leo … Ich will da nicht alleine hin. Leo, sei lieb … Bitte!«

Und schließlich steht er auf. Sie ist doch sein Dörchen, seine große Liebe. Und wenn sie ihn so sehr bittet …

Zehn Minuten vor zehn. Jochen wirft die letzten Klamotten in seinen Reisesack. Um zwölf Uhr dreißig geht sein Flieger nach Sydney.

»Sie haben Glück, gerade hat jemand seinen Flug storniert. Normalerweise ist es völlig ausgeschlossen, so kurzfristig ein Ticket nach Australien zu bekommen.«

Er hat den leisen Hauch der Enttäuschung, der ihn übermannt hat, als er die fröhliche Stimme der Airline-Angestellten gehört hat, ignoriert und sich sofort zu seinen netten Nachbarn begeben, die gerade ihr zweites Kind erwarten. Die Nachricht, dass sie seine viel größere Wohnung übernehmen können, hat ihnen die Freudentränen in die Augen getrieben. Natürlich würden sie ihm seine Post nachsenden, wohin auch immer es ihn verschlagen würde. Der Rest des Nachmittags ist mit Telefonaten mit dem Makler wegen seines Ladens, mit der Verabschiedung von Sandra, die ihn zum hundertsten Mal einen Vollpfosten schalt und ihm am Ende dennoch viel Glück wünschte, mit dem Verräumen seiner wenigen Habseligkeiten in Kisten und mit Kofferpacken vergangen. Am Abend ist er um das »Sette Stelle« geschlichen, in dem er mit Dora so viele Male so herrlich gegessen hat, und hat sich am Ende doch mit einer Currywurst und einem Bier am Rosenthaler Platz zufriedengegeben. Dass er in der Nacht nicht schlafen konnte, hat er auf sein Reisefieber geschoben. Ist doch normal, dass man aufgeregt ist, wenn man von jetzt auf nachher sein Leben aufgibt. Dass seine Schlaflosigkeit etwas mit Doras Hochzeit zu tun haben könnte, hat er innerlich weit von sich gewiesen.

Den riesigen Reisesack zubinden, noch ein Blick in seine ehemalige Wohnung, den Schlüssel bei den Nachbarn abgeben. Das Taxi wartet schon vor der Tür. Ciao, Berlin. War nett hier. Aber man kann auch anderswo glücklich werden.

»Die ganze Stadt ist gesperrt, wegen irgend so einem Politikerbesuch. Ich werd' ein paar Umwege fahren müssen.« Der Taxifahrer hievt stöhnend den schweren Sack in den Kofferraum. »Soll wohl 'ne lange Reise werden, wa?«

Ja. Eine sehr lange Reise wird das. Eine Reise ohne Wiederkehr.

Dora kommt, Leo hinter sich herziehend, die S-Bahn-Treppe heruntergestöckelt. Klar, dass sie nach ein paar Schritten in den ungewohnten Schuhen umknickt. Klar, dass der Schmerz ihr fast den Atem nimmt. Aber in ein paar Minuten wird sie die Ehefrau eines Arztes sein. Der wird sich dann schon ihres verstauchten Knöchels annehmen. Sie humpelt am Fernsehturm vorbei auf das Rote Rathaus zu.

Toller Anblick muss sie sein. Total verschwitzt in ihrem schicken Kleid, weil die Berliner Sonne offensichtlich beschlossen hat, den Hitzerekord aufs Neue zu brechen. Der eine Knöchel dick geschwollen und leise lila anlaufend. Den störrischen Hund an der Leine. Eine glückliche Braut, keine Frage.

»Den Hund kannst du aber nicht mit reinnehmen.«

Marc starrt auf Leo, der sich, als Braut und Bräutigam sich küssend begrüßen, so hinsetzt, dass er ihnen das Hinterteil zuwendet.

»Ohne Leo geht gar nichts.«

»Das habe ich begriffen.« Marc zwingt sich zu einem Lächeln. Irgendwie hat er sich seine Hochzeit vollkommen anders vorgestellt. »Aber siehst du das Schild da?«

Dora starrt auf das Hunde-haben-keinen-Zutritt-Schild. »Und jetzt?«

»Wir könnten ihn irgendwo anbinden …«

»Klar. Und wenn wir wieder rauskommen, habe ich zwei Hunde.« Dora sieht Marc genervt an.

»Wieso hast du ihn denn nicht zu Hause gelassen?«, fragt er. Ahnungslos.

»Weil dieser Hund zu mir gehört wie mein Arm. Darum. Und meinen Arm hab ich ja auch nicht zu Hause gelassen.«

Dora kann nicht fassen, wie spitz ihre Stimme klingt. Was soll das denn? Marc hat recht. Sie hätte Leo zu Hause lassen müssen. Oder zu Paula bringen.

»Es tut mir leid! Ich hab nicht daran gedacht, dass er nicht dabei sein darf. Er ist doch alles, was ich habe.«

Ihre Zerknirschung lässt Marc lächeln. Er geht auf den Polizisten zu, der in der Nähe gerade seine Frühstückspause mit einem Riesen-Döner feiert. Dora sieht, wie Marc auf Leo deutet. Wie der Polizist den Kopf schüttelt. Wie Marc eindringlich auf ihn einredet. Und der Polizist schließlich mit Marc zusammen auf sie zukommt.

Sie seufzt erleichtert auf. Ist dieser Mann nicht großartig? Es gibt kein Problem, für das er keine Lösung hat. Dankbar küsst sie ihn auf die Lippen. Wenn sie noch einen leisen Zweifel hatte, dass er der Richtige ist, jetzt ist er endgültig verflogen.

Jochen fragt sich, ob der Umweg, den der Taxifahrer nimmt, unbedingt nötig ist. Aber da er gut in der Zeit ist, kann es ihm egal sein, dass er noch eine Sightseeing-Tour durch Berlin macht, bevor er seiner Geburtsstadt endgültig den Rücken kehrt.

»Und links sehen Sie das Rote Rathaus.« Der Taxifahrer grinst. »Sorry, hab total vergessen, dass Sie kein Tourist sind.«

Das kann doch nicht sein! Da steht sie. Da steht Dora. Und küsst ihren Marc. Dass er ausgerechnet in diesem Moment hier vorbeikommen muss. Und dass die Ampel jetzt auch noch auf Rot steht. Jochen will den Blick abwenden. Doch er schafft es nicht. Wie ein Masochist muss er sich diese Szene, die ihm das Herz zusammenschnürt, antun. Verdammt, wann wird es endlich grün? Da, endlich springt die Ampel um. Der Taxifahrer gibt Gas.

»Anhalten. Halten Sie sofort an.«

»Ich hab Grün, Mann, sehen Sie das nicht?«

»Ich muss hier raus.«

Im Bruchteil einer Sekunde wirft Jochen dem Fahrer einen Fünfzigeuroschein hin. Holt seinen Reisesack aus dem Kofferraum. Und will losspurten.

Dora löst sich von Marc.

»Können wir dann mal heiraten?«

Sie lacht ihn an. Übergibt dem netten Polizisten Leos Leine.

Und fasst nicht, was als Nächstes geschieht.

Der Hund spurtet so schnell los, dass der verdatterte Polizist keine Gelegenheit hat, die Leine festzuhalten. Leo rast über den Platz.

Da ist er ja. Jochen! Mein Jochen!

»Leo. Bleib hier. Leo! Verdammt. Leo!«

Dora rennt hinter dem Hund her. Diese scheiß Schuhe! Sie reißt sie sich von den Füßen, läuft weiter. Sieht er die Straße nicht? Die Autos?

»Leo!«

Der Hund ist nicht aufzuhalten.

Jochen, der auf der anderen Straßenseite auf eine Lücke im Verkehr wartet, traut seinen Augen nicht.

Das ist Leo, der da angeflitzt kommt. Ohne Rücksicht

auf Verluste. Ohne anzuhalten, rast er auf die viel befahrene Straße.

»LEO!!!«

Der Schrei tönt gleichzeitig aus Doras und aus Jochens Mund.

Und das Wunder geschieht. Zum ersten Mal in seinem ganzen Leben gehorcht Leo. Bleibt wie angewurzelt mitten auf der Straße stehen. Um ihn herum kommt der Verkehr kreischend zum Erliegen. Es herrscht Stille.

Ein Hund mitten auf der Spandauer Straße. Ein Mann und eine Frau, die atemlos an stehenden Autos vorbeirennen. Den Hund an sich reißen. Ihn streicheln und küssen. Alles um sich herum vergessen.

Auch den Mann, der neben dem schuldbewussten Polizisten vor dem Roten Rathaus steht, einen Blumenstrauß in der Hand und zwei Eheringe in der Hosentasche. Auch den Flieger nach Sydney. Und die Hochzeit, die eigentlich in diesem Moment stattfinden sollte.

Die Welt steht still. Und fängt erst wieder an sich zu drehen, als Jochen und Dora gleichzeitig sagen:

»Mann, das war ganz schön knapp.«

29

Es gibt schlechte Tage. Und gute Tage. Und es gibt diese Tage, die einfach nur perfekt sind. Heute ist so ein Tag.

Die florentinische Septembersonne legt ihr magisches Licht über die Stadt.

Eine dunkellila Eiskugel fällt aus der Waffel, rutscht über ein hellgraues Hemd und landet mit einem Platsch auf dem Pflaster neben einem kleinen weißbraunen Hund, der sich höchst erfreut auf die unerwartete Gabe stürzt.

»Wenigstens beim Eisessen solltest du mal aufhören, mich zu küssen.«

Dora schleckt verliebt die lila Spur von Jochens Hemd. Verharrt an der Stelle, unter der sein Herz sitzt, und drückt einen langen, warmen Kuss darauf. Sie hebt den Blick in das Sonnenlicht, das helle Kringel auf ihr Haar malt.

»Hab ich's nicht gesagt, dass Florenz im September am schönsten ist?«

Sie macht sich aus seiner Umarmung los und stürmt über die Piazza auf die Kopie von Michelangelos David zu.

»Wir müssen meiner Mutter unbedingt eine Postkarte schicken. Sie hat recht. Er hat den schönsten Hintern von allen.«

»Du willst damit nicht sagen, dass sein Hintern schöner ist als meiner?«

Jochen wirft Leo seine Eiswaffel hin und greift nach der

Frau, der er endlich sein Florenz zeigen kann. Sie lacht, sieht ihm in die Augen. Ihre Lippen finden sich.

Mehr Glück kann nicht sein.

Uff!

Mit einem erlösten Seufzer macht sich Leo über das Blaubeereis her, das er sich wahrlich verdient hat nach all diesen Mühen.

Vollkommen irre, diese Menschen. Dass sie auch dermaßen schwer von Begriff sein müssen, wenn es um ihr Lebensglück geht. Bei uns Hunden ist das mit dem Lieben und Geliebtwerden, mit dem Richtigen und dem Falschen sehr viel einfacher. Hoffe ich jedenfalls!

Sobald ich zurück in Berlin bin, werde ich das unverzüglich überprüfen. Aber keine Sorge, ich, Leo, der mit dem Löwenherzen, werde das Herz der schönen Prinzessin schon erobern …

Aber das ist eine andere Geschichte.